Only A Promise
by Mary Balogh

愛する心を取り戻すなら

メアリ・バログ
山本やよい[訳]

ライムブックス

Translation from the English
ONLY A PROMISE
by Mary Balogh

Japanese translation published by arrangement with
Maria Carvainis Agency, Inc
through The English Agency (Japan) Ltd.

愛する心を取り戻すなら

主要登場人物

クロエ・ミュアヘッド……………………………准男爵の娘
ラルフ・ストックウッド…………………………ベリック伯爵。元軍人
ワージンガム公爵夫人……………………………クロエの祖母の親友。ラルフの祖母
グレアム・ミュアヘッド…………………………クロエの弟。ラルフの同級生
ルーシー・ネルソン………………………………クロエの妹。劇作家の妻
サー・ベネディクト（ベン）・ハーパー………元軍人
ヒューゴ・イームズ………………………………トレンサム卿。元軍人
ジョージ・クラブ…………………………………スタンブルック公爵。ペンダリス館の主人
フラヴィアン・アーノット………………………ポンソンビー子爵。元軍人
イモジェン・ヘイズ………………………………レディ・バークリー。士官の未亡人
ヴィンセント（ヴィンス）・ハント……………ダーリー子爵。元軍人
ヒッチング侯爵……………………………………クロエの母のかつての恋人
アンジェラ・アンデール…………………………ヒッチング侯爵令嬢

1

女に生まれるぐらい悲しいことはないわね――クロエ・ミュアヘッドは左の人差し指に盛りあがった血の玉を吸いとり、いまこうして綻びを繕っているワージンガム公爵夫人の上等なアフタヌーン・キャップを縁どる繊細なレースを新たな血の玉で汚したりしないよう気をつけながら、自分をひどく哀れんだ。公爵夫人になるという幸運に出会えれば、そう悲しくもないでしょうけど。あるいは、生涯独身を通したとしても、年に四万ポンドの収入が保証されていて、自分だけの家を構える自由があるのなら。

でも、残念ながら、わたしは公爵夫人ではない。父からもらうお小遣いを別にすれば、年に四〇ペンスのお金すら自由にできない。どこかに自分だけの家を構えたいとも思わない。とても孤独な人生を送ることになるだろう。でも、いまは孤独を嘆いたりしたら罰があたる。公爵夫人に優しくしてもらっている。公爵さまもぶっきらぼうだけど優しい人だ。そして、公爵夫人が午後からお客さまをお迎えするときや、よそのお宅を訪問するときは、いつも声をかけてくださる。

わたしがまだ二七歳なのに対して、公爵夫人が八二歳になるのは、夫人の責任ではない。

また、夫人がいちばん親しくしている隣人はみんな六〇歳を超えているはずだけど、それも夫人の責任ではない。なかにはもっと高齢の人もいる。例えば、つねにラッパ形補聴器を持ち歩き、誰かが何か言おうとして口を開くたびに〝えっ？〟と大きな苛立《いらだ》ちの声を上げるブース夫人などは、もう九三歳だ。

わたしが男に生まれていれば――親指で勢いよく人差し指をこすって、血がすでに止まったかどうか、もう一度針を持っても大丈夫かどうかを確かめつつ、クロエは思った――実家を出ていくしかないと思った時点で、ありとあらゆる刺激的な冒険に挑戦できたかもしれない。しかし、クロエの頭に浮かんだのは、彼女の母の名付け親であり、亡くなった祖母の親友であったワージンガム公爵夫人に手紙を書き、コンパニオン（貴婦人の付き添いを務める女性）として雇ってほしいと頼むことだけだった。〝無給のコンパニオンとして〟という言葉を添えることも忘れなかった。

何日もしないうちに、思いやりに満ちた親切な返事が届き、夫人からクロエの父親に宛てた手紙も同封されていた。〝可愛《かわい》いクロエをマンヴィル館に喜んでお迎えします。ただし、雇い人としてではなく、お客さまとして（〝ではなく〟の部分が太い字で書かれ、横に線までひいてあった）。お好きなだけご滞在くださいね。わたしの願いを聞いてくださるなら、いつまでも。若い方のおかげで日々の暮らしが明るくなり、わたしまで若がえった気分になれるなら、こんな嬉《うれ》しいことはありません。あとはただ、サー・ケヴィン・ミュアヘッドがお嬢さまの長期のご不在をお許しくださるよう願うのみです〟――最後にこう書き添えてあったのは、もちろん、父親宛の手紙が同封されていたのと同じく、公爵夫人の細やかな心配りだった。というのも、クロエが彼女自身の手紙のなかで、実家で暮らすのが耐えられなくなった理由を打ち明け、〝大好きな父を悲しませたくはありませんが、しばらく家を離れたいと思っております〟と書いたからだ。

そういうわけで、クロエはこの屋敷にやってきたのだった。はっきりいえば赤の他人だし、勝手に押しかけてきた居候のような自分を、お気に入りの孫娘のごとく迎えてくれた公爵夫人に、クロエは永遠の感謝を捧《ささ》げている。でも、やはり孤独だった。感謝しつつも孤独と不幸に苛《さいな》まれることはある。そうでしょう？

ええ、そうね。クロエは不幸でもあった。

この六年のあいだに、彼女の世界は二回もひっくりかえされた。人生が理にかなった形で進んでいくなら――じっさいはめったにないことだが――一度目で逆さまになったものは二度目で正しい形に戻るはずだ。クロエは最初のときに、若い女性が望みうるものすべてを失った――希望と夢、愛と結婚と幸せな人生への期待、安全に守られた暮らし、社交界での立場。去年、ささやかで控えめな形ではあったが、希望がよみがえった。ところが、それも打ち砕かれ、自分の生まれに疑問を持つこととなった。二度の悲劇にはさまれた四年のあいだに母親が亡くなった。わたしが身の不幸を嘆くことに、なんの不思議があって？

繊細な針仕事にふたたび集中することにした。自分を哀れんでばかりいたら、泣きごとと愚痴しか言えなくて周囲から敬遠される人間になってしまう。

季節は五月になったばかりだった。分厚い雲が太陽を覆っていて、当分のあいだ消えそうにないし、冷たい風が屋敷の東側に吹きつけ、居間の外のテラスを流れていく。クロエはそのテラスで針仕事をしていた。外に出るなど、分別を備えた者のすることではないが、この三日間ずっと雨続きだったため、閉じこもっていた屋敷から抜けだし新鮮な空気を吸いたくてうずうずしていたのだ。

ショールを持ってくればよかった。ついでにマントと手袋も。でも、そんな格好で針仕事をするのはもちろん無理だし、公爵夫人が午睡からさめる前にキャップを繕っておく約束をしている。癪《しゃく》にさわるキャップ、癪にさわるレース。いえ、そんなふうに思ってはだめ。だって公爵夫人の遠慮を押しきり、自分から進んで〝やります〟って言ったんだもの。

「お手間じゃないかしら？」公爵夫人に訊《き》かれた。「針仕事ならバンカーが大の得意なのよ」ミス・バンカーは公爵夫人付きのメイドだ。

「手間だなんてとんでもありません」クロエはきっぱりと言った。「ぜひやらせてください」

公爵夫人のそばにいると、いつもそんな気持ちになる。夫人が屋敷にクロエを迎えてくれたのも、優しくしてくれるのも、本心からだとわかってはいるが、召使い並みに働くのは無理としても、何か役に立てそうなことがあれば進んでひきうけたいと思っている。

繕いを終え、かじかんだ指で糸を切るころには、クロエは寒さに震えていた。右のこぶしにキャップをかけて、目の前にかざしてみた。縫い目は見えない。レースが繕ってあることは誰にもわからないだろう。

外は寒いが、邸内に戻る気にはなれなかった。公爵夫人はたぶん午睡からさめて客間にすわり、孫息子の到着を楽しみに待っていることだろう。去年のクリスマス以来、マンヴィル館には一度も来ていない孫なのに、数多くの美点を夫人がまたしても熱っぽく並べ立てるに決まっている。クロエは孫息子の美点を聞かされるのにうんざりしていた。彼に美点があるとは思えなかった。

もっとも、彼に一度も会ったことがないクロエが判断すべきことではない。ただ、噂《うわさ》だけはあれこれ耳にしている。クロエの弟のグレアムが学校で彼と一緒だったからだ。ラルフ・ストックウッドは、のちに父親の称号を継いでベリック伯爵となったが、学校時代はカリスマ性を持つリーダーだった。勉強もスポーツもできるハンサムな仲良し四人組の一人だったが、ほかの少年からも好かれ、賛美され、手本にされていた。グレアムだけはラルフ・ストックウッドのことを批判的な口調で語ったものだ。もっとも、クロエには、弟が仲良し四人組を内心で羨んでいるように思えてならなかったが。

学校を出ると、四人はそろって軍職を購入し、格式ある同じ騎兵連隊に入り、ナポレオン・ボナパルトの軍隊と戦うためにイベリア半島へ赴いたが、グレアムはオックスフォード大学へ進んで神学を学び、その後牧師になった。学校時代に最後の学期を終えて帰省したとき、グレアムはひどく落ちこんでいた。ラルフ・ストックウッドから、泣き虫の気どり屋、臆病な卑怯《ひきょう》者と呼ばれたからだ。どんな状況でその侮辱が投げつけられたのか、クロエは知らないが、以来、グレアムのかつての同級生にいい印象が持てなくなった。侮辱の言葉がクロエは大嫌いだ。少年にしろ、一人前の男性にしろ、偉そうにいばり散らし、お世辞を当然のこととして受けとる者は好きになれない。

船でイベリア半島へ向かってから何カ月もしないうちに、ストックウッド中尉の三人の友人は同じ戦闘で命を落とし、中尉自身は、助かるとは思えないほどの重傷を負って戦場から運びだされ、イングランドに送りかえされた。

当時、クロエは彼を気の毒に思ったものだったが、その同情もほどなく消えた。彼がポルトガルから帰国した一日か二日後に、グレアムが牧師として彼を見舞うためにロンドンの屋敷を訪ねた。怪我《けが》人が寝ている部屋に通されたが、重傷を負った彼から口汚く罵られ、〝出ていけ、二度と来るな〟と言われたのだ。

そんな経緯があるため、彼がワージンガム公爵の跡継ぎであろうと、公爵夫人に溺愛されているただ一人の孫息子であろうと、ベリック伯爵となった彼に好意を持つことは、クロエにはできそうもなかった。弟に臆病な卑怯者という言葉をぶつけた彼のことがどうしても許せなかった。グレアムは平和主義者だ。だからといって、卑怯者呼ばわりされる筋合いはない。それどころか、戦争を愛する男たちに逆らって平和を守ろうとするには大いなる勇気が必要だ。また、負傷した伯爵が見舞いに来たグレアムの話を聞こうともせずに罵ったことも、クロエは許せなかった。伯爵がそのとき激痛のなかにあったのは間違いないが、それでも昔の同級生にそんな無礼な態度をとっていいわけはない。クロエは伯爵のことを、横柄で、傲慢で、利己的で、冷酷な人間だと長いあいだ思ってきた。

その彼がマンヴィル館にやってくる。ひとつ言い添えておくと、彼がここに来ることにしたのは公爵夫人に頼まれたからで、自分を溺愛してくれる祖父母を訪ねようと当人が進んで決めたわけではない。夫人が孫息子を呼んだのは公爵の健康状態と関係があるのではないか、とクロエは危惧している。この二カ月ほど、それが夫人の眉を曇らせてきた。公爵の咳《せき》がふだんよりひどいのではないか、片手で心臓のあたりを押さえるのは悪い兆候ではないか、と夫人は心配している。公爵自身が身体の不調を訴えることは――少なくともクロエに声が届くところでは――けっしてないし、医者に診てもらうのは夫人に強く言われたときだけで、診察がすむと、あれは錠剤と水薬を処方するしか能のないヤブ医者だと言い、体調が悪いのは薬のせいだとぼやいている。

公爵の健康状態が本当はどうなのか、クロエにはわからないが、去年の夏に八五歳の誕生日を祝ったことだけは知っている。八五歳はかなりの高齢だ。

それはともかく、ベリック伯爵は祖母に呼ばれ、今日到着の予定になっている。クロエは彼と顔を合わせたくなかった。好きになれないに決まっている。いえ、もっと重要なのは――渋々ながら自分で認めた――自分の姿を見られたくないということだ。彼の祖母のお情けで屋敷に置いてもらっている人間。悪い評判を立てられ、未来はなく、二七歳にもなるのに結婚できない女。はっきり言って、惨めな人生だ。

でも、そんなことを考えているうちに笑いがこみあげてきた。自分の姿が滑稽だった。自分で勝手に不機嫌になり、腹を立てているだけ。それではなんの解決にもならない。毅然《きぜん》とした態度で立ちあがった。ぐずぐずせずに二階の自分の部屋へ行き、服を着替え、髪の乱れがないか確かめなくては。財産も若さも未来もない独身女かもしれないけど、同情か嘲りにしか値しない惨めな人間になるなんてまっぴら。そんな屈辱には耐えられない。

自己憐憫《れんびん》に浸る時間が長くなりすぎたので、それをきっぱり捨て去って、クロエは二階へ急いだ。そうよ、自分の人生がいやでたまらないのなら、そろそろ自力でなんとかしなくては。でも、問題は何をするかということ。わたしにできることが何かある？　女には選択肢がほとんどない。ときどき、何もないような気がすることもある。過去のある身となればとくに。たとえ自分自身にはなんの落ち度もないとしても。

ある朝、朝食の皿の横に小さな山を作っている何通もの招待状に交じって祖母の手紙が置かれているのを、ベリック伯爵ラルフ・ストックウッドが目にしたのは、田舎の屋敷に三週間滞在したあとでロンドンに戻ったばかりのときだった。

この街に戻ってきたのは、とりあえず心身両面の退屈を紛らせることができると思ったからで、とくに大きな楽しみを期待してのことではなかった。春の社交シーズンが続くあいだ、いつもの漫然としたやり方で、いつもの場所に出入りして、怠惰に過ごすつもりだった。何カ月間かの社交シーズンが始まると、貴族社会全体がロンドンに移ってきて、議会に出席し、社交界の催しに熱狂し、衰えを知らぬ活力を発揮して享楽に身を委ねる。ベリック伯爵というラルフの称号は公爵位を継ぐまでの儀礼的なものに過ぎないため、彼自身はまだ貴族院の議席を与えられておらず、かといって、庶民院の議席を獲得することにはあまり興味がなかった。だが、とにかく毎年ロンドンにやってきて、夜の退屈しのぎになるパーティ、舞踏会、音楽会などに頻繁に顔を出すことにしていた。昼間は〈ホワイツ〉でのんびり過ごしたり、タッターソールの馬市場へ出かけて馬を物色したり、ジャクソンのボクシング・サロンで身体を鍛えたり、マントンの射撃練習場で視力と手の安定性を維持すべく努めたりしている。伊達《だて》男の仲間入りをする気はないものの、身だしなみを整えるのに必要なだけの時間を、仕立屋とブーツ職人と帽子職人のところで過ごしている。とにかく、忙しくしていられるなら、どんなことでも大歓迎だった。

そして、いつも何かに焦がれる気持ちがあって……。

そう、そこが困った点だ。焦がれてはいるが、何に焦がれているのか、自分でもよくわからない。ウィルトシャー州にエルムウッド荘園《しょうえん》館という屋敷を所有している。彼が子供時代を送り、伯爵位と共に父親から相続したものだ。屋敷には非の打ちどころのない有能な荘園管理人がいて、彼がすべての采配をふってくれるおかげで、ラルフ自身がそちらに長期滞在する必要はない。祖父がロンドンに持っている豪華なタウンハウスはラルフがほぼ一人で使っている。祖父母はほとんどロンドンに出ることがないし、彼の母親は自分の屋敷で過ごすほうを好んでいるからだ。ラルフにはまた、大好きな身内がたくさんいる——父方の祖父母、母方の祖母、母親、結婚した姉妹が三人、その子供たち。母方のおじ、おば、いとこたち。一生かかっても使いきれないほどの財産がある。それから……ほかに何があるだろう？

そうだ、自分の命がある。命をなくした者がたくさんいるのに。同年代の者や年下の者がずいぶん亡くなった。彼はいま二六歳だが、たまに、七〇歳のような気分になる。戦場で無数の傷を負い、顔に斜めに走る傷跡も含めてそのすべてを墓場まで持っていくことになるが、それでも健康状態は上々だ。友達もたくさんいる。いや、厳密に言うと、それは違う。仲のいい知人は無数にいるが、親しい友達づきあいは意識して避けてきた。

不思議なもので、〈サバイバーズ・クラブ〉の仲間のことは、友達という感覚ではなかった。仲間は七人、男性六人と女性一人で、〈サバイバーズ・クラブ〉と自称している。ナポレオン戦争でさまざまな種類の深刻な傷を負った彼らは、コーンウォール州のペンダリス館という屋敷で三年を共に過ごした。この屋敷はメンバーの一人であるジョージ（スタンブルック公爵）の本邸だった。公爵自身は戦争に行っていないが、一人息子がポルトガルで戦死している。その数カ月後、母親である公爵夫人が領地の端にある高い崖から身を投げて亡くなった。誰よりも深く傷ついたジョージは自分の屋敷を病院として提供し、後に士官たちの療養所にした。そのうち六人がほかの人々よりも長期にわたって療養を続け、身内より深い絆《きずな》で結ばれるようになった。その絆は友情よりもさらに深いものだった。

ただ、この春、いつになく厄介な鬱状態すれすれの不安が彼の心に広がったのは、〈サバイバーズ・クラブ〉の仲間が原因だった。だから、祖母の手紙を大歓迎する気になったのだ。その手紙には、命令を依頼のような響きに変える祖母独特の言葉遣いで、なるべく早くマンヴィル館に来てほしいと書いてあった。確かに、クリスマス以来一度も顔を出していない。

もっとも、二週間に一度ずつ律儀に手紙を書いているし、母方の祖母のほうへも同じように書いている。クリスマス休暇のあいだ、祖父はとくに体調が悪いようには見えなかったが、一般の老人と衰弱した高齢者を隔てる目に見えない線を祖父が越えてしまったことは、ラルフの目にも明らかだった。

祖父が具体的に何かの病気ではないにしても、屋敷に呼ばれた理由をラルフはもちろん察している。祖父には男兄弟がいない。亡くなった息子が一人と、生きている孫息子が一人いるだけだ。何世代か前までさかのぼり、家系図のなかからもっと実り多き枝を見つけださないかぎり、公爵家を継ぐ者はほとんどいなくなってしまう。じつのところ、いまはラルフが唯一の跡継ぎだ。しかも彼自身の息子はいない。娘もいない。

妻もいない。

祖母が彼を呼んだのは、この最後の事実を彼に思いださせるために違いない。まず多産系の若い妻をもらい、次に夫としての義務を果たさないかぎり、息子を――とにかく正式な跡継ぎを――持つことはできない。クリスマスのときに祖母からそういう趣旨のことを諭されたので、ラルフは候補者探しにとりかかる約束をした。

だが、いまのところ、彼にはその約束を果たそうとする様子がなかった。社交シーズンが始まったばかりで、今年デビューした花嫁候補の令嬢たちに会う機会にまだ恵まれていない、という事実を口実にすることも、もちろんできる。ただ、すでに一度だけ舞踏会に顔を出している。その屋敷の女主人が母親の友達だったからだ。二人のレディと踊った。一人は既婚者。もう一人は未婚だが、ラルフの顔見知りの紳士との婚約がもうじき発表される予定だった。母親への義務を果たしたあとは、夜のあいだカードルームに閉じこもって過ごした。

祖母はたぶん、ラルフの花嫁探しがどこまで進んだかを知りたがるだろう。少なくとも候補者リストのようなものを期待しているはずだ。その気になればリスト作りなど造作もないことは、彼も認めるしかない。なにしろ、顔に傷があっても、まさに理想の花婿候補なのだから。そう思うとラルフの心は暗くなるばかりだ。とはいえ、いずれ近いうちに義務を果たさなくてはならず、祖母は明らかに、社交シーズンたけなわとなる前に孫息子によく言って聞かせなくてはと思っているようだ。

つい最近、ダーリー子爵ヴィンセント・ハントの屋敷であるグロスターシャー州のミドルベリー・パークで〈サバイバーズ・クラブ〉の仲間と貴重な三週間を過ごしたばかりだが、それを思いだしてラルフの憂鬱はさらにひどくなった。一年ちょっと前にペンダリス館で毎年恒例の集まりを持ったときは、七人の誰一人として結婚も婚約もしていなかった。ラルフはとくに真剣に考えることもないまま、その状態がずっと続くものと思っていた。永遠に同じ状態でいるものなど、どこにもないというのに。ラルフが二六年間の人生で何か学んだものがあるとすれば、すべてが変化していき、しかも、つねに好ましいほうへの変化とはかぎらないということだった。

最初に変化を迎えたのはトレンサム男爵ヒューゴで、仲間どうしでペンダリス館に滞在中のことだった。以前から不自由だった足をくじいてしまったレディ・ミュアをヒューゴが抱きあげ、浜辺から屋敷まで運んできたのだ。二人はたちまち恋に落ち、わずか二、三カ月後に結婚した。それに続いたのがメンバーのなかで最年少のヴィンセント。目が不自由で、家族が選んだ花嫁候補から逃げだし、次に別の者が仕掛けた結婚の罠《わな》にはまりそうになったが、間一髪で逃れることができた。このとき、彼を助けに駆けつけた少女がいて、罠を仕掛けた者の裏をかいてくれたが、そのせいで家から叩《たた》きだされてしまったため、ヴィンセントは騎士道精神から少女に結婚を申しこむことにした。二人はヒューゴの数日あとに、ロンドンの同じ教会で式を挙げた。また、ベン——サー・ベネディクト・ハーパー——はイングランド北部に住む姉のところに滞在中、亡き夫の親族から冷淡な扱いを受けている未亡人に出会った。彼女がウェールズへ逃げようとしたとき、これまた騎士道精神から彼も付き添うことにし、結局は彼女と結婚して、その祖父がウェールズに所有している炭鉱と製鉄所の経営にあたることになった。なんとも突飛なことだ！　そして今年は、みんなでグロスターシャー州に集まっていたとき、ポンソンビー子爵フラヴィアンが村に住む音楽教師の妹にあたる未亡人と突然結婚し、自分の家族にひきあわせるためにロンドンへ連れ去った。

一年ちょっとのあいだに、仲間のうち四人が結婚してしまった。

どの結婚に対しても、ラルフは腹を立てているわけではない。四人の妻全員に好感を抱き、どの結婚もきっとうまくいくと信じている。ただし、正直に言うと、フラヴィアンに関しては判断を控えたほうがいいような気もする。結婚したのはつい最近だし、あまりにも急な結婚だった。しかも、フラヴィアンは戦闘中に頭に怪我を負い、記憶がところどころ消えているため、精神的に不安定なところがある。

ラルフが腹立たしく思っているのは変化だった――そんなことに腹を立てるのは愚かだが、自分ではどうしようもなかった。もちろん、友人たちの幸せが癪にさわるのではない。まったく逆だ。彼の腹立ちの原因はたぶん――いや、〝腹立ち〟という言葉自体が間違いかもしれないが――自分が置き去りにされたという思いにあるのだろう。自分も結婚したいと思っているからではない。結婚の幸せを、あるいは、それ以外の幸せを望んでいるからでもない。とにかく、自分の幸せを望む気持ちはない。しかし、置き去りにされてしまったのだ。仲間のうち四人が前へ進む道を見つけた。いずれ自分も結婚するだろう。その運命から逃れることはできない。結婚して跡継ぎを作るのが自分に課せられた義務だ。しかし、仲間が見つけたような幸せは、いや、満足すら、自分には望めそうもない。

自分は愛に無縁の人間だ――愛を感じることも、与えることも、望むこともない。

〈サバイバーズ・クラブ〉の仲間にそう言うと、誰かがかならず、〝ここにいるみんなを愛してるじゃないか〟と強い口調で彼に言って聞かせる。愛という言葉を使うことには抵抗を覚えるラルフだが、仲間を愛しているのは事実だ。また、家族のことも愛している。しかし、愛という言葉にはあまりにも多くの意味があるため、じっさいには無意味と言ってもいいほどだ。とても大切に思う相手は何人かいるが、愛することはできないのを自覚している。愛は特別なもので、円満な結婚生活の絆となり、ときには幸せまで運んでくれるはずなのに。

祖母の手紙が届いたあとで、出席を約束していた社交界の催しをいくつか断わらなくてはならなかった。もっとも、出られなくて残念に思うものはひとつもなかった。然《しか》るべき人々に詫《わ》び状を送り、目下ロンドンに来ていて息子の訪問を待っているであろう母親に短い手紙を書いてから、五月初めの肌寒い日に、下手をすると雨になりそうなのも構わず、サセックス州のマンヴィル館をめざして自分の二輪馬車で出発した。よほどの場合でないかぎり、馬車に閉じこもって旅をすることはない。荷物は大型の四輪馬車に積みこまれ、彼の従者がそれに乗ってあとからついてきた。もっとも、荷物はあまり必要なさそうだ。祖母のことだから、言うべきことだけ言ったらすぐに彼をロンドンへ送りかえすはずだ。パーティと舞踏会と花嫁候補にあふれた街へ。

祖父の病状が深刻でないかぎりは。

そう思ったとたん、胃に不快なむかつきを覚えた。祖父はかなりの高齢だし、誰もがいずれは死ぬ運命だが、祖父を亡くした場合の覚悟は、ラルフにはまだできていない。いまはまだ。兄も弟もいないまま、自分が家長にされるのは、どうにも不本意なことだった。そう考えただけで、孤独が待ち受けていそうな不吉な予感がした。

もっとも、人生とは本質的に孤独なものだ。

馬を交換して軽く食事をするための休憩は途中で一度とっただけだし、料金所でひきとめられることも、狭い道路でスピードの出ない馬車のうしろにつくこともなかったおかげで、午後の半ばにはマンヴィル館に到着した。午後になっても、午前中に比べてさほど気温が上がったわけではないが、玄関ドアが大きくあけはなたれていた。祖父母が彼の到着を待ちわびていたに違いない。祖父に仕える年配の執事ウェラーが玄関先に立っていて、ラルフが彼を見上げると、腰を折ってお辞儀をした。さほど深刻な表情ではなかった。もっとも、ウェラーが感情をあらわにすることはけっしてない。しかし、祖父がもし危篤だったら、いくらウェラーでも不安が顔に出るに決まっている。

そのとき、祖父自身がウェラーの肩の背後に姿を見せたので、執事はすぐさま脇へどいた。「ウォッホン」という祖父の声——挨拶と咳払いの中間のような独特の声——を聞きながら、ラルフは馬番に手綱を預け、玄関までの石段を一度に二段ずつのぼった。「ロンドンの社交シーズンもたけなわという時期に、ご機嫌伺いにやってきたのかね、ベリック？　どうやら、公爵夫人の顔を見ないことには、おまえは一日も過ごせないらしい。そうだろう？」

「会えてよかった」ラルフは祖父に笑いかけ、関節炎を患っている骨ばった祖父の手を包みこんだ。「お元気でしたか？」

「わしが死の扉の前にいることは、公爵夫人が手紙でおまえに知らせたことと思う。たぶんそうだろう。だが、死の扉をノックすることも、敷居をまたぐことも、してはおらんぞ、ベリック。咳が少し出て、軽い痛風にかかっているだけで、どちらもまだ命がある証拠だ。さて、おまえが手紙で呼びだされたのなら、二階で公爵夫人がお待ちかねだ。あまり待たせないほうがよかろう」

ラルフは祖父の先に立って客間への階段をのぼった。客間まで行ったときには、執事がすでに両開きドアの前に立っていて、二人が並んで部屋に入れるよう、ドアを大きくあけはなった。

ラルフは祖母に会うたびに、ますます小鳥に似てきた、しかも小さな猛禽《もうきん》のようだ、と思うのだが、いま、その祖母が暖炉のそばに腰を下ろしていた。祖母が優雅にうなずくのを見て、ラルフは大股で部屋を横切り、祖母の前で腰をかがめ、差しだされた頬にキスをした。

「おばあさま、お元気そうですね」

公爵夫人は夫にちらっと目を向けた。「思いがけず訪ねてくれて嬉しいわ、ラルフ」

「嬉しいのはぼくのほうです。おばあさまがどうしておられるかと思い、一日か二日こちらに顔を出すことにしたのです。もちろん、おじいさまのご様子も気になって」

「お茶の支度を命じておかなくてはいけなかったわね」祖母はお茶がどこからともなく現れるのを期待するかのように、周囲を漠然と見まわした。

「わたしが呼び鈴を鳴らします、公爵夫人」暖炉から遠く離れてすわっていた女性が立ちあがり、呼び鈴の紐《ひも》のほうへ行った。

「まあ、ありがとう」公爵夫人が言った。「いつもほんとに気が利くのね。この子がうちの孫のベリック伯爵よ。ラルフ、こちらはミス・ミュアヘッド。しばらく前からわが家に滞在中で、そばにいてもらえて、わたしはとっても感謝してるの」

優雅な言い方だったので、ラルフは一瞬ギクッとし、屋敷に呼ばれたのはこの客との見合いのためだったのかもしれないと思った。しかし、よく見ると、若い女性ではなかった。それどころか、ラルフより年上かもしれない。着ているドレスも最新流行のものではない。背が高く、ほっそりしたタイプで、顔は青白く、鼻のまわりにそばかすらしきものが散っている。髪を抜きにしたら、干からびた女に、いや、少なくとも干からびつつある女に見えるかもしれない。髪は量が豊かで、ラルフが見たこともないような鮮やかな赤い色をしていた。

「初めまして」女性が彼に視線を向けず、笑顔も見せずに、膝を折ってお辞儀をしたので、ラルフも頭を下げ、彼女の名前を低く口にした。

祖母には彼女を無視する様子はなかった。また、ラルフの注意を彼女のほうへ向けさせようとする様子もなかったので、ラルフは緊張をゆるめた。特別に大事な客というのでもなさそうだ。コンパニオンのようなもので、若さを失いつつある貧乏な独身女性を祖母が気の毒に思っただけだろう。

「さあ、聞かせてちょうだい、ラルフ」祖母がそばの椅子のシートを軽く叩いた。「今年の社交シーズンはどんな方がロンドンにいらしてるの？　新しくデビューしたのはどなた？」

ラルフは椅子にすわり、尋問に備えて覚悟をした。

2

ベリック伯爵はクロエの予想と大きく違うタイプだった。

まず、外見が違う。クロエはずっと以前から、彼のことを、人を惹《ひ》きつける魅力にあふれてはいるが、他人の気持ちを平気で踏みにじるハンサムで傲慢な少年だろうと想像していた。そのイメージが時間のなかで凍りついていた。もちろん、現在の伯爵はもはや少年ではない。彼とグレアムが学校を出てから八年になる。そのあいだに、彼は戦争へ行き、友達三人を失い、自身も瀕死《ひんし》の重傷を負い、その後ゆっくりと回復に向かった——たぶん。いまはもうすっかり回復したのだろう。戦争で男がどんな経験をするのか、クロエが真剣に考えたことは一度もない。戦死するか、負傷するか、運よくかすり傷ひとつ負わずに戦いを終えて帰国するか——単にそのどれかだと思っていた。

ベリック伯爵の場合は、負傷という二番目のグループで、負傷し、回復した。それですべてが過去のことになったはずだった。だが、傷跡がいくつも残っている。そのひとつは顔に無惨な跡を残していて、左のこめかみから目尻を通って頰を横切り、唇の端から顎まで続いている。深い切り傷だったに違いない。骨に達するほどの深さ。いまでは古傷となってかすかに盛りあがり、黒ずんでいる。負傷した当初はどんな様子だったのかと想像してみて、クロエはすくみあがった。眼球が傷つけられずにすんだのは奇跡以外の何物でもない。ただ、神経の一部に永久的な損傷を受けたことは間違いない。話をするときなど、顔の右側に比べて左側の動きがぎこちない。

また、目につく場所にこれだけの傷跡があるのなら、衣服に隠れて見えない場所にも多くの傷があるに違いない。

しかしながら、彼がクロエの想像と大きく違っていたのも、戦争が人に及ぼす影響について彼女がこれまでになく真剣に考えたのも、傷跡のある顔と、多くの傷を負ったと思われる身体だけが理由ではなかった。彼の目と態度が気になった。傷跡にもかかわらずハンサムな顔に、魅力的な青い目がきらめいているが、その目に何かがあった。何か……死を思わせるものが。いいえ、違う。死ではない。目の奥に何を見たのか、クロエ自身にもうまく説明できないが、その目には奥深さがないように感じられた。冷たく虚《うつ》ろな目だ。また、彼の態度は非の打ちどころがなく、まことに礼儀正しくて、祖父母への愛情すら感じられるが、どこか……よそよそしい。まるで、言葉と態度はうわべの飾りに過ぎず、その奥に感情をいっさい持たない男が潜んでいるかのようだ。

クロエは弟のかつての同級生と初めて顔を合わせて、こうした冷たい印象を受け、何年も前に弟から聞かされていたとおりの人物を予想していた自分の愚かさを実感した。いまの彼はもはや少年ではないし、そもそも、こちらの想像どおりの人物だったことは一度もなかったのだろう。自分は結局、弟の偏見に満ちた目を通して彼を見ていただけだった。弟は彼と大きく異なるタイプで、彼に対していつも羨望と憤りの両方の感情を抱いていた。

クロエはこの男性に、この見知らぬ相手に、冷たく、陰気で、よそよそしくて、感情を表に出さないこの迷惑な男性に会ってみて、なんとも理解しがたい人物だと思った。しかも、おたがいの紹介はすんでいるのに、向こうは彼女の存在など眼中にない様子だ。晩餐《ばんさん》の席でも、わざと彼女を無視するところまではいかないが、自分から話しかけようとはせず、クロエの言葉にとくに興味を示すこともなかった。もっとも、じつをいうと、彼女のほうから意見を言うこともあまりなかったのだが。彼の前でいささか怖気《おじけ》づいていた。

想像どおりの男性だったらよかったのにという思いがあった。自分のことを神が人類に与えたもうた贈物だと思いこんでいるような男なら、その傲慢さをおおっぴらに軽蔑できただろうが、かわりに、彼の前でなんとなく……萎縮してしまった。いけない、萎縮してしまったの？　また？　これ以上萎縮が続いたら、きっと姿が消えてしまい、わたしを知っていた人々の記憶からもたちまち消えてしまうに違いない。そう思ったとたん、クスッと笑いたくなった。

公爵夫人は編み物を趣味にしている。イングランドの各地にある公爵家の広大な領地で誕生する赤ん坊のために、おくるみや、帽子や、靴下や、ミトンを編んでいる。編むという作業そのものが好きなのだと、かつてクロエに説明したことがある。心が癒されるけれど、編み物を始める前に毛糸のかせを玉に巻き直したり、小さなセーターが編みあがったときに身頃と袖を接ぎあわせたりという、余分な作業は苦手だそうだ。

もちろん、クロエはすぐさま、自分から進んで両方の作業をひきうけることにした。

晩餐のあとで全員が客間へ移ってお茶を飲みおえると、公爵がいつものように立ちあがり、女性たちにおやすみの挨拶をしてから、彼の領分である書斎へひっこむことにした。孫息子を誘ったが、孫のほうは、うつむいて編み物をしている公爵夫人にちらっと目を向け、もうしばらくここに残って祖母の話し相手をしたいと答えた。

まるで祖母にはそういう相手がいないかのように。

孫息子が祖父のためにドアを支えているあいだに、公爵は杖《つえ》を突いて部屋を出ていった。クロエは夜の寒さを撃退するために石炭がどっさりくべてある暖炉から離れた。サイドボードの取っ手がちょうどいい間隔でついているのを利用して、公爵夫人が現在使っている水色の毛糸のかせをそこにかけ、自分の指に巻きつけて柔らかな玉にしようと思ったのだ。二人に背を向けてすわり、公爵夫人が孫息子と雑談するあいだ、自分にも仕事ができたことにほっとしながら、毛糸を巻く作業にとりかかった。

「クリスマスのときに比べると、おじいさまがずいぶん変わったことに、あなたも気がついたでしょうね」ドアが閉まったあとで、公爵夫人は言った。

「とてもお元気そうですが」孫息子は答えた。

「あなたのためにわざと元気に見せていたのですよ。書斎や自分の部屋から出たときは、誰の前でもそんなふうにする人なの」

「じゃ、部屋にいるときは？」

「おじいさまの心臓が弱ってきていてね。グレッグ先生がそうおっしゃってるわ。でも、おじいさまはパイプ煙草《たばこ》もポートワインもぜったいやめようとしないのよ」

「おじいさまの楽しみですから」孫息子は言った。「それを奪われたら、たぶん落ちこんでしまって、元気になることも、寿命を延ばすこともできなくなるでしょう」

「グレッグ先生もまったく同じご意見なの」公爵夫人はため息をついた。「おじいさまが今年の冬を越せなくても、わたしは驚かないわ、ラルフ。クリスマスのあとで風邪をひいて、治るのにずいぶんかかったのよ。いいえ、まだ治りきっていないかもしれない。今度また風邪をひいたら、もう撃退できないでしょう」

「いや、おばあさま、悲観的すぎます」

「いいえ」公爵夫人は尖《とが》った声で言った。「悲観的とは言えないと思うの。よく聞いて、ラルフ。そう遠くない将来に、あなたはワージンガム公爵になり、爵位に伴う義務のすべてを負うことになるのよ」

ベリック伯爵がゆっくりと息を吸う音がクロエの耳に届いた。炉棚で時を刻む時計の音がいつもより大きいように思われた。

「そのときが来たら、ぼくも覚悟を決めます、おばあさま。だけど、そんな日は来てほしくない。おじいさまには永遠に生きていてもらいたい」

「永遠のときなんて誰にも与えられていませんよ。明日を無事に迎えられるかどうかもわからない。誰だって、いつ急に逝ってしまうかわからないわ」

「ええ。知っています」

伯爵の声は寒々とした響きに満ちていた。クロエは毛糸を巻く手を止めて、彼のほうに顔を向けた。彼は暖炉の片側に立ち、炉棚に肘を突いていた。静止したままのその姿を見て、クロエは背筋が寒くなった。ええ、人の命が一瞬のうちに消えてしまうことを、この人は誰よりもよく知っているに違いない。公爵家の跡継ぎで、戦死したときにかわりを務める弟たちが一人もいない彼に、なぜ軍職の購入が許されたのかと、クロエは不思議に思った。

軽く身震いし、さっきすわっていた椅子の腕にかけたままにしてあるショールを持ってくればよかったと思った。でも、ショールをとりに行こうとして立ちあがり、注目を浴びるようなまねはできない。自発的にとりかかった作業に戻ることにした。

「あなたでも？」公爵夫人は必要もない言葉をつけたした。

「ええ、ぼくでも」

そのあとに続く沈黙のなかで、クロエは毛糸を巻くスピードを落とした。かせの残りが半分ほどになったため、作業が早く終わってしまっては困るからだった。毛糸がなくなれば、さっきの椅子に戻るか、ここにぼんやりすわってサイドボードの棚を見つめるしかない。どちらを選ぶにしても、二人の注意を惹くことになりかねない。何か口実を作って公爵と一緒に出ていけばよかったと後悔した。

「そろそろ結婚する時期ですよ、ラルフ」沈黙のなかで、公爵夫人が単刀直入に言った。

「ええ、わかっています」

「クリスマスに結婚の話をしたときも、あなたは〝わかっている〟と言ったわね。でも、どこかの令嬢に求婚したという噂はまだ入ってこないわ、ラルフ。わたしには情報源がいくつもあるというのに。心に決めた人がいると言ってちょうだい。若くて、結婚相手にふさわしくて、自分の義務を果たす準備も覚悟もできている人が」

「正直なところ、誰もいません。生涯を共にしてもいいと思える相手には一度も出会ったことがない。結婚しなきゃいけないことはわかってるけど、まだ結婚する気になれないんです。相手に差しだせるものが何もない。ただ、自分の望みより義務を優先させなきゃいけないことは充分に承知しています。ロンドンに戻ったら、ただちに花嫁探しにとりかかるつもりです、おばあさま。今度は本気です。社交シーズンが終わるまでに——いや、それよりずっと前に——相手が決まるでしょう。約束します。これで安心してもらえましたか？」

「差しだせるものが何もないというの？」信じられないという口調で、公爵夫人は言った。「何もないの、ラルフ？　イングランドにあなた以上の理想的な独身男性はいないはずよ」

「ぼく自身には差しだせるものがないという意味で言ったんです」声が低くなったため、クロエは彼の言葉を聞きとることに集中しようとして、ふたたび手を止めなくてはならなかった。「何もないんです、おばあさま。ここには何もない」

彼はおそらく、自分の胸を叩いているのだろう。

「馬鹿ねえ」公爵夫人はきっぱりと言った。「あなたは戦争で大変な目にあったわ、ラルフ。

あのナポレオンという怪物と戦った何千人もの兵士と同じように。でも、運がいい兵士の一人になり、生きて帰ることができた。手も脚もそろっていて、不自由なく動かすことができるし、目も見えるし、頭だってしっかりしている。どうしてコーンウォールで三年も過ごさなきゃいけなかったのか、わたしには理解できないけど、あの長期療養は益よりも害のほうが大きかったようね。そのせいで、あなたは社交界の然るべき場所に戻ることも、本来のあなた自身に戻ることもできなくなった。自分を哀れんでばかりの沈みがちな人間になってしまった。そんな生き方は、あなたには似合わないわ。そろそろそこから抜けださなくては。あなたなら、どこかの幸運な若い令嬢に世界のすべてを差しだすことができるのよ。学業を終えたばかりの初々しい子をお選びなさい。嫁ぎ先で果たすべき役割をちゃんと教えこむことができるように。でも、生まれも育ちも非の打ちどころのない令嬢になさいね。あなたのお母さんに手伝ってもらうといいわ。わたしとはあまり気が合わないけど、頭のいい人ではあるから」

ベリック伯爵はクスッと笑った。楽しくもなさそうな声で、これを笑いと解釈するのはどう考えても無理だった。

「おっしゃるとおりです、おばあさま。ぼくがその気になりさえすれば、誰からも断わられることはない。そうでしょう？　相手が誰になるかわからないけど、その子も気の毒だ。母に相談するつもりはありません。母のことだから、わずか一日でぼくが両腕を広げたときよりも長いリストを作り、候補者たちはぼくのチェックを受けようとして一週間以内に殺到するでしょう。最後はもう、目をつぶってリストにピンを突き刺せばすむことだ。でも、ぼくは自分で相手を選びたい。かならず選びます。約束したのだから。明日ロンドンに戻ってもいいですか？」

「おじいさまがっかりなさるわ。今夜だって、あなたが書斎でおじいさまとポートワインを飲むかわりに、わたしのそばに残るほうを選んだから、しょんぼりしてらしたわよ」

「いまから書斎へ行ったほうがいいかな？」彼は尋ねた。

「すでに椅子の上でいびきをかいてらっしゃるでしょうね。おじいさまの相手をするのは明日でいいわ。でも、一週間以内にロンドンにお戻りなさい。もう五月なのよ。ぐずぐずしていると、有望な花嫁候補はみんな、あなたほど条件のよくない男性たちにとられてしまいますよ」

「ちゃんと見つけます。早ければ早いほうがいい。都会の暮らしは退屈だ。結婚したら、妻を連れてエルムウッド荘園館に戻り、そこで暮らすことにします。ぼくには田舎暮らしのほうが合っている。ようやく腰を落ち着けることができるでしょう」

その声には、どこか切ない響きがあった。

「そうなれば、あなたを愛しているすべての人が安心するわ。あら、いけない。毛糸がなくなってしまった。次の玉はまだ巻いてないし」

ちょうど毛糸を巻きおえたので、クロエは立ちあがった。

「ここにひとつ用意いたしました、公爵夫人」そう言いながら毛糸玉を持って部屋を横切り、てのひらにのせて差しだした。

「まあ、なんて気の利く人なの。しかも、毛糸を巻くために暖炉から遠く離れていたのね。こちらに来て、お茶のおかわりを飲んで温まってちょうだい。でも、ポットに残った分はきっと冷めてしまったわね。残念だわ。わたしも一杯いただきたいのに」

「呼び鈴を鳴らして新しいポットを頼みましょう」クロエはそう言って呼び鈴の紐のほうへ行った。途中で伯爵のすぐ横を通らなくてはならなかった。

そちらへちらっと視線を向けると、向こうもクロエを見つめていた。軽く驚いている様子で、まるで、客間にいるのが自分と祖母だけではなかったことにたったいま気づいたかのようだった。

貴婦人のコンパニオンというのは、給金をもらおうと、無給だろうと、その存在を認めてもらえないまま、こうして生きていくしかないのね――クロエは悲しい気持ちになった――誰にも気づかれず、目に見えない存在となって。でも、その悲しい事実のせいで落ちこむのはもうやめよう。

今日の午後、クロエはじっくり考えた――いまの生き方が好きになれないのなら、単に変えればいいだけでしょ。

呆《あき》れた！　〝単に〟だなんて。

人生を変えるのは、今日の午後は不可能なことに思われた。今夜もやはり不可能な気がしている。

でも、不可能なことなんてひとつもない。

不可能なことを別にすれば。


翌朝、ラルフの従者が化粧室に姿を消す前に寝室の窓のカーテンをあけると、薄れつつある雲の陰から太陽がのぞいていた。いい天気だ。今日は日差しあふれる一日になるだろうか？　いや、判断するのはまだ早い。雨の可能性だってある。

しかし、雨になるかどうかわからないうちに、ラルフは髭剃《ひげそ》りと着替えをすませて一階に下りた。祖父母の姿はどこにもなかった。それは彼も予期していた。空腹ではないので、祖父母が起きてくるのを待つことにした。待つあいだに居間へふらっと行ってみると、東向きのその部屋に太陽の光が明るく差しこんでいた。錠がすでにはずされ、フレンチドアが細めにあいている。いつもの彼ならこれを見て不審に思っただろう。だが、今日はドアの片方を開き、テラスに出て、立ったまま、屋敷の東側に広がる刈り立ての芝生から遠くの川までを見渡した。新鮮な空気を深く吸いこんで、ゆっくりと吐きだした。

ゆうべはあまり眠れなかった。夢で何度も目をさました。悪夢とまではいかないが、それでもやはり奇妙な夢だった。ひとつだけはっきり覚えている夢があり、それは比較的筋の通ったものだった。見たことのない舞踏室にいた。とても長い部屋なので、望遠鏡を使っても向こう端まで見えるかどうかわからない。部屋の端から端まで、若い令嬢がずらりと並んでいる。全員が舞踏会の豪華なドレスをまとい、全員が扇子を揺らしている。ただ、それ以外の動きはない。そして、深紅に金の飾りつきの士官の礼装に身を包んだ彼が令嬢たちの列の前をゆっくりと進んでいく。彼の片側に母親、反対側にはローブをまとって聖職者の正装に威儀を正したグレアム・ミュアヘッド。解釈に苦労するたぐいの夢ではない。ただ、なぜミュアヘッドが出てきたのかが理解できなかった。

いや、ほどなく理解するに至った。

不意に右のほうで何かがはためいたのに気づいて、そちらへはっと顔を向けると、少し離れたところにミス・ミュアヘッドが立っていた。ボンネットはかぶっておらず、ショールの端を胸元に押しつけている。たぶん、吹いてもいない風にショールがさらわれるのを防ぐためだろう。ラルフはたちまち苛立ちに包まれた。この女性はゆうべ、ぼくと祖母のきわめて私的な会話を漏れ聞いていながら、咳払いをして自分の存在を知らせるとか、部屋を出ていくとかいう気遣いすら見せなかった。彼女が部屋にいることに、ぼくはまったく気づいていなかった。召使いの存在を意識しないのと同じことだ。ただ、彼女は召使いではない。そうだろう? 祖母に招かれて滞在している客だ。祖母のために使い走りをし、ひっそりと隅にひっこんでいる、およそ客らしくない客。個性も、魅力も、会話の才能もなさそうな女性。

ひょっとして、グレアム・ミュアヘッドの親戚か何かだろうか? ミュアヘッド――ありふれた名字ではない。親戚かもしれないと思うと、彼の苛立ちはさらにひどくなった。

「伯爵さま」彼女が小さな声で言った。

「おはよう」ラルフは彼女のほうへそっけなく頭を下げると、芝生を散策しようと思ってテラスを離れた。芝生に出れば、ふたたび一人になれる。

オークの老木に近づき、昔なつかしい頑丈な幹に片手を置いて、ラルフは決心した——今日一日、祖父とできるだけ長い時間を過ごし、ロンドンへは明日戻ることにしよう。どうしてもはずせない約束があると言い訳をすればいい。嘘《うそ》ではない。自分の運命との差し迫った約束だ。明日の夜は、少なくとも舞踏会がひとつとそれ以外のパーティが六つあるはずだから、好きなのを選べばいい。もちろん、そのすべてに招待されている。社交シーズンのあいだは毎晩、無数の催しが開かれる。招待状の束を見つけ、好きなのを選んで出かけるだけでいい。

近い将来に何が待っているかについては、運命とあきらめて身を委ねるつもりでいた。考える時間はこれまでにたっぷりあった。クリスマスの時期に祖母から率直に話をされた。母親は少なくともこの一年、遠まわしに話をしてきた。彼はぐずぐずと先延ばしにしてきた。それももうやめにしなくては。

今日は自分の子供時代と青年時代の話を祖父にせがむことにしよう。祖父は何度もくりかえしてきた昔の話をするのが大好きだ。ラルフが最後にもう一度それを聞く機会があるかどうか、誰にわかるだろう？　祖父は弱りつつあるのか？　それとも、あと一〇年ほどはいまの状態のままで暮らしていけるのか？　だが、答えは誰にもわからないし、もっとも重要な問題に影響を与えるものではない。そうだろう？　祖父には跡継ぎがいるが、その跡継ぎ自身はまだ跡継ぎを作っていない。それに、人生というのは、祖母がゆうべ言っていたように、つねに不確実なものだ。若い者にとっても。ぼくだっていつ命を落とすかわからない。死にたいと思ったことは何度もあったし、自殺未遂まで起こしている……しかし、あの暗黒の日々のことはもう思いだしたくない。いまは生きることを考えなくてはならない。とはいえ、分別ある男なら、新たな命をこの世に誕生させる責任を負おうという気に果たしてなれるだろうか？

ラルフは首をふった。いや、こんなことばかり考えていてはならない。

「どれぐらいの年齢だとお思いになります？」背後で尋ねる声がしたので、びくっとしてふりむくと、ミス・ミュアヘッドが彼のあとから芝生を歩いてきて、少し離れたところに立っているのが見えた。「オークの木のことですけど」

ラルフはにこりともせずに彼女を見つめた。誰が来てくれと頼んだ？　一人で散策するうちに孤独と惨めさに包まれてしまうようなタイプに見えるのか？　ところが、彼女の質問も、彼女のことも頭から無視すべきだったのに、ラルフは手を触れている木の幹に目を向け、広がる枝を見上げていた。

「数百年でしょう。もしかしたら、一〇〇〇年を超えているかもしれない。一世紀以上も前にこの屋敷を建てた二代目公爵が良識を備えた人で、オークの木をそのまま残しておき、屋敷は川から離れたところに建てることにしたのです」

「子供たちの楽園のような木ですね。少年のころ、木のぼりをされました？」

「屋敷からよく見えすぎるので、五歳か六歳のころ、木にのぼったところを祖母に見つかって、あとで尻を叩かれたことがあります。祖母は当時からすでに、ぼくが木から落ちて死んでしまい、父に次の息子が生まれなかったらどうしよう、と心配していたようです」

「あなたが陸軍士官への道を選んだときも、おばあさまにお尻を叩かれました？　ご自分で選ばれた道だったのでしょう？」

ラルフはふたたび驚愕《きょうがく》の表情を浮かべ、彼女に視線を返した。この女性は召使いではないのだから、と自分に言い聞かせるしかなかった。彼女は日差しのなかに立っていて、太陽の光を髪に受けているため、赤い色が昨日よりさらに際立っていた。色白の肌とそばかすのことを考えると、太陽を浴びないように極力用心する必要がありそうだ。日焼けで肌が真っ赤になるに決まっている。それなのに、ボンネットもかぶっていない。

彼女にまともに目を向けたラルフは、かなりの器量よしだと気がついて意外に思った。個性的な美貌の持ち主と言ってもよさそうだ。目が大きくて、鮮やかな緑色をしている。鼻は鼻筋が通っていて、卵形の顔にぴったりの高さだ。頬骨は高く、唇はふっくらときれいな形で、口そのものは大きいほうだ。結っている髪をほどいたら……。

いや、いましがた質問されたんだった。不躾《ぶしつけ》で、図々《ずうずう》しいほど個人的な質問を。それでもラルフは返事をした。

「父に懇願したのですが、聞き入れてもらえませんでした。母は涙に暮れ、もちろん父の側に立ちました。祖母はぼくを鞭《むち》で打つと脅しました。祖母の言葉をそのまま使うなら、〝馬の鞭〟で打つ、と。もう子供ではないから、尻を叩くだけではだめだと思ったのでしょう。

ところが、祖父が予想外の返事をし、ぼくを除く全員を激昂《げっこう》させたのです。陸軍士官になり、もちろん将軍にまでのぼりつめることが、祖父の少年時代の夢だったようですが、当然ながら、許されるはずはありません。公爵家の跡継ぎだし、しかも兄弟がいなかったので。わが息子には失望させられた——ええ、祖父はぼくの父の前でそう言いました。義務を重んじる跡継ぎの鑑《かがみ》のようだった父の前で。〝この孫には好きな道を歩ませてやりたい〟——そう言ってくれました。〝栄光の夢を自由に追わせてやろう〟と。ぼくはそのとき一八歳で、学校を出たばかりだった。生まれたての赤ん坊みたいに無邪気で無知だった。しかし、ワージンガム公爵の言葉は一族の者にとって絶対です。祖父は最高の連隊に入るための軍職を購入し、金で買えるかぎりの装備を整えてくれました」

「でも、あなたの夢はほどなく打ち砕かれてしまったのね」彼女が柔らかな口調で言った。

どこまで知っているのだ？　ラルフは石のように硬い表情で彼女を見つめ、それから不意に顔を背けた。大股でこの場を去って川へ向かうべきだろうか？　彼女があとを追いかけてきて、一緒に散策しようとか、話をしようなどと言いだすことは、たぶんないだろう。それとも、大股で屋敷のほうへひきかえし、彼女を置き去りにすべきだろうか？

ためらっている時間が長すぎた。

「ゆうべ、公爵夫人と話してらしたことが自然と耳に入っただけです。盗み聞きをしていたわけではありません」

ラルフは彼女に視線を戻した。木の幹から手をどけ、片方の肩を木に預けた。この女はどうやら、強風が吹き荒れていると思いこんでいるようだ。ショールの端をきつく握りしめている。

「結婚はしたくないが、する義務がある――そうお考えなのですね」

ラルフは腕組みをし、片方の眉を上げた。この女の図々しさは限界を知らないようだ。もっとも、彼女の言うとおりで――盗み聞きをしていたわけではない。客間にいたのは屋敷の客として当然のことだった。

「若さだけが理由ではないと思いますが。そうでしょう？」彼女が尋ねた。

ラルフは反対側の眉も同じように上げた。

「結婚を渋ってらっしゃる理由という意味です。自分はまだ若い、身を固める前にもう少し遊びたい、というだけのことではなさそうね。違います？」

ラルフの心のなかでいくつもの衝動が奇妙に混ざりあった。笑い飛ばしたい気持ちがあった。怒りを爆発させたい気持ちもあった。

彼が沈黙したままだったので、彼女はさらに続けた。「きっと、公爵夫人におっしゃったのが本当のお気持ちなのでしょうね。この国の令嬢と母親のほぼすべてが望むものを別にすれば、あなたから差しだせるものは何もない。すみません、言いたいことがうまく表現できなくて。でも、自分が何を言いたいかはわかっていますし、あなたもおわかりのはず。相手に差しだせるものが、あなたの心のなかには何も残っていない。そうなんでしょう？何かがあなたからすべてを奪い去った。たぶん、戦争でしょうね。そして、あなたの心は空っぽになってしまった」

彼の全身が冷たくなった。もちろん、時刻はまだ早朝だし、太陽の温《ぬく》もりが届かない木陰に立っているけれど、原因はそれではなかった。周囲の冷気には関係がなかった。

「ぼくのことを隅から隅までご存じのようですね、ミス・ミュアヘッド」感情と同じく冷たい声で、ラルフは言った。「出会ってからまだ……どれぐらいです？　一八時間にもならないというのに」

「あなたのことは何も存じません。他人の理解の及ばないところに身を置いてらっしゃいますもの」

「それなのに、あなたはぼくの心が空っぽだと判断なさった」ラルフは彼女に軽蔑の視線を向けた。ショールを握りしめている両手を別にすれば、気詰まりな様子を見せるだけのたしなみすら持ちあわせていない女だ。「それゆえ、ぼくに関して知るべきことはすべてわかっていると思いこんでおられる」

「言葉というのはなんと役立たずなのでしょう」首をかすかにふって、彼女は言った。「それはともかく、ベリック卿《きょう》、あなたには奥さまが必要なのに、ロンドンに戻って貴族社会の舞踏室やその他の場所で花嫁探しをすることを、あなたは恐れていらっしゃるのね」

「恐れているだと？」ラルフは笑った。「もしそれが事実なら、ぼくはとんでもない愚か者ということになる、ミス・ミュアヘッド。誇張もうぬぼれもなしに申しあげると、ぼくはこの国でもっとも望ましい花婿候補と言っていい。若い令嬢たちが――美貌と富に恵まれた名門の令嬢たちが――期待を胸に、早くもぼくの周囲に群がっています。ぼくがそのなかから相手を選ぶつもりでいることが広く知れ渡れば、誰もが殺到するでしょう」

「若い令嬢……。たぶん、学業を終えたばかりのお嬢さんたちですね。お気の毒な方たち――ゆうべ、あなたご自身もそうおっしゃった。あなたに選ばれたお嬢さんが末永く幸せに暮らせるとは思えないわ。そうでしょう？」

「ぼくがこんな顔だから？」ラルフは傷跡がある頬のほうへ片手の指を向けた。「それとも、ぼくの心が空っぽだから？」

こんな会話をなぜ我慢して続けているのか、ラルフは自分でも理解できなかった。

「あなたから差しだせるものが何もないからです。婚礼の陶酔がさめたあと、夢にあふれた無垢《むく》な若い令嬢を幸せにできるものを、あなたは何も持っていらっしゃらない」

「伯爵夫人という称号と、将来の公爵夫人という夢があれば、花嫁は永遠の幸せを手にできるのではないでしょうか？　そして、生涯にわたって、イングランドに住むほぼすべての貴婦人の上に立ち、莫大《ばくだい》な財産を自由に使い、ドレスや馬車や宝石やその他の贅沢品《ぜいたくひん》を好きなだけ手にすることができるなら」

「わたしの意見に同意してらっしゃるのが、あなたの声の調子からわかります」

ラルフはふたたび笑った。「ぼくが残忍な夫になると思っているのですね、ミス・ミュアヘッド」

「たぶん、ご自分では意識しないままに」

ふん——彼は苛立った——人に理解してもらえるとは光栄なことだ。この女もいい加減に黙ったらどうなんだ、赤毛の女にふさわしい情熱的な生き方をしようとは思わないのか——

ラルフはぼんやりと考えた。

「わたしと結婚なされば、問題は解決するでしょう」

な、なんだと？

ラルフは腕組みをしたまま、彼女に視線を据え、その場に立ちつくした。

「わたしはあなたより年上で、無垢な年代をとっくに過ぎています。二七歳になります。でも、まだまだ何年も子供を産むことができますし、不妊症を疑う理由はありません。父はわが一族の六代目の準男爵、そして、母は子爵家の娘でした。わたしは結婚の幸せなどという幻想は抱いていませんし、結婚のありのままの姿を喜んで受け入れるつもりでおります。あなたの人生に干渉する気はありません。わたしもわたしなりの人生を歩んでいきますが、人前であなたに恥をかかせたり、私的な場で不便な思いをさせたりしないように気を配るつもりです。わたしとの結婚を承知なされば、あなたはまったく興味が持てない多数の花嫁候補のなかから誰か一人を選びだす手間を省くことができるでしょう」

ラルフはようやく口がきけるようになった。

「ぼくはあなたにも興味が持てません、ミス・ミュアヘッド」残酷な言葉だったが、ラルフの心は荒れていた——そして、冷えきっていた。

「そうでしょうとも」彼女が言った。平然たる態度だったが、視線を落としたラルフは、シヨールをつかんだ彼女の指の関節が白くなっているのに気づいた。「そんな期待はしていないし、望んでもいません。おたがいの……利益になる取引を提案しているだけです。双方の希望にぴったりで、どちらも傷つくことのない取引を。あなたは結婚したくないけれど、妻を必要としている。わたしは夫がほしいけれど、見つけるチャンスがほとんどない。あなたは愛を求めてはいない。わたしもそうです。一度だけ人を愛したことがありましたが、結局は裏切られ、とても苦い思いをしただけでした。わたしが結婚を望んでいるのは、結婚できなければわびしい一生を送るしかないからです。わたしは自分の家と社交界での地位を望んでいます。子供を望んでいます――子供ができたら、豊かな愛情を注いで育てるつもりです。あなたに失望することはないでしょう。妻に対する義務以上のものをあなたに求めるつもりはありませんから。また、わたしがあなたを失望させることもないはずです。あなたがお求めになるのは妻としての義務だけでしょうから、それは疑問も文句もなしに差しあげるつもりです。結婚後は田舎の家へ移りたいと仰せでしたわね。そういうひっそりした暮らしは、わたしにとっても、願ってもないことです。ロンドンへ行きたいだの、パーティや舞踏会に出たいだのと、あなたにねだることはけっしてありません」

髪の色は幻想だったのだ、とラルフは思った。こんな冷たい女に出会ったのは生まれて初めてだ。

こんな女と結婚？

しかし、一生独身を通すよりは、彼女と結婚するほうがましかもしれない。とにかく生涯独身を通すわけにはいかない。どうしても結婚する必要がある。彼女は二七歳、ぼくより年上だ。若い時期も、無垢な時期も過ぎている。かつて誰かを愛したことがあった。ということは、つまり……？

「あなたは処女ですか、ミス・ミュアヘッド？」ラルフは尋ねた。これもまた残酷な質問だ。また、不躾すぎる質問でもあった。自分は結局、彼女の突飛な提案を真剣に考えてはいないわけだ。そうだろう？

「ええ」彼女は答えた。「処女です」

二人は立ったまま見つめあった。「グレアム・ミュアヘッドの縁続きの方ですか？」ラルフは唐突に尋ねた。

「わたしの弟です」

そうだったのか。ラルフの視線が彼女の髪に向き、緑色の目に戻った。グレアムは髪の色も目の色も黒っぽかったが、彼女の弟だ。それだけでも彼女に好意を持つ気にはなれない。

ミス・ミュアヘッドは彼のそんな思いを読みとったに違いない。

「わたしとの結婚を提案しているのです、ベリック卿。わたしの弟とではなく」

3

気詰まりな沈黙が長く続き、ベリック伯爵はそのあいだ、片方の肩をオークの老木に預けたまま、腕組みをして、ブーツをはいた足をくるぶしのところで交差させて、その場にじっと立っていた。その姿は不気味なほど大柄で、そして……黒ずんでいた。それも当然で、木が落とす影のなかに立っているからだが、暗がりが頰の傷跡を目立たなくするのではなく、逆に強調していたし、しかも傷のある側が彼女のほうを向いていた。

彼の顔にも虚ろな目にも楽しげなきらめきはなく、それ以外のいかなる感情も出ていなかった。

わたしったら、なぜこの人と結婚できるなんて思ったりしたの？　あるいは、この人が結婚してくれるなんて。どこから見ても、陰気で暗くて空虚な人なのに。おまけに危険な人でもある。もっとも、そう思ったのはいまが初めてだった。危険を感じたのは、彼の心の奥深くにどんな感情が埋もれているのか、それがいつ爆発するのか、誰にもわからないし、おそらく永遠にわかりそうもないからだ。

沈黙がまだまだ続くようならどうすればいいだろう、とクロエは迷った。この人は身動きするつもりも、何か言うつもりもなさそうだ。だったら、わたしが立ち去ることにする？　最後のチャンスに背を向けて？　でも、どういうチャンス？　この人と結婚したとしても、いまのままで、つまり、惨めだけど自立した未婚の女のままで生涯を送るよりも幸せになれるとはかぎらない。

ついに彼が口を開いた。

「ひとつお伺いしたい、ミス・ミュアヘッド。そこまで結婚を重視し、いま提案なさったような形式的なものでもいいからとにかく結婚したいと思っておられるなら、なぜ二七歳の現在まで未婚だったのですか？」

まあ。

誰にも求婚してもらえなかったから？　それは事実だ。でも、答えはそんなに単純なことではない。

「結婚する資格がないからです」顎をつんと上げて、クロエは答えた。なんとも控えめな表現だった。

「それなのに、ぼくと結婚しようというのですか？」彼の眉がふたたび跳ねあがり、彼女がかつて抱いていたイメージに近い姿になった――傲慢で、人を見下すタイプ。「結婚する資格がないというのは、どういう意味でしょう？　さっきのお話では、父上は由緒ある家柄の準男爵、母上は子爵家のご息女とのことでした。縁談をまとめるにあたっては、言うまでもなく家柄が重要です。それに、あなたはガーゴイルのような外見ではない」

褒め言葉のつもり？

クロエはゆっくりと息を吸った。

「六年前、わたしの妹が奥さんのいる男性と駆け落ちしたのです。その一年後に二人は結婚しました。奥さんが亡くなってからまだ三カ月にしかならず、しかも、結婚して一カ月目に妹は出産しました。ただ、正式に結婚していたおかげで、スキャンダルで世間を騒がせたにもかかわらず、多少は体面を繕うことができたのです。貴族社会のなかでも礼儀作法にこだわる人々に妹が受け入れられることはけっしてないでしょうし、わたしたちもそうした人々から完全に許されたわけではありません。というのも、妹を誘惑した男性が死を前にした奥さんのもとに戻ろうとして、二、三カ月ほど妹と別れたのですが、そのときですら、父には妹を勘当する気はなかったのです」

「〝わたしたち〟か……。妹さんの恥ずべき行動と、社交界の常識からすると賢明とは言いがたい父上の対処法のせいで、なぜあなたが世間から爪弾《つまはじ》きされることになったのでしょう？」

「それは……」爪の光沢を調べるかのように膝の上で広げた自分の指に、クロエは視線を落とした。「妹の相手の男性は当時、社交界の寵児《ちょうじ》だったのです。放埒《ほうらつ》で奇矯なタイプながらも、バイロン卿にも負けないぐらい華やかな雰囲気と魅惑的な瞳を持つ劇作家でした。そして、その夫人はある閣僚のお嬢さんでした。最悪の状況ですわね。妹のルーシーはそのとき一七歳、社交界デビューもまだでした。あの子がロンドンに出てきたのは、わたしが二一でようやくデビューすることになったため、自分だけが家庭教師と二人で田舎に置き去りにされたら退屈で死んでしまうと言って、母に泣きついたからでした。そして、ある朝、母のメイドをお供にハイドパークを散歩していたとき、うっかり手提げを落として、ネルソン氏というその劇作家の足元に中身が散らばってしまったのです。彼が妹を連れて駆け落ちしたあと、夫人の一族はもう大騒ぎでした。夫人のお父さまの差し金で、うちの父は所属していた社交クラブから追いだされました。夫人のお兄さまは人前でうちの弟をなじり、決闘を申しこみました。でも、グレアムは戦うことを拒んだのです」

ベリック伯爵がクロエの話に割りこみ、冷酷な意見を述べた。

「ほう、そんなことが？　なるほど、あいつならやりかねない」

「いいえ、決闘の場には約束どおり出かけました」眉をひそめて彼を見上げ、クロエは言った。「でも、拳銃を手にとろうとしなかったのです。合図と同時に決められた歩数だけ進むと、ふりむいて、両手を脇に垂らしたまま、その場に立ちました。弾丸をよけやすいよう、身体を斜め向きにすることもなく。決闘相手は肘を曲げると、宙に向かって発砲し、誰もがグレアムの臆病さを嘲笑しました。でも、わたしはいまも、あんな勇敢な行為は聞いたことがないと思っています。逃げた二人を父が追いかけ、ネルソン夫人とその一族にグレアムが虚《むな》しく詫びを入れるあいだ、母は、嵐が過ぎるのをじっと待つしかないと言っていました。すでに招待済みだったいくつかの催しには予定どおり出席しましたが、新たな招待状は届かなくなりました。母がわたしを連れて、以前はいつも歓迎してくれていた貴婦人たちを訪問すると、急に〝お留守です〟と言われるようになりました。玄関の外によその方々の馬車が止まっているのを見れば、嘘であることは明らかなのに。ある晩、〈オールマックス〉で毎週開かれる舞踏会に出るため、母と出かけたところ、わたしたちのチケットが使えなくなっていました」

短い沈黙があった。「あなたの社交界デビューが二一歳になったのはなぜですか?」

クロエは説明した。「一八の年に祖母が亡くなり、正式な喪に服さなくてはと母が言ったものですから。父はわたしのために立てた計画を捨てる必要はないと言ってくれたのですが。その後、母が体調を崩し、二年ほど療養していました。結局はそれで命を落とすことになるのですが、ともかく、延び延びになっていた社交界デビューのため、気力をふるいおこしてわたしをロンドンへ連れていってくれたのです」

「そして、初めてロンドンに出たそのとき以来、あなたはあの街に二度と足を向けなかったわけですか? 六年ものあいだ? 社交界の人々の記憶など、呆れるほど短時間で消えてしまうものですよ。昨日の醜聞は今日の不謹慎な行動にすぐのみこまれ、それもまた明日の惨事によって影が薄くなってしまう。しかも、駆け落ちしたのはあなたではなかったのに。あなたが愛した男性は誰だったのです?」

頭から爪先まで彼に見つめられて、クロエはふたたびショールの端を握りしめた。

「えっ?」

「さっき、ぼくに言われましたね。一度だけ人を愛したことがあるが、結局は裏切られ、苦い思いをすることになった、と」

まあ。

「爵位を持つ裕福でハンサムな人でした」クロエは答えたが、彼の質問への返事にはなっていなかった。「初めて出た舞踏会で紹介されたときから、その人はわたしをちやほやしてくれました。夢の王子さまのような人で、わたしはすぐにのぼせあがってしまいました。あれではまるで頭が空っぽの女の子だわ。でも、どうして恋をせずにいられるでしょう？　母もその人との交際を喜んでくれました。わたしは舞踏会に出るたびにその人と踊り、音楽会では並んですわりました。夜会で言葉を交わし、ピクニックのときは一緒に散策し、彼のお仲間と一緒に劇場へ出かけたものでした。彼はわたしに賛辞をふりまいて、永遠の愛までも誓ってくれました。わたしはもう有頂天でした。彼が父のところへ正式な申込みに来てくれて、わたしが世界でいちばん幸せな少女になれるときを、毎日のように待ちつづけました。いま自分のことを〝少女〟と申しましたが、二一歳になっても中身は少女のままだったからです。彼に愛されていると思っていました。事実、周囲の多くの令嬢から羨望の目で見られていましたもの」

クロエは話を中断して大きく息を吸い、ため息と共に吐きだした。

「ルーシーがネルソン氏と逃げたあと一週間ほどして、舞踏会がありました。大変なときでしたが、母とわたしはその舞踏会に出かけました。わたしはしばらく前に愛を誓ってくれた人と最初のダンスを踊る約束でした。そのときが来ると、予想どおり彼が近づいてきて、まばゆい笑みを浮かべて華やかにお辞儀をし、片手を差しだしました……わたしの横に立っていた令嬢のほうへ。わざとわたしを無視したのです。もちろん、舞踏室にいたすべての人の目がわたしに注がれていました。気の滅入《めい》る一週間を送ったわたしがほっとした表情で笑みを浮かべ、前に出て自分の手を差しだすのを、みんなが見ていたのです」

クロエは呼吸を整えるために、しばらく話を中断しなくてはならなかった。

「その夜のうちに母と二人で荷物をまとめて、翌日、田舎へ帰りました。愛というのは奇妙なものです、伯爵さま。不意に消え失《う》せてしまい、人はすぐさま、それが虚しい幻覚だったことを知るのです」

「だが、苦しいものだ」彼は指摘した。

「そのときはね」クロエは正直に認めた。「でも、わたしは乗り越えました。生き延びたのです。いい勉強になりました。わたしが感傷的な乙女に戻ってあなたに恋をしていると思いこむのではないか、などという心配はご無用です――わたしが提案する取引を受け入れることになさった場合は、という意味ですが」

「生き延びたわけか」彼は柔らかな口調で言った。「その後、社交界には二度と戻らなかったのですか？」

「いいえ、一度だけ顔を出しました」クロエはかすかな笑みを浮かべた。「去年。おばのレディ・イースタリーに説得されたものですから。娘たちが、つまり、わたしのいとこたちがみんな結婚して、国じゅうに散らばってしまったため、おばは寂しい思いをしていました。あなたがさきほどおっしゃったのと同じことを、わたしに言いました――貴族社会全体が短期の記憶しか持っていない、と。しかも、すでに五年が過ぎていました。わたしはおばに連れられて音楽会と夜会に何回か出かけました。あちこちのパーティに出ることを承知し、おじのいとこが開いた舞踏会にまで出席しました。ところが、突然ゴシップが流れはじめたのです。妙なささやきが飛びかい、わたしに意味ありげな視線が向けられるようになりました。わたしは最初のうち、てっきり以前のスキャンダルが蒸しかえされたものと思いましたが、じつはまったく別のことが持ちあがっていたのです。予想もしなかったことで、ほんとにくだらない話なのですが。ある朝、わたしが図書館へ出かける支度をしていたら、おばが事情を説明してくれました。そして、ほどなく弟のグレアムがやってきて、おばの言葉を裏づけたのです」

クロエは背中で両手を組んだ。しばし目を閉じ、その目をふたたび開いて話を続けた。

「去年の春、ロンドンにいらしたのなら、レディ・アンジェラ・アランデールにお会いになったことと思います。ヒッチング侯爵家の令嬢の。社交界デビューのためにイングランド北部からやってきて、貴族社会で大評判になった方です」

クロエは思いきって彼にちらっと目を向けた。

「最高級のダイヤモンドだという噂を聞いた覚えがあります」彼が言った。「イングランドの独身男性の半数がその令嬢を追いかけたそうです。ぼく自身は会ったことがありません。会うのを避けていたので。あのころはまだ、結婚の罠にはまりそうな危険はすべて避けることにしていました」

「その方は髪の色も目の色もわたしとそっくりでした。色白の肌まで同じなのです。わたしたちが似ていることが一部で噂になりはじめたとき、年配の貴族のなかに、令嬢のお父さまが若かったころのことを思いだした人々がいました。ハンサムな赤毛の侯爵で、ロンドンで可憐《かれん》なミス・ウェストに言い寄っていたそうです。じつを申しますと、それがわたしの母ですが、侯爵はその後財政難に陥ったため、愛情をよそへ向け、大金持ちの一族の女相続人に求婚しました。その方が現在のヒッチング侯爵夫人というわけです」

クロエが話を中断しても、ベリック伯爵は何も言おうとしなかった。

「その年の社交シーズンが終わる前に、わたしの父と母は結婚しました。あわただしい求婚期間のことを、母はいつもすばらしい恋物語として話してくれました。去年の社交界を騒がせたゴシップを、わたしはひとことも信じませんでした。いまも信じてはおりません。五年前と同じく、知らん顔でやりすごそうと努めました。でも、おばと参加したピクニックで運悪く――そ、そのう、かつて愛した男性と顔を合わせてしまい、挨拶するはめになったのです。向こうは片眼鏡を目に持っていき、わたしの髪をあてつけがましく見てから、よそよそしい態度で軽くお辞儀をして歩き去りました。わざとわたしに聞こえるような声で連れの紳士に話しかけながら。〝婚外子〟という言葉も含まれていました。翌日、わたしは田舎の屋敷に帰りました」

ずいぶん長いあいだ同じ姿勢で立っていたことに、クロエは気がついた。耳鳴りがしていて、頭と鼻孔が冷気に包まれたように感じられ、意識を失いそうな恐怖に襲われた。息を大きく吸って頭をふり、あたりを見まわし、てのひらに指の爪を食いこませて、醜態を演じることのないよう努めた。

「父上に真相を問いただそうとはなさらなかったのですか？」

「ええ」クロエは正直に答えた。「父には、ロンドンに二、三週間もいるとうんざりしてしまう、退屈でたまらず、家が恋しくなった、と言っただけです。でも、やがてゴシップがわたしを追いかけてきました。クリスマスの時期に、近所のお宅にロンドンから何人かが泊まりに来ていて、村のパーティでわたしに気づき、あっというまに噂が広がり、とうとう父の耳にも届いたのです。父は激怒しました。困ったことに……騒ぎを起こしてしまいました。泊まり客の一人に決闘を申しこもうとして、その寸前にようやく誰かが止めてくれました。うちの一家は早めにパーティを切りあげて帰宅し、わたしはそのあとで父に尋ねました。父ははっきり答えようとはしませんでした。〝わたしはおまえのお母さんをひと目見た瞬間から愛してしまった。お母さんもわたしを愛してくれた。おまえのことは、生まれる前から愛していたし、誕生後もずっと愛してきた。わたしにとって、おまえは初めての子、大切な長女だ〟と言いました。祖先に赤毛の人が何人かいた、とも言っていました。でも、母と結婚した正確な日付については、曖昧な答えしか返ってきませんでした。わたしは自分が日付を知らないことに気づきましたが、強いて尋ねることも、ほかの手立てを見つけて調べることもしませんでした。わたしが生まれたのはその社交シーズンの翌年の二月です。ゴシップは信じていません。でも、あなたは気になさるべきですわね。わたしが提案する取引を受け入れるおつもりなら、という意味ですけど。もちろん、そんなおつもりのないことはわかっています」

クロエはようやく姿勢を変えて屋敷のほうを向いた。ゆうべ慎重に考え抜いたわけではない。そうでしょう？　私情を交えずにわかりやすく取引を提案することだけを考えていた。可能性がありそうな気がした。どちらにとっても損のない結婚だから。自分が個人的に背負っているさまざまな重荷のことまでは考えが及ばなかった。どれをとっても、まっとうな男なら彼女と関わりを持つのを躊躇《ちゅうちょ》するだろう。それなのに、いますべてを吐きだしたために精も魂も尽きはて、惨めな気持ちになっていた。そして、自分の暴挙に身のすくむ思いをしていた。

「わたしと結婚しても、あなたにはなんの得にもならないことがよくわかりました、ベリック卿。たとえロンドンで花嫁探しをする手間が省けるとしても。わたしがこんな提案をしたことは、どうぞお忘れください」

「数々のわが欠点のなかに、記憶力の悪さは含まれていないと思います、ミス・ミュアヘッド。いまのお話を忘れるには、かなり記憶力が悪くなくてはなりません」

確かにそうね。

時刻はまだ早朝のはずなのに、不意に太陽がひどく熱く感じられた。クロエの頬が燃えていた。彼はもう何も言うつもりはなさそうだし、彼女のほうもこれ以上言うべきことはなかった。この瞬間、忘却のなかへ足を踏み入れることができるなら、喜んでそうしていただろう。だが、じっさいには、屋敷が信じられないほど遠くにあるように思われた。

膝関節をなくして竹馬になってしまったような気のする脚で、クロエは屋敷をめざして歩きはじめた。背中に彼の視線が突き刺さるのを感じた――あの冷たい虚ろな視線が。


ラルフは祖父と一緒に朝食をとった。幸い、朝食の間にはほかに誰もいなかった。彼が過去の経験から知っているように、公爵夫人はベッドでホットチョコレートを飲んでから一一時ごろに起きる習慣だ。

二人は午前中の残りを公爵の書斎で過ごし、さまざまな事柄について語りあったが、やがて、コーヒーを飲んでいるあいだに祖父が居眠りを始めた。ラルフは黙ってそれを見守りながら、活力にあふれて少々怖いほどだった何年か前の祖父の姿を思いだしていた。孫が悪いことをすれば、激怒して大声で叱り飛ばすが、目には怒りにそぐわない輝きが浮かんでいたものだ。チョッキのポケットにいつも砂糖菓子を入れていたので、片側がわずかに膨らんでいた。

午餐のあと、ラルフは乗馬に出かけた。祖父の主治医に会いに行くと、医者はちょうど遠くの農場から戻ってきたところだった。作男が納屋の屋根裏から落ちて腕を骨折したため、往診を頼まれたのだ。

「公爵閣下にとくに悪いところはありません」グレッグ医師はベリック伯爵に断言した。

「もちろん、ご高齢という点は別ですよ。心臓は昔ほど頑強とは言えないでしょうが、年齢からすれば当然のことですし、寒い季節には風邪をひきやすくなります。リューマチ、軽い痛風、消化不良など、お年のせいでさまざまな病気にかかりやすくなっています。若い人に比べれば弱っておられます。しかし、もしかしたら医者の言葉に反して、若い連中より長生きなさるかもしれません」

ラルフは医者に礼を言い、握手をしてから暇《いとま》を告げた。

では、祖母の取り越し苦労だったのだ。祖父に死が迫っているわけではない。とはいうものの、祖父がいつ最期を迎えるにしろ、跡継ぎが一人しかいないという事実には変わりがない。結婚して自分の息子を何人か作ることが跡継ぎに課せられた義務であり、できることなら、祖父の存命中に実現させたほうがいい。

ラルフはけさの風変わりな出来事をきっぱりと心から払いのけた。ミス・ミュアヘッドが夜までずっと姿を見せなかったおかげで、楽々と払いのけることができた。晩餐の席に彼女がいないことに公爵が気づくと、公爵夫人が説明した──かわいそうに、気分がすぐれないんですって。わたしたちのどちらかに風邪でもうつしたら大変だと言って、自分の部屋に閉じこもっているのよ。

「本当に優しい子だ」公爵が言った。

このやりとりを聞いたあと、朝になったら出発しようというラルフの決心はさらに固くなった。夜は祖父母と共に過ごし、最後に、編み物をする祖母と、椅子の背に頭を預けて目を閉じた祖父に向かって本を朗読した。祖父が軽くいびきをかきはじめると、祖母が〝ほらね〟と言いたげにラルフを見た。ラルフは朗読を続けた。

翌朝、祖父母に別れを告げ、二輪馬車を走らせてロンドンへの帰途についた。空には雲が厚く垂れこめ、いまにも雨になりそうな気配だったが、じっさいにはひと粒も降らなかった。今日の天候はラルフの気分にぴったりだった。彼のために今後のレールが敷かれてしまい、先送りにすることはもうできない。自由な日々は――彼に自由があったとすれば――実質的に終わったのだ。しかし、自由な人間などどこにもいないとしたら？　すべてがあらかじめ決められているとしたら？　だが、そんなことを考えていても気分が滅入るだけなので、胸の思いをふり払い、別のことに考えを向けた。

昨日の朝のことに。

玉の輿《こし》を狙っているだけだろうか？　金目当てであんな提案を？　心の冷たい女？

〝結婚する資格がないからです〟

公平な目で見るなら、ミス・ミュアヘッドに降りかかった悲劇はどれも彼女自身の責任ではないと言っていいだろう。初めての社交シーズンを楽しんでいたときに、妹がろくでなしのフレディ・ネルソンと駆け落ちした。彼女の話に出てきた劇作家というのは、たぶん、ネルソンのことだろう。華やかな生き方が頭脳と才能の代用品になると信じているように見える男。妹の駆け落ちのせいで貴族社会から爪弾きにされても、彼女は黙って耐えただけだった。それにしても、グレアム・ミュアヘッドとなんとよく似ていることか。グレアムは決闘の場に赴いたが、拳銃を手にすることも、弾丸をよけるために身体を斜めにすることも拒んだという。

また、彼女に言い寄ってきた男が――彼女の口から名前は出ていないが――最低の恥知らずだったのも、彼女の責任ではない。そして、彼女の母親がかつて鮮やかな赤毛の男性に無分別に身を委ねたのも、母親がミュアヘッドとあわてて結婚し、一〇カ月後に生まれた娘にその赤毛が遺伝したのも、彼女の責任ではない。

このゴシップが――珍しくも――真実であることを、ラルフはほとんど疑っていなかった。ミス・ミュアヘッドも口では否定したものの、おそらく疑ってはいないだろう。

こうした不祥事のどれをとっても彼女の責任ではないのに、結婚する資格をなくしてしまったのは事実だ。誰かに求婚する手間を省きたいがために、ぼくがミス・ミュアヘッドとの結婚を承知するだろうと思うなんて、彼女もどうかしている。いや、やけになっただけかもしれない。芳しくない評判が立っていたにもかかわらず、祖母が彼女を客として屋敷に迎えたのは事実だが、その彼女と結婚するなどとぼくが宣言したら、いくら祖母でもヒステリーの発作を起こすに決まっている。母と姉妹の反応に至っては考えたくもない。

ラルフは頭をふってミス・ミュアヘッドのことを払いのけた。もっと差し迫った憂鬱な用件がいくつもあって、そちらを先に考えなくてはならない。

本当なら、今夜からさっそく花嫁探しにとりかかるべきだった。貴族のなかでも最高の身分の人々とその令嬢が出席する舞踏会の招待状まで捜しだした。ところが、自宅に帰り着き、一人きりの晩餐を終えたあと、舞踏会に出るかわりにグローヴナー広場のスタンブルック邸を訪ねることにした。もしかしたらスタンブルック公爵ジョージが在宅しているかもしれないと期待してのことだった。

ラルフにとって、ジョージは友人と父親を兼ねたような存在で、負傷した兵士たちのために何年も前に自宅を病院として開放し、治療のための時間と場所を与えてくれた人だった。ただ、ほとんどの者は気づいていないことだが、治療というのは折れた骨を接ぎあわせたり、切創や裂傷を縫いあわせたりするだけではないことを、ジョージは承知していた。苦悩に苛まれて砕け散ってしまった心に安らぎと穏やかさを与える必要もある。本当の治癒には時間がかかる。おそらく、一生の仕事になるだろう。スタンブルック邸にもっとも長く滞在した六人はそれぞれ、〝ジョージにとって自分は特別な存在なのだ〟という思いを抱くことができた。

ジョージが与えてくれたのと同じぐらいの思いやりを彼に注いだ者が、自分たちのなかに誰かいただろうか、とラルフはしばしば疑問に思ったものだ。ジョージ自身がナポレオン戦争の戦場に出ることはなかったものの、彼もやはり、仲間の誰にも劣らぬ深い傷を負っている。

ジョージは屋敷にいた。しかも、まるで奇跡のごとく、外出の予定がなかった。ラルフが客間に通されると、暖炉のそばにジョージがすわっていて、肘のところにポートワインのグラスが置かれ、片手に開いた本があった。ジョージが本を閉じ、歓迎の笑みを浮かべて脇に置いたとき、ラルフは初めて、いきなり押しかけてきたのは身勝手なことだったと気がついた。ジョージは自宅で静かに過ごす夜を楽しみにしていたかもしれない。

「ラルフ」ジョージは立ちあがって片手を差しだした。「ここに来て、火のそばで温まりなさい。わたしがきみの飲みものをグラスに注《つ》ぐあいだに」

二人でたわいない雑談をしばらく続けるうちに、ラルフの気分もほぐれてきた。

「サセックス州へ行ってきたばかりなんです」ようやく本題に入った。「祖母に呼ばれたものですから。でも、ひきとめられはせず、早々に追いかえされました。なるべく早く花嫁探しにとりかかるようにと言われて。そして、祖母の永遠の怒りを買うのがいやなら、新婚初夜に子供を作るようにとも言われました」

ジョージは静かな同情を浮かべた目でラルフを見た。

「おじいさまのお加減が悪いのかね？」

「もう八〇代ですから」ラルフは説明するかわりに言った。

「後悔しているのではないだろうね？」ジョージは尋ねた。「ミス・コートニーから離れたことを」

ラルフはたじろぎ、グラスをゆっくりとまわしながら、注がれた酒に視線を落とした。ミス・コートニーというのは彼の親友の一人であるマックス・コートニーの妹だ。いや、いまは亡き親友の一人と言うべきか。ラルフは少年のころから、まだ幼子だった彼女を知っていた。学校が休みになってマックスの家へ泊まりに行くと、かならず彼女をからかったものだし、少し大人になってからは、冗談半分で口説き文句を口にしたこともあった。コーンウォール州で三年を過ごしてからロンドンに戻ったあと、社交界の催しの場で一度ならず彼女と顔を合わせ、そんなときの彼女は幸せそうに顔を輝かせて、大好きな兄のそばに戻ったような気がすると言ったものだった。未婚の令嬢が独身の紳士と個人的に手紙のやりとりをするのは軽率なこととされているが、彼女はラルフに手紙をよこすようになった。ラルフはミス・コートニーの心に恋愛感情が芽生えるのを恐れた。なるべく彼女を避けるようにし、ときには手紙が届いても返事を出さないこともあり、出したとしても感情を交えない短い返事にとどめておいた。この春、ミドルベリー・パークに滞在していたときに彼女から手紙が届き、イングランド北部出身の牧師と結婚することになったと知らせてきた。ラルフはマックスの死後、彼女にほとんど慰めの言葉をかけなかったことや、彼女がそれとなく示した愛情を無視したことに罪悪感を覚えた。彼が感情を分かちあえる相手は〈サバイバーズ・クラブ〉の仲間だけだった。

「彼女に差しだせるものがぼくには何もなかったんです、ジョージ」ラルフは言った。「結婚すれば、惨めな人生を押しつけることになったでしょう。彼女を大切に思うからこそ、縛りつける気にはなれませんでした」

ジョージは無言だった。グラスの酒を軽く飲むと、椅子にもたれて脚を組み、空いているほうの腕を椅子の肘掛けから垂らした。優雅なくつろぎを絵に描いたような姿だ。ラルフに視線を向けたが、けっして見つめようとはしなかった。これがジョージの天性の才能だった。

その姿勢、その沈黙、その視線。待っている。誘いかけている。だが、強要することも、批判することもけっしてない。

ラルフは自分のグラスを置くと、椅子の肘掛けに肘をのせ、両手の指を顎の下で尖塔《せんとう》の形に合わせた。暖炉に視線を据えた。

「ぼくはどんな女性の人生も惨めにしてしまうでしょう。令嬢を誰か一人選んで結婚することはできます。ぼくの家名と富と権力で妻を守ることもできます。ベッドを共にして子供を作ることもできます。でも、そこまでしかできません。それでは充分とは言えないのに」

「多くの女性がそれを天国と呼ぶはずだ」ジョージは穏やかな口調で言った。

「ぼくはそうは思いません」ラルフは言った。

「そうだな」しばらく沈黙を続けたあとで、ジョージは同意した。「天国とは呼べないね」

ラルフの視線がジョージの目をとらえた。すべての感情が欠如し、愛情すら感じられない結婚がこの世の地獄であることに、ジョージも同意したのだ。彼が自分の結婚生活について語ったことは一度もない。とても若いときに新婚生活が始まり、イベリア半島で一人息子が戦死したあと、妻が自ら命を絶ったときに結婚は終わりを告げた。

ラルフは言った。「大規模な結婚市場で夫を見つけようとして必死になっている令嬢は山ほどいます。理想的な夫を。ぼくだって誰にもひけをとらない理想の花婿候補です。ぼくをつかまえることができれば、どんな令嬢でも有頂天になるでしょう。たとえこんな顔をしていても」尖塔を作っていた手の片方を離し、傷跡がある頬を指さした。

「傷のせいでよけい魅力的だと言っている者もいるぞ」ジョージは言った。

「ぼくはそういう令嬢の一人と結婚しなくてはなりません」ラルフは冷酷な声で言った。「なるべく早く。そして、令嬢の夢を打ち砕き、その人生を破滅させてしまう」

「だが、きみがそれを自覚し、自分で選ぶ令嬢に哀れみを感じていることからすると、きみには思いやりの心がある。人を思いやることができるのだ。自分ではまだそれに気づいていないだけで」

ラルフは暗い表情でジョージを見つめた。

「あなたを恨むべきでしょうね」と言った。

ジョージは両方の眉を上げた。

「命を助けてもらったから」ラルフは言った。「一度ならず」

それは二人が長いあいだ触れようとしなかったことだ――ラルフは過去に何度か自殺を図っている。また、死のうと決心したものの、かわりにジョージと話をし、説得されて思いとどまったこともある。

「で、そうなのかね？」ジョージは尋ねた。「わたしを恨んでいるのか？」

ラルフはその問いには答えなかった。暖炉の火に視線を戻した。

「ある女性がいます」そう言って黙りこんだ。

その女性のことは考えたくなかった。

ジョージはふたたび黙りこんだ。

「去年、レディ・アンジェラ・アランデールにお会いになりましたか？」ラルフは尋ねた。

「社交界の話題をさらったあの令嬢のことかね？　若き御曹司の大群と何人かの年配紳士に追いかけられても、誰にもなびこうとしなかった。今年も社交界に顔を出しているのかね？〝ある女性〟というのは彼女のことなのか？」

「それから、別の令嬢に関するスキャンダルを耳にされたことはありませんか？　レディ・アンジェラに瓜《うり》ふたつで、十中八九ヒッチング侯爵の婚外子に違いないと噂されている女性ですが」

「あるとも」ジョージは言った。「ヒッチング侯爵の鮮やかな赤毛と緑の瞳を受け継いでいて、正妻が生んだ娘とそっくりなため、ゴシップの種にされてしまうとは、なんと不運な女性だろうと思ったものだ。だが、わたしの記憶が合っているなら、厳密には婚外子ではなかったはずだ。どこかの準男爵の娘として認知されている。ええと……確か、ミュアヘッドといったかな」

「そうです」

「彼女がその女性なのかね？」ジョージは尋ねた。

「ぼくの祖母のもとに身を寄せ、マンヴィル館で暮らしているのです」ラルフは説明した。「その女性のいまは亡き母親が祖母の名付け子だったので。彼女がマンヴィル館にやってきたのは、おそらく、実家で父親と暮らすのが辛《つら》くなったからでしょう。父親は根も葉もないゴシップだと主張しながら、そのゴシップを実家の周辺に広めた相手と決闘する寸前までいったようです。昨日、彼女からおたがいの利益になるという取引を提案されました。彼女は夫をほしがっているが、感情的な絆は求めていない。そして、ぼくも妻を必要としているが、感情的な絆を差しだすつもりはないことを、彼女は承知しています」

「ならば、まさに理想の組み合わせだ」ジョージは柔らかな口調で言った。

「そうかもしれません」ラルフはうなずいた。

やや重苦しい沈黙が長く続き、そのあいだに暖炉の薪《まき》がはぜて、火の粉を煙突へ吹きあげた。

「きみはその不運なレディと無分別としか思えない関係を結ぼうとしているように見えるが、その理由を聞かせてくれたまえ」ジョージは言った。「ひょっとすると、そういう女性なら、学業を終えたばかりの無垢な令嬢に比べて傷つく度合いが少ないはずだ、と思いこんでいるのかね？　だとしたら、気をつけなくては、ラルフ。誰もが同じように傷つくのだよ。社交界から爪弾きされたレディだろうと、きみだろうと。だが、とにかく聞かせてくれたまえ」

ふたたび話を始める前に、ラルフは陰鬱な表情で暖炉の火を見つめた。

〝誰もが同じように傷つくのだよ〟

4

　これが最後のチャンス――昨日、ベリック伯爵に結婚の提案をしたとき、クロエはそう思った。最後のチャンス。ええ、間違いなくそうだった。そして今日、チャンスは消えた。彼が消えてしまったのと同じように。

　昨日はあれから、気分がすぐれないと言い訳をして部屋に閉じこもっていたが、けっして嘘ではなかった。ふたたび彼と顔を合わせることを考えただけで、胃のあたりが苦しくなり、吐き気に襲われた。彼以外の人とも、さらに言うなら、自分自身とも顔を合わせたくなかった。公爵夫人の歓待を踏みにじった気がした。大切な孫息子にクロエがどんな話を持ちかけたかを知ったら、公爵夫人は唖然《あぜん》とするだろう。

　クロエは窓のカーテンを閉じ、肩にはおったショールを胸にしっかり巻きつけてベッドの上で脚を組んだまま、何時間も宙を見つめて過ごした。立ちたくなったことが一度か二度あり、そのときに思った――立ちあがれば、化粧台の鏡に映った自分の姿が見える。そして、立ちあがれば、人生が続いていくことと、その人生を歩んでいく以外に選択肢がないことを認めるしかなくなる。最期のときを迎えるまでわびしい日が延々と続くだろうが、運命は意地悪で、最期の日ははるか先のことに決まっている。九〇ぐらいまで長生きしそうな気がする。

一八歳以降の人生は失望と悲劇の連続で、なかでも最悪だったのが去年の噂だった。噂が本当なら、自分のこれまでの人生は偽りの上に築かれていたことになる。もちろん、彼女自身も疑いを持ち、いまも疑っている。お父さまは本当の父親じゃないのかもしれない。ヒッチング侯爵！　この名前を聞いただけで、身体の芯まで冷たくなる。それなのに、昨日の朝はまだ、未来に何かが待っていることを図々しくも期待していた。その希望が打ち砕かれ、絶望のどん底に突き落とされてしまった。

またしても。

なんだか、そこがなじみの居場所のような気がしてきた。でも、こうして落ちるところまで落ちてみると、それも悪くないかもしれない——けさ目をさまし、何時間か眠れたことを知って驚きながら、クロエはそう思った。少なくとも、これ以上は落ちようがない。それに、ベリック伯爵と顔を合わせる心配だけはせずにすむ。呼び鈴を鳴らして湯を頼んだとき、運んできたメイドが「伯爵さまはすでにマンヴィル館をお発《た》ちになりました。二輪馬車に乗り、荷物用の馬車と従者と一緒に」と告げたのだ。

ほかに何をするあてもなかったため、クロエは一階に下りた。食欲はまったくないものの、朝食の間へ向かいながら、恵まれている点をひとつひとつ数えあげた。感謝すべきことはいくつもある。とりわけ、自分がマンヴィル館の使用人ではなくて客であり、公爵夫人がつねに優しく接してくれるのは、ありがたいことだった。好きなところを自由に散策できるし、屋敷の周囲の庭園に出れば、美しい雄大な景色を楽しむことができる。そして夏が近づいている。日差しと暖かさがあれば、あらゆるものがすてきに見える。ええ、そう、恵まれている点はたくさんある。生きていくために大きな犠牲を払わなくてはならない女性が、世の中には何千人もいる。

父親のことに思いが向いた。クロエが家を出ると知って父は愕然とし、彼女がそれを実行したときにはさらに愕然としていたが、そんな思い出をクロエは頭から払いのけた。あのときは家を出るしかなかった。心の整理をするあいだ、家族と距離を置く必要があった。どんな整理をするつもりかは、自分でもわからなかった。自分が父を信じているにしても、信じていないにしても。

お父さまを信じているのなら、わたしはどうしてここに来たの？

ベリック伯爵がロンドンへ戻った四日後、クロエはいつもより長い散歩に出かけた。晩春の寒さが夏の初めの暖かさに変わったように思われる日で、太陽が輝いていた。公爵夫人は午後の訪問に出かけていったが、その前に午餐をとったとき、いたずらっぽい笑みを浮かべて、クロエを連れていくのはやめると言った。訪問先のブース夫人は耳がひどく遠くなっているので、年寄り仲間が一人で訪ねていくほうが向こうも気楽だろう、というのだった。

クロエはオークの老木に近づかないよう気をつけながら、屋敷の東側の芝生を横切り、川と太鼓橋のところまでやってきた。橋を渡ると野原が広がっていて、そこが庭園の中心部分と言ってもいいが、きっちりした手入れを避けて、野生の雰囲気を漂わせる設計になっている。風にそよぐ草のあいだにデイジーとキンポウゲとクローバーが咲き乱れ、日差しを受けた野原が彼女を差し招いているかに見える。川のこちら側にいても、花のあいだを飛びかう蝶々《ちょうちょう》が目に入る。しかし、今日の彼女は太陽の光を浴びて喜びに浸る気にはなれなかった。たぶん、いつか別の日にでも……。

橋を渡るかわりに手前の岸辺を歩いていくと、ほどなく、川の両岸に鬱蒼《うっそう》と茂る木々が作りだす日陰になった。このあたりの水は深い緑色を帯びているが、西側の下り斜面に近づくにつれて流れが速くなり、白く泡立って小さな渦を巻きはじめ、早瀬に変わり、いくつもの滝となって、下に広がる大きな自然湖へ流れ落ちていく。クロエは歩調をゆるめて、水と植物の香りを、無数の色合いの緑と木漏れ日を、瀬音と小鳥のさえずりを楽しんだ。

でこぼこの小道に顔を出している自然の踏み石をたどりながら、クロエは慎重に歩いていった。もっとも、幸いなことにどの石も乾いていて、足をすべらせる危険はまったくない。

やがて、日が燦々《さんさん》と降り注ぐ湖畔に出た。日陰と滝の音が背後へ遠のいた。

クロエはいまもまだ、恵まれている点を数えつづけていた。屋敷に閉じこもってばかりいないで外に出てみようと思えば、いつでもこの庭園を散歩できるのは、なんと幸せなことだろう。好きなだけずっと暮らせる家があるのも幸せなことだ。いつまでここにいるつもりか、自分でもわからない。もちろん、いずれは実家に帰るしかない。グレアムとルーシーは間違いなくお父さまの子供だけど、お父さまはわたしのこともつねに分け隔てなく可愛がってくれた。あのゴシップとわたしの質問がお父さまをひどく苦しめたことはわかっている。本当のことを話してくれたのかどうか、わたしにはわからない。たぶん永遠にわからないだろう。気にすることはないのかもしれない。いずれにしても、わたしはお父さまを愛している。とにかくそれだけはわかっている。

でも、何が真実なのかを、疑問の余地なく知ってしまったら……。

二六歳にもなってから、自分の存在に疑問符がついたことを知り、大好きな父が実の父親ではないかもしれないという疑いを持つのは、耐えられないほど辛いことで、同じ経験をした者でなければ、その気持ちはおそらく理解できないだろう。去年の春、大急ぎでロンドンを離れたのは、ひとつには、どこかでヒッチング侯爵とばったり出会い、親子の絆のようなものを感じたらどうしようという恐怖があったからだ。いや、恐怖より始末に負えない感情、つまり、容赦なきパニックだった。ぜったい会いたくない相手、通りすがりにちらっと目にするのさえ厭《いと》わしい相手がこの世に一人いるとすれば、それはクロエが誕生する一〇カ月前に彼女の母を知っていた男性だ。

クロエは頭から離れようとしない不快な思いをもう一度ふり払い、安らぎに満ちた周囲の景色を楽しもうと努めた。身をかがめて平らな石をいくつか拾ってから、左右に枝を垂らしている柳の木の幹にもたれると、垂れさがった枝のなかに自分だけの世界があるように感じた。湖面は青く、太陽の光を受けてきらめいている。柳の葉は鮮やかな緑色だ。あたりは小鳥のさえずりに満ちている。

石のひとつを右手に持ち、親指で慎重に位置を定めてから、子供のころに父親が根気強く教えてくれたとおりの方法で水面に向かって石を投げ、跳ねさせようとした。しかし、ずっとやっていなかった。水面にぶつかった石は一度も跳ねることなく沈んでしまった。

でも、一回挑戦しただけであきらめてはだめ。いえ、たとえ二〇回挑戦しようとも。次に投げた石は水面で五回も跳ねて——新記録だ——湖のなかほどまで飛んでいき、ついに沈んだ。クロエは得意げに微笑した。お父さまだって、こんなに上手にできたことはなかったわ。

ああ、お父さま。不意に泣きたくなった。

石が五回跳ねたところで満足すればよかったんだわ——三個目と四個目も一回跳ねただけだったし、五個目も渋々といった感じで一回だけ跳ねてから沈むのを見ながら、クロエは後悔のなかで思った。でも、挑戦したおかげで、達成感のようなものが得られた。少しだけ明るい気分になれた。

「手首をひねるのがコツだ」すぐそばで声がしたので、クロエはびくっとして飛びあがり、手のなかに残っていた三個の石を落としてしまった。

左手に枝垂《しだ》れている柳の葉の向こうを透かし見た。しかし、その声は聞き間違えようがなかった。庭師の誰かの声ではない。柳の木からわずか二、三メートル離れた草むらにベリック伯爵が立っていた。屋敷からここまでじかに続く道をやってきたに違いない。乗馬用の服装で、渋い色合いの長い上着の前をあけたままはおっている。シルクハットが彼の顔に影を落としているが、恐ろしげな傷跡は隠しきれていない。乗馬鞭でブーツのしなやかな革を軽く叩いていた。クロエは自分の心臓が跳ねあがって喉に飛びこみ、逃げようとする小鳥のごとくそこで激しく動悸《どうき》を打っているかに感じた。

「もう少し早くここにいらしていれば、わたしの投げた石が五回も跳ねるのをご覧になれたでしょうに」

「嘘だ」彼が言った。

「本当です」クロエは言いかえした。

この人、どうしてマンヴィル館に戻ってきたの？　しかも、屋敷でじっとしているかわりに、この湖畔まで来るなんて。ここに立っている自分が気恥ずかしくなった。これじゃまるで、姿を見られるのがいやで、柳の葉の陰に身を隠しているみたい。クロエは葉をかき分けて草むらに出た。

彼が悠然と彼女を眺めた。眉間にかすかなしわが刻まれ、冷ややかな目は表情が読めない。クロエは背中で手を組み、孤独を求めてやってきた彼より先に来ていたことを謝ろうとする自分を抑えた。この人はわたしに声をかけずに通り過ぎることもできたはず。この人が来たことにわたしが気づいていないのは、ひと目でわかっただろうから。

でも、こちらに着いたばかりなのに、どうして孤独を求めて庭に出てきたりしたの？　ブーツが薄く土埃《つちぼこり》をかぶっている。つまり、今日は二輪馬車を走らせるのではなく、馬に乗ってきたのね。ロンドンからずっと馬で来たの？　なぜ？

クロエは彼が沈黙を破るのを待つかわりに、ひどく愚かなことを口走った。

「先日の朝のことを謝ろうとは思っておりません。自分の提案についてじっくり考える時間があったので、考え直すことにしました。あれは愚かな衝動以外の何物でもなかったのです。もう忘れました。いまは公爵夫人のために、あなたがロンドンから嬉しい知らせを持っていらしたことを願っております」

「考え直した？」伯爵はしばらくのあいだ、乗馬鞭をブーツの片方にリズミカルに打ちつけていたが、やがて言った。「残念だな。あなたに結婚を申しこむつもりで戻ってきたのに、ミス・ミュアヘッド」

公爵さまは書斎でうとうとしておられます――屋敷に着いたラルフに執事のウェラーが告げた――奥方さまはブース夫人のお宅へ午後の訪問にいらっしゃいました。ミス・ミュアヘッドはご一緒ではありません。申しわけありませんが、どこにおいでか、わたくしは存じません。

彼女は客間にも居間にもいなかった。両方ともものぞいてみたのだが。東側のテラスにもいなかった。庭師を呼び止めて尋ねたところ、一時間ほど前に東側の芝生を通って川のほうへ歩いていく姿を見かけたとのことだった。しかし、川岸にも、橋の向こうの野原にも、彼女はいなかった。橋まで行って右のほうを見てみたが、そちらへ行けば馬車道に出るから、門を通り抜けて村のほうへ向かうことになる。村が彼女の目的地だったなら、自分も姿を見かけていたはずだ。村へ行くのに、なぜそんな遠まわりの道を選ぶだろう？　左側の道を行けば、木立のなかに入り、川の湾曲部分を通り過ぎ、そこから流れが急になって、滝がいくつも続くようになる。そちらの道を歩いていけば最後は湖に出る。こんな麗《うら》らかな日は、湖へ出かけたと考えるほうが自然だ。

ラルフは屋敷に戻って湖までの近道をたどり、急斜面の西側の芝地を下りていった。湖に着いたが、彼女の姿をうっかり見落とすところだった。湖畔には誰もいないように思われた。だが、そのとき、近くにある枝垂れ柳の葉の陰から石が弧を描いて飛び、水面で一回だけ跳ねた。角度が急すぎるため、もう一回跳ねるのは無理だった。水に沈んで見えなくなった。人の手で投げられたものに違いない。それも、あまり上手ではない人の手で。次の石が飛んだ。さらにもう一個。どちらも同じ結果だった。

そのとき、彼女の姿が見えた。柳のほっそりした幹に背を向けて立ち、緑色のドレスが周囲に完全に溶けこんでいる。ただ、ボンネットをかぶっていないため、たとえ彼女が身を隠そうと願ったところで、赤毛ですぐにわかってしまう。ボンネットをかぶらない主義なのだろうか？

彼がそばまで来たことに向こうはまだ気づいていない様子だったので、ラルフは愚かにも、気づかれる前にひきかえそうとした。いや、何を考えてるんだ？　馬に乗り、荷物と従者を積んだ馬車をあとに従えて、はるばるここまでやってきた目的はただひとつ、彼女に会って二人だけで話をするためだった。運が味方をしてくれた——祖父母のどちらともまだ顔を合わせていない。

ジョージを訪ねた翌日の夜、ラルフは舞踏会に出た。もちろん、珍しいことではない。舞踏会にはよく顔を出している。たいてい、顔見知りの貴婦人たちと何曲か踊る。一曲も踊らないのは主催者の女主人に対して失礼だ。ただ、今夜は珍しくも、女主人のレディ・リヴァーミアにつかまって腕をとられ、賞品のトロフィーを見せびらかすかのように連れまわされて、初対面の若い令嬢たちに延々と紹介されることになった。もちろん、その母親たちにも紹介された。名家の令嬢が母親の付き添いなしに舞踏会に出ることはありえないし、踊るとき以外はつねに母親がそばについているものだ。

ラルフは自分の母があらかじめレディ・リヴァーミアに話をしておいたのではないかと勘ぐった。この二人は単なる顔見知りという以上の親しいつきあいだ。

夜の時間が過ぎるにつれて、周囲で好奇のざわめきが高まっていくのが感じられた。彼の気のせいでないことは確かだった。なにしろ、ダンスが続く長い夜のあいだにできるだけ多くの令嬢と踊る約束をさせられていたからだ。本来なら喜ぶべきことだった。ラルフが何も努力しなくても、社交シーズンを彩る有力な花嫁候補を何人も紹介され、それと同時に、彼が今年こそ本格的な花嫁探しにとりかかったことを広く知ってもらえるからだ。時間をかけて花嫁探しをする手間を省きたいと彼が本気で思っているなら、今夜のうちに相手を選んで、翌日その令嬢の父親に挨拶に出かけ、夜が来る前に結婚の申込みをすませることになる。次の日には、どの朝刊にも婚約の記事がのる。不安定だった彼の人生のすべてが安定したものに変わるだろう。

とても簡単なことだと彼が信じていたのは、虚栄心のせいではなかった。なんといっても、伯爵という称号と財産がある。それだけではない。公爵家の跡継ぎだし、現在の公爵は八〇代の老人だ。公爵家の領地はイングランド全土にわたっていて、いずれも広大で、豊かな利益をもたらしてくれる。

一緒に踊った令嬢はほとんどが可憐なタイプだった。若くて、優雅で、洗練された好ましい礼儀作法を身につけていた。快活なタイプも何人かいた。一人か二人は知的な感じで、ちゃんとした会話ができるようだった。もっとも、会話に向いていない舞踏室でそこまで判断するのはむずかしい。全員が結婚相手として申し分のない令嬢ばかりで、彼の顔の傷に嫌悪の表情を見せたのは一人だけだった。

最後のダンスが終わったとたん、ラルフは帰宅してベッドに入った。〈サバイバーズ・クラブ〉の仲間はどうやって結婚に漕《こ》ぎつけたのだろう？　最初がヒューゴとヴィンセント、次がベンとフラヴィアンだった。どうやってすべてを捨て去り、生涯にわたって結婚に縛られる身となったのか？　惨めになるだけかもしれないし、それに劣らず重要なことだが、妻までも惨めにするかもしれないというのに。どうやって先のことを見通したのか？　それとも、見通してはいなかったのか？　幸せになることを願い、残りの人生を危うい可能性に賭けただけだったのか？

ラルフが知るかぎり、義務感から仕方なく結婚した者は、仲間内には一人もいない。まあ、ひょっとすると、ヴィンセントはそうだったかもしれない。しかし、舞踏室に立ち、このなかから生涯を共にする相手を選ばなくては、などと覚悟した者はいなかったはずだ。

舞踏会から帰宅したあと、夜の時間はあまり残っていなかった。ラルフはベッドを覆っている豪華なひだ飾りつきのサテンの天蓋をじっと見上げて考えこんだまま、夜を明かした。彼の頭に浮かんでいたのは、今夜紹介された生身の花嫁候補たちではなく、結婚する資格のないミス・ミュアヘッドのことだった。

結婚する資格がないというのは本人が言っていることだ。たとえ噂が本当だったとしても、建前からすれば、結婚する資格がないなどということはない。彼女が誕生したとき、サー・ケヴィン・ミュアヘッドがわが子として認めたはずだ。ただ、運の悪いことに、ヒッチング侯爵と、その嫡出子である令嬢と同じ色の髪をしているため、去年流れたゴシップを誰もが信じないではいられなかったのだ。また、彼女が背負わされた重荷はほかにもあった。妹が一七歳のときに、妻がまだ存命中だったフレディ・ネルソンと駆け落ちし、次は、弟のグレアム・ミュアヘッドが決闘騒ぎに巻きこまれてしまった。父親はわがままな妹娘を勘当するかわりに家に連れ帰り、そのあとでおそらく、妻を亡くしたばかりのネルソンにまとまった金を渡して、娘が出産する前に結婚してほしいと頼みこんだのだろう。そのため、ミス・ミュアヘッドは人前で恥をかかされ、交際相手に捨てられ、〈オールマックス〉への出入りを拒まれた。

〝結婚する資格がない〟という表現は、このような場合には控えめすぎる。ぼくのほうは結婚する義務がある。結婚に個人的な満足は期待していないから、相手は誰でも構わない。だから、理想の花嫁候補であり、洗練された若い令嬢を選んで祖父母と母親を喜ばせるのがぼくの義務だ。未来の役割をすなおに受け入れ、スキャンダルには無縁のままで生きてきた令嬢を。

今夜の舞踏会でそうした申し分のない相手を少なくとも六人ほど紹介された。それなのに、ラルフは眠れぬまま横になり、ミス・ミュアヘッドのことと、あの馬鹿げた図々しい申し出について考えていた。双方が同意すべきだと彼女は言った……何に？　取引に。

とんでもない取引だ。

ラルフは翌日、母の屋敷を訪ねた。やはり、母がレディ・リヴァーミアにあらかじめ話をしていたようだ。もっとも、母自身は舞踏会に顔を出さなかったのだが。彼が注目を集めたことも、興味と興奮のざわめきをひきおこしたことも、どんな相手と踊ったかも、すでに母の耳に入っていた。彼が交際を申しこみ、やがて求婚を始めるのにぴったりの若い令嬢たちの特別なリストを、母が作っておいたのだ。その数は全部で一二人。「あなたはゆうべ、そのうち四人と踊ったでしょ。次の四人については、近いうちに午後のお茶に招くことにするわ。それぞれのお母さまと一緒に。でも、目的が露骨に表に出ないよう、ほかにも何人かの貴婦人に声をかけなくては。でね、その午後たまたま、あなたが母親のところに顔を出すというわけ。残りの四人は……」

ラルフは母親の話に耳を傾けるのをやめた。

マンヴィル館を去った四日後、気づいたときには、ふたたびそちらへ向かっていた。ミス・ミュアヘッドに会うためだった。不意に、彼女のいわゆる〝取引〟が最上の選択肢のように思えてきた。少なくとも、どちらも結婚によって傷つくことはない。何も期待していない者がどうして失望できるだろう？　彼女は夫と子供と家庭を求めている。どんな女性にとっても当然の望みだ。ぼくのほうは妻と子供を必要としている。愛とか、ロマンスとか、ロマンティックな気質の人々が幸せな結婚に必要だと思っている細やかな感性といったものは、二人とも期待していないし、求めてもいない。そうしたものをぼくは何ひとつ差しだせないし、彼女のほうも望んでいない。彼女は愛に絶望している。

ラルフはジョージが愛について語ったことを心から遠ざけようとした。

彼女は結婚する資格がないと言っている。そうかもしれない。だが、それは理不尽なことと言うべきだろう。この六年のあいだ、彼女は芳しくない騒ぎに次々と巻きこまれてきたが、当人にはなんの落ち度もなかった。それに――ラルフは彼女を選ぶ最後の決め手となった要素を思いだした――彼女が望んでいるのは、田舎で静かに暮らすことだ。ロンドンにも、社交界の無数の催しにも、いっさい関わりたくないという。それは彼も同じだ。

とにかく、すなおに常識を働かせるかわりにいくら理屈をこねて自分を正当化しようとも、こうしてここに来てしまった。

〝あなたに結婚を申しこむつもりで戻ってきたのに、ミス・ミュアヘッド〟

しかし、ラルフがこう言ったのは、彼女が自分の考えを述べたあとのことだった。

〝自分の提案についてじっくり考える時間があったので、考え直すことにしました。あれは

愚かな衝動以外の何物でもなかったのです。もう忘れました〃
気概のある言葉を口にした彼女を、反骨精神を発揮した彼女を、ラルフはこれまでより好ましく思った。顎をつんと上げ、戦闘的と言ってもいい光を目に宿した彼女に、前より好意を抱くようになった。
「どうして?」いまここで彼女が尋ねた。挑みかかるような口調だった。

5

クロエはいまも背中で手を組んだままだった。しっかりと。なぜか、どちらの手も中指と人差し指を十字の形に重ねていた。

「ぼくは結婚しなくてはならない」クロエの質問に答えて、ベリック伯爵は言った。「ならば、ぼくには与えられないものを期待することも、切望することもない相手を選んだほうがいい。家名と、それに付随するすべてのものを差しだすことはできるし、相手の将来を保障することもできる。また、身の安全と、高い身分と、安楽な暮らしを与えることもできる。家庭と子供も与えよう。正直に言うと、ぼくがもっとも熱心に努力するのが子作りだ。だが、こうしたことをきみは残らず知っている。ぼくの富と地位につきものの物質的な贅沢はすべてきみに差しだそう。きみが体面を汚さない程度に自由にふるまうことも許可しよう。ただ、愛やロマンスを差しだすことはできないし、感じてもいない愛情を装うこともできない。もちろん、きみに揺るぎなき敬意を示し、大切にするつもりでいる。きみは何日か前の朝、結婚して自分の家庭を持ち、自分の子供を産みたいと言った。結婚生活に心の絆を求めるつもりはないとも言った。それで合っているだろうか、ミス・ミュアヘッド?」

彼の目にも声にもまったく感情がなかった。だが、口にしているのは結婚のことだ――この人とわたしの結婚。いかに努力したところで、ここまで淡々と話すことはできないだろう。でも、もちろん、すべてはわたしが始めたこと。この人がおばあさまに語ったことをそばで聞いていて、夜になってからそのときの言葉を思いだし、自分の立場を改善するかすかなチャンスを目にしたのだ。

改善？

〝ただ、愛やロマンスを差しだすことはできないし、感じてもいない愛情を装うこともできない〟

この人にいったい何があったの？　学校時代はこんなふうじゃなかったはず。グレアムの話に出てきたこの人は、活気に満ち、カリスマ的な魅力にあふれた人で、誰もが喜んでついていこうとするリーダーだった。

「ええ」彼と同じく冷淡な口調で、クロエは答えた。「合っています」

「では、きみに結婚を申しこむとしよう」

ずいぶん簡単ね。〝はい〟と答えるだけで、妻になり、母親になれる。自分の家庭を持ち、既婚婦人として安定した暮らしと世間的な体面を手に入れることができる。たとえ彼に先立たれたとしても、自分は基本的に家のない根無し草で身元も定かではないという思いは二度とせずにすむだろう。ベリック伯爵夫人クロエ・ストックウッドになるのだ。男性と暮らすのがどういう感じなのかを知ることができる。それが知りたくて、クロエは何年間も思い悩み、レディにはふさわしくないひそやかな憧れに胸を痛めてきた。

〝では、きみに結婚を申しこむとしよう〟

目を閉じ、こんな味気ない条件のもとで結婚したら、未婚のままで生きていくより惨めになるのではないかと不安になった。でも、どうして惨めになると言えるの？　このまま暮らしていくぐらい惨めなことはない……。

〝きみが体面を汚さない程度に自由にふるまうことも許可しよう〟

それってわたしが考えているような意味なの？　この人も同じく自由にふるまうということ？　わたしはそれに耐えていける？

二一歳という遅めの年齢で社交界にデビューしようとしたときの、ロマンスと愛と結婚に対して抱いていた夢を、ちらっと思いだした。そして、その夢をつぶした残酷な噂のことを。それに比べれば、現実のほうがましだ。この人と結婚すれば、少なくとも何を期待すべきか、期待してはならないかを、事前に知ることができる。驚愕に見舞われる心配はなく、従って気分の浮き沈みもない。激情にとらわれると、気分の浮き沈みが一段と大きくなるものだ。

「屋敷をお持ちだそうですね」目を開き、ふたたび彼を見つめて、クロエは言った。「田舎のほうに」

「ウィルトシャー州にあるエルムウッド荘園館がぼくの家です。手頃な広さの屋敷で、自然の景観を生かした美しい庭園に囲まれている。少年のころから、そちらで過ごしたことはあまりなかったが、それを変えるつもりでいる――結婚後は」

「春もそちらに住むおつもり？　夏と冬のあいだと同じように？」

「ロンドンの街そのものも、春の社交シーズンも、ぼくにはあまり魅力的とは思えない。両方とも避けられるなら、そのほうがありがたい。結婚すればその希望も叶《かな》う。ぼくが求めているのは家庭を守る妻であり、子供を育てる母親だ。ぼくの社交生活を支える伯爵夫人ではない。きみが行く気になれない場所へ強引にひきずっていくようなまねは、ぼくはぜったいにしない」

クロエは〝約束して〟と言いそうになった。しかし、紳士の言葉はそれ自体が約束だ。

「よくわかりました」薬指と小指までも背中で十字に交差させて、クロエは伯爵をじっと見つめた。「お受けします」

彼は笑みを浮かべることも、空へ向かって帽子を勢いよく投げることもしなかった。それどころか、彼の目にも頬を斜めに走る傷跡にも帽子のつばが影を落としているため、恐ろしげな印象だった。しかも、ずいぶん大男に見える。たぶん、芝生が傾斜していて、クロエより彼のほうがやや高いところに立っているせいだろう。暗い顔をしたこの未知の男性とわたしは本当に結婚することにしたの？

「結婚の特別許可証を手に入れてきた」伯爵が言った。

たとえ彼が片手でこぶしを作ってクロエのみぞおちにめりこませたとしても、彼女がここまでひどい呼吸困難に陥ることはなかっただろう。まだ準備もできていないのに……。

でも、何を待つ必要が、あるいはどんな準備をする必要があるというの？

「わたしの父は？」クロエは言った。「あなたのお母さまは？」

ああ、ほかにも知らせるべき相手や考えるべきことが無数にある。婚礼衣装。新婚の妻として用意すべき衣装。教会と招待状。披露宴。婚約発表。考えるための時間。でも、どれも不可欠なわけではない。この人にとっては必要に迫られた結婚、わたしにとってはとても都合のいい結婚。家族と友人の祝福を受け、祝宴とダンスで盛りあがるような結婚ではない。これから半世紀のあいだ、花嫁が生涯で最高に幸せだった一日として婚礼の日を思いだすことはないだろう。婚礼は単なる形式的なもの、双方が合意に達した取引を締結するものに過ぎない。

「きみは成年に達している」伯爵は言った。「父上の同意は必要ないはずだ。ぼくの母には、式をすませてから知らせようと思っている。式の前に知らせたりしたら、準備を手伝いたがるに決まってるから。きみとの結婚はひっそりと進めたい」

「あなたの決心が変わらないうちに？」クロエは尋ねた。

「決心は変わらない」彼はきっぱりと言った。「なぜ変えなきゃいけない？　きみと結婚するのをやめたら、ミス・ミュアヘッド、ぼくはほかに誰か見つけなくてはならない。少なくとも、きみを傷つけることはないという自信だけはある」

ええ。そうでしょうとも。筋の通らないことに、クロエの心は傷ついた。

彼の視線がクロエに据えられた。たぶん、クロエが見せるつもりのなかった心の奥底まで見通したのだろう。

「ぜったいにきみを傷つけはしない、ミス・ミュアヘッド。約束しよう。結婚したら、ぼくの妻として、伯爵夫人として、それにふさわしい敬意を捧げるつもりだ。婚姻契約書はすでに作成してあり、式がすんだら父上に見てもらい、協議しようと思っている。十中八九、ぼくのほうが先に逝くだろうが、その場合も、きみが望むかぎりの安定した暮らしを保障するつもりでいる。きみに取引を持ちかけられて、ぼくはその条件に応じることにした。ぼく自身の条件とほぼ一致していたからだ。これが本当にきみの望むことだと思っていいんだね?」

クロエは十字の形に重ねていた指をもとに戻し、ドレスのスカート部分のしわを伸ばそうとして、手を前に出した。このとき初めて、ボンネットも手袋もないことに気がついた。何日か前の朝と同じように。

夫と、子供たちと、静かでひっそりした田舎の家と、安全な暮らしが手に入る。これ以上何を望むことがあるというの? わずか数日前には、いえ、一時間前でさえ、人の情けにすがるしかない陰鬱な未来を思い描いていたのに。それに、冷酷な取引を持ちかけたのは、間違いなくわたしのほうだった。

「ええ、そのとおりよ」クロエは視線を上げて彼の目を見つめた。

「わかった」彼は大きくうなずいた。「では、牧師のところへ式の相談に出かける前に、祖父母に知らせるという難関を突破しなくてはならない。式は……明日にしよう」

明日?

クロエはふたたび、胃が宙返りをするような感覚に襲われた。

「お二人ともお気に召さないでしょうね。きっと、反対なさるわ。わたしを軽蔑し、玉の輿を狙う女だとお思いになるでしょう。確かにそうかもしれない」

彼は乗馬鞭でふたたびブーツを軽く叩いていたが、不意にその手を止め、あたりに目をやった。

「一緒に散歩しよう、ミス・ミュアヘッド」そう言うなり向きを変え、大股で芝生を横切って、いくつもの滝と、クロエがさきほど急斜面を下りるときに使った踏み石があるほうへ向かった。彼女がついてきているかどうかを確認しようとしてふりむくことすらない。この生来の傲慢さ、自分が先頭に立てば誰もがついてくるという思いこみ——これこそが、初めて顔を合わせたときにクロエが想像していた彼の姿だった。

伯爵のあとを追い、やがて、横に並んで歩きはじめた。彼は腕を差しだそうとも、言葉を交わそうともしなかった。

急な小道をのぼっていくのは、下るよりもはるかに大変だ。クロエがここをのぼるのは初めてのことだった。傾斜がさらに急になり、危険が増大するあたりに差しかかると、ベリック伯爵が彼女をひっぱりあげようとして片手を差しだしたが、クロエは気づかないふりをした。彼は無理に手を貸そうとせずに先に立って歩きつづけ、やがて、二人はもっとも急な箇所をのぼりおえて、あとは早瀬の横を過ぎれば平坦《へいたん》な場所に出るだけになった。彼が足を止めてふりむいたので、クロエは彼の横に立った。瀬音がふたたび耳を聾《ろう》するばかりに大きくなった。

「少年のころ、ここが庭園でいちばんお気に入りの場所だった」声を高くして、伯爵は言った。「一人でここに来ることは厳重に禁じられていた。そのため、当然ながら、しょっちゅう来ていた」

クロエは思わず噴きだしそうになった。「子供には確かに危険だわ」

「そうだね」彼も同意した。「大人にとっても危険だ。だが、子供は大人が思っているよりはるかに足元が安定しているし、世界は子供たちの探検と挑戦のために作られている」

「子供たちが怪我をするとしても？　もしかしたら、命を落とすかもしれないのよ」

「事故は起きるものだ」彼は肩をすくめた。

クロエは彼を見た。彼は急な流れのなかに何かを見つけようとして目を細めていた。傷跡がない側の横顔が彼女のほうを向いていて、なんてハンサムな人かしらと思い、ドキッとした。だが、クロエの目を奪ったのは彼の顔立ちと黒っぽい髪だけではなかった。背丈と体格のバランスがとれていて、土埃がブーツの光沢を消しているにもかかわらず、乗馬服をさりげなく優雅に着こなしている。態度はそわそわと落ち着かず、なんらかの力が、なんらかのエネルギーが体内に閉じこめられていて、自由になる機会を待ちつづけているかのようだ。

クロエは彼についてほとんど知らないことに気づいた。いや、それすら誇張になる。何ひとつ知らないのだから。でも、明日のいまごろはたぶん、彼と結婚しているだろう。

伯爵が急に彼女のほうを向き、乗馬鞭を差しだした。

「持っててくれ」横柄に言った。クロエがいささか驚いた表情で鞭を受けとると、彼は乗馬用の手袋を脱いで、それもクロエに押しつけた。「これも頼む」

そして、水面に顔を出している石に右足をのせ、左足をその先の石へ伸ばして、川を渡りはじめた。

このあたりは川底が傾斜している。岩だらけの川底の上を水が勢いよく流れていく。わずか数メートル先で滝となって流れ落ちている。もしこの人が足をすべらせたら……。

クロエは下唇を嚙《か》み、気をつけるよう呼びかけたいのを我慢した。いったい何をするつもりかと問いかけるのも。

伯爵は川のなかほどで足を止めると、水面から突きでたいくつかの石の上に身をかがめた。何をしているのか、クロエには見えなかったが、彼の片手が上着のポケットのほうに伸びた。そのあとで向きを変え、石に足をのせながら岸に戻ってきた。

「いったい何を考えてらしたの？」無事に戻ってきた彼に向かって、クロエは叫んだ。滝の音に声を消されないようにするには、大声を出すしかなかった。「下手をすれば死んでたかもしれないでしょ」

伯爵は無表情な目で彼女を見た。ただ、目の奥に何かが潜んでいるようで、クロエはそれが気になった。何か……茶目っけのようなもの？　彼は片手で乗馬鞭と手袋を受けとると、反対の手をポケットに入れた。小石を一個とりだした。平らで、薄くて、なめらかで、ほぼ円形に近い石。

「たぶん」クロエのほうへ石を差しだして言った。「今度きみが湖へ行ったときにこの石を投げれば、六回跳ねさせることができるだろう」

クロエはその完璧な石を受けとり、彼を見つめた。

「石一個のために、ご自分の命を危険にさらしたの？　わたしが湖に向かって投げても、一回も跳ねてくれないかもしれないのに？」

「もしくは、七回跳ねるかもしれない」

なんですって……？　クロエは石をつかんだ指を握りしめ、その瞬間、自分がこの石を投げることはけっしてないだろうと思った。もちろん、深い湖に向かって投げるなんてありえない。いつの日か、孫たちに話して聞かせよう。その子たちの祖父がわたしに結婚を申しこんだ日に、何をプレゼントしてくれたかを。ダイヤモンドでも、黄金でもなく……石を一個だけ。そして、なんとも愚かなことに、石を拾おうとして自分の命を危険にさらしたことも、孫たちに話して聞かせよう。

ロマンスをかすかに感じさせる小さな品は、クロエの手に無事に握られていた。

「将来、子供たちをマンヴィル館に連れてくることがあれば、その子たちが外に出るときにはリボンの片方の端を子供の手首に結びつけ、反対の端を自分の手首に結んで、子供たちからかたときも目を離さないようにするわ」

彼はまったくの無表情だった。

「ありがとうと言ってくれるだけで充分だったのに、ミス・ミュアヘッド」彼が言い、クロエはどことなく楽しげな彼の様子に気づいて意外に思った。そして、自分までが楽しくなってきたのも意外だった。

伯爵は急に向きを変えると、平坦な場所へ向かってふたたび坂をのぼりはじめた。瀬音が背後へ遠ざかり、水面に静けさと濃い緑色がよみがえるにつれて、クロエの耳に自分の荒い息遣いが聞こえるようになった。木々の梢《こずえ》のあいだから青空と太陽の光が見えた。もうじき橋のところに戻り、屋敷のほうへひきかえすことになる。

足を止めた。

「どうおっしゃるつもり？　公爵さまも公爵夫人も、あなたが戻ってきたのに屋敷のどこにもいないことを、すでにご存じに違いないわ」

「きみと庭園を散歩していたと言うつもりだ」伯爵は彼女のほうを向いて答えた。「そして、きみに結婚を申しこんだことも。きみが承知してくれたことも。話してはならない理由がないときは、真実を語るのがもっとも賢明なことだと、ぼくはつねに思ってきた」

クロエは乱れた呼吸を少しずつ整えた。

「結婚するのが自分の義務であることはぼくも心得ている。祖父母に、いや、少なくとも祖母に結婚を急《せ》かされて、すなおに従った。ぼく自身、早く結婚しなくてはと思っていたからだ。しかし、ぼくの花嫁選びに関しては、自分が求婚した相手のレディ以外の誰にもとやかく言わせるつもりはない。ぼくがきみを選んだ理由は、きみも知ってのとおりだ。ぼくの家族がその選択に異を唱えたいなら、勝手にするがいい。ぼくには関係ないことだ」

「公爵夫人に親切にしていただいたわ」

「いまさらぼくの決心を変えさせようとしても無駄だ、ミス・ミュアヘッド。きみは決心を変えたのかい？　もしかして、ぼくと結婚する勇気がないから？」

伯爵は約束を強引に押しつけようとはしなかった。クロエはそれに好印象を持った。この人と結婚する勇気はある？　いえ、もっと重要なのはたぶん、結婚をやめる勇気があるかどうかね。これほどのチャンスは二度とない。いえ、おそらく、どんなチャンスだって。クロエは片手に握った石を指でこすった。

「変えてはいません」彼に言った。

屋敷が近くなってくると、彼が祖父母に結婚のことを伝えるあいだに二階の自分の部屋へ逃げこみたくてたまらなくなった。でも、いずれ階下に下りて公爵夫妻と顔を合わせなくてはならない。だったら、勇気をすべて失う前に、すませてしまったほうがいい。

ところが、計画どおりには進まなかった。執事が廊下にいて、珍しくとり乱した様子だったし、いっぽう、従僕は指示を待ってどこかへ飛びだそうとしているかのように、いらいらと足踏みをしていた。公爵の書斎のドアが大きく開いていて、公爵夫妻と従者のベントリーの声が入り混じって聞こえてきた。

公爵夫人がブース夫人を訪問するのに着ていった外出着のまま、ドアのところに姿を見せ、執事に声をかけた。

「お医者さまは必要ないって頑固に言いはるのよ、ウェラー。お医者さまがいらしても、診察は断固拒否するって。往診をお願いするのは見合わせることにしましょう」

「ヤブ医者なんかいらんぞ」部屋のなかから公爵の声が轟《とどろ》いた。「棺桶《かんおけ》に片足を突っこんでいるとみんなから思われないことには、自分の家の自分の部屋で居眠りしていびきをかくこともできんのか？　ベントリー、この役立たず、うろうろするのをやめないと、解雇予告も推薦状もなしで追いだすぞ」

公爵夫人は廊下を大股でやってくる孫息子を目にした。

「ああ、ラルフ」彼が予告もなく突然戻ってきたことには触れずに、夫人は言った。「ちょうどいいところに来てくれたわ。こちらに来て、おじいさまを諭してちょうだい。さっき、ブース夫人のお宅から戻ったときに書斎をのぞいてみたら、胸を押さえ、必死に呼吸しようとして、うめいてらしたの。それなのに、いまになって、健康状態は上々だなんて言いはるんですもの。おかげで、わたしは一時間もしないうちにお墓に入ることになりそうだわ」

ベリック伯爵はクロエが見ている前で早くも変身を遂げていた。指揮官にふさわしい雰囲気を帯びていて、陸軍士官だった当時の姿が容易に想像できた。祖母が話を始める前に、大股で書斎に向かっていた。ブーツのかかとの音が大理石の床に響いた。祖母のそばを通り過ぎるときに、その肩を抱き、それから書斎に姿を消した。

「ベリック」公爵が言った。「これはまた妙なこともあるものだ」

「いかがですか、おじいさま」伯爵の声はきびきびしていた。「すこぶる元気なご様子ですね。だが、おばあさまが狼狽《ろうばい》しておられるので、安心させてあげなくては。おばあさまのために、ぼくからグレッグ先生に往診を頼むことをお許しください。診察でどこも悪いところが見つからなければ、〝だから言ったではないか〟と好きなだけおっしゃればいいのです」

「あれはヤブだぞ」公爵がまたしてもぼやいたが、クロエには譲歩の兆しが感じられた。

「ベントリー」伯爵は言った。「すまないが、執事に伝えてほしい。〝誰かを使いに出して医者を連れてくるように〟と。それがすんだら、ブランディをグラスに注いで持ってきてくれ。おじいさま、健康そのもののご気分かもしれませんが、昼間からブランティを楽しむ機会をなぜ無駄にしなくてはならないのです？」

公爵の従者はすでに、ドアのところに立つクロエのそばを通り過ぎていた。だが、執事に伝えに行く必要はなかった。執事から合図を送られて、医者を連れてくるために従僕が早くも玄関から飛びだしていた。

「ほんとに頑固な人なのよ」公爵夫人がクロエに愚痴をこぼした。「昔からそうだった。長年のあいだ、どうしてあの人のことを我慢してこられたのか、自分でもわからないわ」

「わしのハンサムな顔が理由さ」咳《せ》きこみ、片手を心臓にあてて、公爵が言った。

「まあっ！」やがて、公爵夫人は孫息子に目を向けて眉をひそめた。「ラルフ？　どうしてここに？　早くもいい知らせを持ってきたなんて言わないでね。いえ、むしろ、ぜひ言ってほしいわ。いい知らせなの？」

彼は公爵の椅子の前に立ち、むずかしい顔で祖父を見下ろしていた。しかし、祖母の言葉を耳にしてふりむき、まず祖母を、次にクロエを見た。

「そうです。いい知らせというのがぼくの婚約発表のことなら。ぼくは婚約しました。婚約したばかりです。光栄にも、ミス・ミュアヘッドが求婚に応じてくれたのです」

クロエは身体の前で両手をきつく握りあわせた。

「ぼくたちの幸せを願ってくださいますね」

ラルフはミス・ミュアヘッドに、花嫁選びは自分一人でおこなうことで、その選択を身内がどう思おうと向こうの勝手だし、自分には関係のないことだ、と言っておいた。とはいえ、その瞬間が来たときに祖父母がどんな顔をするかと思うと、やはり少々気がかりだった。若いときからの親友の孫娘を厚意から屋敷に迎え入れた祖母ではあるが、その女性と自分のたった一人の孫息子との結婚を歓迎するとは思えなかったからだ。それどころか、ミス・ミュアヘッドが予想しているように、おそらく大きなショックを受けるだろう。たとえそうなっても、ラルフには自分の選択を後悔するつもりはなかった。ただ、祖父母をがっかりさせるのは後悔の種になるだろう。

だが、いまは婚約に対する祖父母の反応以外に考えなくてはならないことができた。確かに祖父の具合が悪そうだ。口元が土気色を帯び、鼻の両脇にしわが刻まれている。祖母のほうは神経を尖らせ、祖父のことが心配でたまらない様子だ。ラルフは一瞬、祖母の質問に正直に答えるのをやめて、婚約の件を告げるのは先に延ばそうかと考えた。しかし、やはり本当のことを言おうと即座に決心した。

祖父母からすぐさま反応が返ってくることはなかった。なぜなら、執事のウェラーがふだんの冷静沈着な態度を忘れてひどく心配そうな顔でドアのすぐ外をうろついているあいだに、ブランディのグラスを片手に持ったベントリーが書斎に駆けこんできたからだ。

ベントリーはグラスを公爵の唇に持っていき、自分の手で支えようとしたが、骨折りの甲斐《かい》もなくどなられたため、公爵の手にグラスを持たせた。すると、公爵は二回に分けてたっぷりブランディを飲んでからグラスを置いた。

「出ていくときにドアを閉めてくれ、ベントリー。忠義者ですと言わんばかりのおまえやウエラーの顔を見ると、それだけで具合が悪くなる」

あとの三人は無言で立ちつくし、ドアがカチッと閉まるまでそのままでいた。

最初に口を開いたのは公爵夫人だった。

「クロエと？」その声には怒りより戸惑いのほうが強く出ていた。「クロエと結婚するというの？」

クロエ。おかしなことに、ラルフが彼女のファーストネームを耳にしたのはこれが初めてだった。彼女はいまもドアを一歩入ったところに立ったままだ。ウエストのところで手を重ねあわせ、誰かの家庭教師みたいに見える。

「そうです」ラルフは言った。「数日前にこちらに来たとき、この人に惹かれたのです。今日は結婚を申しこむつもりでふたたびやってきました。ロンドンに帰ったあとで、結婚したいと思うレディとすでに出会った以上、ロンドンの舞踏室をのぞく必要はないし、その気もないことに気づいたものですから」

公爵はブランディをもうひと口飲み、すでにいつもどおりの顔色になっていた。

「すると、結婚を考えておるのだな、ベリック。いくつになった？　二五か？」

「二六になりました。ええ、結婚を考えています。父が亡くなり、弟が一人もいない以上、結婚するのがぼくの責任だと思ったのです」

「おまえの母親と祖母から少しばかり背中を押されたのだな。そうに違いあるまい」公爵は言った。「だから、数日前にここに来たとき、短時間で滞在を切りあげてしまったわけだ。わしがかなりの高齢になったという説教をされたものだから、おまえは自分の義務を果たすべく行動に出ることにした。そうだろう？」

「その結果」ラルフは言った。「ぼくの義務がぼくの喜びともなったのです」

祖父はウォッホンと咳払いをした。

「クロエ」祖母がふたたび言った。声に驚きがにじんでいた。「親友のクレメンタインの孫娘と、わたしの孫息子。どうしてわたし自身が思いつかなかったのかしら。ああ、クレミーが長生きをして、わたしと一緒に今日という日を迎えられればよかったのに」

ラルフは眉を上げげた。ミス・ミュアヘッドは彼の祖母のほうへあわてて顔を向けた。

「クロエ、嬉しいわ」公爵夫人は腕を大きく広げた。「ここに来て、わたしを抱いてちょうだい」

「あの……お怒りではないのですか、公爵夫人？」祖母のほうへ歩を進めながら、ミス・ミュアヘッドが尋ねた。

「そうねえ、怒るのが本当でしょうけど」公爵夫人はクロエを抱きしめ、次に腕いっぱいの距離を置いて彼女を見つめた。「ラルフの母親はきっと、わたしが激怒するのが当然だと思うでしょうね。それから、貴族のなかでとくに礼儀にうるさい人たちも。堅苦しい人ばかりですもの。でも、なぜわたしが下品なゴシップにふりまわされなくてはならないの？　あるいは、あなたの妹さんの軽率なふるまいに。あなたはおばあさまのクレメンタインによく似た顔立ちよ。髪と目の色は違うかもしれないけど。おばあさまはとても艶やかな濃い茶色の髪と青い目をしていて、頬はバラの花びらのような色だったわ。まばゆいばかりの美少女で、わたしがクレミーと大の仲良しでなかったなら、彼女のことを徹底的に嫌っていたでしょう。ねえ、あなた、クロエはクレミーに似ていると思いません？」

「わしにわかるわけがない」公爵はブランディの最後の一滴までも飲もうとしながら、わざと控えめな口調で言った。「おまえたち二人が一八歳になり、クレメンタインが唇の横につけていた趣味のいい付けボクロをわしが褒めたら、それ以降、彼女に会うことをおまえが禁じたのだぞ。あのあと、わしはクレメンタインに会う機会が一度もなかった」

公爵夫人は舌を軽く鳴らし、目で天井を仰いだ。

「正直に言ってちょうだい、クロエ。手に負えないうちの孫息子をあなたは愛しているの？　戦場で命を落としかけたとき、人を愛する心をすべて置き去りにしてきたと孫は主張するけれど、わたしに言わせれば、そんな馬鹿な話はありませんよ。あの子に必要なのは、妻とするにふさわしい相手に出会うことだけだったの」

「ベリック卿に求婚されてとても光栄に思いました、公爵夫人」ミス・ミュアヘッドは言った。「よき妻になれるよう、そして、この方に、し、幸せになっていただけるよう、最善を尽くすつもりです」

公爵夫人は彼女の手を軽く叩き、自分の両手で包みこんだ。

「光栄に思うのが当然でしょうね。未来の公爵夫人という肩書きを目の前に差しだされて、光栄に思わないお嬢さんがどこにいて？　わたしも自分がどんな気持ちだったかを覚えているわ。公爵のことがよほど嫌いでないかぎり、断るなどという大それたことはできなかったでしょうね。幸い、少しも嫌いではなかったわ。それどころか大好きだったの。でも、ラルフを愛しているかどうかというわたしの質問にあなたが答えるのを避けたのは、もっともなことですよ。それは二人きりになったときに、おたがいに口にすればいいことだから」

公爵がふたたびウォッホンと咳払いをした。「この場にはシャンパンが必要だな。ベリック、客間にシャンパンを運ぶようウェラーに言いなさい。ついでに、ベントリーをここによこすようウェラーに伝えてほしい。わしが客間へ行くのに手助けが必要だからな。いや、取り消しだ。おまえの腕を貸してくれ。おまえの婚約者はたぶん、男に寄りかからずに一人で階段をのぼれるだろう。それから、ウェラーに言ってくれ――あのヤブ医者が一時間以内にやってきたら、玄関ホールで待たせておけと」

「じゃ、客間でシャンパンをいただきましょう」公爵夫人はうなずいた。「婚約を祝い、結婚式の相談をしなくては。ねえ、あなたの腕を貸してもらえないかしら、クロエ。それから、ラルフ、グレッグ先生がお着きになったらすぐわたしに知らせるよう、ウェラーに言っておいてね」
そう――ラルフは思った――ぼくの決断は間違ってはいなかった。婚約の知らせを聞いて、おばあさまの表情が明るくなった。おじいさまのことばかり心配していたが、少しだけ気が紛れたようだ。おじいさまは気丈にふるまってはいるものの、やはり、体調が万全とは言いがたい。

6

最初の難関は無事に乗り越えた。二番目の難関については、ラルフはあまり楽観的になれなかった。ウェラーが客間にシャンパンを運び、それぞれのグラスに注いでから退出した。ラルフは祖父が乾杯を提案する前に挙式のことを切りだした。

「なるべく早く式を挙げたほうがいいと思うんです。大げさなことは避けて。結婚の特別許可証も持ってきました」

「特別許可証だと？」公爵はみるみる不機嫌になった。もじゃもじゃの白い眉が鼻柱の上のほうでつながった。「ベリック伯爵ともあろう者が大急ぎで式を挙げようというのか？　問題外だ。公爵家の長男は昔から、ロンドンのハノーヴァー広場にある聖ジョージ教会で、すべての貴族に参列してもらい、盛大なうえにも盛大な式を挙げてきたのだぞ。王家の方々もご臨席くださるのが決まりだった」

「そして、式に続いてストックウッド邸で盛大な披露宴を開くのが決まりなのよ」公爵夫人がつけくわえた。「わたしたちのときも、あなたのお父さまとお母さまのときもそうだったわ、ラルフ。でも……」

ミス・ミュアヘッドにちらっと目を向けたラルフは、彼女の青白い顔がさらに青くなっていることに気づいた。祖母が公爵をじっと見つめ、心配そうな表情に戻っていた。

「教会で結婚予告をしてもらうと、一カ月かかるわね」祖母は話に戻った。「それに、ロンドンに出て、ドレスを誂《あつら》えるお店や紳士服の仕立屋を延々とまわらなきゃいけない。わたしたちやあなたのお父さまのときと同じように、晩餐会や、パーティや、挙式前の舞踏会を開かなくてはね、ラルフ。舞踏会の支度と披露宴の準備で、ストックウッド邸はきっとてんやわんやの騒ぎになるでしょう。すべてをこなす元気がわたしにあるかどうか心配だわ」

ラルフは思った——おばあさまときたら、舞踏会や披露宴の準備と主催はもとより、掃除と床磨きと料理まで一人でしなくてはならないような口ぶりだ。おじいさまと二人で式の前日にロンドンに到着し、式の翌日に帰ればすむことなのに、それではいけないと思っているみたいだ。しかし、祖母の胸の内がラルフにはよく理解できるので、何も言わないことにした。ミス・ミュアヘッドはドレスの両脇をつかんでいた。幸運を願って左右の手の指を二本ずつ重ねあわせているのが、スカートのひだでも隠しきれていない。

「はあ？」祖父が無遠慮に言った。「舞踏会だと？　それから披露宴？　どちらもロンドンのストックウッド邸で？」

「昔からあそこで開いてきたでしょ？」公爵夫人が言った。「そういう決まりなの。伝統を破ったりしたら、白い目で見られることになりますよ」

「くだらん。そのような軽薄な騒ぎでおまえが頭を悩ませる必要はない。問題外だ、ベリック。式はここで挙げねばならん」

まるで祖父自身が思いついたかのようだ。

「結婚予告に一カ月かかるから」公爵夫人は指で唇を軽く叩きながら、眉根を寄せて考えこみ、途中で一度だけ公爵に鋭い視線を向けた。「イングランドじゅうの親戚と友達と知人に招待状を送る時間ができるわ。この屋敷の客用寝室も、周囲数キロにあるどの宿屋のどの部屋も、すべて埋まることでしょう。数日にわたってみなさんに食事を出し、おもてなしをしなくては。それに、こちらで挙式するとしても、やはり舞踏会と披露宴をみなさんが期待なさるでしょうね」

ラルフは椅子にもたれたまま、会話に加わる素振りも見せなかった。祖母が如才なく話を進めているように思われた。ミス・ミュアヘッドと視線が合った——ミス・クロエ・ミュアヘッドと。一瞬、片目をつぶってみせようかと思った。そのすぐあとで彼女が唇をかすかにすぼめたので、彼女自身も理解しているのだと気づき、やはり片目をつぶればよかったと思った。ミス・ミュアヘッドの両手が視界から消えていたため、十字の形に重ねていた指をもとに戻したかどうかはわからなかった。

川の土手に立っていたときの彼女の姿が頭に浮かんできた。彼はそのとき、水切りに向いた石を彼女のために見つけようとして、川の中央に向かって歩を進めていた。だが、いったい何を思ってそんな衝動的なことをしたのだろう? 足をすべらせて全身ずぶ濡《ぬ》れになっていたら、しかも、そのまま流されて滝へ運ばれていたら、とんでもない馬鹿面をさらすところだった。ミス・ミュアヘッドはつんと澄ましてはいたが、心配そうな表情だった。彼を叱りつけたくてうずうずしているかに見えた。ラルフはそんな彼女を好きになりそうな自分に気がついた。

だが、好きになってはいけない理由がどこにある？　彼女に対して熱い感情は持っていないし、今後もけっして持たないだろう。しかし、彼女を妻にするのなら、これからの日々は――もちろん夜も――ほとんどの時間を一緒に過ごすことになるし、子供ができて二人で育てることになるなら、妻を好きになったほうがいいに決まっている。

「ベリックが結婚許可証持参でやってきたのなら」公爵が言った。「なぜ一カ月も待たねばならん？　一週間も待たねばならん？　なぜ手間暇かけて、この屋敷にあふれんばかりの客を招待しなくてはならんのだ？　客のダンスや酒盛りのせいで夜も寝られず、連中の大食らいのせいでうちの財産が食いつぶされてしまうだけだというのに。よし、一日たりとも待つ必要はないぞ」

「じゃ、この乾杯がすんだらすぐに、ラルフからマーロウ牧師さまに話をしたほうがいいとおっしゃるの？」公爵夫人は言った。「すばらしいお考えだわ。ラルフだってきっと賛成しますよ。でなきゃ、わざわざ結婚許可証を用意しはしなかったでしょうから。ねえ、クロエ、あなたの意見はどう？　あなたにとっては、嫁入り道具や、婚礼衣装や、披露宴や、お客さまなどが大切でしょうね。だって、花嫁になるんですもの」

ラルフは婚約者が一瞬だけ目を閉じるのを見守った。完全に冷静でいるわけではないことを示す唯一の印だった。左右の手は指を十字の形に組むのをやめて、膝の上に移動し、ゆったりとくつろいでいるように見える。

「そうしたものは何ひとつ望んでおりません、公爵夫人」彼女は言った。「もし準備が整うのなら、明日、喜んでベリック伯爵と結婚いたします」

そして、彼女の目がラルフに向き、かすかに大きくなった。いまようやく現実に目ざめたかに見える。

ぼくと同じように。

ぼくにとって、彼女はもうじき、鏡に映った自分の姿と同じぐらい見慣れたものになる。どんな気分だろう——孤独でなくなるというのは。イベリア半島から国に送りかえされたあとで彼をもっとも苦しめたのは、つきまとって離れない孤独感だった。一二歳で寄宿学校に入って以来、独りぼっちだったことはなかったし、その前も姉妹と両親がいた。もちろん、帰国してから何年かのあいだに〈サバイバーズ・クラブ〉の六人の仲間と強い絆で結ばれた。六人全員に愛情と信頼を抱いている。しかし、自分の心の奥にぽっかりあいた穴を仲間が埋めてくれると思いこむような間違いを犯したことは、一度もなかった。

ラルフは孤独で、その孤独が永遠に続くことを覚悟していた。いつしか孤独を友とするようになった。いま、結婚でそれが変わろうとしている。彼の人生に、さらにはベッドのなかにまで、つねに女性が——この女性が——存在するようになる。じつをいうと彼女に性的な魅力を感じているが、今後はプライバシーのない日々に耐えていかねばならないことを考えると、それもほとんど慰めにならない。
今後のことを考えると背筋が寒くなる。
耐える日々が明日から始まる。
祖父が咳払いをして、乾杯のためにグラスを持ちあげた。

わりにおしゃれな感じの新しい服をクロエは一着だけ持っていた。去年ロンドンで買ったものだ。まだ一度も袖を通していない。春らしい薄緑の外出着で、ぴったりした袖、フリルのついた襟、ハイウェスト、そして、控えめなフレアーのスカートというデザインだ。つばの小さなおそろいのボンネットも買ってある。豊かな髪が帽子の邪魔にならないよう、うしろ側が大きく湾曲している。飾りは何もなく、渋い金色のサテンのリボンがついているだけで、それが顎の脇のほうで結んである。リボンと同じ色の柔らかな靴と手袋もそろっている。マンヴィル館に来るとき、このドレスを荷物に入れるのはやめようかとも思ったが、公爵夫人の屋敷でいつまで暮らすことになるかわからないし、格調の高い装いが必要な催しに顔を出すこともあるかもしれない、と自分に言い聞かせたのだった。その催しがまさか自分の結婚式になろうとは思いもしなかった。
わたしは花嫁——部屋の姿見の前に立ち、自分の姿を点検しながら、クロエは思った。鏡に映った姿に満足した。さきほど公爵夫人付きのメイドのミス・バンカーが、夫人に命じられてクロエの身支度を手伝うために現れ、凝った形のカールで彼女のうなじを飾ってから、ボンネットをかぶせてくれた。そして、クロエの左耳の近くでリボンをふんわりと蝶結びにした。ドレスは可憐であると同時にエレガントで、ほっそりしたクロエのスタイルをひきたてていた。

どこをとっても満足な仕上がりなのに、それでもなお、胃のなかを飛びまわる蝶を追い払うことはできなかった。この次ここに立ち、午餐の前にボンネットを脱ぐときには――たぶん、一時間か二時間後になるだろうが――わたしはすでに結婚している。ベリック伯爵夫人クロエ・ストックウッドになっている。式が中止に追いこまれるような惨事に見舞われないかぎりは。いかなる式の場合も、牧師が新郎新婦に問いかけをおこなったあとで一時的中断という緊張の瞬間が訪れるが、そのあいだに誰かがチャペルに駆けこんできて結婚の無効を主張するようなことがないかぎりは。

野原をひらひら飛ぶ蝶は愛らしい。だが、胃のなかで飛びまわられると不快感のほうが強くなる。クロエは不意に、父にも参列してほしかったと思い、切なさで胸が痛くなった。ルーシーにも、グレアムにも。あるいは、ジュリアおばにも。ああ、みんながここにいてくれたら、どんなに幸せだろう。自分の婚礼の日に独りぼっちになろうとは思いもしなかった。いいえ、そもそも結婚の日を迎えることなど期待していなかった。そうよね？　とにかく、この六年間はそうだった。そして、去年のあの出来事以来、すっかりあきらめていた。

背後で誰かがクロエの部屋のドアをノックし、〝どうぞ〟という返事も待たずにドアをあけた。公爵夫人だった。ロイヤルブルーのドレスに身を包み、丈長の羽根飾りがついた古めかしいデザインの大きなボンネットをかぶっている。

「バンカーの腕はやっぱり確かね」公爵夫人は言った。「とてもすてきですよ、クロエ。婚礼衣装を買いに出かける時間がなかったことを考えれば。許してね。ラルフが今日すぐに結婚したいと言うものだから、公爵を説得して、あの人が提案したかのように思わせてしまったことを。そうするしかなかったのが残念でならないわ。だって、そんなことを夢見る花嫁なんてどこにもいないでしょうから。ラルフはもちろん、結婚すべき時期がきたら、すなおに結婚するのが筋の通ったことだと覚悟を決めていたわ。花嫁や、両家の親族や、貴族社会の人々は、婚礼の支度に望みと期待をかけるものだけど、あの子はたぶん、そこまでは考えなかったのでしょう。公爵はどうかというと――そうね、甘やかされて育った人だから、想像力に欠けるところがあって、何か大きな催しを開こうとすれば、あらゆる人々のたゆみなき働きと大きな気遣いと苦闘が必要で、知らぬ間に実現するものではないということが理解できないの。でも、たとえそうだとしても、せめて――」

「よくわかっています、公爵夫人」クロエは夫人を安心させようとした。

「そうなの？」公爵夫人はベッドの端に腰かけて、不意に、軽い当惑の表情になった。「ええ、きっとそうね。もちろん、グレッグ先生が昨日診察してくださる前から、わたしは本当のことに気づいていたの。軽い心臓発作だったそうよ。でも、あれのどこが軽いと言えるのかしらね。心臓発作に〝軽い〟という形容詞をつけるのは、矛盾するような気がするわ。無理をせず、暴飲暴食を慎めば、そんなに心配しなくていいそうよ。少なくともグレッグ先生は公爵とわたしにそうおっしゃったわ。そのあとでラルフが村までお送りしたときに先生からどう言われたのかはわからないけど。怖くてあの子に訊けなかったの。でも、挙式の準備が遅れ、お祝いが先延ばしになった場合の結果を、わたしは恐れているのよ。両方とも省略するのがいちばんいいような気がしたの。わたしって、とても身勝手な人間だから」

クロエは言った。「たぶん、しばらく待つべきだったのでしょうね。まだ間に合いますよ。なんでしたら――」

しかし、公爵夫人はクロエの言葉をさえぎった。

「いえ、誤解しないでね。ラルフには結婚してもらいたいし、早ければ早いほどいいと思っているのよ。それに、じっくり考えるうちに、あの子の選択を喜ぶ気持ちが強くなってきたわ。あの子がロンドンの舞踏室でどんな令嬢と出会ったにしても、そのお嬢さんよりあなたのほうが年齢を重ね、人生経験を積んでいる。しかも、豊かな分別を備えている。ラルフは傷を負った子なのよ、クロエ。昔のあの子を知っていれば、あなたにも理解してもらえるでしょうね。わたしが言っているのは外見だけのことではないわ。ラルフはあの戦場に何かを置いてきてしまい、以来、見つからないままなの。でも、少なくとも自殺の衝動だけはなくなったわね。国に送りかえされてきた当座は、死にたいとか、何もかも終わりにしたいとしか言わなかった。一度、自殺を図ったことまであったわ。というか、わたしが知るかぎりでは一度。あの子の手の届くところに内服薬が置いてあったの。次にのむ一回分だけではなく、全部まとめて。あの子は危うく……いえ、もうやめましょう。助かったのだから。でも、それがきっかけで、わたしの息子が、つまりラルフの父親が――当時はまだ生きていて――コーンウォール州のスタンブルック公爵のもとへラルフを送ることにしたの。そこに、ラルフのような症状の治療にあたるお医者さまがいらしたから。つまり、心の病ね。あの子はそこで三年も過ごし、もう帰る気がないんじゃないかと、わたしたちが心配になったほどだったわ。あら、わたしったら、婚礼の日にどうしてこんな話を始めたのかしら。祝祭気分でチャペルへ向かわなくてはいけないのに」

クロエは寒気に襲われた。あの人が死を望んでいた？　自殺を図ったことまであったというの？　そして、回復して家に帰れるようになるまで、三年もコーンウォール州で過ごしたというの？　虚ろな目と虚ろな魂を抱えて、誰も愛せないままで？

〝つまり、心の病ね〟

わたしはここで何をしているの？

でも、何をしようとしても、もう手遅れ。昨日決まったことに従って進むしかない。あと三〇分もすれば、牧師さまが婚礼の儀式をとりおこなう。みんなで村の教会へ出かけるのではなく、牧師さまが屋敷の裏のチャペルに来てくれる。チャペルは川岸からそう遠くない木立のなかにひっそりと立っていて、岸辺の道はそのあたりから下り坂になり、早瀬のそばを通って滝のほうへ向かう。チャペルが一族の洗礼式に使われ、そのほか私的な儀式にも使われてきたことは、クロエも知っている。しかし、挙式の場となったことは一度もなかった。

クロエは公爵夫人を支えるために片方の腕を差しだした。

みんなでゆっくりとチャペルへ向かった。四人そろってハーブ園を通り過ぎ、野菜畑ときれいに並んだ花壇にはさまれた道を歩いていった。そして、木立のほうへ向かった。

牧師が四人を待っているはずだ。

招待客は一人もいない。

華やかで高貴な客が一人も招待されていないこの結婚式を、祖父も祖母もあまり喜んでいないことは、ラルフにもよくわかっていた。彼の母親と姉妹すら来ていない。花嫁の父親と弟と妹も来ていない。それでもなお、式を挙げるのは二人にとって大切なことだった。昨日の軽い心臓発作に、祖父は顔にこそ出さないものの、かなりショックを受けているようだ。祖父が爵位の継承について語ることはあまりないが、たった一人の跡継ぎである孫息子が結婚するのを見届ければ、きっと心が軽くなるだろう。昨日グレッグ医師を村まで送っていったときに言われたことを、祖母には伝えていないが、それでも祖母は心配している様子だ。

医師からこう警告された――公爵さまが起こされた心臓発作は、軽いものではありますが、今後も同じ発作が何度か続く危険があります。そのどれかが、もしくは、一連の発作のなかでもっとも重いものが命とりになりかねません。

大々的に式を挙げたら祖父の体力の限界を超えることになると思い、祖母は心配している。それよりさらに深刻なのは、挙式の前に祖父が亡くなった場合についての祖母の懸念だ。ラルフの結婚がこれまで以上に緊急の課題となっているときなのに、延期せざるをえなくなる。

ラルフが結婚の特別許可証を購入して今日の挙式を提案したのは、結婚を先送りにする口実を思いつく前に、早くすませてしまおうと思ったからに過ぎなかった。しかし、昨日の祖父の発作を目の当たりにして、これが最良の選択だったと確信するに至った。

では、ミス・ミュアヘッドは？　彼女は何を考え、どう感じているのだろう？

これが通常の式であれば、ぼくはいまごろチャペルのなかで花嫁の到着を待ち、彼女は父親の腕に手をかけて、身内と友人たちが称賛の目で見守るなかを、チャペルの扉からぼくに向かって歩いてくるところだ。式の前に花婿が花嫁を目にするのは縁起が悪い、と信じている者もいる。だが、自分たちはいま、一緒にチャペルへ向かっている。とりあえず、ぼくは祖父に腕を貸し、彼女も同じく祖母に腕を貸して、こうしてみんなで歩いている。

ミス・ミュアヘッドは上品な雰囲気で、とても落ち着いていた。ほっそりしたスタイルをひきたてるドレスをまとい、控えめな優雅さを漂わせている。ボンネットは――そう、今日はボンネットをかぶっている――シンプルなデザインながらも愛らしい。鮮やかな色の髪はカールさせ、うなじで凝った形に結ってある。

彼女が何を考えているのか、どう感じているのかを知るのは無理だった。ラルフ自身、本気で知りたいと思っているわけでもなかった。昨日、つねに揺るぎなき敬意を示すことを彼女に誓ったが、それは本心からだった。もちろん、結婚生活を送るなかで、必然的に妻のことをもっと知るようになるはずだが、知りたいという気持ちはまったくなかった。彼女の言葉を額面どおりに受けとり、感情的な絆は求められていないと信じることにした。彼のほうにも彼女との絆を望む気持ちはなかった。

祖父はまったく会話をしようとしなかった。ラルフが思うに、屋敷からチャペルまでの短い距離を歩くだけで、呼吸と体力を使い果たしてしまったのだろう。だが、ラルフにはやはり、少しでも会話ができればという思いがあった。まだ五月だというのに、今年に入ってすでに二回も結婚式に参列し、去年も二回参列したことを思いだしていた。いずれも〈サバイバーズ・クラブ〉の仲間の結婚式だった。去年のヒューゴのときはベンとヴィンセントが欠席で、ベンはヴィンセントの式にも出られなかった。今年の一月にベンがはるか遠くのウェールズで式を挙げたときは、ヴィンセントだけが欠席だった。わずか数週間前にミドルベリー・パークでおこなわれたフラヴィアンの式には全員が参列した。仲間を一人も呼ばずに結婚するのはラルフが初めてだ。後悔と寂しさから、自分でも驚くほど胸が痛んだ。

しかし、少なくとも祖父母がここにいる。ミス・ミュアヘッドには誰もいない。だが、そのことで思い悩むのはやめよう。彼女が結婚を望んだのだ。そして、今日の挙式に同意した。愛のない結婚をしたからといって、新たな罪悪感を抱えこむ必要はどこにもない。

あけはなたれたチャペルの扉のところにやってきた。なかでろうそくの炎が揺らいでいることにラルフは気がついた。では、牧師がすでに到着して、ぼくたちを迎える支度をすませているわけだ。

そこで不意に、ラルフは願った……。

何を？　こうして不意に何かを願うことがあっても、それがなんなのかという答えにたどり着くことはけっしてない。自分が何を願ったのかはけっしてわからない。しかし、そんな瞬間があるとかならず、絶望に近いかすかな痛みが心のなかに残される。

おたがいに相手を交換してから、公爵は夫人を連れてチャペルに入り、シートに詰め物がされた最前列の信者席まで行った。ラルフが花嫁に目を向けると、冷静で無表情な視線が返ってきた。彼はパニックに似た何かで胸が疼《うず》くのを感じたが、頭を下げ、正式な作法に従って腕を差しだした。舞踏会でダンスの相手を、しかも初対面の相手を前にしたときのように。彼女が手袋に包まれた指の半分をラルフの手に、半分を手首にかけると、彼は式を挙げるために彼女を連れてチャペルに入った。

オルガン演奏はなかった。目前に迫った式の厳粛さが喜ばしい期待に変わるのを感じつつゆっくりと進んでいくための、長い身廊もなかった。そして、式自体も虚飾をすべてはぎとられ、短く冷静なものに変わっていた。指輪を買うことをラルフは忘れていなかった――彼女のサイズは推測するしかなかったが。ラルフが結婚の誓いを述べ、彼女も誓った。彼女の指に彼が指輪をはめた。指輪は入った。ただ、ワンサイズ大きかったようだ。次に、二人が夫と妻になったことを牧師が宣言し、結婚証明書の署名のために小さな戸棚のような聖具室へ二人を案内した。ラルフの祖父母も証人として署名するため、うしろからゆっくりした歩調でついてきた。

石造りの建物の内部はいつもひんやりしている。木立のなかに建てられ、小さな窓から差しこむ陽光がほんのわずかとなれば、とくにそうだ。五月の曇り空の日はなおさら冷えこむ。

しかし、以前はとくに意識することもなかったが、このチャペルがほかの石造りの建物よりもさらにひんやりしているのは間違いない。ラルフは自分が骨の髄まで冷えきっているのを感じた。

祖父母は見るからに嬉しそうな様子だった。狭苦しい聖具室のドアから牧師がそっと出ていくあいだに、祖父は大声で祝いを述べて、ラルフと勢いよく握手をし、肩を叩き、次にミス・ミュアヘッドを——いや、ベリック伯爵夫人を——両腕で包んでから、片方の頰にチュッと音を立ててキスをした。祖母はラルフの顔を両手ではさみ、彼がかがんで頭を下げると、唇にキスをして幸せそうに微笑した。彼の花嫁を強く抱きしめて、手提げに小さなハンカチを余分に入れておくだけの気遣いがメイドには欠けていた、と不満そうに文句を言った。公爵はハンカチというより小さな船の帆のように見えるものを上着のポケットからとりだして、自分の妻に手渡した。

ミス・ミュアヘッド——ベリック伯爵夫人——つまり、彼の妻は笑みを浮かべ、下唇を嚙み、目を潤ませ、そして……ああ、とても美しい。それは否定のしようがなかった。頰が柔らかな色に染まっていた。

四人は来たときと同じように屋敷まで歩いて戻った。公爵はラルフの腕にすがって軽く咳をしながら、そして、公爵夫人は楽しげにしゃべりながら、二人の前を歩いていく……彼の妻と一緒に。彼女を妻として考えることに慣れるまで、どれぐらいかかるのだろう？　ぼくの妻。どう呼べばいいのか？　そんなことで思い悩むのも愚かだが、いまのいままで考えたこともなかった。彼女はぼくをどう呼ぶのだろう。祖父母がたがいの名前を呼ぶのを、ラルフは一度も聞いたことがない。ただ、二人が深い愛情で結ばれていることは彼にもわかっている。たぶん、部屋で二人きりになれば……。

もちろん、召使い全員が結婚式のことを知っていた。召使いたちの前で正式な発表はしていないはずなのに。執事と家政婦の指示により、一人残らず奥の廊下の両側に立ち並んでいた。片側は男の召使い、反対側は女の召使いで、ラルフの従者と、彼の荷物を積んだ馬車を走らせてきた御者もそこに含まれていた。四人が屋敷に入っていくと、全員が膝を折ってお辞儀をしたり、頭を下げたりして出迎え、ウェラーがもったいぶった態度で堅苦しく短いスピーチをしてから、照れくさそうな召使いたちの先頭に立ってみんなで万歳三唱をおこなった。

公爵はウォッホンと咳払いをし、ラルフはウェラーのようなもったいぶった口調になってはいないかと心配しつつ、即興で短く感謝の言葉を述べ、公爵夫人は貫禄《かんろく》と慈愛の両方を示し、ベリック伯爵夫人は微笑し、顔を輝かせ、みんなの優しい祝福の言葉とすばらしい歓迎に礼を言った。しかも、その口調にもったいぶったところはいっさいなかった。

ラルフは彼女の手をとって自分の腕にかけさせ、その手を軽く叩いた。

ウェラーがお辞儀をして告げた。「ダイニングルームに祝宴のご用意ができておりますので、公爵閣下、奥方さま、伯爵閣下、若奥さま、ご都合のよいときにお越しくださいませ」

祝宴？

「三〇分後にしましょう」公爵夫人はそう言うと、召使い全員にふたたび優雅に会釈をし、自分が先に立って玄関のほうへ向かった。

奥の廊下を離れ、召使いたちをあとに残して歩きながら、ラルフは花嫁を見下ろした。

「指輪が少し大きかったかもしれないね」指輪はいまのところ、彼女の手袋の下に隠れている。

「ほんの少し」彼女はうなずいた。「でも、直せば大丈夫よ。どんなものでもたいてい直せるから」

そうだろうか？　本当に？

「いまの出迎えは急に決めたことだな」奥の廊下のほうへ顔を向けて、ラルフは言った。「祝宴もそうだと思う。ただし、今日の午餐をウェラーがもったいぶって祝宴と呼んでいるだけだろう。きみが居心地の悪い思いをしていなければいいのだが」

ラルフ自身は、自分で説明できる理由は何もないものの、ひどく居心地が悪かった。強いて理由をつけるとすれば、今日が婚礼の日だということぐらいだ。不意に、フラヴィアンとその花嫁のことを思いだした。二人は数週間前、グロスターシャー州にある村の教会を馬車であとにしたのだが、招待客が教会から出てきて、外に集まった村人が歓声や口笛で二人を見送り、教会の鐘が陽気に鳴り響くなかで、フラヴィアンが花嫁にキスをした。婚礼とは名ばかりの粗末な式を花嫁に押しつけた自分が、ラルフは少々恥ずかしくなった。形式だけのキスもまだしていない。

「とんでもない」笑顔で彼を見上げて、彼女は言った。「召使いが挨拶のために待っていてくれるのを見るまでは、式を挙げたという実感が湧いてこなかったの。でも、わたしたち、本当に結婚したのね、伯爵さま」

「ラルフだ」彼は眉をひそめた。「ラルフと呼んでほしい。本当に結婚したのだから」

あともどりして別の道を選ぼうとしても、もう手遅れだ。

「だったら、わたしのことはクロエと呼んでください」

「クロエ」次は何を言いだす気だ？　ラルフは彼女に視線を走らせた。「きみ、着替えをする必要があるんじゃないか？」

とても可憐な姿だということを、彼女に正直に伝えればよかったと思ったが、もう手遅れだった。それでも、彼女の手を唇に持っていくことならできる。

「ええ、そうね」胸の思いをラルフが実行に移す暇もないうちに、彼女は彼の腕にかけていた手をひっこめた。「三〇分以内に下りてきます、伯――いえ、ラルフ」

ラルフは階段をのぼっていく彼女を見守った。うしろ姿はこれまでと同じだ――ほっそりしていて、上品で、まるで他人のよう。しかし、この一時間ですべてが変わってしまった。彼女はぼくの妻。クロエ。それなのに、彼女にどう接すればいいのか、新婚生活をどんなふうに送ればいいのか、ぼくにはまったくわからない。どちらとも関わりを持たずにすめばいいのに。

今夜、二人は夫婦として結ばれる。

ラルフはこの一時間の奮闘が祖父に大きな負担になってはいないことを確かめたくて、書斎のほうへ大股で歩き去った。

7

クロエはベッドの端に腰を下ろし、両手を膝の上で握りあわせていた。まだ一人きりだというのに、そわそわと落ち着かず、なんとなく照れくさかった。いまは寝間着に着替えている。一年と少し前、ロンドンのおばのところへ泊まりに行く前に縫ったものだ。薄手の白いリネンを使い、裾と袖口には黄色い花芯を持つデイジーのアップリケをした。お気に入りの寝間着だが、新婚の花嫁にふさわしいとは思えなかった。

髪は三つ編みにして頭に巻きつけ、その上から、フリルつきのキャップをかぶった。寝間着とおそろいの生地で縫っておいたのだが、まだ一度も使ったことがなかった。今夜こうしてキャップをかぶるのも、髪を三つ編みにして頭に巻きつけるのも、じつは躊躇していた。髪は下ろしたままにしておき、キャップもかぶらないほうがいいのかもしれない。でも、髪がとても……そう、赤いから……。

クロエは情けないほどびくついていた。この新婚初夜が人生を左右するかのように。いや、もちろんそうだ。今夜か、明日の夜か、もしくは近いうちに、たぶん子供ができるだろう。そう、今夜はとても大きな意味を持っている。個人的なことを別にして。わたしがどんな髪形にしようと、何を身に着けようと、そんなことは重要ではない。あるいは、どんな気持ちでいようと。

握りあわせていた手を離し、てのひらに視線を落とした。結婚したのに、お父さまはそれを知らない。グレアムも、ルーシーも。あの人のお母さまも、姉妹の方々も知らない。明日、二人でここを発ち、そんな状況をすべて変えていく。まずハンプシャー州にあるわたしの実家へ向かい、お父さまに結婚の報告をしようと二人で決めた。式はすませてしまったが、ベリック伯爵――ラルフ――が夫婦間の財産契約についてお父さまと協議をおこなう。次に、近くのウィルトシャー州にある彼の自宅、エルムウッド荘園館まで行き、その他の身内に手紙を書く。ずいぶん多くの手紙を書き、ずいぶん多くの人を驚かせることになる。また、知人と貴族社会の人々に知らせるために、ロンドンの新聞社すべてに結婚発表の記事を送らなくてはならない。

二人で立てた計画を祝宴の席で話したところ、公爵夫人は落胆の思いを口にした。クロエの父親を訪ねたあとでただちにロンドンへ向かうべきだというのが、公爵夫人の意見だった。ロンドンに出れば、ラルフの母親である先代ベリック伯爵未亡人、ラルフの末の妹で社交シーズンに合わせて夫のケイリー子爵と街に滞在中のレディ・ケイリー、グレアム・ミュアヘッド牧師、クロエの妹のネルソン夫人の全員を、一日で訪ねてまわることができる。また、貴族社会の人々がロンドンに集まっているあいだに、社交の場に次々と顔を出すこともできる。結婚を祝う舞踏会をストックウッド邸で開いてもいい。今年の社交シーズンで最高に混雑した催しのひとつになるだろう。

「なにしろ、去年の春、ロンドンから逃げだす前のあなたはゴシップと憶測の的だったんですもの」公爵夫人は説明した。「このシーズンで最高に華やかな結婚をしたとなれば、誰もがあなたをひと目見たがるはずよ。貴族階級はとにかく気まぐれだから、去年あなたに白い目を向けた人たちも、今年はあなたを抱きしめることでしょう。毅然たる態度でその人たちと向きあう勇気をあなたが持っているのなら。自分が準男爵の娘であり、子爵の孫娘であることを、どうか忘れないで。それに、ラルフの爵位が持つすべての威光が背後であなたを守ってくれるわ。舞踏会の夜には、公爵家の絶大な力があなたを守ってくれるでしょう。公爵とわたしも舞踏会に出るためにかならずロンドンへ行きます」

話を続けるうちに、公爵夫人の口調が熱を帯びてきた。公爵がウォッホンと咳払いをしたが、夫人の意見を否定するようなことはいっさい言わなかった。

「それから、クロエ、舞踏会のドレスはエメラルド・グリーンになさい。髪を結うときは特別に神経を遣う必要があるわ。羽根飾りなどはやめましょうね。装飾品は邪魔なだけですもの。去年は髪の色のせいで辛い思いをしたでしょうけど、色を隠すことができないのなら、逆に見せびらかすしかないのよ」

それから数時間たった現在、クロエはベッドの端に腰を下ろして、左手の指で右のてのひらに円を描き、次に左右の手を逆にした。公爵夫人の意見のほうが正しいの？　そうしなきゃいけないの？　しかし、考えただけで気が重くなるので、ラルフが祖母の提案を拒絶してくれたことが本当にありがたかった。

「ロンドンへ行くつもりはありません、おばあさま」ラルフは言った。「賢明なご意見であることは百も承知ですが。クロエは社交界から不当に排斥されたことが二回もあるため、そのような人々とつきあう気になれないのです。それに、ぼくも正直なところ、都会生活の退屈さと不自然さにうんざりしています。二人でエルムウッドへ行くつもりです。そろそろ向こうに腰を落ち着けて、領地の運営を真剣に考えたほうがいいし、妻もそちらで暮らすほうが気分的に楽でしょうから」

クロエは無言の感謝をこめた視線を彼に向けた。今日一日、自分でもひどく意外だったことのひとつが、胸にあふれる幸せだった。どう考えてもいまの状況にはそぐわないことだし、自制心を働かせないと、たぶん傷つくことになるだろう。夫に気づかれたら、ばつの悪い思いをするに決まっている。ただ、わたしがいま感じているのは、人を愛する幸せではないし、ロマンスへの期待でもない。それは単に……。

そう、単に、結婚したという思いに過ぎない。

挙式の日にしてはひどく奇妙で、ひどく地味な一日だった。味気なくて、胸のときめきもなく、普通だったら幸せなど感じるはずがなかった。自分になんの感情も持ってくれず、こちらもほとんど何も感じていない相手と、小さなチャペルでひそやかに式を挙げたいなどと思う者がどこにいるだろう？　みんなで屋敷に戻ると、召使いたちの出迎えという感動的な光景に出会い、花とリボンとろうそくで飾り立てた小さなウェディングケーキまで用意された祝宴が待っていて、それはすべて公爵夫人すら知らないうちに召使い全員が計画し、準備したものだったが、そうしたなかで、クロエの心が芯まで冷えきっていたとしても不思議はなかったはずだ。新婚の夫が祖父の公爵と二人で食後のひとときを過ごそうと決め、そのあいだ、クロエは客間の椅子にすわって公爵夫人の相手をしたことにも、本当だったら腹を立てるか、もしくはせめて困惑してもよかったはずだ。

いまごろは、平らにつぶれたパンケーキみたいな気分でいても当然だっただろう。ところが、神経が少したかぶっているのを別にすれば、いまのクロエは幸せだった。結婚したのだ。伯爵夫人という新たな肩書きはどうでもよかった。ただのストックウッド夫人でも、同じように幸せを感じていただろう。結婚したという事実が何よりも大切だった。

ふたたび両手を握りあわせ、左右の親指をくるくるまわしたくなるのを意識して止めた。しかし、落ち着かない気分にもかかわらず――それってどんな感じなのかしら？――花婿がやってきて新婚の床で結ばれるときを幸せな予感のなかで待った。もうじき、あらゆる意味で、結婚した女性になる。月のものが二日前に終わったのはなんという幸運だろう。

これから先も幸せな気分でいられるの？　幸せと愛はかならずしも結びついているわけではない。そうでしょ？　愛情がなくても夫と幸せに暮らしていくことはできる。そうよね？

ベリック伯爵と幸せに暮らしていけるだろうか？　彼はかつて死を望んでいた。自殺を図ったことまである。治療と療養のためにコーンウォールへ送られたが、いまだに人を愛することができない男、冷たい虚ろな目を持つ男のままだ。少年時代の彼とは別人のようだ。公爵夫人までがそう言っている。彼の心の大きな部分、もっとも光り輝いていた最良の部分が死んでしまったように見える。クロエは目をきつく閉じてうなだれた。そんな人とどうやって暮らしていけるの……。

寝室のドアに大きなノックが響いた。クロエははっと顔を上げてドアのほうを見たが、ドアは開かなかった。

「どうぞ」と声をかけた。

彼は濃紺のサテンで仕立てた丈長のガウンをはおっていた。下手をすると軟弱に見えかねないが、なぜか、彼の筋肉質の身体と男っぽさが強調されていた。いや、そんなふうに感じるのはたぶん、彼がクロエの寝室に入ってきて、夫の権利を行使しようとしているからだろう。

何を言うかを考えておけばよかった――そう思ったが、もう手遅れだった。クロエは沈黙したまま、握りあわせた両手に力をこめすぎないよう気をつけた。彼が背後のドアを閉めた。今夜のために両側で毛布が折りかえされているベッド、化粧台に置かれた燭台《しょくだい》で燃えているろうそく、彼女の素足、地味な寝間着、キャップに彼が目を向けるのが、クロエにもわかった。彼の視線がキャップのところで止まった。

「きみを待たせたのでなければいいが」

「いいえ」

短い沈黙が流れ、クロエは自分の息遣いが速くなるのを感じた。

「痛くないようにするからね」彼が言った。「明日の夜からは、それがもっと心地よくなるはずだ」

いい？　それ。

「ええ」

彼の声も態度もそっけなく、ぶっきらぼうと言ってもいいほどだった。クロエの困惑にはまったく気づいていない様子だ。

どうすればいいの？　遅まきながら、ワインを部屋に運ばせておけばよかったと気がついた。そうすれば、二人のグラスにワインを注いで、くつろいだ気分で軽いおしゃべりを始めることができたのに。話題は……まあ、何かあるはずだ。ところが、現実には、うら若い乙女のようにびくついている。たぶん、乙女よりひどいだろう。年齢と未経験のせいで動揺している。

彼がそばに来て手を差しだし、彼女の片手をとった。

「おいで」と言った。「痛みがあってもなくても、終われば気分が楽になる。そうだろう？」

「あの……」クロエは彼に手を預けて立ちあがった。「ええ、きっとそうね。ごめんなさい。緊張してるの。どうすればいいのか……わからなくて」

「わかっていたら、そのほうが変だよ。だって、きみ自身が認めたように、一度も経験がないのだから。ぼくがろうそくを消すあいだに横になるといい」

彼はクロエが横になれるように、ベッドの手前側の毛布をさらにめくったが、彼女がじっさいに横たわる前に顔の向きを変えた。クロエはその気遣いに感謝した。仰向けに横たわって目を閉じた。やがて、まぶたの裏に突然の闇を感じた。ベッドの裾をまわって反対側へ行く彼の足音が聞こえた。彼が毛布をさらにめくった瞬間、肌がひんやりし、やがて、彼の重みで傍らのマットレスが沈むのを感じた。

明日の夜、明後日の夜、さらにその翌日の夜へ移るにつれて、これがどんどんなじみ深い儀式になっていき、困惑することも、気恥ずかしく思うこともなくなるだろう。もしかしたら、楽しみに待つようになるかもしれない。クロエはそれを願った。ここ一〇年ほどのあいだ、貴婦人にあるまじき名状しがたい疼きに襲われることがしばしばあったが、これがその疼きの正体であるよう、そして、期待に違《たが》わぬ一夜を過ごせるよう、いまの彼女は願っていた。

今夜は黄昏《たそがれ》時のようにうっすらと明るい夜だった。彼が横向きになり、片肘を突いて身を乗りだしてくるのを、彼女は肌で感じるだけでなく、目にすることもできた。彼の片手がクロエの脇腹をなでながらウエストから腰に移り、脚の外側を下へ向かい、やがてさらに下まで行くと、寝間着の裾をつかんでひっぱりあげた。ウエストのあたりで生地がひとつにまとまるまで、クロエは腰を軽く浮かせていなくてはならなかった。

彼が覆いかぶさってきた。ガウンはすでに脱ぎ捨てられ、彼が下に何も着ていないことを知ってクロエは衝撃を受けた。彼が自分の脚を割りこませてクロエの脚を押し広げ、両手を彼女のヒップの下にすべらせて持ちあげ、軽く角度をつけた。クロエが思わず彼の肩に両手をかけると、その肩はがっしりしていて、堅固な筋肉に覆われている感じだった。右肩の前からうしろにかけて、傷跡と思われる硬い畝がカーブを描いている。

やがて、身体が重ねられた。息を止めてはだめ、力を抜いて普通に呼吸するのよ、とクロエが自分に言い聞かせるあいだに、彼が体内に入ってきた。クロエは痛みが走るのを覚悟し、すくみあがったりしないよう気をつけた。しかし、押し広げられて満たされるという慣れない感覚があっただけだった。ズキッと軽い痛みを覚えた瞬間、本格的な激痛が襲ってくるのを予期したが、そのようなことはなく、やがて彼がさらに深く入ってきた。彼を受け入れるのは無理なような気がして、クロエは怖くなった。

彼はクロエのなかで静止したまま、ヒップの下から手を抜き、両肘を支えにして身体を浮かせた。クロエはそのとき初めて、自分にのしかかっていた彼の身体がどれほど重かったかを知った。目を閉じたまま、両手を彼の背中のなかほどまですべらせた。傷跡は肩から下へ続いて肩甲骨の端まで延びている。顔の傷とは逆側だ。切りつけられた瞬間、もう少しで顔の半分と片腕と片方の肩を失うところだったに違いない。

彼がほぼ完全に身体を離したと思ったら、ふたたび入ってきて、あとはその動きのくりかえしだった。最初はゆっくりと、ためらいがちと言ってもいいほどで、クロエに痛い思いをさせないよう気をつけている様子だったが、やがて律動が強く激しくなってきたので、クロエはさらにきつく目を閉じ、この強烈な感覚の前ではこれまでの疼きなど比べものにならないことを知った。

彼に組み敷かれたまま、行為に身を委ねていた。この人はわたしの夫、夫として妻を抱いている。子供ができるかもしれない。痛みはやはりあった。ひりひりしている。この痛みは朝まで続き、たぶん明日になっても消えないだろう。でも、心地よい痛みだし、こうしているのも心地がいい。いまはもう、困惑も不安もない。

しばらくすると、彼の重みのすべてがクロエにかかり、両手がふたたび彼女の下にすべりこんで、動きがどんどん深く激しくなり、やがて、彼の息が頬にかかるのを感じた。それはまるでため息のようで、クロエのなかに深く入ったまま彼が動きを止めた瞬間、体内に彼の熱が迸《ほとばし》るのが感じられた。

今日は人生で最高に幸せな一日だった、などと思うのは愚かなことだ。今日は二人で冷ややかな取引をしただけだ。いまの出来事はその一部に過ぎない。いくら未熟な彼女でも、これが愛の行為だと自分を納得させることはできなかった。今日の出来事のどれをとっても、愛はどこにも含まれていない。彼は跡継ぎを産む女と結婚し、彼女は人の情けにすがって生きる未婚女性として一生を送らなくてもすむように、夫と家を手に入れたのだ。取引の目的はそれだけだ。

ああ、そうは言ってもやはり、人生で最高に幸せな一日だった。

一分か二分すると、クロエに覆いかぶさっていた彼が上体を起こし、となりに身を横たえた。彼女の寝間着の裾を下げ、毛布をかけてくれた。いまから自分の寝室に戻るつもりかしら、とクロエは思ったが、彼自身も横になったまま毛布をかけた。

「ありがとう、クロエ」

クロエは彼のほうへ顔を向け、自分からもありがとうと言いそうになるのをかろうじて思いとどまった。

「痛みがひどくなかったのならいいが」

「ええ」クロエは言った。「大丈夫よ。痛みはなかったわ」

「きみが今日のことを後悔しないように、ぼくはこれから努力していく」

「招待客も華やかさもない婚礼のこと？　ああいう感じのほうがわたしは好きだわ」

「結婚そのもののことを言ってるんだ。きみがぼくとの結婚を後悔しないよう努力していくつもりだ」

「後悔なんかしません」クロエはきっぱりと言った。「わたしの望みのすべてだったんですもの――立派な結婚をして、自分の家を持ち、子供を産むのが。この結婚を後悔することはないわ」

彼の虚ろな目のことを考え、自分のいまの言葉が真実であるよう願った。

「あなたが後悔しないよう、わたしも努力します」とつけくわえた。

「後悔はしない。もう終わったのだし」

どういう意味なのか、彼から説明はなかった。しかし、短いながらもぞっとする言葉だった――〝もう終わったのだし〟まるで、跡継ぎを作り、万一のためにもう一人作っておけば、彼の義務は完了で、生きる目的も消えてしまうかのようだ。

もちろん、そういう意味で言ったのではないはずだが。

以前の彼に自殺願望があったことを、公爵夫人から聞かなければよかったと思った。それは何年も前のことで、当時は重傷を負っていたため、激痛のあまり錯乱することもたぶんあったのだろう。でも、回復するのに三年もかかったの？　そして、そのあとに空虚な魂が残されたの？

〝つまり、心の病ね〟

クロエは彼がさらに何か言うのを、もしくは、やはり自分の寝室に戻ろうと決心するのを待った。しかし、しばらくすると、規則正しい息遣いを耳にして、彼が眠りこんだことを知った。

〝もう終わったのだし〟――それはたぶん、こうして結婚したのだから、おのれの義務を果たして早く花嫁を選ぶよう、親戚や自分自身の責任感にせっつかれることはもうなくなった、という意味だったのだろう。そういう意味で言ったに決まっている。

いいえ、もしかしたら単に、今日という日が終わったという意味だったのかもしれない。

この言葉を口にしたときの彼の声がひどく暗く感じられたのは、わたしの気のせいに過ぎなかったの？

クロエは目を閉じ、ひりひりする痛みに心を集中した――甘い痛み――この人がわたしのなかに残した痛み。

わたしは結婚した。あらゆる意味で。

幸せを胸に抱きしめて、クロエは眠りに落ちた。


ラルフはベッドの上の天蓋をじっと見上げていた。たぶん、一時間か二時間ほど眠ったのだろう。一度に二時間以上眠れることはめったになく、いったん目がさめると寝つけなくなることがしばしばだった。いまも目が冴《さ》えてしまい、軽い閉所恐怖症に襲われていた。けっして狭苦しい寝室ではないが、彼の寝室に比べるとかなり小さい。しかも、天蓋は低く、四隅の支柱はずっしりしている。

ただ、四方の壁が迫ってくるように感じられるのがこうした事実のせいでないことは、彼にもわかっていた。部屋を二人で使い、ベッドを二人で使っているからだ。肌を触れあってはいないが、右側に彼女の身体の熱が感じられるし、柔らかな寝息も聞こえてくる。

起きあがって自分の寝室に戻りたいという思いを抑えつけた。彼女が妊娠するまでしばらくのあいだ、このベッドで夜を明かそうと決めていた。そうすれば、一夜のうちに何度か交わることができる。結局のところ、跡継ぎを作る必要に迫られて結婚したのだから、勤勉にとりくむつもりだった。しかしながら、今夜はもう抱かないことにしようと思った。ただの一度も。朝が来て起きる前にも。痛みはなかったと言っている彼女だが、きっと疼いているはずだ。処女を失うときの感覚がどういうものなのか、彼には想像することしかできない。

今夜はもう自分の寝室に戻って一人になり、自分のベッドで寝てもよかったのだが、こちらで寝ようと決めていた。こうして結婚生活をスタートさせ、しばらくはこの形を続けていくつもりだった。彼女がいやがらなければいいのだが。しかし、ぼくが結婚しようと決めた理由――唯一の理由――は彼女も承知し、受け入れてくれている。

彼女の寝室に入ったときは、その姿を見て少々がっかりした。寝間着のせいではない。おとなしすぎるデザインではあるが可憐に見える。しかし、キャップが……いや、それも可憐なのだが、髪はどんなふうになっているだろうと一人で勝手に想像していた。三つ編みにしているのか、それとも、編まずに背中に垂らしているのか。まさか、キャップの下に完全に隠れていようとは思いもしなかった。

いや、それでよかったのかもしれない。妻に対して多少は性的魅力を感じるべきだし、現に感じているが、それ以上を望む気はなかった。その点は彼女もきっと同じに違いない。彼の下でじっと横たわり、されるがままになっていた。性生活のパターンが今夜決まってしまったのかと思うと、心に少し冷たいものを感じた。

彼女が何やらはっきりしないことをつぶやき、寝返りを打って彼と向きあう形になった。ラルフはそちらを向いて彼女を見たが、目をさました様子ではなかった。彼女の額が彼の肩にくっつきそうになっている。キャップのフリルが頬と額を縁どり、無垢な雰囲気を生みだしているのが、薄闇のなかでも見てとれる。

欲望が湧いてきたことにラルフは自分でも驚いた。だが、欲望のままに行動するつもりはなかった。拒まれることはたぶんないだろうが、ここで行為に移るのは無神経というものだ……。

彼女から顔を背け、目を閉じ、なんとかして眠ろうとした。あと一歩でうまくいくところだった。現にまどろみかけたのだが、そのとき寝室のドアに大きなノックが響いたため、びくっとしてたちまち目がさめた。

「旦那さま」ドアが細めに開いた。彼の従者の声だった。ひそめてはいるが、緊迫した響きだ。「いらしてください」

クロエもあわてて身を起こした。ラルフはベッドの横へ足を下ろし、ガウンに手を伸ばした。

「おじいさまか?」

「具合が悪くなられて」従者はラルフの懸念を裏づけた。「来てほしいと公爵夫人が仰せです」

クロエもすでに立っていた。ラルフはガウンのサッシュベルトを結びながら、大股でベッドの裾をまわった。

「ここにいてくれ」クロエに言った。「もう一度眠ったほうがいい」

「馬鹿なことを言わないで」あわてて部屋を飛びだし、廊下に出て祖父の寝室へ急ぐ彼に、クロエは言った。寝室はろうそくに明るく照らされていた。

ラルフはひと目で状況を見てとった。祖父はベッドに横たわり、積み上げた枕に頭と肩をもたせかけている。揺らめくろうそくの光のなかで見ても、顔が土気色になっているのがわかる。目を閉じ、身体にかかったシーツの上で指を握りしめている。従者が祖父のほうへ身をかがめ、その額に片手をあてていた。公爵夫人は背筋をしゃんと伸ばしてベッドの脇に立ち、分厚いガウンの端を自分の身体に押しつけている。

「グレッグ先生のところへ迎えの者を行かせましたか？」大股で寝室に入りながら、ラルフは尋ねた。

祖父が目をあけて文句を言おうともしないことが、症状の深刻さを物語っていた。

「はい、すでに行かせました」従者が答えた。「ウェラーがロバートを叩きおこしたのです。従僕のなかでいちばん足が速く、信頼できる男です」

公爵が目をあけて一同を見まわした。

「ご気分はどうです？」ラルフは間の抜けた質問をした。

公爵の目がラルフを見つけだし、一瞬、その目に楽しげな光が浮かんだかに見えた――そして、愛情に満ちた光も。

「死にかけておる。ついに棺桶に片足を突っこんでしまった。早すぎることもあるまい。天から与えられた七〇年の寿命はとっくに過ぎているのだし」

ラルフはベッドの裾をまわって祖母のところへ行こうとしたが、顔を上げると、クロエがすでにそこにいた。公爵夫人の肩を片方の腕で抱いていた。

従者が絞った布を公爵の顔に軽くあてていた。ドアのところに家政婦が姿を見せ、執事のウェラーの横に立った。ラルフ自身の従者はほかのおおぜいの召使いに交じって、ドアのすぐ外をうろうろしている。

公爵がふたたび目を閉じた。夫人が公爵の手を両手で握りしめて自分の頰に持っていった。クロエはウェストのところで両手を握りあわせて、公爵の顔をじっと見守っている。

「グレッグ先生に早く来てもらわなくては」公爵の従者はそう言うと、身体を起こし、苦悩に満ちた目で嘆願するようにラルフを見た。

「大急ぎで飛んでくるさ」ラルフが従者のそばまで行き、肩を強く抱くと、従者は脇へどいて洗面器で布をゆすぎ、からからに乾いてしまいそうなほど徹底的に絞った。

ラルフは祖父の肩に手を置いて、顔をじっとのぞきこんだ。

死なないで――無言でせがんだ――死なないで。お願いだから死なないで。

しかし、どんなものもいずれは死ぬ。愛と同じように。

年老いて死を前にした公爵の目がふたたび開き、夫人を見つけだした。

「エミー」夫人に呼びかけた。

「ネッド。大切なあなた」

ラルフは視線をそらした。ベッドの向こう側のクロエと目が合うと、彼女はかすかに微笑した。不思議なことに、不謹慎には思えなかった。彼の心のなかで同じ言葉がくりかえされているのを承知していることが、その微笑にはっきりと出ていた――死なないで。お願いだから死なないで。

自分が唾をのみこむ音を耳にし、そのすぐあとで、祖母の声がふたたび聞こえた。とてもひそやかな、とても冷静な声だった。

「逝ってしまった」

そう、本当に逝ってしまった。祖父はこれまでと同じように目を閉じて横たわっていて、土気色の顔は穏やかだった。しかし、何かが変わっていた。すべてが変わっていた。そこにはもう誰もいない。

祖父は逝ってしまった。

8

公爵夫人とラルフはベッドの左右に立ち、麻痺《まひ》したように公爵の遺体を見つめていた。クロエは二人に交互に視線を向けながら、どちらを先に慰めればいいのかと迷っていた。でも、もちろん、慰めようがない。実家の母が亡くなった夜の記憶から、それは身にしみてわかっている。

クロエの耳のそばで低く抑えた声がして、沈黙が破られた。

「わたしは何をすればよろしいでしょう、奥方さま？」家政婦が尋ねた。「わたしども全員、何をすればよろしいでしょう？　このままベッドに戻るなんてできません」

クロエは家政婦のほうを向き、こんなときに公爵夫人を煩わせるのはやめるよう頼もうとしたが、そのとき、家政婦のロフタス夫人が自分に話しかけていることに気づいて愕然とした。いまはわたしがワージンガム公爵夫人なんだわ。そしてラルフが公爵。あまりの衝撃に、膝の力が抜けてしまいそうだった。

ふだんは家政婦のロフタス夫人と執事のウェラー氏が絶対的な権威を発揮して、マンヴィル館を円滑に手際よく運営している。でも、二人ともかなりの年だ。おそらく、長年にわたってその地位にあり、公爵夫妻に深い愛情を持つようになっていたのだろう。もちろん、しばらく前から老公爵の健康状態が危ぶまれていたのだから、この瞬間を覚悟しておくべきだったが、二人とも明らかに覚悟ができていなかったようだ。どちらも途方に暮れ、どうしていいのかわからず、クロエの指示を仰ごうとしている。

いまはこのわたしがマンヴィル館の女主人——考えただけで衝撃が走り、恐ろしくなる。でも、誰かがこの場をとりしきらなくてはならない。クロエはウェラー氏とロフタス夫人を伴って寝室の外の廊下に出ると、そこに集まった召使いたちに低い声で話しかけた。集まった人数はかなりのものだった。ベッドに残っている者は一人もいないのではないかとクロエには思われた。

「ウェラーさんにここに残ってもらうのがいちばんいいでしょう」クロエは言った。「ウェラーさんの采配がかならず必要でしょうから。従僕を一人選んでそばに置いておいたらどうかしら、ウェラーさん。もちろん、あなたもここにいたいでしょうね、ベントリーさん」公爵に仕えていた年配の従者がドアのあたりをうろうろしていたので、そのげっそりした顔にクロエは同情の視線を向けた。「あなたもぜったいに必要だわ。誰にも増して」

「承知しました、奥方さま」ベントリーはつぶやいた。

クロエはそれ以外の全員を台所へ連れていった。下働きのメイド二人と少年一人が心細そうな顔で料理番のまわりに集まっていた。全員がクロエに丁寧にお辞儀をして黙りこみ、指示を仰ごうとした。もちろん、何をすればいいかはクロエより召使いたちのほうがよく知っているはずだが、いまのところ、誰もが呆然《ぼうぜん》として途方に暮れている。

わずか何時間か前には全員が奥の廊下に整列し、新婚夫婦の姿を見て喜びに顔を輝かせていたのに……。

クロエは大きなかまどに火をおこすよう料理番に指示し、メイドには大きなやかんに水を入れに行かせ、ポンプで水を汲《く》む係として少年をつけてやった。まだ用事を言いつけられていない召使い全員に、早めに朝食をとるよう勧めた。忙しい一日になるはずで、ふだんどおりの日課をこなすのは無理だし、落ち着いて食事をする時間がいつとれるかわからないからだ。お茶のトレイを用意して、やかんの湯をつねに沸騰させておき、お茶でもコーヒーでも命じられたらすぐ出せる準備をしておくよう指示をした。できるだけ早くスコーンを大量に焼くよう命じ、従僕の一人には、客間のデカンターの酒がゆうべ補充されたかどうかを確認するように言った。別の従僕には、客間の石炭入れがいっぱいかどうかを確かめに行くよう命じ、メイドを一緒に行かせて、火をおこして部屋を暖めさせることにした。それから全員に告げた――それ以外に必要な仕事についてはロフタス夫人が指示を出します。ウェラーさんはしばらくのあいだほかの用で手いっぱいですから。

最後にこう言った――でも、用事にとりかかる前に、少しだけ時間をとってそれぞれの部屋に戻り、着替えをしてください。あとで着替えの時間がとれるかどうかわからないし、召使いと家族の全員が寝間着とナイトキャップ姿だったら、弔問にいらしたお客さまが、控えめに言っても、不思議に思うでしょうから。

クロエは突然、自分の寝間着と古ぼけたガウンとフリルつきのキャップのことを痛いほど意識した。今夜が新婚初夜で、召使い全員がその事実をよく承知しているということも。クロエの言葉のおかげで、それぞれの部屋に戻っていく召使いのあいだから弱々しい笑いが上がった。

黒いドレスが一枚もないため——マンヴィル館に古い喪服を持ってくることなど考えもしなかった——クロエは濃紺のドレスを着た。とりあえずこれで間に合わせるしかない。頭に巻きつけた三つ編みはそのままにしておくことにした。

階下に戻ったときには、いますぐやっておく必要のあることを、ほかにもいくつか思いついていた。ちょうど、従僕のロバートが医者を連れて戻ってきたが、戻るのが遅すぎたことを知っただけだった。いずれにしろ、公爵さまの命を救うことはグレッグ先生にもできなかったのよ、と言ってクロエは従僕を慰め、まだ夜中ではあったが、彼を村へやって牧師を連れてこさせることにした。聖職者にいてもらう必要があるし、マーロウ牧師はたとえ真夜中だろうといやな顔をする人ではない。それどころか、夜が明けるまで呼ばれなかったとなったら、かえって傷つくだろう。ワージンガム公爵の臨終の場に呼ばれるなど、日常的にあることではない。

玄関ホールで番をしている従僕を見かけたので、ノッカーの音を和らげるために何かを——できれば黒のクレープ生地を——持ってくるように命じた。

そこまで終えると、ほかにすべきことは、彼女に思いつける範囲ではもう何も残っていなかった。しばらく玄関ホールに立ち、階段をちらっと見上げた。戻ったほうがいい？　あそこが、夫のそばが、わたしのいるべき場所？　でも、わたしにできることは何もないし、命なき人が無言で横たわっている部屋に戻ることを考えただけで悲しくなる。部屋を出なければ、また違っていたかもしれない。でも、わたしは出てしまった。

戻ることはできない。

かわりに客間へ行き、公爵夫人の椅子をひっぱって暖炉に近づけた。火ばさみをとって、火のなかに石炭をもう少しくべた。部屋はまだ冷えきっていた。しかし、クロエはどうにも落ち着かず、腰を下ろす気になれなかった。すべてが滞りなく進んでいるかどうかを確かめておこうと思い、ふたたび台所に下りた。大丈夫だった。ロフタス夫人が冷静さと権威の両方をとりもどし、すでに朝食をすませた部屋係のメイドに、部屋を残らずまわって窓のカーテンがきちんと閉まっていることを確認するよう指示していた。また、「ほかのメイドたちの朝食がすんだらすぐに、主だった部屋の塵《ちり》払いと床磨きをさせます」と言ってクロエを安心させた。もっとも、どちらも三日前にすませたばかりだが。従僕たちはそれぞれの部屋に戻って最上のお仕着せに着替えるよう命じられた。公爵夫人付きのメイドのミス・バンカーが、みんなのために黒い腕章をこしらえようと申しでた。

クロエが玄関ホールにひきかえすと、ちょうど牧師が玄関から入ってくるところだった。両手を差し伸べて大股でクロエのほうにやってきた。

「公爵夫人」彼女の手をしっかり握って、牧師は言った。「今日はまた、前とは違う悲しい状況でお目にかかることになってしまいました。わたしから、そして家内から、謹んでお悔やみを申しあげます。しかし、主は慈悲深きお方ですね。昨日の公爵さまは、たった一人のお孫さんの婚礼を見届けられるまで長生きしたことを見るからに喜んでおられました」

クロエは牧師の先に立って階段をのぼったが、踊り場まで行くと、格式張った威厳たっぷりの姿で執事のウェラーが待っていたので、彼に牧師を託すことができてほっとした。

そのあと客間で腰を下ろしてじっと待つうちに、カーテンの隙間から差しこむ夜明けの光が部屋を徐々に薄墨色に染めていった。ようやく実感が湧いてきた。公爵が、ぶっきらぼうだが優しくて、夫人にたいそう慕われていたあの老紳士が亡くなった。逝ってしまった。大きな喪失感をあとに残して。クロエの心のなかにまで。公爵夫人とラルフがどんな思いでいるのか、クロエには想像するしかなかった。しかし、鮮明に想像できた。実家の母の死がいまもつい昨日のことのように思える。

ついに客間のドアが開いたとき、クロエは立ちあがり、呼び鈴の紐をひっぱってからふりむいた。ずっと恐れていた瞬間だった。

ラルフが彼の腕に手をかけた祖母と一緒に入ってきた。二人とも着替えをすませていた。どちらも黒一色の装いだった。公爵夫人は背筋をしゃんと伸ばし、王族のごとき威厳に満ちていて、その顔はまるで大理石の彫刻のようだった。ラルフの顔は蒼白で、いかめしく、人を寄せつけない雰囲気だ。二人のあとからグレッグ医師とマーロウ牧師が入ってきた。

誰を慰めるべきかは本能的にわかった。クロエは急いで部屋を横切ると、公爵夫人を腕に抱いた。しばらくのあいだ言葉もなく抱きあったが、やがて公爵夫人を暖炉のそばの椅子へ連れていき、その膝に膝掛けを広げた。

「お茶がすぐ運ばれてきますから。スコーンも」

「食べものも飲みものも喉を通りそうにないわ、クロエ」公爵夫人は言った。「でも、軽くつまめるものがあれば、グレッグ先生も牧師さまもお喜びになるでしょう。あんな時間にベッドからひきずりだしてしまったのが、ほんとに申しわけなくて。でも、お二人にはお茶よりもっと強いもののほうがいいかしらね」

男性二人は夫人を止めようとするかのように手をかざし、首を横にふった。グレッグ医師はお茶をいただければじつにありがたいと言った。

「おばあさまもお茶をお飲みになってね」クロエは公爵夫人にきっぱりと言った。「それから、ひと口でもいいからスコーンを召しあがって。お願い」

公爵夫人は弱々しく微笑した。

「ついさっき、召使いたちはどうしているかとウェラーに訊いてみたの。すると、みんながあなたの指示に従い、すべてが滞りなく運んでいるということでした。ありがとう、クロエ。大騒ぎも狼狽もなしに、あなたがその場をとりしきってくれることを、わたしも予想すべきだったわ。あなたがぜひにと言うなら、お茶をいただくことにするわね。それから、スコーンも半分食べてみるわ」

このやりとりのあいだに、ラルフは誰にも言葉をかけることなく寝室を横切り、いまは窓辺に立っていた。カーテンを数センチあけてから、背中で両手を組んで薄墨色の夜明けを眺めている。

コーヒーポットとティーポットの両方をのせたトレイがすぐさま運ばれてきた。クロエは飲みものを注ぎ、カップと受け皿を、それから焼きたてのスコーンを配ってまわり、忙しく立ち働いた。マーロウ牧師が公爵夫人のそばにすわって低い声で話しかけている。グレッグ医師は牧師のすぐそばに立って話に耳を傾け、見るからに心配そうな表情で公爵夫人を見下ろしている。

クロエは部屋を横切って夫のところへ行き、コーヒーカップをそばのテーブルに置いてから、彼の袖に軽く手をかけた。彼の腕がこわばるのが感じられたが、すくみあがってクロエから離れるようなことはなかった。

「ラルフ」そっと呼びかけた。

クロエのほうを向こうともせずに、彼は言った。「誰もがぼくを〝閣下〟と呼んでいる」

「コーヒーを少し注いできたわ。焼きたてのスコーンもありますからね」

「何もほしくない」

「おじいさまは安らかに逝かれたわ」クロエは彼に言った。もちろん、間の抜けた慰めの言葉だ。でも、こんなときに何を言えばいいの？

「きみは昨日、伯爵夫人になった。そして今日は公爵夫人だ。夢のような話じゃないか」

彼の腕にかけたクロエの手がかすかにこわばり、やがてその手をはずした。いまのは皮肉……？　いえ、もちろん違う。

「悪かった」彼がいきなりクロエのほうを向き、渋い表情を見せた。「悪かった、クロエ。ひどい言い方をしてしまったが、そんなつもりはなかったんだ」

珍しいことに、ふだんの虚ろな目ではなく、何か表情が浮かんでいた。そこにあるのは謝罪の気持ち、そして、苦悩だった。

「ええ、わかっているわ。でも、おっしゃったことはやはり事実よ。そうでなければよかったのに。コーヒーを飲んで。お茶のほうがよければ、そちらを持ってくるわ。それから、スコーンを食べてね。わたしも食欲はないけど、少し持ってくるから二人で食べましょう」

さまざまな感情が渦を巻いていて、現実的な事柄について考え、指示しなくてはならないときに、こんなありふれたことをしようとするなんて！　身近な人を亡くしたとき、現実のなかでもっともむごいのは、その瞬間から、生きるためのありふれた営みを続けていく必要に迫られることだ。まるで、人が亡くなっても、重大な変化は何ひとつ起きていないかのように。

「コーヒーでいい」カップのほうへ視線を走らせて、彼は言った。「スコーンを半分ずつ食べよう」

クロエはスコーンをとりに行き、自分用にお茶を注いでから、彼のところに戻ってふたたび横に立った。同じ皿からスコーンを分けあって食べ、そのあとで彼がコーヒーカップを手にした。ゆうべ、正確にはわずか二、三時間前に、夫婦として結ばれたばかりだ。でも、はるか昔のような気がする。不意に、公爵が亡くなる前に式を挙げることができてよかった、としみじみ思った。

「ウェラーとロフタス夫人はぼくが覚えていないほど遠い昔から、マンヴィル館を規律正しくとりしきってきた。だが、さっきはやはり茫然《ぼうぜん》自失の状態だった。公爵に全身全霊で仕えてきたからね。だが、きみが二人を支えてくれたおかげで、いまはすべてがふたたび順調に動いている」

「あの二人なら、わたしがいなくても、申し分のない対応ができたはずよ」

「もちろん、やりおおせただろう」彼も同意した。「だが、二人はきみの指示を仰ぎ、きみはそれに応えた」

クロエは空になった皿を置き、彼に褒められたことを嬉しく思いながら、自分のカップと受け皿を手にとった。「あなたの妻ですもの」と言った。そう、わたしはこの人の妻。あらゆる意味で。

「ぼくの公爵夫人だ」彼はしかめっ面でクロエを見た。「ぼくが公爵になったから。ちくしょう、なんてことだ」

下品な言葉を使ったことを、彼は謝ろうとしなかった。たぶん、自分がそれを口にしたことに気づいてもいないのだろう。

「これからは公爵らしくふるまったほうがよさそうだ」そう言うと、彼は空っぽのカップと受け皿を置いた。「来てくれ」

そして、暖炉のほうへ行き、クロエが椅子にすわるのを待って口を開いた。

「先生、牧師さま」医者と牧師に向かって語りかけた。「真夜中にすぐ駆けつけてくださり、ぼくの祖母である公爵夫人と、ぼくの妻と、ぼくに慰めの言葉をかけてくださったことにお礼を申しあげます。心から感謝しております。マーロウ牧師さま、葬儀の相談をせねばなりません。だが、いまはやめておきましょう。祖母と妻をベッドへ連れていくことにします。二人とも睡眠が必要ですから。眠るのが無理でも、とりあえず横になったほうがいい。のちほどあらためてお越しいただけますか？」

医者も牧師も辞去を求められていることを理解した。ラルフが二人を玄関まで送っていき、数分のあいだ、クロエと彼の祖母だけが部屋に残された。祖母は暖炉の火を見つめていたが、横に置かれたカップと皿は両方とも空になっていた。

「こんな不思議な感覚はどこにもないでしょうね」祖母は言った。「いま、あの人がここにいて名前を呼んでくれたのに、次の瞬間には、肉体はあるものの、あの人はもういない。二度と会えなくなってしまった。呼び戻すこともできない。あの人が生前言わなかったことがあるとしても、もう永遠に言えないのね。遺体はいまも上の階に安置されている。生前の姿のままだけど、でも、違う。あの人はもういない」

クロエは両手を握りあわせ、意味もない慰めの言葉をかけるのは控えようとした。

公爵夫人は首をまわして、クロエに笑みを向けた。

「でも、昨日、あなたの結婚を祝うことができて幸せだったのよ、ワージンガムもわたしも。

身勝手だったかもしれないわね。結婚はしばらく待ってロンドンで正式に華やかな式を挙げるよう、あなたたち二人を説得すべきだったのに、そうしなかったんですもの。でも、勝手なことをして悪かったとは思ってないのよ。これまでに出た結婚式のなかで、最高にすてきな式だったわ。わたし自身の式は別にして。それに、あなたにはわからないでしょうけど、ラルフが結婚して、今後の苦労を共にしてくれる妻を持ったことで、今日、わたしの心はとても安らいでいるのよ。しかも、結婚のおかげで、あなたはわが家の単なる滞在客でも、大好きなクレミーの孫娘でもなく、わたし自身の孫娘になったんですもの。わたし、公爵夫人でいることにはもう耐えられないの。あなたがラルフと結婚してくれたおかげで、先代公爵未亡人という立場になることができて、こんなに嬉しいことはないのよ。ああ、クロエ、可愛い子」

公爵夫人の目に涙があふれたので、クロエはあわてて夫人の椅子に駆け寄って肘掛けに腰をのせ、その肩に腕をまわした。

「あの人のいない人生をどうやって送ればいいの？」頭を傾けてクロエの肩にのせながら、公爵夫人は問いかけた。「ああ、先に逝ってしまうなんて自分勝手な人」声を震わせて笑い、ハンカチを手探りした。「でも、それでよかったとも思うのよ。あの人がわたしなしで生きていくのに比べれば、わたしがあの人なしで生きていくほうがまだ楽でしょうから。あの人のことだから、きっと途方に暮れてしまうわ……二人一緒に逝ければよかったのに」

公爵夫人が洟《はな》をかんでいたとき、ラルフが戻ってきた。クロエと視線を合わせ、二人のところにやってくると、祖母の椅子の前でしゃがんだ。ハンカチをしまおうとする祖母に向かって両手を差しだした。

「おばあさま」ラルフの手をとった祖母に、彼は言った。「そろそろ寝室に戻られてはどうでしょう？　ぼくがメイドのバンカーを呼びますから。寝室へはクロエがお供をして、クロエはそのあとで自分の寝室に戻ります。おばあさまもクロエも横になって、少しでも眠っておかなくては」

彼の声は静かで、優しいと言ってもいいほどだったが、妥協を拒む強い意志が感じられた。新たな立場になったことで彼自身が変貌を遂げたのかもしれない、おそらく自分の責任と真剣に向きあっていく覚悟だろう、とクロエは推測した。もしかしたら、これが彼の救済になるかもしれない。もっとも、それがどういう意味かはクロエ自身にもわからなかったが。

彼が祖母の手をとって立たせたので、クロエも立ちあがり、腕を差しだした。

「でも、客用寝室のほうが楽にお休みになれるかもしれませんね、おばあさま」ラルフがそれとなく言った。

「わたしの寝室とおじいさまの寝室が化粧室で隔てられているだけだから？　そういう意味なの？」祖母は尋ねた。「でも、怖くはないわ。おじいさまは生前、わたしの髪の毛ひと筋だって傷つける人ではなかった。亡くなったいま、どうしてわたしを傷つけたりするの？　それに、おじいさまはもうあの部屋にはいないのよ。あそこには誰もいないわ」

祖母がクロエの腕をとり、二人が一緒に上の階へ向かうのを、ラルフは暗い顔で見送った。

しかしながら、五分もしないうちにクロエだけが戻ってきた。彼はまだ客間にいて、肩よりも高い炉棚に片腕で寄りかかり、暖炉の火を見つめているところだった。姿を見せた彼女のほうへ顔を向け、両方の眉を上げた。

「これからどうなさるの？」

「この二四時間に何があったかを知る者は一人もいない。ぼくたちの結婚のことも、公爵の逝去のことも、誰も知らない。考えただけでめまいがしそうだ。そうだろう？　婚礼のときは招待客が一人もいなかった。急いで式を挙げようと決めたからだ。だが、この先に待っている大きな儀式については、ゆっくり時間をかけなくてはならない。葬儀への参列を希望する人がずいぶんいるだろう。なにしろ、ワージンガム公爵の葬儀だからね。連絡すべき身内がたくさんいる——婚礼と葬儀の両方について。友人たち、祖父の親しい仲間、それから政府の高官たちにも、逝去のことを知らせなくてはならない。葬儀に間に合うようこちらに来てもらおうとするなら、ぐずぐずしてはいられない。それから、新聞に訃報を出さなくては。処理すべき細かい用事がほかにもたくさんあるが、その一部はまだぼくの頭に浮かんでもいない。祖父の秘書に連絡をとり、書斎で待つように言っておいた。今後はその男がぼく自身の秘書になる。おそらく、すでに書斎でぼくを待っているはずだ」

クロエの心のなかで何かが冷たく凍った。

〝……葬儀への参列を希望する人がずいぶんいるだろう〟

もちろんよ。ええ、もちろん。

本来ならハンプシャー州へ向かい、実家の父に会ったあとで、自宅となるエルムウッド荘園館へ行く予定だったが、今日も明日もとうてい出発できそうにない。葬儀をすませないことには出発できないし、葬儀にはありとあらゆる人が参列する。〝友人たち、祖父の親しい仲間、それから政府の高官たちにも……〟でも、もしかしたら――いえ、おそらく――葬儀が終わっても出発は無理かもしれない。なぜなら、エルムウッド荘園館はラルフにとって本邸ではなくなるからだ。本邸となるのはマンヴィル館だ。

クロエは一瞬めまいに襲われ、頭をふって物思いを追いやった。自分のことを考えている場合ではない。

「じゃ、手紙を書かなくては」クロエはてきぱきと言った。「何通も書かなきゃいけないし、すべて同じ文面というわけにはいかないわね。それから、新聞に出す訃報の文章を考えて、何枚か写しを作らなくては。時間がほとんどないのに、男性二人でそれだけのことをこなすのは大変よ。わたしも一緒に書斎へ行きます」

彼は火の前から離れ、彼女に渋い顔を向けた。「きみが頭を悩ませる必要はない」凍りつくような口調で言った。「半分徹夜したようなものだし、忙しく働いてくれた。とにかく休息をとってくれ」

「あなただって徹夜に近かったわ」クロエは指摘した。「することが山のようにあるでしょ。お手伝いします」

彼は反論しようとするか、命令を下そうとするかに見えた。突然、いかにも貴族らしい高慢な態度になった。だが、やがて、微笑に似た表情がちらっと顔をよぎり、消えていった。

「いま、つくづく思った。きみのことをぼくは何ひとつ知らないんだ、と。ぼくたちの子供の母親になるだけでは、きみは物足りないんだ。そうだね？」

「昨日、わたしが教会で同意し、誓ったのは、あなたの妻になることでした。子供を産むことはわたしの義務のひとつに過ぎないわ」

「義務か」ラルフは静かな声で言った。

「義務といっても、面倒なものとはかぎらないのよ」クロエは不意に彼に笑顔を向けた。「わたしは手紙を書くのが好きなの」

しかし、何か冷たいものに心臓をつかまれたような気がした。こんなことになろうとは予想もしていなかった。なんと愚かだったことか。マンヴィル館に来て以来、さまざまな予兆や警告が目の前にあったはずなのに、近い将来こんな事態になろうとは考えもしなかった。そして、いま、将来が現在になってしまった。

「じゃ、来てくれ」彼は大股で彼女の横を通ってドアへ向かい、そこで立ち止まると、渋い顔のままでふりむいた。「うしろから小走りでついてくるのも、やはり義務だと思うが。そうだろう？　さあ、ぼくの腕に手をかけて」

いまは亡き公爵の秘書だったアーサー・ロイドによって、連絡する必要があると思われる人々の名前と、片づけるべき用事とが、すでにリストにされていた。クロエは秘書のとなり肩越しにリストをのぞきこんだ。そして、三人で協力してリストを仕上げ、やるべき仕事を分担した。

クロエはこのまま立ち去るつもりのないことを二人にはっきり伝えた。自分の弟、妹、おじとおば（イースタリー卿夫妻）に手紙を書くことにした。また、実家の父にも手紙を書き、ラルフが書いたもう少しフォーマルな感じの手紙を同封した。結婚の通知と死亡の知らせを優美な書体で何枚か書き写した。これはロイドが作成し、クロエが言葉遣いに関していくつか小さな修正を提案したあとで、ラルフが承認したものだった。ラルフは母親と姉妹と〈サバイバーズ・クラブ〉の六人の仲間に宛てて手紙を書き、そのあいだにクロエとロイドは、重要な人々に送らなくてはならない正式な手紙を何通も書きつづけた。新聞記事で知らせるだけでは、この人々に充分な礼を尽くしたことにはならない。

葬儀にやってくる身内と親しい友人たちを泊めるために、屋敷のほうでどんな準備が必要かに関して、ラルフとロイドのあいだで相談が始まると、クロエは書きかけの手紙から顔を上げ、きっぱりした口調で言った。「家事関係のことでお二人が頭を悩ませる必要はありません。それはわたしの領分ですから、わたしがロフタス夫人と相談します」ラルフはまじめくさった顔でロイドと視線を交わしてから、「では、ぼくは葬儀をどう進めるかを箇条書きにして、牧師と相談することにする」と言った。

それからしばらくして、マーロウ牧師がふたたび訪ねてくる直前にラルフが言った。「喪服を用意しなくては。とくに、クロエは黒い服を一枚も持っていないようだから。ロンドンへ使いの者をやって既成服を何着か購入し、それが身体に合うことを願うとしよう」ところが、クロエはまたしても書きかけの手紙から顔を上げ、心配する必要はないと言った。「実家へ使いを出して、母の葬儀のときに仕立てた古い喪服を持ってきてもらうことも考えたけど、もっといい方法が見つかったわ。ここから一〇キロも離れていないところに、腕のいい仕立屋が住んでるの。その人に頼んで来てもらいます。お針子と生地と裁縫道具も一緒に。そうすれば二、三日泊まりこんでもらえるでしょ。おばあさまももしかしたら、その人に仕立ててもらおうとお思いになるんじゃないかしら」

ラルフは苛立ちが募るのを感じた。ふだんから命令するのに慣れている。もっとも、この七年間、命令することがあまりなかったのは事実だが。しかし、自分の好きなようにふるまい、自分で決断を下し、召使いたちが質問も口答えも抜きで彼の命令に従うのを当然のことと思ってきた。もちろん、クロエは召使いではない。ラルフが苛立ちを覚える最大の原因はたぶん、彼女が役に立つということだろう――しかも、すばらしく役に立つ。おまけに、明るくてきぱきと仕事をこなす。そして、自分で考えて行動することができるし、現にそうしている。

そうしたことを考えるうちに、苛立ちがさらにひどくなったが、やがて、さまざまな思いが浮かんできた――昨日、祖父は心から嬉しそうな様子だった。祖母も嬉しそうだった。また、今日の早朝、医者と牧師を見送ってから客間に戻ると、祖母がクロエの腕にもたれていいる。ぼくにはどうしても妻が必要だったし、いまではこれまで以上に跡継ぎが必要となっている。

では、ぼくはどんなタイプの妻が好みなのか？　無力で、気弱で、すぐにヒステリーの発作を起こすタイプ？　夜はベッドを共にし、昼間は無視できるタイプ？　それとも……クロエのようなタイプ？

この苛立ちは理不尽なものだ――自分でそう認めた。

そのとき、だしぬけに、同じようにいつも自分を苛立たせていた人物のことを思いだした。彼はその人物に対して、敬意と不快感の両方を抱いていた。威圧することも、頭から払いのけることもできない相手。

グレアム・ミュアヘッド。よりにもよって、クロエの弟だったとは。

クロエとグレアムはまったく似ていない。夜と昼のように違っている。もちろん、半分しか血がつながっていない可能性もある。いや、可能性大だ。そうだろう？

ウェラーが書斎のドアのところに顔を出し、牧師が小さなサロンで待っていることを伝えたときにはほっとした。彼が書斎を出ていくとき、クロエは三つ編みの赤い髪を鮮やかな王冠のように巻きつけた頭を傾けて手紙を書いているところだった。書斎に戻ったときには、彼女の姿はなかった。先代公爵未亡人が目をさましてクロエを呼んだことを、秘書から伝えられた。

しばらくして彼女がドアのところに姿を見せたとき、ラルフはぐったり疲れて気力をなくしていた。書かなくてはならない手紙がまだ何通も残っていたが、どうにもやる気が起きないのに加えて、ゆうべから麻痺したままだった心のなかに、祖父は永遠にいなくなったという実感が広がりはじめていた。昨日、祖父と一緒にチャペルまで歩き、帰りも一緒に歩いてきた。夜を一緒に過ごし、ラルフの少年時代の思い出話をした。今日、祖父は逝ってしまった。

「そろそろ晩餐の着替えをする時間よ」クロエが彼に言った。

ラルフは苛立ちを隠そうともせずに、不機嫌な顔を彼女に向けた。

「食欲がない。腹が減ったら、あとで何か軽くつまむことにする」そう言うと、うつむいて手紙を書く作業を続けた。

「おばあさまも空腹は感じてらっしゃらないみたい。でも、食事をして体力を落とさないようにしていただくのが、何よりも大切なことだわ。わたしも食欲はないのよ。だけど、あなたとわたしがまず食べてみせなくては。とくに、あなたが。午餐もおとりにならなかったでしょ」

ラルフがペンを乱暴に置いたため、書きかけの手紙にインクが飛び散り、手紙は使いものにならなくなった。苛立ちが募って怒りに変わるのを感じた。辛辣な言葉で彼女を罵倒しようと口を開いたが思いとどまり、片手で目をこすりながら、もとのとおりに口を閉じた。癪にさわるが、確かに彼女の言うとおりだ。

「では、上へ行くことにする」そう言って立ちあがった。「きみの部屋までエスコートしよう」

彼女もぼくと同じぐらい疲れているに違いない。それに、ぼくのやり方に慣れるのは、ぼくが彼女のやり方に慣れるのに苦労しているのと同じく、大変なことに違いない。ぼく以上に苦労しているはずだ。だが、ことあるごとに眉をひそめたり、顔をしかめたりするようなことはない。すべきことを黙ってしているだけだ。

ラルフはその後二、三日のあいだに、彼女がいなかったらどうやって乗り越えられたかわからないということを、自分でも認めるしかなくなった。ただ、そうやって認めることが苛立ちの種にもなった。ペンダリス館での三年間と以後四年間の日々のなかで、ラルフは一人で生きることを学び、誰にも頼らないことを学んだ——とくに、感情面で人に依存するのを拒んできた。

もっとも、感情面で妻に依存するようになったわけではない。結局のところ、セックスは感情と無縁だ。彼にとっては好都合だった。というのも、葬儀までの数日のあいだ、いや、むしろ数夜のあいだ、性依存に近い状態になっていたからだ。疲れてはいたが、夜ごと妻のベッドへ行き、妻を抱いて日中の緊張をほぐすことができた。ひどく官能的なひとときとは、けっして言えなかった。ベッドのなかで、妻はいつも寝間着を着たままだったし、彼も脱がせようとはしなかった。また、ナイトキャップもかぶったままで、きらめく髪はすべてキャップの下に隠れていた。

しかし、毎晩二回ずつ妻を抱き、三回も抱いた夜もあったが、これは義務だ、跡継ぎを作る必要があるからだ、と自分に言い訳をするようなことはなかった。いや、祖父の遺体がまだ邸内にあり、儀式用の部屋に安置されているため、その義務を快楽に浸る口実にしていたのは事実だ。

妻にとっても快楽なのかどうかは、彼にはわからなかった。いつも彼の下でじっと横たわっているだけだが、その身体は温かく、緊張は感じられず、体内がじっとり潤って、彼を迎える準備ができていた。しかし、彼が覆いかぶさると、彼女はたいてい彼に腕をまわし、もっとも無惨な傷跡を片手の指で軽くなでる。サーベルで切りつけられたときの傷で、まず顔を切り裂かれ、次に両腕と片方の肩を危うく切り落とされるところだった。見るも無惨な傷跡に関して彼女が何か言うことはけっしてないが、朝が来て、一糸まとわぬ姿で寝るのが習慣の彼がベッドで身を起こしたときに、彼女も傷を見ているはずだ。自分の肉体が見た目に心地よいものでないことは、彼にもわかっている。しかし、彼女がすくみあがったことは一度もなかった。

彼女ならきっといい妻になるはずだ。たぶん、いい母親にもなるだろう。喜ぶべきか、苛立つべきか、ラルフにはわからなかった。自分の人生のすべてが……侵害されたような気分だった。

それに、彼自身の境遇がまたしても大きく変化した。五年前に父親が急死したとき、ペンダリス館で療養中だったラルフはベリック伯爵になった。それが今度はワージンガム公爵だ。しかも、妻がいる。

ときどき、ラルフ・ストックウッドはどこへ行ったのだろう、いまもどこかにいるのだろうか、と思うことがある。たぶん、心の奥深くに目立たないように潜んでいるのだろう。しかし、そのラルフを捜しだしたいのかどうか、自分でもよくわからなかった。眠れる犬はそっとしておいたほうがいい場合もある。

9

公爵の逝去に続く何日かのあいだ、クロエは大忙しだったため、目の前に突きつけられた試練について考える時間がほとんどなかった。試練は山のようにあった。本来なら、単にベリック伯爵夫人という身分になっただけであり、急な結婚を自分の身内とラルフの親戚に報告すればすんだはずだが、それでも気の重いことだった。

単にそれだけのことであっても。

ところが、いまはワージンガム公爵夫人となり、葬儀に参列するためにはるばるサセックス州まで出かけようという数多くの親戚と社交界に君臨する人々を、自分の家に――そう、いまでは小ぢんまりしたエルムウッド荘園館ではなく、このマンヴィル館がクロエの家になったのだ――迎え入れなくてはならない。公爵と最後の別れをしたいと願う人々がずいぶんいるはずだと、ラルフと祖母は予想している。

六年前、ルーシーがネルソン氏と駆け落ちしたときも、そして去年、彼女が、つまりクロエ・ミュアヘッドがかつて母の恋人だった男性の娘と瓜ふたつであることが残酷なほどはっきりしたときも、その人々がそろってクロエに背を向けたのだ。

葬儀の準備に追われる日々のあいだ、自分の結婚生活がどんな状態かを考える時間がクロエにはほとんどなかった。結婚したばかりなのに、二人にとっては思いも寄らない状況のなかで日々が過ぎていった。夫が自分を好きなのかどうかわからない。自分が夫を好きなのかどうかもわからない。でも、どちらだろうと、たいした違いはないような気がした。結婚したのだから、努力していい方向へ持っていくしかない。おたがいにロマンティックな幻想を抱いて結婚したわけではない。

大変な日々だった。クロエは新たな役割に全力でとりくんだ。自分が必要とされているのを承知していたし、最初の決意どおりに進むべきだと思ったからだ。ここでつまずいたら、召使いたちの心が永遠に離れてしまい、近隣の人々との今後の関係にひびが入ることになりかねない。とはいえ、王位簒奪《さんだつ》者になったような気分だった。先代公爵未亡人がいまもこの屋敷にいるのだから、なおさらだ。それに、ラルフが彼女の活躍と有能さに腹を立てているように見える。おそらく、誰かと協力しあってあれこれ指図をした経験が一度もないのだろう。もっとも、ラルフのほうから彼女に文句を言いはしなかった。それどころか、感謝の言葉をしきりと口にして、称賛することさえあった。ただ、そういうときの彼の態度は堅苦しく、冷淡で、本心では彼女をどなりつけたがっているように見える。そして、そんなふうに腹を立てている彼に、クロエも腹が立ってならなかった。おずおずした内気な妻を望んでいるように見える彼だが、自分がそんな妻になろうものなら、彼のほうは軽蔑するに決まっているからだ。

そもそもクロエがなぜ結婚を望んだかというと、目立たないようにふるまうのも、穏やかでおとなしいふりをするのも二度とごめんだと思ったからだ。ただし、貴族社会の人々と顔を合わせなくてもすむのなら、という条件付きで。それなのに、いまからしばらくのあいだ、かぎられた範囲のことではあるが、貴族たちと顔を合わせなくてはならない。ああ、人生は楽ではない。あらあら、呆れるほど独創的な意見ね。

しかし、夜の時間が昼間の試練を忘れさせてくれることは、クロエも自分に対して認めるしかなかった。夜ごとくりかえされる穏やかな夫婦関係に満足していた（ほかに適当な言葉が見つからないため、とりあえず〝夫婦関係〟と表現したのだが）。クロエはこの行為が大好きで、それ以上のことは望まないよう、自分を抑えていた。例えば、甘い言葉も、優しい愛撫《あいぶ》も、それから……ええと、嘆かわしいほど経験不足のせいで呼び方すらわからないさらに多くのことも。でも、そういうことは二人の取引には含まれていない。それどころか、それを抜きにするというのが取引の一部なのだ。

感情的な絆は不要。

ラルフの母親である先代ベリック伯爵未亡人は、葬儀の二日前に、ケイリー子爵と夫人のノラ（ラルフの末の妹）と一緒に到着した。母の馬車が着いたことを知らされると、ラルフはすぐさま出迎えのために階下へ急ぎ、クロエは彼女の腕にすがる祖母を支えてゆっくりとあとに続いた。二人が玄関から出て外階段を下りるころには、到着した人々がすでに馬車を降り、テラスに立っていた。若いほうの貴婦人がラルフの腕に包まれ、彼の肩に顔をつけて泣きじゃくっていた。年上の貴婦人はテラスの向こうから急ぎ足でやってくると、先代公爵未亡人を抱きしめて悲しみを口にした。

クロエは一歩下がって、ウェストのところで両手を握りあわせ、背景に溶けこむ完璧なコンパニオンのようだと思いつつ、自分がただのコンパニオンだったらよかったのにという切実な思いにとらわれた。

紳士がラルフと握手をして、慰めの言葉をかけていた。

やがて、悲しみと哀悼の言葉をひとしきりかけあったあとで、全員が同時に沈黙したかに思われた。いっせいに向きを変えてクロエを見た。彼女の心にまず浮かんだのは、愚かなことだが、ミス・ラッシュがとても腕のいい仕立屋で、短時間でみごとな仕事をしてくれたことへの感謝だった。いま着ているのは身体にぴったり合ったシンプルなデザインの黒いドレスで、首から手首と足首まで覆われている。髪はきちんと梳《す》いて三つ編みにし、うなじできつく巻いてある。喪中の屋敷にふさわしくない鮮やかな色を隠したくても、これ以上のことは無理だった。もしかしたら、公爵未亡人のコンパニオンというより、誰かの家庭教師のように見えるかもしれない。

「母さん」ラルフが言った。「ノラ、ケイリー、ぼくの妻を紹介させてもらってもいいかな？　クロエ、ぼくの母と、妹と、妹の夫だ」

少なくとも、ラルフは〝ぼくの公爵夫人〟とは言わなかった。

先代伯爵未亡人はきりっとした感じの貴婦人で、クロエの想像よりずっと若々しかった。

娘のノラは母親を若くした感じだった。ラルフは両方に似ている。

先代伯爵未亡人は息子以上に冷たい目をクロエに向け、大げさなほど上品な態度で頭を下げた。ケイリー子爵は優雅にお辞儀をし、レディ・ケイリーはクロエの頭から爪先までじろじろ見たあとで眉を上げ、視線をそらした。

膝を折ってお辞儀をしたのはクロエただ一人で、礼儀作法を間違えたような気分にさせられた。もちろん、この人たちよりわたしの身分のほうが高い。そう思った瞬間、心のなかですくみあがった。何を言えばいいのか、まったく浮かんでこなかった。〝よくおいでくださいました〟などと、どうして言えるだろう？　ここが亡くなった公爵とその夫人の屋敷であることは、誰もがよく知っている。玉の輿を狙った性悪女が屋敷に図々しく入りこんでいる、しかも一家が悲しみに暮れているときに、と思われても仕方がない。

「あら、あそこに家政婦がいるわ」ラルフの母親は扉が開いたままの屋敷の玄関を見上げ、片手を伸ばしてラルフの腕にかけた。「部屋に案内してちょうだい、ロフタス夫人。いつもの部屋にしてくれる？　それから、荷物はウェラーが指図して部屋に運ばせてくれるでしょう。しばらくしたら、客間でお茶をご一緒させていただきますわ、お義母《かあ》さま」

先代公爵未亡人はレディ・ケイリーが差しだした腕に手をかけた。

「みなさんの満足のいくように、クロエがすべて用意を整えてくれると思いますよ」先代公爵未亡人は言った。「クロエがいなかったら、ここ数日の試練をラルフとわたしがどうやって乗り切ってこられたか、見当もつかないわ」

ケイリー子爵は背中で両手を組み、妻のあとから外階段をのぼって屋敷に入っていった。

クロエもみんなのあとに続いた。召使いたちに指示を出すのは、公爵夫人という自分の新たな役割のなかでは楽なほうだったのだと気がついた。召使いたちはすなおに従ってくれる。だが、ラルフの身内とのつきあいに関しては、幸先《さいさき》のいいスタートとは言えそうもない。しかし、とにかくスタートを切ったのだ。待ちながらあれこれ想像するほうが、現実に行動に出るよりはるかに辛い場合もある。

そのわずか三〇分後、次の客が到着したおかげで事態が好転した。

公爵未亡人の姉で、いまは未亡人となっているレディ・オームズビーが、博物館に展示されても場違いではなさそうな、華麗な古い馬車でやってきた。供の者がおおぜい付き従っている――メイド一人、お仕着せ姿の従僕たち、屈強な騎馬従者たち、老齢の御者。荷物がぎっしり積まれているため、クロエには、馬車のなかから六人ぐらい降りてきそうに思われてならなかった。

「エミリー」馬車から降り立った貴婦人が鋭い目でテラスを見まわし、豊かな胸に公爵未亡人を抱き寄せた。「エミリー、可愛い妹。世紀の恋物語がついに終わりを迎えたのね――今世紀と前世紀を通じて最高の恋物語だったのに。エドワードのいないあなたの人生がどうなるのか、わたしには想像もつかないわ。どんな最期だったの？　きっと安らかに逝ったのでしょうね。わたしの哀れなヒューバートに比べればずっと幸せよ。お茶をお願いしたいわ。ラルフにブランディを一滴垂らしてもらって、それから詳しい話を聞かせてちょうだい。あらあら、あなた、思いきり泣きたいのをずっと我慢してたんでしょ。昔から泣き虫じゃなかったものね。キャロラインと違って――あの子の魂が安らかでありますように。あの子ったら、ほんの少しでも悲しいことがあると、お父さまやお母さまやわたしたち姉妹の前で大泣きしたわよね。野ネズミが死んでるのを見ただけで号泣ですもの。あの野ネズミのことと、キャロラインがお葬式をするって言いはったことを覚えてる？　ラルフ、あなたって黒を着ると、すごく毅然としたいい男に見えてよ。しかも、その傷跡のおかげで、まるで海賊みたい。ところで、誰一人招待せずに結婚式を挙げたってどういうことなの？　お気の毒なおじいさまがそのあとすぐに亡くなったから、わたしは繊細な神経のすべてを哀れな妹に向けるしかなくなったけど、もしそうでなければ、腹立ちが収まらなかったはずよ。こちらが花嫁さんなの？」

そう言うと、レディ・オームズビーは長い柄のついた眼鏡《ローネット》を目に持っていき、レンズでひどく拡大された目をクロエに向けた。

「メアリ大おばさま」ラルフは彼女に向かってお辞儀をした。「妻を紹介させていただけますか？　クロエ、おばあさまの姉にあたるレディ・オームズビーだよ」

「初めまして」クロエはふたたび膝を折ってお辞儀をしようと決めた。それが正しい作法かどうかはわからないが。ローネットはしばらく彼女に向けられたままだったが、やがて、さっと下ろされた。

「あなたのおばあさまはクレメンタイン・ウェストだったわね」レディ・オームズビーはク

ロエに言った。「少なくとも、結婚後の名前はそうよね。旧姓は思いだせないけど、エミリーと大の仲良しで、ほんとにきれいな人でした。わたしがすでにオームズビーと結婚していなかったら、あなたのおばあさまの美貌を妬んで癇癪《かんしゃく》を起こしていたかもしれないわ。でも、おばあさまの美しさもあなたには敵《かな》わないわね。ただし、その髪の色がどこから来たかは、例のゴシップが事実でないかぎり、神さまにしかわからないことだし、ゴシップに真実が含まれてることなんてめったにないわ。今後、ゴシップを流した連中に会ったときは、つんとした顔をしておやりなさい。燃えるような赤毛の公爵夫人を排斥する者など一人もいないはずよ。とくに、黒をまとった姿があでやかで、海賊と結婚しているとなればね。わたしの頬にキスしても構わないけど、頬紅をむらにしないよう気をつけてね。でないと、わたしのメイドが一週間ほどへそを曲げてしまうから」

部屋へ案内しようという申し出を、レディ・オームズビーは断わった。かわりに妹と腕を組んでさっさと客間へ向かい、家政婦のそばを通りかかったついでに、大きなティーポットをすぐ持ってくるように命じた。

「勝手に指図したりしてごめんなさいね、公爵夫人」ふりむいて、クロエに声をかけた。

祖母たちのあとに続きながら、ラルフが横目でクロエを見た。

「どの一族にも、少なくとも一人は奇矯な人物がいるものだ」とつぶやいた。「たいてい、誰かのおばにあたる人だ」

クロエは微笑した。彼がクロエにかけた言葉のなかで、これがいちばん冗談に近いものだった。

翌日の午前中も、それまでの数日と同じように、村人が何人か弔問に訪れた。クロエは一人一人を温かく迎えた。誰もが露骨に好奇の視線をよこすものの、敵意を示す者は一人もいなかった。それに当然ながら、クロエに会うのが目的で訪ねてきたのではない。公爵未亡人のそばにいる彼女を、村人たちは教会で何度も目にしている。彼らが屋敷に来たのは、ラルフの祖母と、母親と、その子供たちに悔やみを述べるためだった。

その日はまた、周囲数キロ以内にある大きな宿はどこも、明日の厳かな葬儀に参列するためにやってきた身分の高い人々で満室だとの噂も流れてきた。

午後になると、さらに多くの人が到着した。自分のことを〝メアリ大おばさま〟と呼ぶようクロエに強く言っていたレディ・オームズビーが、馬車道を近づいてくる一台の馬車を目にして、ラルフの注意をそちらへ向けさせた。

「馬車の扉に紋章がついてるわ。あと五〇〇メートルほど近ければ、あるいは、この目が五〇歳ほど若ければ、どこの紋章かすぐにわかるでしょうに。ローネットは生意気な相手を怖気づかせるのには向いてるけど、それ以外の実用的な役にはまったく立たないわ。ねえ、誰の馬車なの、ラルフ？」

「スタンブルック公爵です」レディ・オームズビーのそばまで行って、ラルフは答えた。

彼の母親が言った。「あの方、こちらにお泊まりになるおつもりかもしれないわね。ここには身内の者しか泊めないということを申しあげなくては、お義母さま。おっしゃりにくいのでしたら、わたしからお伝えしますけど。わたし、あの方のことがどうしても好きになれませんのよ」

「ぼくが下へ行って、公爵を出迎えることにする」ラルフが言い、目に不思議な輝きを浮かべてクロエのほうを向いた。「一緒に来るかい?」

二人でテラスへ向かう途中、彼が簡単に説明した――スタンブルック公爵というのは、コーンウォールにあるペンダリス館の主人なんだ。ぼくは三年間をそこで過ごして怪我の治療に専念した。

クロエは一歩下がったところに立ち、そのあいだにラルフが大股でテラスを横切り、自分で馬車の扉をあけてステップを下ろした。公爵はクロエの夫よりかなり年上で、背が高く、威厳に満ちた端整な顔立ちと、こめかみのあたりが銀色になりつつある黒っぽい髪をしていた。無言のまま、すばやい身のこなしでステップを降りると、ラルフを強く抱きしめた。クロエは身を離す寸前の二人の顔を目でとらえ、どちらの顔にも強い感情が出ているのを見て意外に思った。

そのあと、二人は馬車のほうへ向き直り、ラルフが片手を伸ばして別の誰かが馬車を降りるのを助けた――貴婦人だ。小柄で、金髪で、とても可憐なタイプ。ラルフの肩に両手をかけ、爪先立ちになって、傷跡がないほうの彼の頬にキスをし、クロエには聞こえない声で何かをささやいた。

貴婦人のあとから、もう一人降りてきた。巨人のような大男で、黒っぽい髪を短く刈りこみ、獰猛《どうもう》な感じの不機嫌な顔をしていて、公爵よりさらに強くラルフを抱きしめた。

「ああ、ラルフ」しばらく沈黙が続いたあとで、その男性は言った。「知らせを受けて、ジョージと一緒に飛んできたんだ」

理由は説明できないながらも、クロエは夫の身内よりこの人々のほうに脅威を感じた。彼らは夫と世界を共有する人々で、自分はその世界に入れてもらえないことを、一瞬にして悟ったのだ。ラルフは彼女の目の前で変身を遂げていた。虚ろだった目に生気が宿った。その瞬間、筋の通らないことだが、クロエはこの人々に憤りを感じた。わたしはこの人の妻。でも、この人のこんなに……生き生きした表情は、これまで一度も見たことがなかった。

昨日のラルフの身内と同じように、みんながそろって向きを変えた。少し離れたところに立っている無言の彼女に、不意に気づいた様子だった。ラルフが片腕を伸ばして、指先で軽く差し招いたので、クロエは自ら進んで近づこうとしなかった自分が悪いような気にさせられた。ラルフと視線が合ったが、彼の目はふたたび生気を失い、表情が読めなくなっていた。

「クロエ、スタンブルック公爵とトレンサム卿夫妻を紹介しよう。それから、ぼくの妻、ワージンガム公爵夫人を紹介します」

二人の男性は重々しい表情で彼女を見た。部外者――そう思っている様子だった。しかし、レディ・トレンサムのほうは心のこもった温かな笑みを浮かべ、脚をひきずりながら近づいてくると、クロエの両手を自分の手で包みこんだ。

「公爵夫人、大変な蜜月になってしまいましたわね、お気の毒に。いましばらくはご結婚をお祝いするのが無理なようで、とても残念です。でも、お二人のご結婚を喜んでおりますのよ。〈サバイバーズ・クラブ〉の仲間は、もちろんご存じと思いますが、強い友情で結ばれています。でも、メンバーが結婚するたびに、新婚の妻を緊密な仲間の輪にこころよく迎え入れてくれました。ヒューゴとわたしが結婚してからまだ一年もたっていませんし、そのときから今日までのあいだに、あなたのご結婚も含めて四組が式を挙げました。今回の悲しい出来事を乗り越えられたら、わたしたちと同じように幸せな日々をお迎えになりますよう、心から願っております」

〈サバイバーズ・クラブ〉？　しかし、クロエは質問を控えることにした。

「ありがとうございます」と言って微笑を返し、それから男性たちに順番に目を向けた。

「マンヴィル館にようこそお越しくださいました」

スタンブルック公爵が彼女のほうに片手を差しだした。「公爵夫人」クロエの目を正面から見つめて、両手で彼女の手をとった。「数日前にラルフがロンドンを発ったとき、わたしには、ほどなくあなたにお目にかかれるだろうという強い予感がありました。もっとも、このように悲しい状況になろうとは夢にも思わなかったのですが。まことに残念です。だが、あなたのおかげでラルフも多少は慰められることを喜んでおります」

「どれどれ、お顔を見せてもらいましょう、お嬢さん」トレンサム卿が言った。獰猛な表情に似合わず愛想のいい声だった。大きな手でクロエの右手を握った。「見たこともないほど鮮やかな赤い髪をしておられると誰かが言っていましたが、それが誇張でなかったことがわかりました。ラルフは絶世の美女を見つけたわけだ。何かまずいことを言ったかい、グウェンドレン？」

しかし、彼の妻は首をかすかに横にふって笑い、夫の腕に自分の手を通しただけだった。ラルフが外階段と玄関のほうを手で示した。「もちろん、わが家に泊まってくださいますね。すべての客室の用意が整っています」

「そんな迷惑をかけようとは夢にも思っていない」スタンブルック公爵は言った。「村でも、どこでも、部屋のあるところに泊まるつもりだ」

「でも、わたしたちのほうは、わが家以外のところにみなさんをお泊めしようとは夢にも思っておりません」クロエは言った。「夫のお友達でいらっしゃいますもの」

そこでクロエは気がついた――わたしが感じていたのは憤りというよりむしろ、この人たちは夫の真の友人だが、自分はそうでないことへの単純な嫉妬だったのだ。わたしはただの妻、大切にすると約束してくれたけど、愛情はけっして期待できない。

クロエは一行を邸内へ案内し、途中で足を止めてロフタス夫人と短く言葉を交わしてから、彼らを追って階段をのぼった。

それから一時間もしないうちに、グレアムがルーシーとネルソン氏同伴で到着した。三人を出迎えるために、ラルフも彼女と一緒にふたたび一階に下りた。

最初にルーシーが馬車から飛びだしてくると、悲しみの場にそぐわない興奮の面持ちで金切り声を上げた。クロエの腕のなかに飛びこんだ。

「クロエ」と叫んだ。「結婚したのね。それも公爵と。でも、もうしばらく待って盛大な式を挙げて、みんなを招待してくれればよかったのに。意地悪ね。ぜったい許さない。黒がすごく似合ってるわよ、悔しいけど。でも、お母さまが亡くなったときも、わたし、自分でそう言ったのを覚えてるわ。髪の色が黒とよく合うんですもの。そう思わない、フレディ？　わたしは黒を着ると最悪なの。暗い地味な色をした髪のせいで、まったく目立たなくなってしまうのよ。あら、こんなにべらべらしゃべってばかりじゃいけないわね。お姉さまの身内に不幸があったばかりですもの。いくら公爵さまが高齢だったとしても、お姉さまにとっては悲しいことよね」

「お義姉《ねえ》さん」フレデリック・ネルソンがクロエに向かって派手にお辞儀をした。まるで舞台に立ち、身分の高い人々の前で芝居をしているかのように。「それとも、わが親愛なる公爵夫人と呼ぶべきでしょうか？　しばらくは喪に服さなくてはならないと思いますが、なるべく早く、できれば今年の社交シーズンが終わる前に、ロンドンにお義姉さんのサロンを開いてくださるようお願いしたい。一流の知識人、芸術家、詩人、そして、できることなら劇作家が出入りできる派手な場所にしてもらえないでしょうか？」

クロエはうんざりした視線を彼に向けた。この二人はいつまでたっても変わらない。まさに似たもの夫婦だ。ネルソン氏は自分だけの奇矯な世界に住んでいて、現実の世界には気づいていないようだし、ルーシーの場合は、最初は若さゆえの衝動的な軽挙に走っていたのが、両親から薫陶を受けることがなくなったせいで、悪気はないものの、低俗な人間になってしまった。でも、少なくとも悪気はない。それに家族だ。

「ルーシー、ネルソンさん」クロエは言った。「夫にご紹介するわね。妹とその夫よ、ラルフ」

「おお、だが、ワージンガム公爵とぼくは長年の知りあいなんだ」ネルソン氏はあふれんばかりの感情をこめて言った。

ラルフは礼儀正しく頭を下げてそれに応え、ルーシーの手の上に身をかがめた。グレアムとはすでに握手をすませ、言葉も少し交わしていたが、どちらも表情が多少こわばっていて、ぎこちない雰囲気だった。

グレアムがクロエを抱きしめた。「クロエ」彼女にしか聞こえない声で言った。「なぜこんなことになったんだ？　しかも、誰にもひとことも連絡せずに」

「連絡する時間がなかったの。公爵さまの容態が悪化していたため、盛大でなくていいからぐずぐずせずに式を挙げるよう、公爵夫人が強くお望みになったのよ。そのとおりにしてよかったわ。でも、両家の人々にここに集まってもらう時間がなかったことは残念に思っているの」

ネルソン氏が大げさな悔やみの言葉を並べ立て、ルーシーが畏怖の念のこもった目でラルフを見つめていたとき、馬車のステップからもう一人降りてきた。ほかの者よりのろのろしていて、ためらいがちな態度だった。クロエのほうを見て、こころよく迎えてもらえる自信がないかのように、両方の眉を上げた。

そちらへ視線を返したクロエは心臓が破裂しそうな気がした。

「お父さま」低くつぶやき、急いで前に出て父親の腕に飛びこむと、がっしりした頼もしい身体に強く抱きしめられ、嗅ぎ煙草のなつかしい香りに包まれた。「ほんとにごめんなさい」

父は軽く身体を離し、問いかけるようにクロエを見た。

「お父さまのお許しをもらう時間がなかったの」クロエは弁解した。

「もう成年に達しているではないか、クロエ」父は娘に言って聞かせた。

「じゃ、言い換えるわ——お父さまの祝福をもらう時間がなかったの。公爵さまの具合が悪くて、盛大な式の準備をするのも、もう少し控えめな式のために時間をかけるのも、公爵さまには負担が大きすぎるんじゃないかって、公爵夫人が心配なさったから」

「すばらしい結婚をしたんだね、クロエ。だが、幸せになれるかい？　あまりに急だったからな。戻れる家がないと自分に言い聞かせたからなのか？」

しかし、父の質問に答えている暇はなかった。ネルソン氏が悔やみの演説を終え、ルーシーは珍しくも黙りこんでいた。クロエは父に向き直った。「この人がわたしの夫よ、お父さま。ワージンガム公爵。父を紹介するわ、ラルフ」

二人の男性は握手を交わし、相手の人となりを探りあった。おたがい、にこりともしなかった。

「のちほど、お詫びをさせていただきたいと思っています」ラルフは言った。「お嬢さんをいただく前に、なんのご相談もしなかったことへのお詫びを。遠くからはるばるおいでいただき、感謝しております。これから二、三日のあいだ、ご家族がついていてくだされば、妻も心強いことと思います」

「クロエの手紙が息子のところに届いたとき、わたしはロンドンに滞在していました。息子と、下の娘と、孫たちと、わたしの妹と二週間ほど一緒に過ごす予定だったのです。こちらに伺ってお悔やみを申しあげる機会ができ、よかったと思っております」

「さあ、どうぞお入りください」ラルフは言った。

「召使いに言って、客用寝室へ案内してもらうわね」クロエは父の腕に手を通しながら言った。「そのあとで階下に戻ってお茶を飲んでちょうだい。公爵夫人にご挨拶なさりたいでしょ」

「あら、お姉さまが公爵夫人なのよ」ルーシーが言った。「でも、誰のことかは、わたしにもわかるわ。先代の公爵夫人のことね。そんな人の前に出たら、わたし、緊張して口もきけなくなってしまいそう。うちの一家って、身分の高いうるさ型の貴族にはいまも受け入れられてないけど、これから何日間かは、みんな、わたしたちに丁重な態度をとるしかないわね。そうでしょ？　お姉さまにも。去年あんなことがあったから、もしかすると――」

「言葉を控えたほうが賢明だと思うよ、ルーシー」グレアムが言った。

「まあ、堅苦しいのね、グレアムったら」ルーシーは目で天井を仰いだ。

しかし、ありがたいことに、ルーシーはグレアムの言葉に従った。

10

その日の残りはラルフにとってめまぐるしく過ぎていった。ある意味では、歓迎すべきことだった。この二、三日、最後の別れをしたい人々のために正装で安置されている祖父の顔を何度か見に行き、そばでしばらく過ごしたが、そのたびに喪失感が深くなった。祖父が亡くなった朝に祖母が言ったことは正しかった。肉体がそこにあっても、祖父はもういない。祖父の思い出が残っているだけだ。

父方の祖父母との思い出は純粋な無条件の愛に満ちていた。ただ、必要なときにはずいぶんきびしい躾を受けたこともあった。父親は本ばかり読んでいるよそよそしい人だった。母親は社交界のつきあいでいつも忙しかった。もっとも、父も母も、子供に冷淡だとか、愛情がないとか、親らしいことを何もしないというわけではなかった。ただ、ラルフが祖父母に感じた温もりのようなものが両親には欠けていた。

そのせいで、子供を持ったときに自分がどんな父親になるのかと、ラルフは不安だった。クロエがいい母親になることはまず間違いない。彼女は結婚という取引を提案したあの朝、子供ができたら充分な愛情をかけて育てるつもりだと言い、ラルフはそれを信じた。召使いたちはクロエを慕っている。大げさな表現だとは思わない。召使いたちは、彼には敬意を寄せるだけだ。いや、厳密に言うと違うかもしれない。少年時代の彼はしじゅう困ったはめに陥っていたが、そんなとき、古くからいる召使いの多くは祖父の激怒から彼を守ろうとして知恵を絞ってくれたものだった。

その日はさらに多くの人が到着した――ラルフの姉アミーリアとその夫、おば夫妻、いとこが何人か、祖父母と親しくしていた友人が何人か。そして、予想もしなかった客が三人やってきた。

まず、〈サバイバーズ・クラブ〉の仲間であるポンソンビー子爵フラヴィアンが、妻を連れてキャンドルベリー・アベイから来てくれた。そこは田舎にある彼の一族の本邸で、同じサセックス州ではあるが少々離れていて、二人は蜜月期間をそこにこもって過ごしていたのだ。それから、夕方遅く、目の不自由なダーリー子爵ヴィンセントが従者と盲導犬を連れてグロスターシャー州からはるばるやってきた。この時刻に到着したところを見ると、途中で一度も休憩をとらなかったに違いない。ラルフは言葉にできないほど感動した。〈サバイバーズ・クラブ〉のメンバーでここに来ていないのは、ウェールズ西部の僻地《へきち》に住んでいるベンと、コーンウォール州にいるイモジェンだけだ。

ラルフはその晩、ベッドに入るのが遅くなった。ずいぶん夜更かしをした。人が亡くなったばかりのときにありがちなように、誰もが深夜まで起きていて、話をしようとした。あたかも、人に沈黙を強いる偉大なる存在に対して、生きている者が自分たちの活力を誇示する必要に迫られているかのように。しかし、ついに祖母と大おばがベッドへ向かい、ほどなく、あとの者もほとんどが寝室にひきとった。クロエとレディ・ポンソンビーとレディ・トレンサムが一緒に出ていくのを見て、ラルフは嬉しく思った。三人ともおたがいに好意を持ったようだ。最後まで客間に残ったのは、ラルフと〈サバイバーズ・クラブ〉の仲間と――そして、グレアム・ミュアヘッドだけだった。最初のうち、グレアムが自分たちのグループの親密さに割りこんできたことをラルフは迷惑に思ったが、それは彼のわがままだった。〈サバイバーズ・クラブ〉の集まりではないのだから。ほかの人々と同様、グレアムも屋敷の大切な客人だ。

ラルフとグレアム・ミュアヘッドの関係は昔から複雑だった。関係という呼び方ができるのなら。学校時代、グレアムはいつもラルフを含めた仲良し四人組の周辺をうろついていたが、仲間に入れてもらったことは一度もなかった。ラルフは彼が好きだった。ときには、彼となららもっと充実した親しい友達づきあいができると思ったこともあった。頭がよくて、分別があり、読書家でもあるからだ。そのいっぽう、彼のことがひどく癇にさわり、大嫌いな友達でもこの男に比べればまだましだと思ったこともある。というのも、グレアムは自分の意見をしっかり持ち、自らの信念に反する考えや計画には躊躇なく異を唱えるタイプだったからだ。公平を期すために言っておくと、ラルフはグレアムのほうも自分に対して同じ印象を持っているように感じていた。それはたぶん、二人とも強固な意志の持ち主だったからだろう。しかし、ラルフがその強固な意志によってリーダーになり、ほかの少年たちが憧れて追随する手本になったのに対して、グレアムは不屈の精神を持つ物静かな少年になり、人気を集めることにも、周囲に認められることにもまったく関心を示さなかった。二人はしばしば衝突したものだった。最後に衝突して以来、つきあいは途絶えていた。

グレアムは現在、牧師をしているが、どこにでもいるような牧師ではない。田舎の教区の牧師になれば、牧師館を居心地よく整えてくれる妻と、膝にまとわりつく子供たちと、父親の爵位とささやかな財産を相続するまで安定した暮らしを保障してくれる裕福な後援者を得て、穏やかで恵まれた日々を送ることができるだろうが、それはグレアムの望むところではなかった。また、野心を抱いて教会で出世の梯子《はしご》を必死にのぼり、主教になり、さらには大主教の地位までたどり着くことも、グレアムの望みではなかった。まっぴらだった。グレアム・ミュアヘッドは自ら望んで、ロンドンでもとくに物騒な地域にある貧しい教区の牧師となった。教区民はスラムの住人、すり、娼婦《しょうふ》、酔っぱらい、金貸し、ぼろを着た孤児、その他の好ましくない連中で、その界隈《かいわい》にあふれかえっている。もちろん、通りの汚れや悪臭はひどいものだ。

グレアムの活動に熱い関心を示すジョージ、ヒューゴ、フラヴィアン、ヴィンセントに向かって、彼は説明した――わたしがその教区へ赴いたのは、教会の信者席に多くの人を呼び寄せよう、人々は膝を突いて涙ながらに悔いあらためるだろう、などという崇高な理想を抱いたからではなく、主がローマ時代のパレスチナのかわりに一九世紀初めのロンドンでお生まれになっていれば、きっとロンドンのその地区に頻繁に足を運んで、社会の底辺のそのまた底辺で生きる人々に寄り添い、共に食べ、人々のありのままの姿を受け入れ、尊厳をもって接してくださり、説教はめったになさらなかったはずだ、言い換えるなら、人々を無条件で愛してくださったはずだ、と確信していたからです。

「なぜなら、それがわたしの信仰であり」グレアムは自分の信心深さを自慢する様子など、まったくなしに説明した。「そういう生き方をせずにはいられないからです。無条件で相手を愛し、批判抜きで受け入れたいのです」

たわごとだ――ラルフは強い苛立ちをこめてそう言いたかったが、同時に、喉の奥に何かがこみあげてくるのを感じた――涙？　いまのは独りよがりの意見ではなく、人を感心させるための意見でもなかった。グレアムがあくまでもグレアムであることを示す意見に過ぎなかった。

「まいったな！」ヒューゴが叫び、大きな手で膝をバシッと叩いた。「だが、きみが正しい、ミュアヘッド」

「できることなら、ぼくはきみになりたい」フラヴィアンが言った。「こ、心の底からきみを尊敬する」

「だが、愛だけで充分だろうか？」ジョージが尋ねた。「愛があっても、孤児に家庭を見つけたり、娼婦をまともな職業につかせたり、追いはぎにあった者を元気づけたりすることはできないぞ」

「一人で何もかもできる者はおりません」グレアムは意見を述べた。「誰もみな、自分の能力の範囲内のことしかできないのです。自分には世の中の問題を解決する力がないと嘆くだけでは、もう絶望するしかない。絶望していては何もできません」

そこから活発な議論が始まり、ラルフ自身は参加しなかったものの、興味深く耳を傾けながらみんなを見守った。そして、自分の心に憤りが芽生えていることに気づいた。仲間はみな、おたがいに好意を持っている。グレアム・ミュアヘッドもその場に自然に溶けこんでいて、まるで仲間の一人のようだ。

では、自分は何が気に入らないのか？　仲間を自分だけのものにしておきたい？　他人に割りこまれるのが腹立たしい？　そうかもしれないと思うと、控えめに言っても、ばつの悪さを感じた。子供っぽいと思った。

「ラルフ」ジョージの目が彼に向けられ、あとの者も彼のほうを向いた。ヴィンセントまでが。「きみを遅くまでつきあわせてしまった。休息が必要だろうに。その顔を見ただけでわかる。きみはおじいさまをとても慕っていたからな。明日はきみにとって辛い一日になるだろう」

「じつをいうと、心が癒されます」ラルフは言った。「ここにすわって、みんなの話に耳を傾けているだけで。来てもらえて感謝しています。予想もしていなかったので。きみにも感謝している、グレアム。自分の家族がいてくれれば、クロエも心強いだろう」

ヒューゴが立ちあがり、両手をこすりあわせた。

「さて、わたしはそろそろベッドに入るとしよう」と言った。全員への合図だった。ヴィンセントの犬までも含めて。

ラルフがいつものようにドアのノックを省略して妻の寝室に入ったときには、時刻はとうに真夜中を過ぎていた。妻はすでに眠ったものと思っていた。今夜は自分の部屋で寝ようかとまで考えたが、なんだかわびしい気がした。だが、彼女を起こさないようにしようと心に決めた。明日は彼女にとっても忙しい一日になる。

暖炉に石炭の火がまだ残っていた。珍しいことだ。やがて、暖炉のそばの肘掛け椅子に妻がすわっていることに気づいた。両腕で脚を抱え、素足のかかとが椅子の端にのっている。足首と手首の先まで寝間着に包まれている。ナイトキャップのせいで、髪はほんの少ししか見えない。それでも、彼がこれまでに出会ったどんな高級娼婦よりも、彼女のほうが魅惑的に見えた――おやおや、くだらないことを考えるものだ。暖炉の光が暖かく妻を照らし、彼女が夫のほうを向くと、顔の片側を照らした。

ラルフはドアにもたれて腕組みをした。わが家に戻ったという不思議な感覚に、そして、不思議と心を乱す思いに包まれた。

クロエはふりむいて夫を見た。彼が来てくれるかどうか自信がなかった。起きて待つ必要はなかったかもしれない。でも、ベッドに入る気になれなかった。もし入ったとしても、眠れなかっただろう。

「もう寝たものと思っていた」ラルフは言った。

「すまない。母とノラとアミーリアがきみを無視してばかりで。きみが気長に待ってくれれば、母たちもそのうち心を開くだろう。ぼくが突然結婚したものだから、みんな唖然としてしまい、きみに八つ当たりしてるだけなんだ。ぼくがロンドンを出る前に、きみのことを母に話しておくべきだった」

「いいえ」

彼の母親と姉妹が腕を広げて歓迎してくれるとは、クロエも思っていなかった。あからさまに邪険にされなかっただけでもよしとしなくては。しかし、今夜は、ラルフの身内のことは考えたくない気分だった。

「ルーシーが珍しく無口だったから助かったわ。萎縮してしまったのね。ずっとそのままでいてくれるといいけど。あなたの大おばさまの貫禄に打たれて、口もきけなくなってしまったみたい。ねえ、気がついた？　あの子が大おばさまのなるべく近くにすわって、言葉としぐさのひとつひとつを心に刻みつけていたことに。ロンドンに帰ったら、ローネットを買ってほしいってネルソン氏にねだるかもしれない」

「妹さんはきみのことが好きなんだね。父上とグレアムも」

「ええ」

父親のことも今夜は考えたくない気分だった。

「ベッドに入ろうか？」ラルフが声をかけたが、クロエは動かなかった。

「〈サバイバーズ・クラブ〉のことを話して。今日の午後、レディ・トレンサムがあなたの仲間のことをそう呼んでらしたの。とても大切なグループのようね。みなさん、コーンウォールであなたと一緒だったんでしょ？　大怪我を負った方ばかりなの？　あなたにダーリー子爵を紹介されたとき、目が見えない人だなんて夢にも思わなかったわ。わたしがご挨拶したら、まっすぐこちらをご覧になったから、見えてるとばかり思ってたの。どうして犬が一緒にいるのか不思議だったけど、こちらから差しだした握手の手をおとりにならなかったので、はっと気がついたのよ。みなさん、コーンウォールで三年間一緒に過ごしたの？　ずいぶん長い年月ね」

夫が腕組みをやめて近づいてくると、クロエは彼が心のなかでため息をつくのを聞いたような気がした。質問は控えるべきだった。おたがいの人生に関心を持たないという取決めだったはず。そうよね？　感情的な関わりはいっさい持たないという取決めだった。でも、おたがいにある程度のことを知っておく必要もあるのでは？

ラルフは彼女の椅子のそばに置かれた低いオットマンに腰を下ろした。

「コーンウォール州のペンダリス館はジョージの――スタンブルック公爵の本邸なんだ」彼女に向かって話を始めた。「戦争が終わりに近づいたころ、ジョージは負傷した士官のための病院として屋敷を提供した。知りあいの名医を説得して診療を任せ、何人ものスタッフを雇い入れた。負傷した多くの者がしばらく滞在し、やがて去っていった。亡くなった者もいた。ペンダリス館で一人、帰郷してから亡くなったのが二人。しかし、三年も滞在した者たちがいて、それがわれわれ六人だったんだ。いずれも肉体の傷だけにとどまらず、なかには、肉体に関しては無傷の者もいた。治療を受け、それから療養のために屋敷にとどまり、肉体だけではなく心も回復するのを待った。医者は心の治療に関してすばらしい腕を持った人だった。戦争は肉体だけでなく心にも深い傷を残すもので、ときには心の傷のほうが深刻な場合もある、という信念を持っていた。そして、われわれ六人は、いや、ジョージを含めると七人になるが、強い絆で結ばれるようになった。ジョージ自身は戦争に行っていないが、一人息子が半島で戦死して、その二、三カ月後に、領地の端にある崖から夫人が身を投げて亡くなった」

「まあ」クロエは恐怖のあえぎを漏らした。

「ジョージもあとの六人と同じように深い傷を負ったのだ。ある日、仲間の一人が――確かフラヴィアンだったと思うが、ひょっとしたら、ぼくだったかもしれない――冗談半分に、われわれのグループを〈サバイバーズ・クラブ〉と呼んだ。以来、その呼び名が定着した。仲間のうち、ここに来ていないのが二人いる。ウェールズ西部で奥さんと暮らしているベン、サー・ベネディクト・ハーパーと、コーンウォールに住んでいるイモジェン、レディ・バークリーだ。ベンは騎兵隊を率いて突撃したときに脚を押しつぶされ、その後超人的な努力をしたものの、脚の機能が完全に回復することはなかった。イモジェンは夫が半島戦争のときに拷問を受けて殺され、その拷問の一部と最期のときを見届けるよう強要された。四年前、全員が同じときにペンダリス館を去った。たぶん、誰にとっても人生でもっとも辛い経験だったと思うが、もちろん、どうしても必要なことだった。人工的な繭に包まれて一生を終えるわけにはいかないからね。その後、一年に一度、早春のころに集まって三週間ほど一緒に過ごすようになった。場所はたいていペンダリス館だが、今年はグロスターシャー州にあるヴィンセントの屋敷、ミドルベリー・パークで集まった。息子が生まれたばかりで、ヴィンセントが奥さんのそばを離れようとしなかったからだ」

「息子さんのことが自慢でたまらないみたいね。赤ちゃんをその目で見ることができないなんてお気の毒だわ」

「ヴィンセントを気の毒に思うのは間違っている。あいつが自分を哀れむことはめったにない。神に祝福された幸福な人間だと思っている」

「あなたにとって、この世の誰よりも大切な人たちなのね。〈サバイバーズ・クラブ〉のお仲間は」

「そうだな、ある意味では」ラルフは顔を上げてクロエを見つめ、彼女の手のほうへ片手を伸ばした。意識的なのかどうか、彼女にはわからなかったが、彼は手を放そうとしなかった。

「われわれのあいだには特別な絆があるが、だからといって、それ以外の絆が排除されるわけではない。仲間のうち五人がこの一年のうちに結婚している。信じられない気がする。ミドルベリーで開かれた今年の集まりには、夫人が三人参加した。そちらに滞在中にフラヴィアンが結婚した。そして、今度はぼくの番がまわってきた。結婚からは別の種類の絆が生まれるんだ、クロエ。ぼくと〈サバイバーズ・クラブ〉の絆に比べて、かならずしも弱いわけではない。いや、けっして弱くはない」

彼は二人のてのひらを合わせ、指と指を重ねた。

「あいつらといると気詰まりかい？」

「いいえ」クロエは首を横にふったが、正直な気持ちなのかどうか、自分でもわからなかった。「あなたの肉体に残された傷跡はわたしも見てるけど、ほんとにひどい傷だったことがよくわかるわ。ほかにどんな傷を負ったの？　ペンダリス館で三年も療養することになったのはなぜ？」

〝そこを去ったとき、あなたが別人のようになっていたのはなぜ？

〝生気のない目と虚ろな魂を抱えているのはなぜ？〟

〝自分は人を愛せないと思いこんでいるのはなぜ？〟

こうした問いかけを、クロエは口にはしなかった。

ラルフの手が自分の手に押しつけられていることを痛いほど意識した。大きな手で、指が長く、彼女に比べると皮膚が浅黒く、とても男っぽい。そして、彼の頭が自分の頭よりやや低い位置にあって、二人の手の上にかがみこんでいることも意識された。暖炉の火明かりを受けて、黒っぽい髪に金色の筋が交じっているように見えた。

初対面のときに反感を持ったにもかかわらず、クロエは彼の友人たちを、〈サバイバーズ・クラブ〉の仲間を好きになっていた。スタンブルック公爵のきびしい顔つきも、その過去を知れば納得できる。一人息子を戦争で亡くし、ほどなく妻が自殺した。しかし、二人を失ったあと、公爵は世を恨むことも自暴自棄になることもなく、私財をなげうち、苦難に見舞われたほかの人々に癒しをもたらそうと心を砕いてきた。

トレンサム卿がどんな傷を負ったのかは、外見からはまったくわからない。巨漢で、力強さにあふれていて、短く刈りこんだ髪の下の顔は不愛想で、笑みよりも渋い表情を浮かべるほうが楽なように見える。しかし、話をするときの口調は優しいし、彼が小柄で優美な夫人を愛し、夫人も彼を愛しているのがはっきりわかる。しかし、戦争で大きな傷を負い、ペンダリス館でほかの者たちと三年もの歳月を送ることになったのだ。

ダーリー子爵が負った傷はもっとはっきりしている。いまでもずいぶん若い。たぶん、ラルフよりも若いだろう。いったい何歳のときに……？　考えただけで胸が痛む。また、ポンソンビー子爵はほんの少し言葉につかえるが、それはペンダリス館で長期療養が必要になった理由とは無関係かもしれない。人当たりがよく、魅力的で、ウィットに富み、戦争や人生で負った傷はどこにもないように見える。新婚の妻を愛しているのはひと目でわかる。

クロエはラルフの友人たちが好きになっていた。ただ……ええ、そう、気詰まりに思う部分もあった。なぜなら、五人の男たちの結びつきには何か特別なものが感じられるからだ。レディ・トレンサムとレディ・ポンソンビーはまったく気詰まりに思っていないようで、クロエはそのことに怒りさえ覚えた。

マンヴィル館に集まった人々は、クロエの父とルーシーとネルソン氏を除いて、誰もがラルフのことを彼女よりよく知っている。グレアムでさえ。クロエはほとんど何も知らない。だから、遅い時間だったにもかかわらず、彼を待つよりベッドに入ったほうがいいと思っていたにもかかわらず、あれこれ質問したのだった。本当は彼をベッドに入れてあげるべきだったのに。明日は忙しいうえに悲しみに満ちた一日になるだろうから。

ラルフが彼女の手を握り、指と指をしっかりからめた。二人の手に視線を据えたままだった。

〝ペンダリス館で三年も療養することになったのはなぜ？〟さきほど、クロエは尋ねた。

「死にたかったんだ」抑揚のない声でラルフは答えた。「だから、父がぼくをペンダリス館に送りこんだ。ぼくはわめき散らし、〝何もかも終わりにしてやる〟としか言わなくなった。処方されていた薬を一度に全部のもうとした。血を流せるだけの鋭利な品があれば、なんでもいいから手を伸ばしてつかもうとした。両手を包帯でベッドに縛りつけられると、傷が治らないようにしようとして、悪鬼のごとく暴れたものだった」

「お医者さまは痛みを抑える薬を何も処方してくれなかったの？」

彼は指と指をからめたまま、二人の手を椅子のシートまで下ろした。

「肉体の痛みはむしろ歓迎したいぐらいだった。痛みが自分への罰だった。痛みがひどければ、それが罪滅ぼしになると思ったんだ」

「罪滅ぼし？」クロエは背筋に冷たいものを感じた。

「人を死なせ、測り知れない苦悩をもたらしたから。自分だけが生き残ったから」

「でも、兵士を率いて突撃するのが士官としてのあなたの務めだったんじゃない？」クロエは彼に尋ねた。「あなた自身も上官からそう命じられてたわけでしょ？　戦いで死ぬ兵士はいないというの？」

彼が目を上げた。クロエはその目が苦悩に満ちているのを予想した。ところが、なんの表情もなかった。虚ろな目だった。

「ぼくは三人の友達を戦争にひっぱっていった。三人とも行く気はなかったのに。まさか自分が戦争に行くなんて考えてもいなかっただろう。それに、軍人への道を進むよう親に言われていた者もいなかった。まさに逆だった。ぼくと一緒に行く決心をした息子たちを親は必死に止めようとした。だけど、親よりもぼくの力と影響のほうが強かったんだ。ぼくに説得されて、三人は戦争へ行った。そして、死んでしまった」

「学校時代のお友達のこと？」

「ハーディング子爵の息子のトマス・レノルズ、サー・マーヴィン・コートニーの息子のマクスウェル・コートニー、そして、ジェーンズ男爵の息子のローランド・ヒックマン」

クロエは遠い昔にこれらの名前をグレアムから聞いたことを思いだした。もっとも、弟の口から三人の名前が出たのは、ラルフ・ストックウッドという名前に比べれば、そう頻繁ではなかった。

「でも、三人とも自分で決心したわけでしょ」

ラルフはいまも、ぞっとするほど空虚な目で彼女の目を見ていた。

「確かにそうだ」彼はうなずいた。「ペンダリス館で過ごした三年のあいだに、ぼくもそれを受け入れられるようになった。人の決心と行動に対して自分はどこまで責任を負うべきか？　すべてか？　一部か？　ゼロか？　それは興味深い疑問で、一人一人がそれぞれの視点に応じて違う答えを出すに決まっている。ぼくは三年のあいだに、自分の答えを〝すべて〟から〝一部〟に変えることができた。〝ゼロ〟にはどうしても進めなかった。しかし、自分の命を絶とうとするのはやめた。自殺の話を絶え間なく続けて周囲をうんざりさせるのも、死んでやると言って周囲をピリピリさせるのもやめた。徐々に回復し、家に戻れるまでになった」

クロエは愕然として彼を見つめた。

「でも、死ねばよかったという思いは消えなかったの？」クロエは尋ね、この言葉を口にしたとたん、舌を嚙み切りたくなった。

彼はかすかに笑顔を見せた。いや、笑顔というより渋面だったのかもしれない。

「運命がぼくを残酷に翻弄した。殺して地獄へ送りこむかわりに――地獄こそがぼくのいるべき場所なのに――命を助け、かわりに地上で地獄の苦しみを与えることにしたのだ。だが、時間がたつうちに、どんなことでも耐えられるようになる。人は与えられた境遇に順応していくものだ。運命に対するささやかな仕返しだな、たぶん。全員が順応した。七人全部が。いまではけっこう実り多き日々を送っている。自分を哀れむ暗い話ばかりしてしまって、きみに謝らなくては。二度とこんなことはしない。約束する」

「お友達のご家族はあなたを非難なさってるの？」

ラルフは彼女の手を放し、不意に立ちあがった。

「きっとそうだろう」そう言いながら片手を伸ばし、クロエが立ちあがるのに手を貸した。「きみが気にする必要はない」

しかし、クロエは放っておけなかった。いまのところは。

「ご家族に訊いてみた？」立ちあがると同時に、彼に握られていた手をひっこめた。

驚いたことに、彼が身を寄せ、唇を重ねてきた。激しく。キスなのか、それとも、黙らせるための手段なのか、クロエが判断する暇はなかった。彼が顔を離したとき、クロエは無言のまま、大きく開いた目で彼を見つめた。

いまのがキスだとしたら、生まれて初めてのキスだった。なんて馬鹿げた話なの！　もう二七歳だし、結婚して一週間近くたつというのに。でも、キスだったとは思えない。ただし、黙らせる効果はあった。

彼はむずかしい顔をしていた。やがて両手を上げると、クロエのキャップをはずし、彼女の背後の椅子に向かって放った。

「いつもナイトキャップをかぶって寝てたのかい？」

「いいえ」

「結婚する前にかぶったことは？」

「ないわ」

「では、なぜいまになって？」

口実がひとつも思いつけなかったので、正直に答えるしかなかった。「あなたを、あのう……あの、誘惑しようとしてるなんて思われたくなかったの」

クロエの三つ編みに向いていた彼の目が不意に彼女の顔をまともにとらえた。

「ぼくがそのまま立ち去るのを期待してたのかい？」

「いえ、とんでもない。そんなことをされたら悲しかったでしょうね。ただ、あなたに思ってほしくなかったの……」このあとをどう続ければいいの？

「美しい女だと？　魅惑的な女だと？　だけど、ぼくはその両方だと思ったし、いまも思っている。その髪がきみはいやでたまらないのかい？」

デビューした年の社交シーズンに交際したコーネル男爵から、笑いながら言われたことがあった——その髪なら、このうえなく官能的で華やかな高級娼婦として立派に通用する、しかも最高の料金をとることができる、と。クロエが大きなショックを受けたことに気づいて男爵は謝ったが、以後、彼女がその言葉を忘れたことはなかった。そして、去年も辛い経験を……。

「ええ」

クロエにはこんな簡単な返事しか思いつけなかった。女なら誰だって、人から美しいと思われたいものだし、彼女も例外ではない。しかし、淫らな飢えに満ちた目で見られるのはいやだった。そういう視線を向けられた経験が多すぎて、拒否反応を起こしてしまう。

三つ編みを頭に巻きつけるのに使っているヘアピンを、ラルフが一本ずつ抜いていった。三つ編みが重い振り子のごとく彼女の背中に垂れると、彼は背後へ手を伸ばして先端のリボンをはずし、編んだ髪をほどいた。指を櫛《くし》がわりにして髪を梳き、ふたつの束になっていた髪を肩に流した。

「二人で取引をしたね。相手に何を望んでいいか、望んではいけないかは、おたがいに承知している。だが、欲望は取引の項目に入っていなかった。ぼくがきみに欲望を感じ、きみの美貌ときみの髪の輝きを賛美しても、気を悪くしないでもらいたい。そして、まじめな話だが、ぼくに欲望を感じてほしいし、新婚のベッドがきみにとって厭わしいものでないよう願っている」

「厭わしくなんかないわ」クロエは彼にはっきり言った。

〝……きみの髪の輝き〟

彼は息を吸い、クロエにも音が聞こえるほど大きく吐きだした。

「なぜ二人でこんな遅くまで起きてるんだろう？」彼女に尋ねた。「明日は忙しくなるし、きみはきっとくたくたに疲れてしまうだろう。だけど、もうしばらくきみを疲れさせてもいいかな？」

微笑が影のごとく彼の顔をよぎり、そして消えた。

クロエの身体の奥が疼き、彼を求めていた。「ええ」と答えた。

11

〝ええ〟――もうしばらくきみを疲れさせてもいいかな、と尋ねると、彼女はそう答えた。だが、彼のほうから唇を重ねても、キスを返そうとはしなかった。その数分後、ベッドで彼女に覆いかぶさったときも、いつものように彼の下でじっと横になっているだけだった。従順な妻、二人の取引に従って義務を果たしている。夫に劣らず子供をほしがっているはずだ。たぶん理由は違うだろうが。二人のあいだにできた子供たちをきっと可愛がるだろう。それは疑いの余地がない。彼女が約束を守り、けっして夫を愛そうとしないことに疑いの余地がないのと同じように。では、〝ええ〟と答えたのはこちらに調子を合わせようとしただけだったのか？
ラルフは彼女と並んでベッドに横たわっていた。行為のあとでいつもそうするように。ただ、今夜はいつもと違って、身体を離すときに彼女の肩の下に片方の腕をすべりこませて抱き寄せたので、彼女は横向きになって彼に寄り添い、その腕に包まれていた。寝間着はウエストのあたりでくしゃくしゃになったままだ。ほっそりしたすべすべの脚が彼の脚に密着している。彼の肩に頭を預け、彼女の髪が彼の腕から胸にかけて広がっている。闇のなかなので髪の色は見えないが、なめらかな手ざわりと、彼女が髪を洗うのに使った石鹸《せっけん》のほのかな香りが感じられる。まだ眠ってはいないようだ。息遣いが静かすぎる。

彼女にとって、これは二人の取引の範囲を超えたことなのだろうか？　こちらが不当な要求をしているのだろうか？　こういうことは取引に含まれていなかったのか？　しかし、男には夫婦のベッドで安らぎを見いだす権利があるのではないだろうか？

今夜はどうしても彼女がほしかった――自分で認めるのも気恥ずかしいが。彼女を腕に抱いて安らぎを感じたかった。この四年間に必要に迫られて娼婦を抱いたことが何度かあったのを思いだした。今夜のこともそれとなんら変わりがないのか？　しかし、過去に彼を駆り立てたのは肉体の欲求だけだった。いや、かすかな孤独感も含まれていたかもしれない。彼が今夜求めたものは、ただのセックスではなく、女と寄り添うひとときでもなかった。妻を求めたのだ。ただの性的な欲求ではなかった。もちろんそれも含まれているが。また、単に孤独を癒したいからでもなかった。家族と友人たちに囲まれているのに、どうして孤独を感じたりするだろう？　彼を駆り立てたのは……。

悲しみだった。

祖父に対する悲しみ。亡くなって一週間近くになるが、明日は公爵の葬儀にふさわしい厳かな儀式のなかで祖父に最後の別れを告げることになる。祖母に対する悲しみ。この数日のうちにますます小鳥に似てきた感じの、勇敢で、優雅で、悲しみに沈む祖母。ローランドとマックスとトマスに対する悲しみ。血と土埃と内臓が飛び散るなかで戦死したとき、三人とも一八歳だった。そして、三人の家族に対する悲しみ。どの家族も息子が戦争へ行くことに反対した。自分自身と、いまはもう正すことのできない過ちに対する悲しみ。無垢な心と危険な理想主義が消えたことに対する悲しみ。

うっかりしていたら、ペンダリス館へ行った当時の自分に戻ってしまいそうだ。悲しみが鬱に変わり、それが自己憐憫に変わり、自己嫌悪に変わり、絶望に変わり、かつての自分に戻っていく……最悪の時期は乗り越えたつもりだったのに。

「うつぶせになって」

「えっ？」ラルフは言った。

クロエの声で、彼は地獄の縁から呼び戻された。

「うつぶせになって」身体を離しながら、彼女がもう一度言った。「背中をさすってあげる」

ラルフは思わず噴きだしそうになった。〝背中をさすってあげる〟これはペンダリス館の医者ですら思いつかなかった療法だ。しかし、言われるままに腹這《はらば》いになり、両腕を枕の下に伸ばし、顔をクロエのほうに向けた。彼女はラルフのそばでマットレスに膝を突いていた。ほどいた髪がくしゃくしゃに乱れている。

ぼくが寝られないものだから、彼女も起きたままでいた。抱いてはいけなかったのだ。この一週間、一分一秒に至るまで、彼女はぼくに劣らず忙しくしていた。明日は多忙なうえに緊張の一日となるだろう。貴族社会の頂点に君臨する何人かと顔を合わせなくてはならない。

クロエは怯《おび》えながら明日を待っているに違いない。

クロエは彼の背中をまず片手で軽くなで、次にさすりはじめた。絶妙な感触だった。それから彼の上に身を乗りだし、両手で背中を押したり、さすったり、揉《も》んだりしはじめると、ラルフはやがて、緊張がゆるみはじめ、こわばっていた筋肉が足先までほぐれていくのを感じられるようになった。

「どこで習ったんだい?」

「習ったことはないわ」クロエは正直に答えた。「でも、こわばってる場所を感じとることができるの。古い傷は押さえないように気をつけてるのよ。痛い思いをさせてなければいいけど」

「知らなかったなあ。ぼくたちの結婚に魔法の手というおまけがついてくるなんて。二人の取引では、ぼくのほうが得をしたのかもしれない」

「そんなことないわ。わたしからすれば、高い身分と莫大な富というおまけがついてきたんですもの」

ラルフは心から楽しそうに笑う自分の低い声を耳にして、不思議な気がした。彼女の親指の付け根で肩甲骨のあたりを強く揉まれて、しばらくのあいだ、その揺れに身を任せた。やがて、彼女の手の動きが柔らかくなり、彼はさらにくつろいだ気分になった。これほど満ち足りた感覚に包まれたのは生まれて初めてのような気がした。

目を閉じ、眠りの世界へ漂っていった。

目がさめたときは、すでに夜明けが訪れていた。彼はまだ腹這いになったまま、枕の下で腕を交差させていて、全身が温かく、くつろいだ快適な気分だった。顔を上げた。炉棚の時計を見ると、もうじき六時半だった。

クロエは横向きで彼のほうを向いて眠っていた。キャップがないと、乱れた髪が頭と顔と上半身のまわりに広がって、いつもとずいぶん印象が違う。そしていま、早朝の光のなかで、その色がくっきりと彼の目に焼きついた。たちまち強烈な欲望を覚え、そんな自分を軽蔑した。妻の妊娠を望む夫に必要な欲望ではない。美しい女を求める男の生々しい欲望だ。クロエに約束し、結婚後一週間ずっと彼女に示してきた敬意が、そこには存在しない。

妻をむさぼりたいという強烈な思いにとらわれた。祖父の葬儀の朝だというのに。

彼女が目をあけた。しばらくすると、彼の姿に気づいて笑顔になった。

「眠れたのね」

「ああ」

毎朝、起きる前にラルフは妻を抱いていた。やはり、どうしても必要なのだ。妻の表情から、彼女がけさもそれを期待していて、たぶん喜んで応じることが予想できた。いつものように彼女の肩に手を置き、仰向けにさせようとした。しかし、妻が身動きする前に、彼の指がこわばり、彼女から離れた。

「今日は忙しくなる」そっけない口調になった。「あと一時間だけ寝るといい。ぼくは馬を走らせてくる」

そして、彼女に、彼女を求めるおのれの欲望に背を向けて、ベッドの脇へ脚を下ろし、上体を起こしてガウンのほうへ手を伸ばした。

ふりむきもせずに妻の寝室を出た。


クロエが経験から学んだように、辛い日々のなかで心を癒してくれるのは、ふだんと同じように太陽がのぼって一日が始まり、太陽が沈んで一日が終わることだった。そして、この先にもっといい日が待っているという思いだった。

故ワージンガム公爵の葬儀の日を、クロエは覚悟を決めて勇敢に迎えた。自分が主役になるわけではない。たとえ新たな公爵の妻であり、今日一日で貴族社会の人々を数えきれないほど屋敷に迎え入れなくてはならないとしても、自分がスポットライトを浴びるわけではない。太刀打ちできない試練ではない。なにしろ、この二日間に、ラルフの母親、姉妹、その他の身内に挨拶をしてきて、そちらのほうが何かと大変だった。とにかく今日という日を乗り切ろう。それが終われば、みんなが屋敷を去り、わたしはようやく緊張から解放される。このマンヴィル館で新たな人生のスタートを切ろう。

午前中に村の教会でとりおこなわれた葬儀にはじつに多くの人が参列し、葬儀のあとは、ゆっくりと進む厳粛な葬列に加わって、ラルフとクロエが一週間前に式を挙げたばかりのチャペルの横にある一族の墓地まで行った。それから、茶菓を共にして悔やみの言葉を述べるために、全員が屋敷のほうへまわった。

クロエは一連の儀式が最後の段階を迎えるまで、参列者たちとじかに顔を合わせずにすんでいたが、やがて、以前からの知りあいも含めてすべての人に紹介された。ほとんどの者が優雅に、だがよそよそしく、クロエに会釈をした。こういう席なので、よそよそしいのも仕方のないことだった。冷ややかで横柄な視線をよこし、礼儀に反しない程度の挨拶をするだけの者もいた。しかし、少なくとも礼儀だけはわきまえていた。一部の者は――ごく少数だが――にこやかに話し相手になり、結婚を祝う言葉までかけてくれた。クロエを頭から無視する者は一人もいなかった。

もちろん、純粋にクロエのために来てくれた人々もいた――実家の父、弟、妹、それから、父の妹のジュリアおばとその夫のイースタリー卿。おば夫妻はクロエを抱きしめて彼女の結婚を祝福し、温かさに満ちた微笑をくれた。

ラルフの姉妹のうち真ん中のサラ・タッチャーとその夫は、葬儀が始まるぎりぎりの時間に教会に着いたため、式が終わるまで誰とも話をする機会がなかった。しかし、埋葬がすんだあと、サラは墓のそばでクロエを見つけだし、ほんの一瞬、抱きしめてくれた。

「アミーリアとノラから、あなたのことをあれこれ書いた長い手紙が届いたわ。あなたのような人を選ぶ分別がラルフにあったことを、わたしはとても喜んでいるのよ。学校を出たばかりのおもしろみのないお嬢さんを選ぶんじゃないかって、心配でたまらなかったの。そういうお嬢さんだったら、姉や妹は大喜びで受け入れたでしょう。まだ誰からもお聞きになってないかもしれないけど、わたしは一家の反逆児で、その証拠に、社交界にデビューした最初の年に、年齢がわたしの三倍もある伯爵からとても条件のいいお話があったのを断わって、かわりにアンディと結婚したのよ。アンディは大金持ちで、わたしは夫に夢中だけど、この家の人たちに言わせれば、そういう些細《ささい》なことは、彼が爵位のない平民で母方の祖父が――莫大な財をなした人であっても――商売人だったという事実の埋め合わせにはならないんですって」そう言うと、もう一度クロエをさっと抱きしめ、向きを変えて立ち去ろうとした。

「さて、気の毒なおばあさまのところへ行かなくては。今日は悲しみに沈んでいるでしょうね。おじいさまとは昔から熱々だったのよ。あ、たぶん、ご存じね。ここで暮らしてて、それでラルフがあなたと出会ったんですもの」

そして、黒いクレープ生地と顔を覆ったベールをたなびかせて、サラは歩き去った。しかし、思いも寄らぬこうした温かな挨拶のおかげで、クロエは今日という日を乗り切ることができた。貴族社会の面々に囲まれた居心地の悪さにこだわっている暇はなかった。ラルフの祖母の様子が気にかかってならなかった。祖母は長い一日のあいだ、威厳に満ちた毅然たる態度を崩していなかったが、内心では悲しみと疲労に打ちのめされているに違いない。そして、もう一人、クロエが気にかかってならないのがラルフのことだった。公爵という新たな肩書きを威厳と共に身に着けていて、その姿はまるで大理石の彫像のようだ。

早朝のことは思いださないようにした。あの人が急にベッドを飛びだしたのはどういうわけ？　不意にそっけない態度をとられて、クロエは平手打ちを食らったような気がした。でも、彼の言葉には優しさがにじんでいた。〝今日は忙しくなる。あと一時間だけ寝るといい〟彼が向きを変えてベッドを出る前に、その顔にちらっと何かが浮かんだが、それがなんだったのか、クロエは自分に説明することができなかった。嫌悪感？　でも、そこまではっきりした表情ではなかった。不快感？　いえ、基本的には、不快感と嫌悪感は同じものだ。非難？　でも、ゆうべわたしの髪からヘアピンを抜いてしどけない姿にしたのはあの人なのに。

あの人の表情には何かがあった。ふだんの朝の親密な行為を避けた理由の説明となる何かが。ゆうべは〝きみに欲望を感じる〟と言ってくれたのに、けさは、義務感から続けてきた行為までも避けようとした。

わたしの髪のせい？

昼間は、ゆうべのうちに二人の関係に不穏な変化が生じたことでクロエがくよくよ悩んでいる暇などなかったが、腑《ふ》に落ちない思いが鈍く重苦しい痛みのごとく一日じゅう胸の奥によどんでいた。何かが変わった。ゆうべ、彼の過去の少なくとも一部に耳を傾けたあと、彼のことが以前より深く理解できるようになった。そのときの話から、コーンウォールでの三年間も彼を完全に回復させるには至らなかったことを知った。肉体の傷は治癒し、厄介な自殺願望もたぶん消えただろう。しかし、彼の魂にのしかかっている暗黒の闇はいまも存在していて、永遠にそのままかもしれない。

ゆうべは彼が過去を語り、そのあとで愛を交わしたおかげで、二人の距離が近づいたように思えた。行為のあとで彼が抱き寄せてくれたし、くつろいで眠ることができずにいる彼の様子にクロエが気づき、背中をさすろうと提案すると、すなおに応じてくれたので、クロエは素人ながらも勘を働かせつつ、両手と指で彼の凝った筋肉を揉みほぐし、そのうちに彼女自身の緊張もほぐれていった。マッサージのおかげで彼が寝入ったあとも、しばらく横になったまま彼を見つめていたが、やがてまぶたが重くなり、彼女もいつしか眠りに落ちていた。二人を隔てていた壁を乗り越え、これまでより……夫婦らしくなれたような気がした。

しかし、今日になって、自分には魂を癒す力がなかったことを思い知らされた。何かが大きく変化し、そのあとでふたたび変化したが、変化というのはいい方向へのものとはかぎらない。過去の話をせがみ、あれこれ思いださせたわたしに、彼が腹を立てたのかもしれない。わたしのマッサージで緊張がほぐれ、警戒がゆるんでしまったことを、後悔したのかもしれない。ゆうべの彼はわたしと一緒に笑い声まで上げた。でも、この早朝は、髪をほどいたわたしを見て、義務を果たすために結婚しただけの、感情をあらわにせず、夫に何も求めようとしない物静かな妻ではなく、別の女を目にしたように思ったのだろう。

でも、髪をほどいたのはわたしじゃないのに。神経がたかぶって眠れずにいたのもわたしじゃないのに。

葬儀に参列した外部の客がみな暇を告げたあと、当然ながら一日の終わりが近づいてきた。最悪の試練は終わった。屋敷に滞在中の客もそれぞれ部屋にひきとり、やがて、クロエ自身もそろそろ寝ようという気になった。今夜もレディ・ポンソンビーとレディ・トレンサムと一緒に二階へ行くことにした。二人のことがクロエは大好きになっていた。ラルフは〈サバイバーズ・クラブ〉の仲間と階下に残った。ゆうべのくりかえしのように感じられた。ただ、葬儀が終わり、夜になると一同の胸に空虚なものが広がっていた。

今夜は起きて待つのをやめよう――クロエはそう決めていた。ぐったり疲れはて、自分でもどうすればいいのかわからないほどだった。それに、ラルフが寝室に来たとき、彼の目にどんな表情が浮かんでいるかを見るのがいやだった。もし本当に来てくれるのなら、そして、もしその目に表情が浮かんでいるのなら。しかし、ふと気づいたときには、クロエは化粧台の前にすわったまま、鏡をじっと眺めて、キャップをかぶったほうがいいのかどうか、三つ編みにした髪を頭に巻きつけるべきか、背中に垂らすべきか、あるいは、そもそも三つ編みにすべきかどうかを決めかねていた。こんなに優柔不断だったとは情けない。どちらを選べば夫が喜ぶかを考えて、決めようとしているの？　自分の心に問いかけなきゃいけないのは、自分が何を望んでいるかなのに。でも、いまは疲労困憊《こんぱい》して、何も考えたくなかった。

いいえ、自分が何を望んでいるかはわかっている。濃い色の髪がほしい。ルーシーや、お母さまや、グレアムや、お父さ――。

どっちの父親？

警戒心がゆるんでこの疑問が浮かんでくるこんな瞬間を、クロエは何よりも嫌っている。

わたしの父親はお父さまよ。

〝わたしの父親はお父さまよ〟

ああ、何もかもこの髪のせいだわ。

寝室のなかを捜しても、大きな鋏《はさみ》は見つからなかった。ようやく見つけたのは裁縫鋏だった。刃はそれほど長くない。でも、この長さなら大丈夫。切れ味もいい。マンヴィル館に来る前に自分で研いでおいたのだ。

クロエは耳の下のところで髪を切り落とした。もっと切って全体に短く刈りこむことも考えたが、パニックですでに呼吸が荒くなり、両手が震え、針で刺されたかのように疼いていた。スツールをまわして、あたり一面に散らばり、まわりの床に積み重なっている髪を見つめた。予想よりはるかに量が多い。不意に吐きそうになった。手を上げて残った髪の感触を確かめる勇気がなかった。しかし、手で確かめる必要はなかった。髪が消えたことを肌で感じた。頭のまわりが軽くなり、うなじに触れる空気がひんやりしていた。

片手で鋏をぶらさげたまま、髪に囲まれ、室内を見つめてすわっていたとき、ドアを軽く叩く音がラルフの来訪を告げた。


な、なんだ、これは!

ラルフは部屋に一歩入った瞬間、あわてて足を止め、クロエを見つめ、散らばった髪を見つめて、背後のドアをそっと閉めた。

「クロエ?」呼びかけた。

彼女がワッと泣きだし、しゃくりあげた。

「後悔なんかしてないわ」あえぎながら言った。「嫌いだった。大嫌いだった。後悔なんかしてない」

燦然と輝いていた髪。

消えてしまった。

ラルフはしばらく呆然と視線を据え、わけがわからないまま、逆上している妻を見つめるしかなかった。

今夜はここに来るのをもう少しでやめるところだった。一日じゅう、この瞬間のことばかり考えていたからだ。さまざまなことがあったにもかかわらず、祖父がついに屋敷から運びだされてひとつの時代の終焉《しゅうえん》を見届けたという純粋な悲しみにもかかわらず、亡くなった公爵に最後の敬意を払い、その跡継ぎに批判混じりの好奇の視線を向けるためにやってきた多数の参列者の前で、威厳を保つ必要があったにもかかわらず、祖母のことを心配し、姉妹のことも多少心配だったにもかかわらず、妻にとって大変な一日だったことを承知しているにもかかわらず――ありとあらゆることにかかわらず、彼は夜の訪れだけを待ち望んでいた。夜になれば、ふたたび妻のもとを訪れ、ふたたび一緒にベッドに入り、ふたたび抱くことができる。

そして、夜を、妻の身体を、妻自身を求めるあまり、逆にそこから遠ざかってしまった。正直に言うと、自分の熱意に困惑してひどく不安になっていた。自分にきびしく言い聞かせなくてはならなかった――これはすべて、ここ一週間、祖父の死で動揺が続いていたせいに過ぎず、しばらくすれば二人で決めたとおりの結婚生活に戻ることができるのだ、と。

彼が何よりも望んでいたのは、以前の自分に戻ることだった。結婚の土台をなす事柄については妻と共有できる。子供を作ることも、二人で家庭を守っていくこともできる。もっとも、家庭を守るのはむずかしくないだろう。妻が家のなかのことを担当し、夫が領地の運営を担当すればいい。ただ、それ以外のことを共有する気はなかった。妻にそう求める気もなかった。二人の取引にそれは含まれていない。

もちろん、社交の場には二人で顔を出す必要がある。

こんなふうに頭が混乱するのがラルフはいやでたまらず、こうしたことを早く払いのけたほうが気分もすっきりするだろうと思っていた。最後はついに、今宵《こよい》こうして妻の寝室へ出向くのは朝の行為を省略したからで、次の月のものが来る前に妻を妊娠させたいと強く願っているからだ、と自分を納得させた。ただし、月のものの予定がいつなのか、妻にはまだ訊いていない。

すると、こんなことに……。

途方もなく大きな危機のなかに足を踏み入れてしまった。最初の数秒が過ぎたところで、ラルフはそれを理解した。単純に説明のつく単純な出来事ではない。ここにいるのは、分別があり、規律を大切にし、感情に溺れることのない、彼が結婚した妻ではない。

何があったんだ？　しかし、ひと目見た瞬間に、妻をどなりつけてもなんの役にも立たないことを悟った。ここに立ったまま妻の名前をそっと呼んでも、どうにもならない。女のヒステリーにつきあうすべはないという思いがちらっと浮かんだ。しかし、忘れてならないのは、彼女が単なるそこらの女ではないことだ。ぼくの妻だ。

クロエだ。

彼女が両手を持ちあげて顔を覆った。まだ泣きじゃくっている。顔の左右に髪が突きでて、耳たぶのあたりでいきなり断ち切られている。周囲は赤い髪の海だ。小さな鋏が床にカタンと落ちた。

「ほら、ほら、こんなことはやめよう」ラルフはそう言いながら大股で彼女に近づき、両方の肘をつかんで髪の海のあいだから立たせると、彼女のウェストに腕をまわし、反対の手を背中にあてがって、自分の肩にその顔を抱き寄せた。彼自身にも意味不明のことをクロエの耳元で甘くささやきながら、ころんで膝をすりむいた子供をあやすように優しく揺すった。

「大……嫌い……だった」しゃくりあげながら、クロエはとぎれとぎれにもう一度言った。

たぶん、髪のことを言っているのだろう。

「だったら、切って正解だったね」ラルフは言った。もっとも、評判の高い美容師にカットしてもらうのを待つほうがよかっただろうが。

「この……この姿……ひどいわね」クロエは涙声で言った。

たぶんそうだろう。彼のほうで被害の程度を確認する暇はまだなかった。

「たぶん」ラルフはうなずいた。

ヒステリーの発作が止まった。氷水が入ったバケツをラルフが彼女の頭上で傾けたかのように。彼女がラルフの肩から頭を離し、涙に濡れて充血した目で彼を見上げた。短くなった髪が左右に突きでていて、右のほうが左側よりやや短い。

「ううん、〝たぶん〟なんて言い方はできないわ」

「そうだな」ラルフはうなずいた。「ぼくにもわかる」

彼女は下唇を強く噛みしめた。

「そうだな」彼はふたたびうなずいた。「できない。〝たぶん〟と言うのはやめておこう」

これからどうする？　妻をベッドへ連れていき、ろうそくを消し、行為にとりかかる気分にはなれなかった。

「ぼくの寝室へ行こう。おいで」

そう言うと、ラルフは彼女の肩に片腕をまわし、彼の寝室へ連れていった。幸い、途中で誰にも会わずにすんだ。寝室の呼び鈴の紐をひいてから、彼の化粧室のドアまで行ったとき、従者が入ってくる音が聞こえた。

「公爵夫人の寝室を誰かに掃除させてくれ、バローズ」ラルフは従者に命じた。「夫人が自分で髪を切ったのでね。それから、明朝、ぼくの寝室に入るのは遠慮してほしい。着替えと髭剃りができるようになったら、おまえを呼ぶから」

「かしこまりました、旦那さま」従者は姿を消した。

「もう遅い時間よ」クロエは言った。「お掃除は明日の朝にすればよかったのに」

ラルフは眉を上げた。「いや、そんなわけにはいかない」

こんな無惨なヘアカットは、はっきり言って、見たことがない。だが、若くなった感じだ。無防備にも見える。

彼女は天蓋つきの彼のベッドに続く幅広のステップの下に立っていて、特大のベッドのせいでひどく小柄に見えた。この寝室が自分に与えられたことを、ラルフはいつも愉快に思っていた。もともとは公爵のために設計された部屋で、化粧室の反対側には、これと同じく仰々しい寝室が公爵夫人用に造られた――現在、クロエが使っている部屋だ。祖父はその父親が亡くなったあとで爵位を継いだとき、こちらの続き部屋に移るのを拒絶した。以後は、跡継ぎのラルフが訪ねてきたとき便利に使えるように――いや、不便かもしれないが――空けてあった。

さっきクロエの部屋に入って彼女の姿を見たとき、ラルフはそこで起きたことを大惨事だと思った。いまはそれを無視して、床に落ちた髪を掃除させて忘れ去り、無惨にカットされた髪は明日になってから美容師になんとかしてもらい、いまはベッドに入って愛を交わしてから眠りたい、という誘惑に駆られていた。骨の髄まで疲れているし、彼女もそうに決まっている。

しかし……いくら疲れているとはいえ、髪の件を無視するのは抵抗があった。だが、自分は本当にもっと詳しい事情を知りたいのか？　もっと深く探りたいのか？

暖炉には火が入っていなかった。寒い夜ではないが、室内の空気はひんやりしていた。暖炉の横に置かれた二脚の革の肘掛け椅子にラルフは目を向けた。一度も使ったことがない。片方の椅子の背に格子模様のウールの毛布がかかっていた。これも使ったことがない。それどころか、毛布に気づいたのもいまが初めてだった。

「おいで」そう言って、大股でその椅子のほうへ行き、毛布を広げた。

妻がそばに来ると、毛布でくるみ、その目をのぞきこんだ。本当は毛布で温かく包んだ彼女を椅子にすわらせ、自分は向かいあった椅子にすわるつもりでいた。ところが、毛布に包まれた姿が惨めさのかたまりのように見えた。ラルフは内心の苛立ちを抑えて、まず自分がその椅子にすわり、それから妻を自分の膝にのせ、頭を自分の肩にもたれさせて、両腕を彼女にまわした。彼女は抵抗しなかった。

「王冠のごとき髪と言われたことが、きっと何度もあったはずだ。どうして大嫌いなんて言うんだい？」

「髪の色がひどく目立つんですもの。昔、母が家政婦にそう言っているのが聞こえたわ。母は色調を少しでも暗くしようとして、わたしの髪をよく水で湿らせたものだし、三つ編みをうんときつく結うものだから、わたしは痛くてたまらず、目も吊《つ》りあがってしまったわ。ルーシーは髪をふわっとカールさせて、小さな巻き毛にしてもらってたのに」

これで話は終わりかとラルフは思ったが、クロエは息を吸い、しばし躊躇してから、首をふってさらに続けた。

「少女時代のわたしは変てこな顔だった。顔が成長しきらないうちに永久歯が生えてきたし、一ペニー貨ぐらいの大きなそばかすが鼻と頬に広がってたの。近所に住む子たちからよく、ニンジン頭ってからかわれたわ。一三のときに医者の家の男の子に熱烈な片思いをして、向こうは一六でうっとりするほどハンサムだったけど、〝ウサギとニンジンを合わせたみたいだね〟ってその子に言われて、わたしの恋は破れてしまった。間の抜けた話でしょ。こんなに遅い時間じゃなくて、わたしがこんなに疲れてなくて、あなたに質問されなかったら、打ち明けたりしなかったと思うわ」

結婚して一〇カ月もたたないうちに、紛れもなき真っ赤な髪をした長女が生まれたとき、彼女の母親は恐怖におののいたに違いない。

「平凡な器量の子や、さらにはみっともない子も、成長して美人になることがよくあるものだ。きみの場合はまさにそれだったんだね」

「だとしたら」安堵《あんど》より苛立ちのこもった声で、彼女は言った。「それは邪悪な美しさだわ。社交界にデビューするためロンドンへ行ったとき、わたしは男の人たちに目を向けないようにしなきゃいけなかった。多くの人がこちらを見るんですもの。その目に――」

「賛美を浮かべて？」ラルフは尋ねてみた。見られるのがそんなにいやだったのか？　ウサギに似たところは、その何年も前に消えていたに違いないが。

「欲情をこめて。ただ、そのころは欲情という言葉の意味もわかっていなかったけど。表情には敬意なんてまったくなかった。正統派の繊細な美女を見るときの賛美は浮かんでいなかったし、崇拝の色すらなかった。貴族社会に大きな影響力を持っていた年配の貴婦人に言われたことがあるわ――そんな鮮やかな赤い髪は下品と言ってもいいって。まるでわたしがその色を選んだみたいに。髪の色で性格まで決まってしまうみたいに」

自信に満ちた若い美女であれば、そういう意地悪な言葉も笑顔で受け流していただろう。その気になれば、たぐいまれな美貌で社交界を興奮の渦に巻きこむことができるのを承知していたはずだから。ちょうど去年のレディ・アンジェラ・アランデールのように。「相手が礼儀正しい態度であれば、称賛だと思ってもいいはずだ」ラルフは彼女に言って聞かせた。

「ロンドンでもっとも高いお金をとる人気絶頂の高級娼婦にだってなれる、と言われたら、称賛だなんて思えないわ」

「きみにそんなことを言ったやつがいるのなら、そいつの頰を思いきり張り飛ばしてやればよかったのに」

「わたしが動揺したのを見て、謝ってくれたわ」

ラルフは不意にピンときた。

「妹さんがネルソンと駆け落ちする前に、きみに求愛してた男のことだね？」

「もういいの」クロエはため息をついた。彼女の息がラルフの首筋に温かくかかった。「その人から逃れられて幸いだったわ。そういうことを悟るには、ときとして、時間と少しばかりの成熟が必要よね」

彼女は相手の名前を明かそうとしなかった。それでよかったのかもしれない。ラルフは相手の頰を張り飛ばすだけでなく、さらなる暴力をふるいたがっている自分に気がついた。

「そして、去年はあんなことになってしまった。わたしが母の黒っぽい髪を受け継いで生まれていれば、そんな目にはあわずにすんだのに。悪意のあるゴシップを広めようなんて誰も考えなかったはずだわ。そうよ、ゴシップに過ぎなかったの。ごめんなさい。わたしったら愚痴ばっかり。こんなんじゃ、まわりはうんざりしてしまうわね」

そう。本当なら彼もうんざりするはずだった。しかし、髪のことを嘆くあいだに、彼女は自分自身のことをずいぶん語った。彼が知りたくなかったことまでも。いまも知りたいとは思わない。日々の妻の行動しか知らずにいるほうが、二人で合意した結婚生活を快適に送ることができる。しかし、そんな浅い関係を期待した自分が世間知らずだったことを、ラルフは悟りはじめていた。

ふと、ある思いが心に浮かんだ。

「なぜ今夜こんなことに？」妻に尋ねた。「ずっと以前から自分の髪が大嫌いだったのなら、なぜ今夜、発作的に髪を切ったりしたんだ？　今日、何かあったのか？　誰かに何か言われたとか？」

「いいえ」彼女はため息をついただけで、何も言おうとしなかった。しかし、表情がこわばっていた。毛布に包まれて身体が温まってはいるが、全身に緊張がみなぎっていた。ラルフは返事を待った。「けさ、あんなことがあったからよ」

「けさ？」ラルフは眉をひそめた。

「ゆうべ、あなたがわたしの髪をほどいたでしょ」彼の肩にもたれたまま、彼女は言った。「わたしの髪の輝きを褒め、わたしに欲望を感じていると言った。でも、けさはさもいやそうにわたしを見て、乗馬に出かけてしまった。わたしは結婚生活の何かがこわれてしまったのを知り、この髪が悪いんだと思ったの。いつだって髪のせいなんだわ。今夜はあなたが来てくれないような気がした」

そうだったのか！

ラルフは椅子の高い背に頭を預けて目を閉じた。まさかこんなことになるとは思わなかった。なぜまた、ぼくはゆうべナイトキャップをはずしたりしたんだ？　パンドラの箱をあけたのも同然だ。

どう説明すればいいだろう？

「クロエ、ぼくはきみを愛せない。人を愛することができないんだ」

「そんなことを頼んだ覚えはないわ。いまだってそうよ。ゆうべも、けさも、あなたに誤解されたような気がするの。わたしがあなたを――」

「違う」ラルフは彼女の言葉をさえぎった。「わかっている――きみのゆうべの言葉を借りるなら〝誘惑しようとしてる〟のでないことは、ぼくにもわかっていた。それに、ぼくたちのような結婚生活のなかでは欲望も悪いものじゃないってことで、二人の意見が一致しているが、きみのそんな気持ちにつけこむのはいやなんだ。けさは自分がそうしようとしているように感じた」

「だから、わたしの気持ちを尊重して出ていったの？」クロエは彼の膝の上で身を起こし、眉をひそめて相手を見ながら尋ねた。

「嫌悪のせいでなかったことは確かだ。もしくは、きみのふるまいを……娼婦のように感じたからでもない。そんなふうに考えること自体、馬鹿げている。きみが？　まったくもう、なぜ髪を切ったりしたんだ？」

クロエは眉をひそめたままだった。やがて表情が変化した。まず、目元に笑みが浮かび、次に唇の両端が上がった。髪はあいかわらず鮮やかな赤い色のまま、先端が不格好に跳ねて、上端が光輪のごとく顔のまわりに広がっている。

ラルフは自分自身の笑い声に気づき、あわてて笑うのをやめた。

しかし、クロエも笑っていた。

「ひどい姿？」彼に尋ねた。

「正直に言っていいかい？」えっ、ぼくは本当に笑った？　また？

「ひどい？」

「うん」

すると、彼女がまたしても笑いだし、それから下唇を噛んだ。

「髪がもとどおりに伸びるまで身を隠してなきゃいけないわね」

「もしくは、カットの仕方を心得ている人にもう一度切ってもらうか」

「もっと短くするの？」

「カットで長くするのは無理だからね。でも、ひとつだけ言っておこう、クロエ。いまもきれいだよ。そして、ぼくはいまもきみに欲望を感じている――二人の取引を尊重しつつ」

彼女の笑い声がやんだ。しかし、視線はラルフに向いていた。

いや、彼女を愛することはできない。女として愛するのは無理だ。しかし、母と姉妹と祖母に対するのと同じ気持ちで愛することなら、たぶんできるだろう。なんといっても、彼女も家族なのだから。自分の妻。いずれ自分の子供たちの母親になるはず。妻として、子供の母親としてなら、彼女を愛していける。

二人の取引に含まれている以上の感情が、もしかしたら、二人のあいだに芽生えるかもしれない。もしかしたら……友情や、親愛の情が。

自分がそれすら拒むとしたら、話は違ってくるが。

ロンドンの舞踏室で誰かを選んだほうが、結局はよかったのかもしれない。クロエとの生活のなかで自分がふたたび生きようという気になれば、細心の注意を払っていないと大きな痛みが待ち受けているかもしれない。ラルフはそれが怖かった。

自分ではまったく意識しないまま、クロエにキスをしていた。ふたたび彼女を抱き寄せ、空いたほうの手で彼女の顎を包んで、長いあいだキスを続けた。唇を離し、彼女の唇に舌を触れ、前より深く舌を差し入れて温かな口の奥を探った。そして、自分でも驚いたことに、涙ぐみそうになった。

頭をうしろへひき、彼女の顔を見つめた。

「きみ、疲れきってて、いまにも倒れそうな顔だね」

「あなたも」

「ベッドに入ったほうがいい」

「ええ」

しかし、二人のあいだで何かが変化していた。その変化はゆうべ生まれて今夜も続いていた。だが、ラルフは疲れがひどくて考えをまとめる余裕がなかった——正確にはどういう変化なのか。自分にとって、彼女にとって、二人にとって、それがどういう意味を持っているのか。

とにかく、いまは疲れてくたくただった。

12

「そろそろきみ専用のメイドを持ったほうがいい、クロエ」ラルフは言った。「きみが一度もメイドを使った経験がないことは承知しているし、きみのことだからきっと、メイドに何をさせればいいのかわからないと言うだろう。だが、メイドはぜったいに必要だ。今回のことがいい例だ。しかも、いまのきみはワージンガム公爵夫人。身分にふさわしいふるまいをしないと、召使いたちがじきに不満のつぶやきを漏らすようになる。召使いの機嫌を損ねるのはけっして賢明なこととは言えない」

彼はすでに着替えを終えていて、黒をまとったその姿はエレガントで、近寄りがたい雰囲気だった。また、苛立ちも感じられた。彼のベッドに続くステップの下に足をやや開いて立ち、背中で両手を組んでいる。クロエの目に映った彼はどこまでも貴族そのもので、彼のなかに二人の人物が共存していることに、彼女はあらためて驚愕した――一人はいま目の前にいる公爵、そしてもう一人は、ゆうべ彼女を膝にのせ、そのあとでベッドへ連れていって、両方が疲れきっているにもかかわらず愛の行為に耽《ふけ》った男性。

いまのクロエはそれを心ひそかに〝愛の行為〟と呼ぶようになっていた。〝夫婦関係〟という呼び方ではあまりに堅苦しい気がしてきたからだ。ただ、もちろん、〝愛の行為〟も正確な呼び方とは言いがたい。

ゆうべは、二人で椅子にすわっているあいだに、彼がキスまでしてくれた。本格的なキスだった。クロエが初めて経験した本物のキス。そのあとのベッドでの行為に劣らず、いえ、それ以上に親密に感じられたのはなぜなの？　親密さにもいろんな種類があるのかもしれない。

クロエはまだ着替えをすませていなかった。ウェストのところまで毛布をかけて、ベッドの中央で上体を起こしたまま、キャップを貸してもらえそうな相手が屋敷のなかに誰かいないかと考えていた。彼女が持っている唯一のキャップは就寝用で、朝食に下りていったり、寝室以外の場所へ行ったりするにはふさわしくない。また、こんな頼みで先代公爵未亡人を煩わせるのも申しわけない。

「おばあさまと泊まり客に言い訳をしておこうか？」ラルフが彼女に尋ねた。「きみが偏頭痛に苦しんでいて、しばらく寝室から出られそうにない、と……髪が伸びるまで、どれぐらいかかるかな？」

クロエは嫌悪にも似た表情で彼をにらみつけた。「もう伸ばすつもりはないわ」

「おや」ラルフは片手で空を切るしぐさを見せた。「だったら、永遠に無理か。ではみんなに言っておこう――公爵夫人になったせいで、きみは奇矯な世捨て人に変わってしまい、残りの生涯を自分の部屋に閉じこもって送るつもりでいる、と。いや――」わざとらしく周囲に目をやった。「ぼくの部屋に」

クロエが枕を投げつけると、彼はそれを片手でキャッチして、ステップのいちばん下の段に置いた。

「クロエ、きみの髪を切ったのはぼくじゃないんだぞ」

「ご自分ならもっと上手にできただろうとお思いなの？」

意外なことに――じつに意外なことに――彼の唇がピクッと動いた。笑みを浮かべるところまではいかず、〝きみより下手にできるわけがない〟と言うこともなかったが。

とにかく、クロエは二個目の枕を彼に投げつけた。

「バンカーを呼んでこようか？」彼が提案した。「おばあさまに少なくとも一世紀は仕えてきたメイドだから、きみが残りの生涯をぼくのベッドで過ごす運命から逃れられるよう、何か助言してくれるに違いない。もっとも、きみが残りの生涯をぼくのベッドで過ごすというのも、なかなか魅力的だが」

これって冗談なの？　こんなときに？

「じゃ、お願い」クロエは言った。ひどく恥ずかしい思いをするだろうけど。ミス・バンカーはとても優秀なメイドで、クロエはときどき、劣等感のあまり落ちこんでしまう。ひと晩眠ったあとのけさの髪はきっと、さらにひどい有様になっていることだろう。でも不意に、召使い全員がすでに知っているに違いないと気がついた。ゆうべ、散らばった髪を掃除するために、クロエの部屋へ行くよう命じられた者が誰かいるはずだ。その誰かが口を閉じておくなんてぜったいに考えられない。

そんなことを思っていたとき、ドアに軽いノックが響いた。ラルフが大股でそちらへ行ってドアを細めにあけるあいだに、クロエは毛布を顎までひっぱりあげた――もっとも、顎までしか届かないため、髪を隠す役には立たなかった。

「クロエが自分の部屋にも、階下のどこにもいないのよ、ラルフ」それはタッチャー夫人の、つまり、サラの声だった。「もしかして、この部屋？」

「もちろんここにいる。ぼくの妻だもの」

「ええ、それはみんなが知ってるわ」サラは言った。「あなたは派手な騒ぎを抜きにしてクロエと結婚した。わたしのひねくれた意見を言わせてもらうなら、あなたにしては上出来だわ。盛大な式なんて面倒なだけだもの。クロエは……大丈夫なの？」

「大丈夫に決まってるだろ」ラルフは言った。「ぼくは怪物じゃないぞ。クロエを殴りつけてたわけじゃない」

「ラルフはわざと鈍感なふりをしてるのよ、サラ」まいったな、メアリ大おばまで廊下にいるのか。「クロエが自分で切ったの？　ひどい姿になってしまって、顔を見せるのを恥じているの？――いえ、〝頭を見せる〟と言うべきかしら。ねえ、部屋に入らせて。あなたの海賊みたいな顔を見せられても、わたしは震えあがったりしませんからね」

「どうして知ってるんです？」ラルフがドアからどこうとせずに尋ね、クロエはそのあいだに毛布の下にもぐりこむ準備をした。

「どうして知ってるかって？」大おばがラルフの質問をそのまま返した。「きっと世界じゅうの人が知ってるわ。もうじき午前零時というころに召使いを呼び、散らばった髪を掃除させたのはどこの誰だったの？　あなたが命じたのなら、そして、秘密にしておきたかったのなら、とんでもない作戦ミスだったわね。軍隊で将軍にまでのぼりつめなくて、ほんとによかった」

「それに、ラルフ」別の声がした――祖母だ。「いつまでも秘密にしておけることじゃないのよ。そうでしょ？　クロエはほんとに大丈夫なの？」

クロエは毛布をはねのけると、ベッドを出て、ステップを下り、ドアまで行った。ラルフの手からドアを奪いとり、大きく開いた。

「ひどい姿になってしまって」クロエは言った。

すると、なんということか、ドアの外には六人も集まっていた。レディ・トレンサムとレディ・ポンソンビー。目を丸くしたルーシーもいる。メアリ大おばはすでにローネットを目にあてていた。

「その意見には、正直なところ、反論できないわね」メアリ大おばは言った。

「クロエ、どうしてそんなことを！」ルーシーが叫んだ。「わたしなんか、小さいときからずっと、こんな髪じゃなくてお姉さまみたいな髪になれるなら何を差しだしても惜しくないと思ってたのに」

「いらっしゃい、クロエ」先代公爵未亡人が優しく言った。「あなたの部屋へ行って、バンカーを呼ぶことにしましょうね。彼女に着替えを手伝ってもらえば、いまよりずっと気分が軽くなるわ。そのあとで、髪をどうすればいいか、みんなで相談しましょう。わたしたち七人にバンカーが加われば、小さな問題のひとつぐらい、すぐに解決するはずよ」

小さな。

「あっちへ行ってなさい、ラルフ」メアリ大おばが言い、彼に向かって、邪魔だと言わんばかりにローネットをふりまわした。「あなたは必要ありません。重要な問題について考えなきゃいけないとき、男性が必要とされることはほとんどないのよ」

そこで、ラルフはその場を去った。というか、クロエが貴婦人たちに囲まれて運び去られるときに、少なくとも、反論したりあとを追ったりはしなかった。

貴婦人たちのほうも、なぜ髪を切ってしまったのかと尋ねることだけはしなかった。最悪のヘアカットをどうすべきかという、現実的な対処法を見つけることに集中していた。ミス・バンカーはさほど助けにならなかったが、とりあえずクロエを落ち着かせてくれた。何も変わったことなど起きていないような顔でクロエを見て、黒いドレスに着替えるのを手伝い、短くなった髪にブラシをかけてくれた。被害をどう修復するかについては、いっさい意見を出さなかったが、それも驚くにはあたらないことだった。ほかの者がかわりにあれこれ提案していたからだ。

レディ・トレンサムが自分のメイドを呼ぶことにして、一件落着となった。

「ロンドンに、ウェランド氏というとても上手な美容師がおりますけど、こちらに来てもらうには数日かかってしまいます。わたし、ロンドンを離れたときはわたし付きのメイドに髪を結ってもらうことにしていて、それがまたウェランド氏に劣らずすばらしい仕上がりですの。彼のような名声はありませんけどね。その子におぐしを任せてごらんになってはいかがでしょう、公爵夫人」

「あの、クロエとお呼びください。お願いですから」クロエは言った。「公爵夫人なんて呼ばれると、ついおばあさまのほうを見てしまいます」

「じゃ、わたしのことはグウェンとお呼びになってね」レディ・トレンサムは言った。「メイドを呼ぶことにします。よろしくて？」

グウェンは金色の短い髪をとても愛らしくカールさせている。クロエはうなずいた。

「お願いします」

「豊かな髪をしてらして幸運な方だわ、クロエ」レディ・ポンソンビーが言った。「しかも、自然なウェーブがかかっている。きちんと形を整えれば、きっと、とてもよくお似合いよ。それから、わたしのことはアグネスと呼んでください」

「でも、前のままですごくきれいだったのに、クロエ」ルーシーが嘆いた。「いまでも覚えてるわ。わたしが一七歳になり、でも、お姉さまと一緒にデビューするのはお母さまがどうしても許してくれなかったとき、社交シーズンに二人でハイドパークを何回か散歩してたら、どの紳士もお姉さまを目で追ってたでしょ。わたし、すごく妬ましかった。といっても、フレディに出会うまでのことだけど」

ルーシーはそこで黙りこんだ。メアリ大おばがローネットをルーシーのほうへ向けた。

髪の修復がおこなわれるあいだ、グウェンとサラとアグネスがクロエのそばに残った。ミス・バンカーはすでに立ち去っていたし、年配の貴婦人たちは朝食をとるために一階に下り、ついでにルーシーを連れていった。メアリ大おばに腕をつかまれ、「あなたは若くて体力もありそうだから、人の役に立つことをなさい」と言われて、ルーシーはけっこう嬉しそうな顔になった。

グウェンのメイドは、すべて任せるので、最良と思われる髪形にしてほしい、ただし、いまより見栄えがよくなるように、と言われると、クロエの髪に注意深く視線を走らせ、指で梳いてみた。見栄えをよくするのはむずかしいことではなさそうだ。やがて、貴婦人たちが見守る前で、メイドは鋏を使ってカットにとりかかった。

「レディ・ダーリーも赤毛なのよ、クロエ」アグネスが言った。「あなたのように鮮やかな赤ではないけど。赤褐色に近い感じかしら。彼女も自分で髪を切ったことがあるそうよ。遠い昔、少女だったころに。去年、ダーリー子爵と結婚したあとで、ふたたび髪を伸ばすことにしたの。婚礼の少しあとでわたしが初めて会ったときは、髪を刈られた痩せっぽちの浮浪児みたいだったけど、いまでは可憐で優雅な女性になってるわ。二人はとても幸せみたい。いいえ――幸せに決まってるわね」

「赤ちゃんが生まれたんですって？」クロエは言った。

「トマスっていうのよ」グウェンが答えた。「〈サバイバーズ・クラブ〉の初めての赤ちゃん。

わたしの子がたぶん二番目ね」クロエとサラが思わずグウェンのおなかに目をやり、アグネスが微笑を向けると、グウェンの頬が不意にバラ色に染まった。

「なんてすてきなの！」サラが言った。

「ヒューゴはわたしが一緒にここに来るのを止めようとしたのよ」グウェンは言った。「午前中のひどい吐き気がようやく治まったばかりだったの。でも、わたしはたとえ数日でもヒューゴと離れたくなかったし、彼も本当は離れるのがいやなの。わたし、遠い昔に一度流産したことがあってね。最初の結婚のときに。だから……二度目の機会に恵まれて、天にものぼる心地だったわ。同時に不安でもあるけど。でも、ヒューゴのほうがもっと不安みたい。かわいそうな人」

「わたしまで嬉しくなったわ、グウェン」クロエは彼女に笑顔を向けた。「腹立たしく思ったことはありません？〈サバイバーズ・クラブ〉の人たちのことを」

「腹立たしく思う？」グウェンは小首をかしげ、いささか不思議そうな顔でクロエを見た。「わたしの場合は、いきなりメンバー全員と顔を合わせることになったのよ。ペンダリス館の敷地に知らずに足を踏み入れてしまったせいで。お屋敷の下のほうにある浜辺を散歩していて、石が散乱する急な坂をのぼって崖の上まで行こうとしたとき、足をすべらせて、もともと悪かったほうの足首をくじいてしまったため、ヒューゴがわたしを見つけてお屋敷まで運んでくれたの。正直に白状すると、全員と一度に会って、ちょっと怯えてしまったわ。とくに、スタンブルック公爵が奥さまを崖から突き落としたという噂を耳にしていたので。本当は、奥さまが飛び降り自殺をなさったの。でも、みなさん、とても親切にしてくださったし、とても礼儀正しかったわ。わたしは兄が迎えに来てくれるまで、何日かお屋敷でじっとしているしかなかった。さっきのご質問にお答えすると、いいえ、腹立たしく思ったことは一度もないわ」

「あの人たちは並外れて強い絆で結ばれているのよ」アグネスが言い添えた。「でも、同時に、一人一人が自分の人生を送っている。それに、愛はかぎりあるものではないでしょ。仲間どうしで愛しあっているけど、それぞれの妻や家族への愛もたっぷり残ってるわ。イモジェンの場合は夫への愛と言うべきね。彼女がもし再婚するとしたら。〈サバイバーズ・クラブ〉のメンバーの一人が女性だってこと、ご存じでした？」

クロエはうなずき、頭を動かしてはならないことを思いだした。

「わたしの母と姉妹は」サラが言った。「前々から、ラルフがコーンウォールで送った三年間は本人のためになるより害のほうが多かったという意見だったわ」

「ワージンガム公爵は」グウェンが言った。「肉体にひどい傷をお受けになったけど、サーベルに切り裂かれたいちばんひどい傷よりも、心の傷のほうがさらに深かったみたい。ヒューゴが言ったように、目に見えない戦争の傷のほうが、目に見える傷よりはるかに深刻な場合もあるのね。じつをいうと、ヒューゴの場合、怪我はまったくなかったの。かすり傷ひとつ負わなかったのよ。それでも、拘束衣を着せられてイベリア半島から国に送りかえされ、コーンウォールでほかの人々と一緒に三年間を過ごすことになったの。いまもときどき、後遺症で苦しむことがあるのよ」

「わたしは昔のラルフを覚えているわ」サラがため息混じりに言った。「あなたと結婚したおかげで、もしかしたら、昔のあの子に戻れるかもしれない。いえ、そんなことを言うのは愚かね。同じ人間に戻れるわけなんてないのに。昔の自分に戻ることは誰にもできない。自分の人生も、自分という人間も、絶えず変化してるんですもの。でも、もう一度幸せになることなら、ラルフにもたぶんできるはずだわ。まあ、すてき！」

最後の叫びはクロエの髪に向けられたものだった。グウェンのメイドが髪のカットを終えてカールさせ、脇へどいて、みんなに仕上がりが見えるようにした。クロエにも見えるように、柄のついた丸い手鏡を渡してくれた。

「最高よ！」サラは叫ぶと、足早に部屋を横切り、義理の妹を抱きしめた。「とても可憐だわ。そして……おしゃれな感じ。可憐でおしゃれな人になったわね。ああ、誰もがあなたに夢中になるわよ、クロエ。見ててごらんなさい」

クロエは鏡のなかの自分を注意深く点検した。短い髪に段をつけてカットしてある。きらめきを放つカールが弾むように顔を包んで、その顔をハート形に見せ、目を大きく見せている。これが自分だとはわからないほどだった。

グウェンが言った。「どの女性も長い髪のほうが最高にきれいに見えるってよく言われるでしょ。でも、それは違うわ。わたしは何年も前に髪を短くしたけど、後悔したことは一度もないのよ。あなたは短い髪のほうが印象的だわ、クロエ。もっとも、両方のあなたを見ていなかったら、そうは思えなかったかもしれないけど。さあ、これで自分の部屋から出ていく勇気が湧いたでしょ」

クロエは笑い、うしろを向いてメイドに礼を言い、彼女の腕を褒めた。財布を見つけて、充分な心づけをメイドの手に押しつけた。

「朝食の時間よ」サラが言った。「いえ、時間はとっくに過ぎてるわ。わたしはおなかがぺこぺこ。ほかの人はそうじゃないとしても」

「ほんとにきれいよ、クロエ」アグネスが断言し、クロエの腕に手を通してから、みんなで部屋を出た。


「いま、ちょっと取込み中なんだ」ラルフは朝食の席で彼の母と姉妹たちに説明した。「ゆうべ、クロエが髪を切ろうと決心したんだが、出来栄えがいまひとつだった。あとは貴婦人のみなさんに任せてきたから、誰もが満足できる形で解決すると思う。ぜったいに」

ラルフは微笑を抑えようとしている自分に気がついた。哀れなクロエにとっては、笑いごとではない。髪を切った理由を考えればとくにそうだ。しかし、寝室のドアの外に大人数の女性が押しかけ、クロエは室内にいて、短く切った髪が顔の左右と後頭部にツンツン立ち、不機嫌だった表情が困惑に変わっていたことを思いだすと、どんな笑劇にも劣らぬ価値があった。

だが、そういう反応を示すのはまずいに決まっている。あんな愉快な思いをしたのはいつ以来か、思いだせないほどだった。

だから、喜んであの場を離れたのだった。

「クロエは昔から自分の髪を嫌っていた」彼女の父親のサー・ケヴィン・ミュアヘッドが言った。「わたしの祖先からあの鮮やかな色が遺伝したことに困惑していたからだ。称賛を受ければ受けるほど、髪を嫌うようになった」

「赤毛にはある種のイメージがつきまといますものね……派手な性格とか」ラルフの姉のアミーリアが言った。

「だったら、公爵夫人が赤毛に戸惑いを感じるのも理解できる」フラヴィアンが言った。「控えめで、気品があって、は、派手とはまったく逆の人だもの」

「さぞ自慢の奥さんだろうな、ラルフ」ヒューゴも同意した。「きみに説得されて、もう一泊することに決めたから、もし構わなければ、朝のうちにヴィンスと二人で庭園を散策したいと思っている。広大な庭園で迷子にならないよう、ヴィンスの犬が気を配ってくれるだろう。どこかとくにお勧めの場所はないかね？」

「昨日チャペルにいたとき、滝の音らしきものがしていた」ヴィンセントが言った。「その滝を捜しに行こうよ、ヒューゴ」

「湖もあるようだ。そうですね？」ジョージが言った。「レディ・ケイリー、レディ・ハリソン、お二人は庭園をよくご存じに違いない。奮闘が必要と思われる滝捜しにヒューゴとヴィンセントが出かけているあいだ、湖へ案内していただけないでしょうか？」

クロエの赤毛から話題をそらしてくれた仲間の一人一人に、ラルフは感謝の視線を向けた。

みんなと過ごす時間が今日だけでなく、もっとあればいいのにと思い、さまざまな責任を忘れて自分が先頭に立って滝へ出かけたいという誘惑に駆られた。しかし、明日の出発を予定しているのはこの仲間だけではない。

みんなが席を立ったとき、ラルフの祖母と大おばとクロエの妹がダイニングルームに入ってきた。

「レディ・トレンサムのメイドがクロエの髪を整えているところよ」メアリ大おばが伝えた。「レディ・トレンサムの話だと、そのメイドは鋏をとても器用に使える人なんですって。わたしたちがあなたの寝室のドアをノックしたときのクロエの姿を考えれば、メイドがあれ以上悲惨な状態にすることはありえないから、安心してちょうだい、ラルフ。わたしが息絶える前に、誰かコーヒーを持ってきて」

ラルフは祖母を見て、顔色こそ悪いものの、けさは落ち着いているようだと思った。最悪の時期は過ぎ去ったのか、それとも、この先に待ち受けているのか？　後者のような気がしてならず、前者であることを願った。

「サー」ラルフはサー・ケヴィン・ミュアヘッドに声をかけた。「書斎のほうでコーヒーのおかわりをいかがでしょう？」

挙式はすでに終わっていたが、二人は夫婦財産契約について話しあった。ラルフは自分が生きているかぎり、クロエと婚姻によって生まれた子供たちは何不自由なく暮らせることと、自分の死後も妻子の生活が保障されることを伝えて義理の父親を安心させ、それを書面にしたいと願っていた。

「まことに寛大な提案だ。わが家ではわずかな持参金しか持たせてやれないというのに」契約がすべて整ったところで、サー・ケヴィンは言った。「この数年、わたしはクロエのことが心配でならなかった。急な結婚のことを知らされてますます心配になったが、きみに会って安心できた。少なくとも、安心したことは間違いない。なぜクロエと結婚したのだね、ワージンガム？」

その質問はラルフにとって不意打ちだった。

「ぼくはわが家系における最後の一人なのです」サー・ケヴィンに説明した。「男子の跡継ぎをほかにも見つけようと思ったら、家系図をかなり昔までさかのぼって調べなくてはならないでしょう。結婚して子供を作ることがぼくに課せられた義務であり、祖父の健康が衰えてきたため、まだ二六歳なのに早く結婚するよう求められていたのです。二週間前にこの屋敷でお嬢さんにお目にかかり、そして……」いや、彼女に熱烈な恋をしてしまったなどとは言えない。しらじらしく嘘をつくことになってしまう。「妻にふさわしい条件を備えた人だと思いました。ぼくより少し年上ですし、ぼくがロンドンで出会ったどの令嬢よりも成熟した大人です。きれいな人だし——いや、ぼくは外見にこだわるほうではありませんが。また、生まれも育ちもいい。結婚を申しこんだところ、承諾してもらえました」

「それにしても急な話だったね」サー・ケヴィンは言った。「いくらかお聞き及びだろうか？娘の……過去を」

ラルフは机の上へわずかに身を乗りだした。「何もかも聞いています。お宅の末のお嬢さんがネルソンと駆け落ちしたときに冷たくクロエを捨て、彼女の容姿なら高級娼婦として立派に通用すると言った、卑劣な男の名前以外はすべて。いったい誰だったのでしょう、サー？　誰なのですか？」

「コーネル男爵のことかね？」サー・ケヴィンは両方の眉を上げた。「たとえあの男がクロエと結婚したいと言ってきても、わたしは許さなかっただろう。二人の交際をやめさせるよう、すでに妻にも言ってあった。女好きで有名な男だったからな。もっとも、やつが結婚の申込みに来ることはたぶんなかっただろう。ああいう紳士にとって、結婚というのは厄介すぎる足枷《あしかせ》だ」

ラルフは、コーネル男爵とはわずかに面識があるだけだった。男っぽい肉体美を誇るタイプで、噂によると、女性のハートを破っておいて、口説き落とした相手の数を自慢するのが趣味だという。世間知らずだった二一歳のころのクロエは、哀れにも、コーネルから真剣に求婚されたと思いこんだのだろう。

「それから、去年何があったのかも聞いています」ラルフは義理の父親を鋭く見つめた。「クロエがある高貴な生まれの令嬢とたまたま似ていたため、噂が広まってしまったのだ。だが、あの子が衝撃を受けて逃げ帰ってきたのはまずかった。結果として、根も葉もないゴシップがさらに燃えあがってしまった。だが、あの子は昔から人の意見に敏感すぎるところがあったのでね」

「サー」ラルフは机の吸い取り紙の端をいじった。「その噂に多少なりとも真実が含まれていたのかどうか、聞かせていただきたいのですが。クロエがヒッチング侯爵の実の娘である可能性は、いや、確証はあるのでしょうか？　この部屋で伺ったお返事は、ご自身の口から誰かに話すおつもりがないかぎり、けっして口外しないと約束します。本当のことを教えていただければ感謝します。伺ったとしても、クロエとぼくの関係にはなんの変わりもありませんが、ぼくの跡継ぎの先祖を知ることができますから」

「もちろん、噂には真実のかけらもない」クロエの父親は不意に机の向かいの椅子にもたれ、長いあいだラルフをにらみつけたが、やがて肩を落とし、下を向いた。長い沈黙があった。

「初めて会った瞬間、わたしはクロエの母親を愛してしまい、向こうも好意を寄せてくれた。だが、ほかの男に夢中になり……まあ、ハンサムな若い貴族に言い寄られてぼうっとならない令嬢がどこにいるだろう？　その恋はあっというまに終わりを告げた。あとは生涯わたしだけを愛してくれた。誰もがそのとおりだと言うだろう。一時期、二、三週間ほど彼女がわたしを避けていたことがあり、そのあと、ある夜の音楽会でとなりにすわったとき、正直に打ち明けてくれた。子供ができたかもしれないというのだ。わたしは特別許可証を手に入れて、その数日後に彼女と結婚し、七カ月と少したったころにクロエが生まれた。小さな赤ん坊だった。早産だった――というか、わたしも含めてみんながそれで納得した。妻には確信がなかったが。わたしはクロエが妻のおなかにいたときも、生まれてからも、あの子が可愛くてならなかった。ルーシーとグレアムを可愛がるのと同じように、つねにあの子を可愛がってきた。誰が本当の父親であろうと、わたしにはなんの違いもなかった」

「ありがとうございます」ラルフも椅子にもたれた。「クロエにいまのような話をされたことはないのですね？」

「ない！」サー・ケヴィンは語気を強めた。「少しでも疑いがあるなどとクロエに思わせてはならない。間違いなくわたしの娘だ。あの子への愛は変わらない……」

「しかし、疑惑があることをクロエは知っています。去年から知っていたのです。あなたの否定と抗議の言葉を信じたのは、クロエ自身がそう信じたかったからです。ただ、心の一部では信じていません。だから、心の奥では、嘘ではないかと恐れ疑いつつも、信じなくてはと思って苦しんでいるのです」

「娘がきみにそんなことを？」

「いいえ」ラルフは答えた。あとはもう何も言わなかった。言う必要もなかった。クロエの気持ちがわからないようでは、サー・ケヴィンはよほどの愚か者と言うしかない。

サー・ケヴィンは頭をのけぞらせ、親指の付け根で目を覆った。大きく息を吐いた。

「わたしの口から娘には言えない、ワージンガム。あの子が破滅してしまう」

「何も知らないせいで、いずれにしろ、クロエは破滅しかけています。お嬢さんの心が離れていくのが怖いんですか？」

「そんなことはない」サー・ケヴィンは顔を覆っていた手を下ろし、疲れた表情でラルフを見た。「いや、やはり怖い。ずいぶん理不尽な話だと思わないかね？　わたしは娘が生まれてから、いや、生まれる前からずっと、あの子の父親だった。あの子を育て、可愛がってきた。クロエのためなら自分の命を投げだすことも厭わない。いや、どの子のためでも」

「クロエにそれが理解できるとはお思いにならないのですか？」ラルフは尋ねた。

「何も知らないほうがあの子のためだ」サー・ケヴィンは強く言った。「それに、確証はない。たぶん、わたしが実の父親だと思う。たぶん、早産だったのだ。たぶん、わたしの一族に赤毛の祖先がいたのだろう」

ラルフにはもう何も言えなかった。しかし、いずれにしてもクロエの心が離れかけていることが、なぜサー・ケヴィンにはわからないのだろう？　なぜクロエが家を出て、母親の名付け親のもとにいつまでも身を寄せていたと思っているのだろう？

サー・ケヴィンが立ちあがった。「さきほど名誉にかけて誓ってくれたと思うが、ワージンガム……」

「誓いました」ラルフは答えた。「誓いはかならず守ります」

「礼を言う」サー・ケヴィンは一瞬ためらったが、やがて向きを変えて部屋を出ると、背後のドアを静かに閉めた。

女性の一団が最初にぶつかったのは――文字どおりの意味で――クロエの父親だった。みんなで階下へ行こうとしていると、父親が急いで階段をのぼってきた。

「失礼」顔を上げて、サー・ケヴィンは言った。その顔に不意に驚きの表情が浮かんだので、クロエは足を止めた。「おや、髪が哀れなことになったな、クロエ。だが、とても愛らしい。うっとりするほど愛らしい」

「一時間前の姿をご覧になるべきでしたわ」サラが言って、楽しげに笑った。

「お父さま」クロエは父の肩に両手を置いて――父のほうが階段の二段下に立っていたのだ――頬にキスをした。父の表情がこわばっているように思った。「明日、お帰りになるんでしょ？　今日のうちに時間を見つけて二人で過ごしましょうよ」

「うん、そうだな。ただ、公爵夫人として新しい仕事がいろいろあるだろうし、多数の客をもてなす仕事もあるから、おまえはかなり忙しいはずだ」

そう言うと、肩に置かれたクロエの手の片方を軽く叩き、あとの貴婦人たちに会釈をして、そのまま階段をのぼっていった。クロエはしばらく父の姿を見送ったが、ふたたびほかの人々と一緒に階段を下りはじめた。クロエのためにはるばる出かけてきた父なのに、娘と二人で過ごすのを避けようとしているかに見える。

階下の廊下にポンソンビー子爵が立っていて、トレンサム卿とダーリー子爵も一緒だった。ダーリー子爵の犬が警戒の目を光らせてその横にすわっていた。

「紳士のみなさま」グウェンが笑いを含んだ声で言いながら、両手で大きく弧を描いた。「新たなるワージンガム公爵夫人をご紹介いたします」

クロエはひどく恥ずかしい気がした。髪の重みがないと、半分裸にされたような気分だ。

「すばらしく粋ですよ、公爵夫人」ポンソンビー子爵が片手を差しだし、次にクロエの手を唇に持っていった。

「短い髪がよくお似合いだ」トレンサム卿が言った。「グウェンドレンと同じように」妻ににこやかに笑いかけ、片方の腕を上げて妻の肩にまわそうとしたが、そこで急に照れくさそうな顔になり、かわりに妻の片方の肩をぎこちない手つきで軽く叩いてから、自分の脇に腕を下ろした。

「とても美しく見えます」ダーリー子爵が言い、甘い笑みを浮かべて、クロエの目をほぼ正面から見つめた。

「あら、どうしておわかりになるのでしょう？」クロエは彼に尋ねた。

「動詞の選び方を間違えました」ダーリー子爵は答えた。「とても美しいです。お声を聞けばわかります。そして嬉しく思っています。ラルフには最高の相手が必要です。不幸な日々を送ってきたのだから」

クロエは驚愕のなかで彼を見つめた。ポンソンビー子爵が彼の肩を優しく叩いた。

「いまから、で、出かけるところなんです、三人で滝を見つけるために。昨日、チャペルにいたときに、ヴィンスが滝の音を聞いたそうです。ぼくには聞こえなかったが、考えてみれば、ハンディキャップがありますからね。ぼくはほとんどのものを目で認識する。ヴィンスが耳を使って、た、滝を見つけてくれるでしょうから、ヒューゴとぼくは目を使って、ヴィンスが滝に落ちてずぶ濡れになるのを防ぐことにします。三人そろえば無敵のチームというわけです」

「きみに守ってもらう必要はないけどな、フラヴ」ダーリー子爵が反論した。「一緒に行ってくれるだけでいい。ぼくの安全を守る役はシェップがしてくれる。こいつが期待に背いたことは一度もない。そうだよな、坊や」

犬はハアハアいいながら敏捷《びんしょう》に飼い主を見上げた。

「ぼくたちだけで出かけても構わないよね、アグネス?」ポンソンビー子爵が夫人に訊いた。

クロエは憤りが跡形もなく消えていくのを感じた。夫の大切な友人であるこの男性たちに好意を抱いた。スタンブルック公爵と、ここに来ていないあとの二人に対しても。

「それでもやはり、ヴィンス」書斎から出てきたラルフが言った。「ヒューゴとフラヴにきみの見守りをさせてやってくれ。いいだろう? ぼくのために。急流と滝のそばを通る小道は歩きにくいから」

「感想はいかが、ラルフ?」彼の姉が尋ね、グウェンが数分前に見せたのと同じ派手なしぐさでクロエのほうを示した。

ラルフはその場で足を止め、返事をするのにしばらく時間をかけた。

「髪を切ることにしたのはすばらしい決断だった」ようやく答えた。「完璧な決断だし、きみは完璧に美しい」

もちろん、周囲で人々が聞いている。髪だけでなく首も切り落としておけばよかったのに、などとは言えるはずもない。しかし、クロエは下唇を噛んで、心臓の奥まで温もりが染みこむのを感じた。まばたきして涙をこらえた。

わたしったら馬鹿みたい！

〝……きみは完璧に美しい〟

次の瞬間、クロエの心臓が――ラルフのお世辞に温められたばかりの心臓が――胸のなかで大きく宙返りをした。いや、比喩的な表現に過ぎないけれど。

なんと、彼が微笑したのだ。

クロエの目をまっすぐに見て。

13

午後も遅い時間になってから、クロエが弟を捜すと、ネルソン氏、クロエの義理の兄弟にあたるサー・ウェンデル・ハリソン、ケイリー子爵と一緒にテラスにいるのが見つかった。クロエは弟の腕に手を通し、しばらくのあいだ会話に耳を傾けた。

「川までちょっと散歩しない？」数分たってから、弟にしか聞こえない声で誘った。みんなで行くつもりはなかった。一時間ほど弟と二人だけになりたかった。

クロエにとってグレアムはお気に入りの弟だ。節度をわきまえた誠実な男性で、そのどちらも、彼女が知っている紳士たちにはめったに見られない資質だ。野心に欠けるグレアムを軽蔑する者もいるし、あれは出来損ないだ、一族の失望の種に決まっている、としか思わない者もいる。また、男らしくないと言ってグレアムを非難する者もいる。他人にどう言われようと、グレアムの心が揺らぐことはない。心が傷ついてもそれで行動まで左右されてはならない、というのが彼の主義だ。ただし、彼にももちろん感情はあるし、傷ついて苦しむこともある。

「幸せになれそうかい、クロエ？」ほかの男性たちに声が届く心配のないところまで行ってから、グレアムは尋ねた。「公爵夫人として。この立派な屋敷を自宅にして。ストックウッドの——ワージンガムの——妻として。もちろん、姉さんがようやく結婚したことを、ぼくは心から喜んでいる。結婚して子供を持つのが姉さんの夢だったものね。ただ、ぼくはいつも思ってたんだ——姉さんにとっては、ほどほどの財産を持つ夫と愛し愛されながら静かな家庭生活を送ったほうが幸せだろうと。姉さんが辛抱強く待ちつづけた社交シーズンと、愛と理想の相手の両方にめぐり会うチャンスをルーシーがこわしてしまったとき、姉さんの苦しみをぼくもわがことのように感じた。去年は、姉さんにあらためてチャンスをつかんでほしいと願っていた。まだまだ若いし、まだまだきれいだし、ジュリアおばさんという後ろ盾もあったもの。あんなことになってしまって、本当に運が悪かったね。でも、いまさらあれこれ言っても始まらない。幸せになってくれる？　なれそうかい？」

「わたしの頭に散弾銃を突きつけた人はいなかったのよ」クロエは弟に言った。「ラルフの頭にもね。わたしたちが結婚したのは、それが二人の望みだったから。婚礼から二四時間もしないうちに新婚生活がこんな大混乱に見舞われるなんて、思いもしなかったわ。それは本当よ。でも、ラルフのおじいさまはご高齢で、体調もすぐれなかったから、遅かれ早かれこういう事態を迎えるのは予想できたことだった。ただ、衝動的な結婚については後悔してないわ。愛とロマンス、結婚と永遠の幸せがすべて同じ意味だと思いこむ年齢は、とっくに過ぎてしまったもの。こうして結婚して、いずれ母親になる日が来ると思うの。田舎で静かな家庭生活を送るつもりよ。ラルフが約束してくれたわ」

グレアムは眉をひそめていた。

「だけど、まずロンドンでしばらく過ごすことになると思うよ。午餐のとき、先代公爵が亡くなったばかりではあるけど、姉さんが社交界に顔を出さなきゃいけないという意見に、誰もが賛成してたじゃないか。貴族というのは、王家の人々と同じく、個人的な悲しみに浸って長い期間を過ごすことが許されない。ロンドンに戻っても大丈夫かい、クロエ？　去年、姉さんがあのくだらないゴシップに悩まされたことはぼくも承知している。それに、六年前の騒ぎもあったし」

さきほど午餐の席で、ラルフの母親である伯爵未亡人がその話題を出してきたのだった。ラルフの母親はこう言った。

「これで葬儀も終わったから、ぐずぐずせずにロンドンに出て、宮廷へ伺候し、呼び出し状が届いたらただちに貴族院の議席にすわるのがラルフの義務なのよ。それから、おじいさまが亡くなる直前にあわてて結婚した以上、この社交シーズンの最上の催しすべてに顔を出して貴族社会に公爵夫人を紹介するのも、それに劣らず大切な義務ですからね。クロエにふさわしい衣装の支度はわたしが手伝います。喪服はだめよ。でも、けばけばしい色も避けたほうがいいわ」母親の目がクロエの髪に向き、かすかに腹立たしげな表情を浮かべた。

「緑色ね」メアリ大おばが言った。「緑色にすべきよ。わたし自身はどうしても着られなかった色。胆汁症の患者みたいに見えてしまうんですもの。緑色の似合う女の子たちが昔から羨ましかったわ」

「ストックウッド邸で大々的な披露宴をしなくてはね」ラルフの祖母がつけくわえた。「舞踏会も開きましょう、クロエ。大切なワージンガムの思い出を汚すことにはならないと思いますよ。人生は続けていかなくては」

「まあ、フレディとわたしも招待してもらえます?」憧れのこもった表情でルーシーが尋ねた。

ラルフが何も答えず、みんなに勝手にしゃべらせていたので、クロエもそれに倣った。もちろん、自分たちはロンドンへは行かない。彼が約束してくれたのだから。いずれ行かなくてはならないのはわかっている。たぶん、来年あたり。もしくは、再来年か。

「わたしたち、ずっとここにいる予定よ」川に差しかかり、石造りの橋を渡ろうとしたところで、クロエはグレアムに言った。「ラルフがそう言ったの。お義母さまや姉妹に指図されるのをいやがってて、ロンドンにもうんざりしてるみたい」

クロエは橋のなかほどで足を止め、木々が落とす影のほうへ目を凝らした。一週間と少し前にラルフと二人であのあたりを歩いた。もっと前のことだったような気がする。あの人はいったいどういうつもりで、水中に落ちる危険やもっと大きな危険を覚悟で、飛び石伝いに急流を横切り、わたしのために、水切りにぴったりの石を見つけようとしたのだろう? その石は化粧台の左上の引き出しに、彼女のハンカチにのせて保管してある。

「グレアム」クロエは質問した。「ラルフはどんなふうに変わってしまったの？　学校のころと比べてどう違うの？　学校時代はどんな感じだったの？」

もちろん、当時グレアムからあれこれ噂は聞いていた。かなり聞かされたせいで、ラルフ・ストックウッドに会ったこともないのに、ずいぶんいやな男だと一方的に決めつけていたほどだ。しかし、彼がいつか自分の夫になるなどとは、クロエには知る由もなかった。わかっていれば、弟の話にもっと真剣に耳を傾け、あれこれ質問していただろう。

グレアムは橋の欄干に肘をのせ、目を細めて前方を見た。

「答えにくい質問だな。学校を出てからもう八年になる。一生にも思えるほどだ。あのころのぼくらは子供だったが、いまは大人になっている。当然、ずいぶん変化したはずだ――ラルフも、ぼくも。しかし、根本的な変化はどうだろう？　そういうものがあるのかどうか、ぼくにはよくわからない。ラルフには……カリスマ性があった。まぶしいぐらいに。ハンサムで、身体の成長も早かった。スポーツ万能、頭脳明晰《めいせき》、どの科目も得意で、読書好きで、自分の頭で考えることができて、強い信念を持った生まれながらのリーダーだった。しかし、そういう少年はほかにもたくさんいて、ラルフの大親友の三人もそこに含まれていた。四人には才能も人を動かす力も同じぐらいあったから、誰か一人が真のリーダーになることはなかっただろうと思うかもしれない。ところが、そうではなかった。あとの三人もほかのみんなと同じようにラルフを崇拝し、彼の意見に従っていた。三人がラルフに支配されていたという感じかな。もっとも、その言葉も正確ではないが。ラルフは人を支配するタイプではなかった。暴君でも、いじめっ子でもなかった。単に……エネルギーに、熱意にあふれていて、ほとんどの者がそれに感化され、ラルフに心酔してしまうんだ。ラルフは……輝いていた。ああ、英語というのは、何かを表現しようとすると、嘆かわしいほど不完全な言語だね。とにかく、学校時代のラルフ・ストックウッドのような相手にぼくはこれまで一度も会ったことがない、と言えば充分だろう」

「じゃ、ずいぶん変わったわけね」クロエが水面から視線をそらし、ふたたび橋を渡りはじめると、グレアムが追ってきて横に並んだ。二人は丈の高い草が茂る野原に入っていき、ほどなく、クローバーとキンポウゲとデイジーに囲まれた。かつての夫は熱意と生きる意欲で輝いていたのだと思うと、悲しい気がした。少年時代の彼を知っていればよかったのにと思った。

「ラルフが大きく変わったのかどうか、ぼくにはよくわからない」グレアムは言った。「あいつのなかに抑えつけられたエネルギーが潜んでいるのが、いまも感じられる。もっとも、昔より落ち着いた人間になったのは確かだ。人間的に成熟すれば、たぶん誰もがそうなるのだろう。悲しみも人が成熟するための要素かもしれない。ラルフはおじいさんっ子だったんだろ？」

「ええ。お父さまよりおじいさまを慕ってたと思うわ。ねえ、グレアム、お友達三人が戦死したことで、ラルフは自分を責めてるのよ」

「あいつが？」グレアムがしばらく沈黙したので、クロエはそのあいだにデイジーを摘んで花輪を作りはじめた。「ラルフが何かにのめりこむと、その情熱が目の前のものをすべて吹き飛ばしてしまったものだった。学校の最終学年のときに、あいつはナポレオン・ボナパルトに興味を持った。最初は大いに崇拝していたが、ナポレオンのことを知るにつれて意見が変わり、ついには、この世界を専制政治から救うためにナポレオンを止めなくてはならない、という考えにとりつかれてしまった。だが、情熱的な考えだけでは、あいつはけっして満足できなかった。〝ナポレオンを止める必要があるなら、ほかの誰かが止めてくれるのを待っていてはだめだ。自分の手で実行する覚悟を、いや、少なくともそこに加わる覚悟をしなくてはならない〟――何週間もそんなことばかり言っていた。〝学校を出たらすぐに武器をとり、士官の軍職を購入して戦いに赴くのが自分の義務だ。あらゆる者の義務だ。たとえ自分のように、戦争の危険に立ち向かうより家に残るべき理由のほうが大きい者であっても。理由はどうあれ、家族がその考えに反対するのなら、自分には世界を救って自由を守るという偉大な義務があると言って、家族を説得すべきだ〟と。あとの三人も最初は尻込みしていたかもしれないが、あっというまに迷いを捨て、大義のための輝かしい戦いに赴くことをラルフに劣らず熱く願うようになった」

「あなたは一緒に行くことを拒んだために、臆病者だと非難されたわけね？」

グレアムはクロエのほうを向いて微笑した。

「ラルフが直接ぼくを指さして、ぼく一人にその意見をぶつけたのかどうかは、よくわからない。ただ、ぼくが反対意見を述べ、じっさいに反対しているのはぼく一人だとわかると、ラルフは次に〝家族と祖国の人々の自由を守るために立ちあがり、ナポレオンのような無慈悲な独裁者と戦うことをよしとしない者は、弱虫で臆病な腰抜けだ〟というような意味のことを言った。たぶん、ラルフが正しかったのだろう。ナポレオンがヨーロッパ全土の征服に成功すれば――まあ、そうなる危険が迫っていたわけだが――次はきっと英国侵攻を目論《もくろ》んだはずだ。外国の兵士たちが女子供に、それもたぶんぼくが個人的に知っている人々に残虐行為を働いた場合でも、ぼくは反戦主義を貫いていただろうか？　英仏海峡によって非道な攻撃から守られているうちなら、反戦主義を唱えるのもいいだろう。しかし、敵が海峡を渡って攻めてきたら？　ぼくにはなんとも言えない。基本的にはいまも反戦主義者だが、この信念が試練にさらされたことは一度もない。少なくとも、ストックウッドはやつの信念を試練にさらしたんだ」

クロエは花輪を作るためにさらに何本かデイジーを摘んだ。

「若いときは人生がとても単純に思えるものだわ。そうじゃない？　善と悪、黒と白――両極端で、あいだに灰色の部分は存在しない。でも、年を重ねるにつれて、すべてがさまざまな色合いを帯びているように見えてくる。何が善で何が悪か、何が正しくて何が間違いか、どうやって判断すればいいの？　あなたの仕事って、ほんとに大変なんでしょうね。どうやって仕事をこなしているの？」

「ぼくは自分の判断基準を相手に押しつけないよう努めている。姉さんが考える善は、ぼくにとっては悪かもしれない。ただ相手を愛するよう心がけている――簡単にできることだ。

もっとも、愛すること自体は単純ではないけどね。たぶん、相手をありのままに受け入れ、相手の選択を尊重し、相手の苦悩に寄り添うだけでいいのかもしれない」

「ラルフは苦悩のなかにいるのよ、グレアム」クロエは言った。それが事実であることを知っていた。彼女が最初に受けた印象とは違って、感情が枯渇しているのではない。枯渇しているかに見える感情の陰で苦しみと痛みが煮えたぎっている。罪悪感から生まれた苦悶《くもん》がその中心だ。

「わかっている」グレアムは足を止め、ふりむいて屋敷のほうを見つめた。クロエを見ないで静かな口調で言った。「姉さんもそうだね」

クロエの心はそれを否定した。これまでの人生が孤独で、不幸で、不安定だっただけだ。いまは結婚して幸せに暮らしている。というか、とにかく、満ち足りている。

「じゃ、あなたは？」クロエは尋ねた。

「苦悩は人間につきものなんだ。成長して大人になっても、苦悩から逃れることは誰にもできない。子供にだってできない。ただ、大切なのは、自分が苦悩とどう向きあうか、苦悩によって自分の性格と行動と人間関係をどう形作っていくかということなんだ。でも、人生は混じり気なしの暗がりではない。悲観主義や冷笑のせいで深い絶望に陥るようなことがあってはならない。人生には多くの喜びもある。そう、喜びにあふれている。ラルフと幸せになれそうかい、クロエ？　幸せな人生を歩んでいける？」

「話が振りだしに戻ったわね」クロエは笑い、デイジーの花輪を作りおえて弟の頭にかぶせた。彼の帽子のつばを通り抜けられるほどのサイズだった。「わたしが幸せになれそうかって？　ええ、もちろん。幸せな人生を歩んでいけるかって？　誰にもわからないわ。でも、もしそうでないとしたら、それは機会がなかったからでも、努力が足りなかったからでもないわ」

彼が片手を差しだしたので、クロエは一瞬その手を見てから自分の手を預け、二人は屋敷のほうへ戻りはじめた。

「父さんを問い詰めたことはある？」グレアムが訊いた。

「ええ。クリスマスのとき。わたしが家を出る前に」クロエはゆっくりと息を吸った。

「それで？」

「そんな噂には真実のかけらもない――お父さまはそう断言したわ」

「父さんの言葉を信じた？」

ふたたび橋を渡ったところで、クロエは返事をした。

「わたしが何を信じようと、たぶん関係ないのよね。どんな過去であろうと、過去は変えられない。お父さまはずっとわたしの父親だった。去年、わたしがロンドンへ行ったりしなければ、本当の父親じゃないかもしれないって疑いを持つことはなかったでしょうね。知っているか、知らないかは、重要じゃないのかもしれない」

「そうだね」グレアムも同意した。「父さんはいつだって姉さんを可愛がってきた。それはわかるね、クロエ。ルーシーとぼくを可愛がるのとまったく同じように。そして、ぼくも姉さんのことをルーシーと同じように愛してきた」

「わかってるわ」クロエは弟の手を握りしめた。

暖かな気持ちのいい午後なので、東側のテラスに人が集まっているのがクロエにも見えた。お茶がテラスに運ばれているようだ。弟と二人で過ごすために、かなりのあいだ席をはずしてしまった。そろそろ、女主人の務めに戻らなくては。

屋敷に近づく彼女をラルフが見つめていたので、無意識のうちに彼女の足どりが速くなった。明日みんなが去っていくのを心待ちにしているのは、非常識で少々薄情なことだろうか？　これでようやく二人きりになれる。最初に合意したとおりの結婚生活を始めることができる。ラルフの祖母までいなくなる。ロンドンに出て、当分のあいだメアリ大おばの屋敷に滞在するというのだ。


翌日の夕方、暖炉で火がはぜているにもかかわらず、客間は不自然な静けさに包まれていた。部屋にいるのは二人だけで、クロエは暖炉の一方の端にいて、これまでずっとラルフの祖母のものだった椅子にすわり、ラルフは暖炉の反対端で祖父の椅子に腰かけている。ひどく……居心地が悪い。

クロエは小さな刺繍《ししゅう》枠の上でうつむき加減になっている。黒いドレス姿がエレガントだ。可憐でもある。ウェーブした短い髪のおかげで何歳か若返った感じだ。それに、とにかくもう彼の妻だ。死が二人を分かつまで。

そのことが、いま初めて現実となって迫ってきた。

ラルフはいきなり立ちあがってこの部屋と屋敷から急いで逃げだし、馬に鞍《くら》をつけ、自分をとりもどすために夜の彼方《かなた》へ駆けていきたくなった。もちろん、その衝動的な行動を阻むものは何もない。ただ……まあ、そうしたところで、手にできるのは自由の幻影だけだ。最後は戻ってくるしかないのだから。

いまの自分はワージンガム公爵――爵位を継ぐのは何年も先のことであるよう願ってきたのに。妻がいる、公爵夫人が――できることなら、少なくとも一〇年は先延ばしにしたかった。

人には人生で好きなことをする自由がある、と言ったのは誰だったか？　誰かそんなことを言った者がいただろうか？　あるいは、そんな愚かな、そんな不正確な、そんな見当違いなことを言った者などいなかったのだろうか？　しかし、何に関しても何ひとつ知らないくせに、すべてのことに関してすべてを知っているつもりだった遠い少年時代には、自由があると思っていた。自分の夢と信念を自由に追えばいいと思っていた。自分では無敵のつもりだった。青春時代というのは人生における危険な時期だ。

ラルフは読んでいた本を、ページにしおりもはさまずに閉じ――どっちみち、本の内容は頭に入っていなかった――その本を脇に置いた。立ちあがると、暖炉の前を横切ってクロエの椅子のそばを通り過ぎ、彼女の背後に立った。クロエは顔を上げて彼にちらっと笑みを向けてから、刺繍に注意を戻した。

穏やかな家庭生活を絵に描いたような光景だ。ラルフは彼女に対してまったく筋の通らない苛立ちと怒りを覚えた。これから一生のあいだ、自宅の暖炉の前で刺繍を眺めて暮らすことになるのだろうか？

「ご家族とお友達のみなさんに、あっというまにお別れを言うことになってしまって、あなたはきっと心残りだったでしょうね」クロエが言った。

「そうだな」ラルフはうなずいた。「きみにとっても、父上と弟さんと妹さんの訪問は短すぎただろうな」

すべての者が今日の午前中に旅立った。二人以外のすべての者が。

「おばあさまは当分留守になさるおつもりかしら」クロエは彼に訊いた。

「なんとも言えないな。メアリ大おばは昔から祖母と大の仲良しだし、数年前に大おじが亡くなって以来、寂しく暮らしてたんだ。また、祖母は昔からメアリ大おばのことが大好きだった。しかし、祖母がここを離れて暮らすことにするのか、それとも、しばらくしたら帰ることにするのか、誰にわかるだろう？　ここは長いあいだ祖母の自宅だった。結婚生活の思い出のほとんどがここにあって、それはきっと幸せな思い出に違いない。だが、決めるのは祖母だ。ここは永遠に祖母の家だと、ぼくたち二人から祖母に言ったよね。ぼくと一緒にそう言ってくれてありがとう」

けさ、クロエは祖母との別れが悲しくて涙まで流したのだった。

「だって、ここは間違いなくおばあさまのおうちですもの。わたし、こうしてすわっていても、侵入者のような気分なの。そうでないことは自分でよくわかってるのに。すでにもう、おばあさまに会えないのが寂しいのよ――おじいさまにも」

「きみの父上もしばらくロンドンに滞在のご予定だそうだね。旅立つ前に何かおっしゃってたかい？」

馬車に荷物が積みこまれ、フレディ・ネルソンが執筆途中の彼の戯曲についてヒューゴの前で一席ぶっているあいだに、クロエは父と二人でオークの古木のところまでのんびり歩いていった。

「わたしたちの幸せを願ってるって言っただけだったわ」

そうか。あの件には触れなかったわけか。

ラルフは彼女がしている刺繍に目を向けた。最高級の麻を使った大判のハンカチの隅に、繊細なデザインのWという文字を刺繍している。ワージンガムのW？

「ぼくのために？」ラルフは尋ねた。

「ええ」

たちまち、彼女に苛立ちを覚えた自分が恥ずかしくなった。

「ありがとう」そう言って、ほんの一瞬、彼女の肩に手をかけた。

妻と一緒にいて――もしくは、妻が自分と一緒にいて――心からくつろげるようになるときが果たして来るのだろうか、とラルフは疑問に思った。ふと見ると、針を刺すべき場所を見つけようとして、彼女の手がかすかに震えている。彼がそばに来たため、ひどく緊張しているようだ。ラルフは手を下ろして自分の椅子に戻った。腰を下ろしてから気づいたのだが、妻が刺繍の上で針を静止させたまま、目で彼を追っていた。

ラルフは大きなため息をついた。

「きみのことを話してくれないか、クロエ」と言った。もっとも、なぜそんなことを言ったのか、自分でもわからなかったが。二日前の晩に彼女から聞いたこと以外は知ろうという気もないのに。二人のあいだに絆が生まれることは望んでいないのに。ところが、たったいま尋ねてしまった。きわめて曖昧な言い方で、問いかけにもなっていなかったが。「子供時代のことを話してほしい。母上のことも」

彼女がゆっくり息を吸うのを、ラルフは肌で感じると同時に耳でもとらえた。そして、彼女がハンカチの端に針を刺し、裁縫道具入れにしまってある色とりどりの絹糸の束の上にそれを置くのを見守った。

「父はいつも、わたしを愛していると言ってくれたわ。いつも。わたしは一度もその言葉を疑ったことがなかった。グレアムとルーシーが行くのをいやがったときも、父はわたしを乗馬や釣りに連れていった。水面で石切りをする方法を教えてくれた。ええ、手首を巧みにひねらなきゃね。ときどき、わたしは父の特別のお気に入りなんだと思ったものだったわ。でも、そんなふうに思うなんてひどいわね。三人の子供を分け隔てなく可愛がってくれたというのに」

彼女がまず父親を話題にしたことに、ラルフは興味を覚えた。

「では、母上は？」

「母も子供たちを可愛がってくれたわ」彼女は視線を落とし、ドレスの生地でひだを作っている指を見つめた。「でも、母からすると、あとの二人よりわたしのほうがつねに悩みの種だったみたい。いえ、苛立ちの種だったのかも。ルーシーはいつも完璧にいい子だった。わたしは背の伸びるのが早すぎて、ガリガリに痩せてて、しかも不器用なの。母はたぶん、この半分でも器量がよければと思って、がっかりしてたでしょうね。明るい性格ではなく、社交的でもなくて、ときどきうちに連れてこられた近所の子たちと遊ぶよりも、納屋のなかに姿を隠して、動物の赤ちゃんがいるときはその子たちと遊んだり、屋根裏の干し草置場で本を読んだりするほうが好きだった。たまに人と会話をするときは、本で読んで心を惹かれたことを話題にしたかった。でも、母からは、女の子は人前で頭のよさをひけらかしてはならない、男性の前ではとくに、とうるさく言われたわ。母自身はすごくきれいな人で、生き生きしてて、社交的で、誰もがすぐ好きになるタイプだった。母はわたしに失望してたんでしょうね。わたしの将来が心配でたまらなかったみたい。だから、わたしがロンドンで初めての社交シーズンを迎えたとき、母は首尾よくわたしの結婚相手が見つかるよう願っていたの。わたしはシーズンの途中までしかいなかったけど」

ラルフは頭をうしろへそらし、足を火のほうへ伸ばした。軽く伏せたまぶたの下から彼女を見つめ、少女のころの姿を想像した。不格好で、不器用で、どう見ても美人になれそうもない子。母親と妹はどちらも黒っぽい髪をした絶世の美女だというのに。ほかの少女たちと遊ぶより、父親と乗馬や釣りをするほうが好きだった子。水切りをしていた子。母親に落胆されていることと、容貌でも魅力でも妹に太刀打ちできないことに気づいていた、あまり幸せではなかった子。農場の動物たちと遊んでいた子。本を読んでいた子。自分だけの空想の世界に閉じこもっていた子。遊び友達になるはずだった近所の子たちからニンジン頭と呼ばれ、ウサギとニンジンを合わせたみたいだと言われたことまであった子。

どれもラルフの知りたいことではなかった。

知らなくてもよかったのに。知ってしまったために、その孤独な少女と、少女が実の娘ではないにもかかわらず、父親としてその子を無条件に可愛がった男性が不憫になった。そして、初めての子に充分な愛を注ごうとしなかった、いまは亡き母親に激しい怒りを感じた。愛を注げなかったのは、たぶん、その子を見るたびに自分の恥と困惑が思いだされたからだろう。

「でも、母にはとても可愛がってもらったわ」まるで彼の心を読んだかのように、クロエは言った。いや、自分を納得させようとしただけかもしれない。「可愛がられてなかったような言い方になってなければいいけど。わたしが社交界にデビューする年には、ほんとは家にいたかったはずなのに、ロンドンへ連れてってくれたわ。重い病気にかかってて、ロンドンから戻ったあと、体調がふたたび悪化してしまった。おそらく、ロンドンにいるあいだは、強靭《きょうじん》な精神力で無理やり元気そうに見せてたんでしょうね。それからほどなくして亡くなったわ。わたしがいい相手を見つけて結婚し、幸せになるのを、母は見届けたかったのね。父が願っていたのもそれだけだった――わたしが幸せになること」

「さっき、きみは父上になんて答えたんだい？　幸せになることを願っている、と父上から言われたときに？」

クロエは一瞬、下唇を噛み、頬を染めた。

「心配しなくても大丈夫だと答えたわ。幸福だから、って」

「じゃ、幸福なのかい？」ラルフは尋ねた。こんな質問をするのは卑怯だ。しかも、彼としては答えてほしくない質問だった。だが、撤回しようにも遅すぎた。

クロエは自分でスカートにつけたばかりのしわを伸ばしていた。

「幸福というのは言葉に過ぎないわ。愛もやはりそうね。定義はいろいろあって、どれも正しいけど、すべての意味を含むものはひとつもない。ただ、あなたと結婚したことは後悔していません」

「それも幸福の定義のひとつ。そうだね？　自分がとった行動を後悔しないというのも」

クロエは顔を上げ、彼に視線を戻して――それから柔らかな笑い声を上げた。その姿と声の響きに彼は魅了された。

「わたしはこうして結婚できて、独身の女ではなくなった。現在から未来にかけて人も羨む暮らしが保証されている。新婚の床も経験した。たぶん、二、三カ月もしないうちに子供ができるでしょう。最初の子に続いて、さらに何人か生まれるでしょうね。あなたはわたしに敬意を示し、大切にすると約束して、それを守ってくれている。田舎の静かな家で暮らそうと約束し、その家をわたしに与えてくれた。予想よりはるかに大きな屋敷になってしまったけど。どうして幸せでないわけがあって？」

ラルフは目を閉じた。彼女は気づいているだろうか？　こちらの質問に――〝幸福なのかい？〟という質問に――答えていないことに。なぜ幸せかという理由を並べたあと、彼女自身の問いかけで締めくくった。〝どうして幸せでないわけがあって？〟

しかし、幸福という言葉に満足のいく定義はない、という彼女の意見はやはり正しい。いかなる定義も、もしくは、この言葉に意味を持たせようとするいかなる努力も、虚ろな中心部分のまわりを――漠然たる無という核のまわりを――回転しつづけるだけだ。少年時代のラルフは言葉で説明してもらわなくても、幸福がどういうものかを知っていて、自信に満ちた断固たる足どりでそこをめざして進んでいった。そのころの彼の幸福とは、あらゆる困難に負けず、反対する者にも負けずに、正しいおこないをすることだった。自分の肉体と精神と意志の力を使って崇高なるゴールに到達すれば、世界に永遠の秩序がよみがえるのを見届けることができる。幸福とは信念を持つことだった。

理想に燃えていた愚かな少年。理想とはまったく逆の展開になり、そのなかで彼は人生と幸福と信念を破壊してしまった。無垢な自分を破壊してしまった。

目を開くと、暖炉でひっそりと燃える火の明かりが彼女の顔にちらちらと反射していた。彼女がじっとこちらを見ている。

「わたし、何か間違ったことを言ったかしら？　あなたに幸せを与えてもらいたいとは思ってないわ。幸せとは、自分に与えられた人生のなかで自分自身が見つけだすものよ。わたしが手に入れる幸せはわたしだけのもので、あなたにはわたしを幸せにする義務も、わたしと幸せを分けあうふりをする義務もないのよ。惨めな思いをするより、満足して暮らすほうがいいと思わない？　惨めになる約束なんかしてないでしょ？」

クロエの言葉を聞くうちに、ラルフは自分が冷酷な怪物のような気がしてきた。もっとも、彼女がそんなつもりで言っているのでないことはわかっていた。とはいえ、彼女の意見にも一理ある。そうだろう？　ひょっとしたら、二人で幸せを見つけられるのではないだろうか？　そう、この自分にできないはずは……。

ラルフはまたしても不意に立ちあがった。消えかけた暖炉の火を見つめてしばらく立ちつくし、いつもの切ない思いに胸を締めつけられた。言葉にして自分自身に説明するのは無理で、心の奥で感じるしかないものだった。

クロエも立ちあがっていて、彼女の手が軽く腕に触れるのを感じたときに、ラルフもそれに気がついた。

「自分が惨めになるのはいやだわ」クロエは言った。「あなたにも惨めになってほしくない。おたがい、幸せになる権利はあるはず――」

ラルフは彼女のウェストに腕をまわして抱き寄せ、それと同時に機敏な動作で唇を重ねて、彼女が口にしようとした言葉の残りを封じた。空いているほうの手の指をカールした短い髪にすべりこませて、彼女の頭を支えた。

そして、欲望に心ゆくまで身を任せた。ただ、しばらくしてから気づいたのだが、彼が身を任せたのは単なる肉体的な欲望以上のものだった。言葉にできない何かに焦がれる思いが、たったいま一〇倍以上の高まりを見せ、彼女から顔を離したら自分が泣きだしてしまうのではないかと——またしても——心配になったほどだった。

穏やかなキスに変えて、クロエの唇とその奥を自分の舌で優しく探りながら、彼女がいやがってはいないかと気になったが、たぶん大丈夫だろうと判断した。なぜなら、彼女も彼に両腕をまわしてもたれかかり、唇を開いて彼の舌を喜んで迎えているのだから。

たぶん……。

ラルフは頭を上げ、彼女の顔を見つめた。唇が濡れ、かすかに腫れている。薄暗がりのなかで頬が紅潮しているように見える。目には輝きと物憂げな雰囲気の両方が感じられる。

彼の身体の奥に厄介な興奮が生まれた。

「セックス。単なるセックスなんだ、クロエ」

「単なる?」彼女の口から出たのはかすかなささやき声で、ラルフはそれを自分の唇で感じた。「そんな言い方をしたら、まるでどうでもいいことみたい。もっと大切なことだと思うけど」

ラルフはその言葉に思わず微笑《ほほえ》ましさを感じた。「そうだね」目を開いて同意した。「だけど、やっぱり単なるセックスだ。愛ではない。幸福でもない」

「それは理解できるわ。でも、とにかく、いつも心地よさを感じるの。それっていけないこと？」

イベリア半島から帰国したあと、ラルフは長いあいだ、いかなる喜びも感じてはならないと思っていた。命を落として、二度と何も感じることができなくなった男たちがたくさんいたからだ。そして、悲しみから完全に立ち直ることができない多くの家族がいた。ラルフは当時、自分の命を絶ちたいという強迫観念に駆られたこともあったが、ペンダリス館の医者の助けと〈サバイバーズ・クラブ〉の仲間の共感に満ちた理解を得て、その苦難の時期を乗り越えた。永遠に自分自身を罰したところで得られるものは何もないことを徐々に理解し、受け入れられるようになった。それはある意味では利己的なことだった。友人たちはもう苦痛を感じなくてすむ。ぼくの人生は続いていく。ぼくが苦しんだところで、遺族が癒されることはない。ぼくが自殺できなかったのも、きっと何か理由があるからだ。望みもしなかった予想外の人生の贈物と未来を、ぼくが拒んでもいいのだろうか？

しかし、ラルフが昔の彼に完全に戻ることは、いや、ほぼ完全に戻ることすらなかった。理屈にならないとわかってはいたが、楽しみとか笑いといった幸福と境を接するものから本能的に顔を背けてきた。

しかしながら、結婚したおかげで孤独ではなくなった――結婚をためらった理由がまさにそこにあったのだが。妻が同意した取引の条件が――いや、厳密には、彼女から提案されたと言うべきだが――冷ややかなものだったにもかかわらず、ラルフは妻に借りがあるような気がしていた。妻は幸福を望んでいる。ただし、幸福にしてほしいと夫に要求することはない。ひとときの喜びを得る手段として、セックスを楽しんでいるように見える。いや、楽しんでいるのはキスだけかもしれない。キスとセックスは彼女にとって同じものかもしれない。あるいは、ひとつに結ばれるという夜と朝の短い儀式を楽しんでいるのかもしれない。

妻の喜びがどの程度のものなのか、そろそろ確かめることにしよう。

「ベッドに入ったほうが、もっと楽しめるだろう」ラルフは言った。「ただ、今夜は、婚礼のとき以来二人でやってきたこととは少し違うものにしよう」

クロエは彼を見つめた。

「きみはたぶん、刺繡に戻ったほうがいいと思っているだろうが」

「刺繡はいつでもできるわ」

ラルフは一歩下がると、礼儀正しく妻に腕を差しだした。

彼女も礼儀正しくその腕をとった。

変化に抗《あらが》うことはできない。しかし、そのことは遠い昔に学んだはずだ。彼女の結婚の提案に応じたときにそれをすっかり忘れていたとは、なんと愚かだったのだろう。

14

ラルフは今夜もまた、彼女を自分のベッドへ連れていった。高い台座がついた特大のベッドだが、クロエがこれまで横になったどのベッドよりも寝心地がいい。クロエは寝間着に着替えるためにまず自分の部屋に戻ろうとしたが、ラルフが許してくれなかった。彼女が文句を言うと、寝間着は必要ないとラルフは答えた。そして、それを証明するかのように、背後のドアをぴったり閉ざしたとたん、彼女の服を一枚ずつ脱がせていった。コルセット、シュミーズ、ガーター、ストッキングまで脱がせ、クロエはやがて、一〇〇万本もあるかに思われるろうそくの光を浴びて、一糸まとわぬ姿で彼の前に立つことになった。貴婦人付きのメイドの役を務めるあいだも、彼はあいかわらずハンサムで、両手が彼女の肌をかすめるのを控えようとする様子はなかった。それどころか、おそらく、わざと肌に触れようと企《たくら》んでいたのだろう。

クロエがいちばん驚いたのは、自分がほとんど羞恥心に襲われていないことだった。もちろん、羞恥心を持つほうがどうかしている。彼の妻となって一週間以上たつのだし、身体を重ねた正確な回数はもうわからなくなっている。それでも、服を着たままの夫の前に何も着ずに立ち、欠点だらけの裸身をさらすことに、本当ならもっと当惑を感じてもいいはずだった。ただ、彼のほうに失望した様子はなく、彼女の身体は欲情としか思えないもので疼いていた。

彼が服を脱がせてくれたのだから、自分も彼の服を脱がせたほうがいいだろうか、とふと思ったが、そこまで大胆なことはできなかった。しかも、彼は自分で器用に脱いでいるようだ。夜会服に続いてチョッキとクラヴァットも床に落ちたあとで、クロエはシャツと身体にぴったり合ったズボンだけになった彼がうっとりするほど魅力的なことに気づいたが、シャツもそれからほどなく脱ぎ捨てられる運命だった。頭から脱いで床に落とした。朝になったら、彼の従者が大いに機嫌を損ねることだろう。クロエには機嫌を損ねるメイドがまだいなくて幸いだった。

ラルフがズボンのウェストのボタンをはずして前立ての部分を開くと、あっというまに彼もクロエと同じく裸になっていた。二人の違いは、もちろん、彼女のほうは前に彼の裸を見ているという点だ。肩の傷と顔の左側を斜めに横切る傷のほかにも、傷跡はいくつもあった。だが、どの傷も――顔の切り傷でさえ――彼の美しさを損なってはいない。じつに美しい男だ。

彼はやがて、両手をクロエの肩に置き――彼女の青白い肌の上でその手はとても浅黒く見える――背後へ手をまわして彼女の肩甲骨を覆うように指を広げ、強く抱き寄せた。その拍子にクロエの乳房の先端が彼の胸に触れ、彼女の足の先まで衝撃が走った。彼の身体は岩のように固い。もっとも、岩は温かくないし、誘惑的でもないし、心臓の鼓動を響かせることもない。彼がふたたび頭を低くして熱烈なキスを始めると同時に、クロエ自身の手が彼の肩を探りあてた。

キスは予想もしなかった喜びだった。また、衝撃でもあった。というのも、上下の唇が離れることも、口が開くことも、舌が口のなかを探り、からみあい、夫婦の行為に似た動きをすることも、あるいは、この衝撃的な動きが味わいと音を備えていて、どう呼べばいいのかわからない感覚をもたらすことも、クロエはこれまで想像すらしなかったからだ。その感覚が彼女の全身を熱く疼かせ、ついには、あの部分に触れてほしくて身を焦がすまでになった。

ああ、この人に恋をしてはいけない、とクロエは思った。これが最後に彼女の頭をよぎった明晰な思いで、あとはもう何も考えられなくなってしまった。恋心を抑えこむのが、彼女にできるもっとも純真な、そして、愚かなことだろう。

〝セックス〟この人は言った。〝単なるセックスなんだ、クロエ〟

この言葉を、けっして、けっして、けっして忘れてはならない。

しかし、〝単なるセックス〟が想像をはるかに超える悦楽であることを、彼の腕に抱かれてステップをのぼり、ベッドに横たえられたあとの数時間のあいだに、クロエは知った。彼もクロエに続き、ろうそくを一本も消さずに横になった。彼女は自分たちの行為をすべて目にすることができ、彼もそれを目にしているのを知り、やがて夜も更けたころ、ろうそくが一本ずつ消えていってあたりは闇に包まれた。しかし、そのときはもう、愛の行為を堪能して二人とも疲れはてていた。

彼の手、指、唇、舌が、クロエの全身をくまなく愛撫し、愛撫はさらに身体の奥にまで及んだ。そして、一回目の……セックスが終わったあと、クロエ自身の手と唇も彼に負けないぐらい大胆になっていた。彼が上になり、次は彼女が上になり、一度などは、彼が上になって背後から抱いたこともあった。しかも、そのどれをとっても、彼女が婚礼の夜以来楽しみにしてきた穏やかな喜びを与えてくれる行為ではなかった。かわりに……。

しかし、それを表現できる言葉がなかった。あるのは一回ごとに強烈になっていく感覚だけで、それが輝きの頂点に達した瞬間、爆発して何かに変わり、そこでは〝輝き〟も色褪《あ》せてしまうほどだった。

ああ、だめだ。やはり表現できる言葉がない。

一度か二度――理由もなく自分の叫び声を耳にした瞬間に――ふと思った。たぶん、恥じるべきでしょうね。レディはこんな淫らな喜びに溺れたりしないものだわ。ええ、そんなレディはどこにもいないはず。しかし、クロエはそのたびに、歓迎できないこの思いを脇へ押しのけた。レディがセックスの喜びを知らずに終わってしまうなら、そのほうが不幸だ。自分が何を失っているかに気づいていないのだから。

最後のろうそくの炎が揺らいで消えたときには、ラルフはもうぐっすり眠っていた。クロエの横でうつぶせになり、彼女のほうに顔を向けていて、鼻がいまにも彼女の肩に触れそうで、片方の腕は彼女のウェストにずしりと投げだしたままだった。汗の匂いと、何かとても男っぽい匂いがした。世界でもっとも魅力的な匂い——あら、ずいぶん妙なことを考えるのね。毛布が二人の膝のあたりまでずり落ちていた。

いまのはセックスよ——クロエは自分に言い聞かせた。単なるセックスだったから、この人もわたしと同じように楽しんだ。それで充分だわ。わたしも充分だと思うことにしよう。でも、お願いだから、二人の行為をこれまでの夜のような形に戻すのはやめて。子供を作るためだけの行為で満足しないでほしい。夜ごとの、そして早朝のひとときを、クロエも彼と共に楽しんできたが、これからはたまにこういう濃密な時間を持たないと満足できそうにないことを知ってしまった。

もちろん、単なるセックスに過ぎない。でも、愛よりもずっと心地よい。愛には、あまりにも大きな動揺と、あまりにも大きな不安と、あまりにも大きな失恋の危険があるからだ。セックスが与えてくれるのは喜びだけだ。

目を閉じた瞬間に浮かんだ疑念の棘《とげ》を無視して、クロエは激しい行為のあとで訪れる甘いけだるさに身を委ねた。

愛よりもすてきだった。

しばらくしてクロエが目をさますと、あたりはまだ真っ暗なのに、ラルフはベッドを出ていた。しかし、部屋を出たのではなかった。カーテンをあけて窓辺に立っていた。シャツとズボンだけという姿に戻り、両手を窓敷居にのせ、肩にやや力が入っている。

不安が湧きあがった。

「ラルフ?」クロエは声をかけた。夜明けにはまだ遠いのに、すでに服を着ている彼を見て
彼はしばらくふりむきもしなければ、返事をしようともしなかった。やがて、大きく息を
吐いて言った。

「来週、ロンドンへ行こうと思う、クロエ」

「なんですって?」クロエはあわてて身体を起こし、むきだしの乳房に毛布を押しつけた。

しかし、自分の聞き間違いでないことはわかっていた。

「来週だ」ラルフはいちばん些細な点をくりかえした。

「ずっとここにいるっておっしゃったのに。そういう約束だったでしょ……」

ラルフはふりむき、窓敷居にもたれて腕組みをした。クロエには黒い輪郭しか見えなかったが、苛立ちと険悪な雰囲気が感じとれた。

「しかし、みんなの意見のほうが正しい。母も、祖母も、ほかのみんなも。やはり二人でロンドンへ行く必要がある」

「でも、あなたの約束では——」

「事情が変わったんだ、クロエ」彼はきびしい声で言った。「それがわからないのか? 式を挙げたらエルムウッドへ行き、そのままひきこもって至福の田舎暮らしを生涯続けていけるなどと思いこんで、それをもとに将来設計をしていたぼくたちが甘かった。祖父が八〇をかなり過ぎていることは二人ともわかっていた。祖父の体調がすぐれないこともわかってい

た。死期が近いこともわかっていた。まさかこんなに早く亡くなるとは思いもしなかった。

ぼくたちが結婚した理由はただひとつ、跡継ぎをもうけるためで、ぼくにとってはとにかくそうだったし、きみにもはっきりわかっていたはずだ。跡継ぎを作るのはひとえに公爵家を存続させるためだ。それがなければ、ぼくは結婚していなかっただろう。きみとも、ほかの誰とも。公爵というのは、ぼくの名前につける立派な称号という以上の意味を持っている。重要な役目であり、義務と責任を伴うものだ。ベリック伯爵という儀礼上の爵位を持った人間の生き方と違って、ワージンガム公爵が田舎にひきこもって暮らすことは許されない。田舎に住んで社交界もロンドンの社交シーズンも無視することにぼくも同意したが、やはりその点を考慮すべきだった。ぼくたちが思いどおりに生きる自由を持てるのは祖父が亡くなるまでのことだ、ときみに言っておくべきだった。ワージンガム公爵は国王に拝謁し、議会に席を占めることを求められる。そして、結婚した以上は、妻を連れて社交界に顔を出すことを求められる。あいにく、公爵と公爵夫人というのは人格を持たない存在ではない。ぼくたちのことだ。ぼくときみなんだ」

「あなたは跡継ぎを作るために結婚した」クロエは叫んだ。「わたしはほかの理由から結婚した。静かな家庭生活を送りたくて結婚したの。あなたもそれを承知してくれた。おたがいの得になる取引をしたのよ。いまになってルールを変えるなんてあんまりだわ」

「ルール？」ラルフは彼女のほうに少し身を乗りだした。「ぼくの言葉をひとことも聞いていなかったのか？　きみはやっぱり見かけどおりの世間知らずってことか？　混沌《こんとん》たる人生をルールで縛ろうとしても、人生がそのルールどおりに進んだことが果たしてあっただろうか？　きみは自分が誰と結婚するのかを知っていた。いつかすべてが変わってしまうことも知っていたはずだ」

「おじいさまとおばあさまはここで何年も暮らしてらしたわ。社交シーズンをロンドンで過ごすことが自分たちの義務だなんて、思ってらっしゃらなかったようだけど」

「二人は年をとっていた」ラルフは彼女を諭した。「しかも、押しも押されもせぬ立派な公爵夫妻だった。だが、ぼくはまだ二六。きみは二七。二人とも新参者だ。これから世間に認めてもらい、運命によって与えられた役割にふさわしい人間であることを証明しなくてはならない。地位と財産という特権には義務がついてまわるんだ、クロエ。その義務のひとつが貴族たちとのつきあいだ。できれば省略したいが、そうはいかない」

「じゃ、わたしとの約束を破るつもり？　あなたにとってなんの意味もない人々に褒めてもらうために？　どうやら、あなたにとってなんの意味もない人間は、このわたしだったようね」

クロエ自身の耳にすら、この怒りの爆発には子供じみた苛立ちが含まれているように聞こえた。

「ぼくが何を約束したというんだ？」ラルフはもたれていた窓敷居から離れ、窓のほうへ向き直った。「式のときに誓いの言葉を述べた。それは守るつもりだ。きみも誓いの言葉を述べただろう、クロエ？」

「夫に従うという誓い？」クロエは膝立ちになり、シーツを身体に巻きつけた。ラルフの背中をにらんだ。「それを強いるつもり？」

彼の爪が窓敷居をカチカチ叩くのが、クロエにも聞こえた。

「そう誓ったのはきみだ。ぼくではない」彼の声は冷淡だった。「誰かがきみの腕をねじりあげたり、それ以外の方法できみに何かを無理強いしたりする光景を見た覚えはない」

「でも、あなたはわたしを無理やりロンドンへ連れていこうとしている」

ラルフはさっと身体をまわすと、大股でクロエのほうにやってきた。ステップをのぼったところでようやく足を止め、肘から手首までをベッドに突いて身を乗りだした。数センチのところまで顔を近づけた。クロエはシーツをさらにきつく巻きつけ、一歩もひくまいとした。

「鞭をふるってきみに言うことを聞かせようとは思っていない。あるいは、きみの手足を縛って馬車に放りこみ、ぼくの囚人としてロンドンへ連れていくつもりもない。だが、来週ロンドンへ行く予定だということだけは言っておく。ぼくには義務と責任がある。きみもだ。ぼくはそのために生まれてきた。公爵という将来に胸を躍らせたことは一度もなかったが。それどころか、一八の年に十字軍のような熱意に燃えて戦争に行ったときは、現実など気にかけていなかった。そのころは父がまだ元気で、爵位を継ぐのはぼくではなく父のはずだったし、しかも父は頑丈な砦《とりで》のような人だった。ところが、ただの風邪らしきものが原因で亡くなってしまったため、ぼくがこうしてここにいるわけだ。そして、きみがそこにいる。きみはそうした事情を知ったうえでぼくと結婚した。きみが望むなら、ここで縮こまっていても構わない。来週きみを無理やり連れていくことは、ぼくにはできない――というより、そうしようとは思わない。しかし、覚えておいてくれ、クロエ。きみはぼくの公爵夫人であるだけでなく、未来の公爵の――ぼくの息子の――母親になる人だ。鼻を噛みちぎられるのが怖くて、貴族社会に鼻を突っこむこともできない母親を、息子はどれほど自慢に思うことだろう。ぼくの娘たちが夫を探す年齢になったとき、貴族社会の連中にゴシップの種を見つけられるのが怖くて娘をロンドンに連れていけない母親を持っていたら、どれだけ喜ぶことだろう？」

「わたしは怖がってなんかいないわ」クロエは反論した。

「それに、社交界での義務を果たすためにぼくとロンドンへ行くのはいやだときみが言っても、ぼくへの義務を果たすために、一緒に来なくてはならない。きみには子供を産む義務がある」

クロエの手に不意に刺すような痛みが走り、彼の頬をひっぱたいたことに気づいて、自分でも愕然とした。

彼が身体を起こしてベッドのそばに立つあいだ、重苦しい沈黙が流れた。

「すまない」硬い声で彼が言った。「無神経な発言だった」

「ごめんなさい」ほぼ同時にクロエも言った。歯がカチカチ震えていた。「痛かった？」

愚かな質問だ。傷跡があるほうの頬を叩いてしまった。

「まあね。だが、ぼくがきみの立場だったら、やはりひっぱたいていただろう」

クロエは手の指を曲げてみた。熱を持ち、ズキズキしていた。人をひっぱたいたのは生まれて初めてだった。

ラルフはベッドの端に腰を下ろして彼女のほうを向いた。

「貴族社会の一部の者がかつてきみを排斥した。きみの妹が妻のいる男と駆け落ちしたからだ。きみの心をもてあそんだ札付きの放蕩者《ほうとう》は計算ずくで冷淡な態度をとり、きみから離れていった。その数年後――つまり去年のことだが――ロンドンの社交界にデビューして大評判になった令嬢ときみがたまたま似ているのがわかり、ゴシップ好きな連中はさっそく、その令嬢の父親がかつてきみの母上に言い寄っていたという淫らな噂を流しはじめた。きみが社交界とこれ以上関わりを持ちたくない気持ちはよくわかる。いまになって考えてみると、きみが高齢の公爵の跡継ぎである伯爵と結婚したことが、そもそも軽率だったのかもしれない。だが、きみは結婚した。その結果、ふたたび社交界に顔を出さなくてはならなくなった。今度は公爵夫人というかなり目立つ立場だ。その覚悟はできているのか、クロエ？ それとも、恐怖に負けて、一生涯ここに隠れて暮らすつもりか？」

「怖がってなんかいないわ」

「では、なぜ尻込みするんだ？」

クロエは不意に、あることを悟った。グレアムが以前、ラルフが学校時代に比べてすっかり人が変わったと言えるのかどうかわからない、と言っていた。不意に、弟は重大な点を正しく見抜いていたのだと思った。ラルフの説得力のパワーを肌で感じた。クロエの意志など、そのパワーにはとうてい太刀打ちできない。

「少年時代もこんなふうだったの？」彼に尋ねた。「ほかの子たちをこんなふうに奴隷みたいに侍《はべ》らせてたの？　こんなふうに説得して、みんなをあなたの思いどおりに動かしてたの？　相手の意志や良識を踏みにじってまでも？　こんなふうに友達を説得して、戦争に連れていったの？」

ラルフがふたたび平手打ちを食らったかのように、急に立ちあがった。クロエは自分の言葉の残酷さに気づいたが、すでに手遅れだった。

彼はしばらくクロエに背を向けて立っていた。彼女の言葉が二人のあいだの宙に物体のごとく漂っているかに思われた。やがて、彼がステップを下り、部屋を横切って出ていった。突然のことだったので、彼を止めようとしてもクロエには何もできず、片方の腕を虚しく伸ばしただけだった。

「ラルフ」と呼びかけた。しかし、その瞬間、ラルフの背後でドアがカチッと閉まった。走ってあとを追うことはできなかった。シーツの下は裸身だ。立てた膝を腕で抱え、うなだれて膝に額をつけた。

クロエがしわだらけの服を着て自分の部屋へ行き、顔を洗って、髪を梳いて、アイロンをかけたばかりのドレスに着替えたときには、外はすっかり明るくなっていた。かすかに震える脚で朝食室へ下りていった。まだ早い時間なのに、ラルフはすでに食事をすませて部屋を出ようとしているところだった。きちんとした装いだった。

彼女のほうから何も言う暇がないうちに、彼が軽く正式なお辞儀をした。

「今日は祖父の秘書をしていたロイドと荘園管理人を呼んで、一日じゅう書斎で過ごさなくてはならない。きみには一人で朝食をとってもらい、そのあとも一人で過ごしてもらうことになるが、どうか許してほしい」

クロエは、謝罪、説明、質問など、言うべきことを頭にぎっしり詰めこんで下りてきたのだった。冷静に思慮深くふるまい、よく話しあって両方が納得できる妥協点を見つけるつもりでいた。だが、言おうと思っていたことはすべて跡形もなく消えてしまった。

「あら、わたしのことなら気にしないで」彼に向かって明るく楽しげな口調で断言した。「家政婦のロフタス夫人に時間をとってもらうつもりなの。教わりたいことがたくさんあるから。そうだわ、わたし専用のメイドにぴったりの子がいるんですって。わたしもその子に会って、ロフタス夫人の言うとおりかどうか確かめておかないと。それから、ブース夫人を訪問しなきゃいけないのよ。体調が悪くてお葬式においでになれなかったから。ついでに牧師館にもご挨拶に伺わないと。それに、刺繍をしなきゃいけないし、あとは……」

ラルフは冷たくよそよそしい表情を浮かべ、出ていきたくて苛立っている様子だったので、彼女の声は細くなって消えた。

ゆうべ、あんなに熱く激しく、衝撃的なほど淫らに愛してくれた男も、それに熱く応えた女も、自分の妄想だったのだろうか、とクロエは思った。いいえ、もちろん妄想ではない。

〝愛してくれた〟という言葉が間違っているだけだ。

セックス。単なるセックス……。

ええ、確かにそうだった。単なるセックス。

ラルフは何も言わずに部屋を出ていった。


そのあとの一週間、奔放なセックスに溺れる無分別な一夜がふたたび訪れることはなかった。ラルフがクロエをふたたび自分の部屋へ連れていくこともなかった。かわりに彼がクロエの部屋に行き、以前のような夫婦の営みが再開された。

あの夜を無分別と呼ぶのには多くの理由があるが、最大の理由として挙げられるのは、結局二人でロンドンへ行くしかないという厄介な事実を彼女に知らせなくてはならないことが、ベッドを共にする前から彼にはわかっていたということだ。夜のあいだは打ち明ける勇気が出なかった。彼女がショックを受けるに決まっているからだ。

何年か前にようやく自殺衝動が消えたころから、ラルフはこのときが来るのを覚悟していた。父親が急死したあと、近い将来にそうなることも覚悟した。そして、渋々ではあったが、いざそのときが来たら自分の義務を果たそうと決心した。結婚して子供を作ることに関しては、そのときが来る前に実現させるつもりだった。与えられた運命を受け入れれば、自分だけが助かったことへの償いができるかもしれないと思ったのだ。最善を尽くすことで。自分の義務を果たすことで。

彼が見落としていたことがひとつあった。いや、いまのいままで、夢にも考えていなかったのだが……。運命を受け入れるのは自分だけの問題だと思っていた。それは同時に妻の問題でもあるのに、妻が独立した一人の人間だという事実に彼は気づいていなかった。

義務を果たそうとすれば、妻との固い約束を破り、妻を傷つけてしまう。彼女が死ぬほどいやがっていることを無理強いする結果になる――夫としての権利を強引に行使するとすれば。義務と約束のどちらを優先させるかを決めなくてはならず、彼は義務を選んだ。ただ、妻に服従を強いるのはやめるつもりだった。

かつて一度、そういうことをしたではないか。

〝こんなふうに友達を説得して、戦争に連れていったの？〟

葬儀の一週間後に二人でロンドンへ旅立つことになった――もしくは、とにかく自分一人で。それまでにやっておくべきことがたくさんあった。この数年のあいだ、マンヴィル館でもっと長い時間を過ごし、公爵家が所有する多数の領地の運営という責任の重い仕事について学んでおくべきだったのに、それを怠ったことを、ラルフは少々悔やんでいた。いずれこの日が来るのはわかっていたのだから、もっとしっかり準備をしておくべきだった。

出発前の一週間は、マンヴィル館で荘園管理人と協議をおこなったり、ほかの領地から届いた報告書に目を通したり、アーサー・ロイドが毎日運んでくる膨大な数の書状に返事を書いたり、公爵家の自作農場をまわって農場責任者や作男と話をしたり、小作人たちを訪ねて彼らの悩みに耳を傾けたりして過ごした。たまに暇な時間ができると、書斎で腰を下ろして、開いた本を前に置くか――〝本を読んだ〟と言える状態ではなかった――田園地帯を目的もなく馬で走るか、湖畔の道や滝を見下ろす道を散歩するかした。

こうした孤独な時間の多くを、ラルフは悲しみのなかで過ごした。この慣れ親しんだ環境に身を置き、いまはすべてが自分のものになったことを実感し、祖父がもうこの世にいないことを受け入れるのは、信じられないほど辛いことだった。また、祖母のことも考えた。いまはロンドンのメアリ大おばのところにいるが、落ちこみ、この屋敷を恋しがっているに違いない。ラルフはここで過ごした少年時代と青年時代を思いかえした。一度、書斎の机の引き出しを調べたときに、奥のほうに小さな紙をひねったものが入っていて、昔なつかしい砂糖菓子三個がなかでくっついているのを見つけたことがあった。かならず三個だった。そして、かならず紙に包んでひねってあった。祖父のポケットのなかで、もしくは、祖父からそれをもらった孫息子のポケットのなかで、砂糖菓子に糸屑《いとくず》がついたりしないようにという配慮だった。ラルフは小さな紙包みを自分のポケットにしまい、そこに入れたままにしておいた。

ああした日々がとりもどせるなら、自分が現実に選んだのとは違う道を未来に向かって進んでいけるなら、何を差しだしても構わない。世界を暴君から救おうという生意気な考えにとりつかれていなかったら、あるいは、祖父が断固たる態度をとり、彼のために軍職を購入するのを拒否していたら、自分はどんな人生を歩んでいただろう――ときたま、そう考えることがある。

しかし、そんなことを考えても意味がない。後悔にも意味がない。罪悪感もまた然り。ときには、いつしか父の死を悼んでいる自分に気づくこともあった。ほとんど誰にも気づかれずに亡くなった父。少なくとも、彼は父の死を知らなかった。当時は深刻な症状を抱えてペンダリス館で療養中だったので、葬儀のために帰省することも、さらには、何があったのかを完全に理解することすらできずにいた。とくに親しい父子ではなかったが、それでもラルフは父を愛していた。父にお別れを言うことも、葬儀のあとで親戚の人々と腰を下ろして忘れかけていた思い出話に花を咲かせる機会もなかった。本格的な喪に服すこともなく終わってしまった。傷ついた感情を自分で否定し、心の奥へ押しこんだだけだった。

本当は父を愛していた。同時に、父を傷つけてしまった。義務と責任を重視していた父にとって、ラルフは失望の種だった。また、ラルフが戦争へ行くことに父は反対だったのに、祖父がそれを無視して許可したため、父親としてのプライドがずたずたになってしまったに違いない。

出発までの一週間のうち、ラルフは三晩をクロエと過ごした。彼は本に視線を据えたままで、クロエは刺繍か自分の本にひたすら集中したままで。夫と口論した夜以来、彼女が自分から会話を始めることはなかったが、その点はラルフも同じだった。

妻がロンドンに一緒に来るかどうかも、彼は知らなかった。夫の権利を行使して妻に命令しようとも思っていなかった。

五日目の晩、ラルフは必要以上に大きな音を立てて本を脇に置き、いきなり立ちあがった。

あとは部屋を横切ってサイドボードまで行き、自分で酒を注ぐしかなかった。椅子から立ちあがった理由としてほかに何も思いつけなかったからだ。もっとも、妻が説明を求めたわけではない。顔も上げなかった。しかし、グラスを手にしてラルフが椅子に戻ると、彼女が刺繡布の上で針を静止させたまま、じっと彼を見ていた。やがて、何も言わずにそのまま顔を伏せた。

ラルフは突然、残忍な気分になった。困ったものだ。大股で妻に近づいて強引に立たせ、揺すぶりたくなった。だが、なぜ？　自宅にいるのにくつろげないから？　妻はくつろいでいるとでも？

ポートワインをたっぷり口に含んで飲みこんだ。

「きみの弟とぼくがあんなに似ていなかったら、学校のときから大親友になっていたかもしれない」

いったいどこからこんな言葉が出てきたんだ？　理由はたぶん、妻を見るたびにグレアムを思いだすからだろう。彼女もあの弟と同様にぼくを苛立たせる。沈黙にすら――いや、とくにその沈黙に――非難が含まれているかに感じられる。ただ、グレアムと自分が似ているとは思ったこともなかった。それどころか、真逆のタイプだった。

クロエが刺繡の手を止めてふたたび顔を上げた。ラルフはその顔にまさかと言いたげな疑問の表情が浮かぶのを予期していた。なにしろ、弟のことをとても大事にしているようだから。ところが、クロエはうなずいた。

「そうね。わたしも気がついてたわ」

何を言いだすんだ？　ラルフは眉をひそめ、グラスの酒をまわして、もうひと口飲んだ。

「頑固だからね。ぼくたち二人は。くだらない理想に傾倒してきた。二人とも」

「平和主義がくだらないものだというの？」

「もちろんだ」ラルフはいらいらして答えた。「母親や妻や娘が目の前で強姦《ごうかん》されそうになったとき、それを止めるために殺人や暴力に走ることもせず、立ったまま傍観するような男はどこにもいない」

「グレアムもここに滞在中、同じようなことを言ってたわ」

「あいつが？」

「暴政をなくすために戦うという理想もくだらないものなの？」

「もちろんだ」ラルフはふたたび言った。「暴政はけっしてなくならない。暴力も、侵略も、不正も、残虐行為も、人間が犯しがちなその他の悪行も」

「じゃ、兵士も、巡査も、治安判事も、裁判官もいらないというの？」部屋を横切って暖炉の片側に立ち、炉棚に片方の肘をのせた彼に、クロエは尋ねた。「暴政や無政府状態はけっして根絶できないから、野放しにして、広がるのを黙って見てればいいというの？　だけど、いちばん親しい人たちが危険にさらされたら、相手に立ち向かっていくわけなの？」

ラルフはグラスに残っている酒をまわしたが、飲もうとはしなかった。

「ぼくは世間知らずの馬鹿だった。正義のための戦いは輝かしいものだと思っていた。〝祖国のために死ぬのは甘美で立派なことである〟などと、くだらないことを信じていた。だが、戦争には甘美なところも立派なところもない。士官たちはうぬぼれ屋で、怠け者で、腐敗していて、残虐な者もけっこういる。兵士たちはイングランドの貧民街と刑務所の産物だ。戦闘は狂気と混沌と血と内臓と硝煙と悲鳴だ。そして、戦闘が終わると、敵の生き残りのうち、ほぼ同じ階級の連中と水筒の水や酒を分けあい、陽気に言葉を交わしながら、味方の死傷者を捜しだし、敵も敵軍の死傷者を捜しだす――まるでクリケットのような楽しいゲームに過ぎなかったかのように」

レディにこんな話をすべきではないのに、という思いが浮かんだ。それにしても、自分はなぜ戦争の話をしているのか？　どこからこんな話になったのだろう？

「でも」クロエは言った。「でも、そういう混沌と、死のゲームと、脆《もろ》くて欠点だらけの人間たちを使って、ウェリントン公爵はナポレオン・ボナパルトが築きあげた非道な帝国にくさびを打ちこみ、崩壊させるに至ったのよ。あの帝国はどうしても滅亡させる必要があったのよ」

「では、きみの弟の立場をきみは支持しないんだね？」

「ええ。でも、反戦を貫いた弟は偉いと思う。誰だって自分の理想を追う権利があるわ。どんな信念も絶対的に正しいとは言えないし、間違ってるとも言えない。すべての真理を含む信念なんてないんですもの」

なぜこんな会話になってしまったんだ？　ラルフはポートワインのグラスをいっきに傾け、

口のなかで酒をころがしてから飲みこんだ。妻はうつむいてふたたび刺繍を始めていた。これも男物のハンカチだとラルフは気がついた。ただし、前とは別のものだ。色が違う。

「グレアムの信念は誰の命も奪わない」ラルフは言った。「ぼくの信念は奪ってしまう」

ドアにノックが響いて夜のお茶が運ばれてきたのだとわかると、彼女は刺繍の道具を片づけた。ラルフは従者がお茶のトレイを彼女の前に置いて立ち去るのを待った。彼女がティーポットを持ちあげてお茶を注ぐのを見守った。

「ぼくはいらない」彼女に言った。

「あなたの信念が兵士たちを殺したんじゃないわ。三人のお友達が戦死したのも、あなたの信念のせいじゃないのよ。悪いのは戦争よ——非道な問題に対する非道な解決法。でも、あのとんでもない挑発に対しては、戦争が唯一の、もしくは少なくとも正当な解決法だったでしょうね。あなたが戦争に行ったのは戦いの大義を信じていたから。三人のお友達が亡くなったのもそれを信じていたから。たとえ、三人の注意をそちらに向けさせたのがあなただったとしても」

そして、一緒に戦争に行こうと三人を説得した。

〝こんなふうに友達を説得して、戦争に連れていったの？〟

「そして、あなたは九死に一生を得た」クロエは言った。ティーポットを置き、心配そうな目で彼を見上げた。「その経験からあなたはどうやって立ち直るの、ラルフ？　人はどうやって立ち直るの？　戦争に行ったあと、どうやって人生を続けていくの？　戦争に行かなかった人は、そのあとどうやって人生を続けていくの？」

ラルフは顔をしかめた。「グレアムは？」

「弟もやっぱり罪悪感を持ってるわ。安全な祖国に残って、自分の平和主義が危機に瀕したときはどう対処すればいいかと考えているあいだに、何百人もの兵士が死んでいったことに対して。あなたの三人のお友達が死んだことに対しても。三人は弟の友達でもあったんですもの」

「グレアムからそんな話を？」

「いえ。はっきり聞いたわけじゃないわ。それに、弟と最後に話をするまでは、そんなふうに考えたこともなかった。みんな、大変な時代を生き抜いてきたのよ、ラルフ。苦労せずにすんだ者なんて一人もいないのよ。たぶん、年齢に関係なく、すべての者が辛い時代を生きているんでしょうね。それが人間に与えられた運命なのかもしれない。以前のわたしは、戦争がもたらす苦しみとは、兵士たちの死と、負傷者の肉体的な痛みだけだと思っていた。でも、それは苦しみの半分にも満たない。そうでしょ？」

彼女が目を伏せたままお茶を飲むあいだ、ラルフはうつむいた彼女の頭を見つめていた。

以前の彼はクロエのことを、基本的に物静かな女性で、幸せになるために人生に求めるのは、結婚、家庭、母親になることなど、単純なものだけだと思っていた。だが、彼女も人生において失望や本物の苦しみを経験し、最後は情熱抜きの結婚生活に飛びこみ、それでも基本的に満足できる日々を送ってきた――とにかく、数日前に彼がロンドンへ行くことを宣言するまでは。いまの彼はクロエのことがわからなくなっている。最初の印象に比べると、はるかに奥深いものを備えているような気がしてきた。人はみな、二、三の単純な要素からできていて、それ以外は何もないなどと思いこむのは、愚か者のすることだ。

彼女のことを好きに――心から好きに――なるつもりはなかった。無関心でいるつもりだし、そう願っていた。

返事をしようと思って口を開きかけたが、空になったカップと受け皿を下に置いた彼女に先を越された。

「あなたと一緒にロンドンへ行く支度をするわ。明後日だったわね？」

「そう」

ラルフはほかにも何か言いたかった。彼女に……謝りたかった。何を？ 祖父がこんなに早く亡くなったことを？ 彼女を……元気づけたい？ だが、どうやって？ 自分が望むのは……。

何かを望んでいた。あの切ない思いに、名状しがたい憧れにつきまとわれていた。

「ありがとう」ラルフは言った。ぶっきらぼうで、冷淡とも言えそうな声だった。

15

四頭のみごとな黒馬がひく、公爵家の紋章に飾られた豪華な馬車に、クロエは乗っていた。手綱をとるのはがっしりした御者で、その横に大柄な従僕がすわっている。屈強な騎馬従者が四人、馬車の左右に二人ずつ分かれて馬を走らせている。六人全員が公爵家のきらびやかなお仕着せ姿だ。ロンドンへ向かう道路ですれ違った者はみな、畏敬の念に打たれて足を止め、馬車に見とれた。男たちは帽子を脱いで前髪をひっぱり、女たちは膝を折ってお辞儀をする。ラルフも馬を走らせていたが、たいてい馬車のずっと前のほうを走り、ときたまそばにやってくるだけだった。たぶん、クロエが怖気づいて馬車から飛び降りたりしていないか、確かめようというのだろう。彼の装いは召使いたちほどきらびやかではなかった。はるか前方を走っていれば、人々の注目を浴びずにすみそうだ。

二週間前に小さなチャペルであわてて式を挙げた結果、いまでは公爵夫人という身分になってしまい、こんな豪華な馬車に揺られ、屈強な召使いたちに守られているのが、クロエには馬鹿げたことに思われた。もちろん、専属のメイドも雇い入れられた。ロフタス夫人の姪《めい》のメイヴィスが新しい女主人と一緒に馬車に乗っている。馬に背を向けてすわり、得意満面だ。クロエがわずか数カ月前にマンヴィル館へ向かって旅をしたときは、誰にも見られず、護衛もつかず、メイドもいなかった。

馬を交換するため宿に立ち寄るたびに、男たちに会釈をされ、女たちには膝を折ってお辞儀をされ、いちばん立派な休憩室へ案内されて、その宿で提供できる最高の茶菓がふんだんに運ばれてきた。もっとも、クロエは馬車の揺れのせいで少々気分が悪く、あまり空腹を感じなかったが。ラルフは毎回、宿の中庭に残って馬の手入れを見守っていた。交換したばかりの馬もすべて彼の所有馬で、公爵家の厩舎《きゅうしゃ》から事前に送っておいたものだ。みごとな黒馬が見栄えのしない馬と交換されるのを防ぐためだった。クロエはときどき、彼が馬車と馬の持ち主である公爵で、召使いたちの雇い主であり、いちばん立派な休憩室で茶菓のもてなしを受けている公爵夫人の夫であることに気づく者が果たしているだろうか、と疑問に思った。

彼がクロエと一緒に馬車に乗ることはけっしてなかった。丸一時間も雨が続いたときもそうだった。彼が馬車に乗ろうとしないのはメイヴィスがいるせいだけではないことを、クロエは理解していた。マンヴィル館を出る前に、彼がロンドンまで馬で行くつもりでいることをクロエが知ったとき、乗り物に閉じこめられて旅をするのはなるべく避けることにしている、と彼から説明があったのだ。ひょっとすると、戦場で負傷したあと、何台もの馬車の狭い空間に閉じこめられて長旅をしたせいではないだろうか？　それとも、わたしのせいなの？

今後の結婚生活も最初の二週間と同じくりかえしになるのだろうか、とクロエは思った。

ときたま二人で話をし、それも真剣に話をし、夫との距離が近くなったように感じたものだ。友達になれそうだと思ったこともあった。やがて、あの情熱の一夜を迎え……でも、そのときですら、それが単なるセックス（これは彼の言葉）に過ぎず、愛とも、さらには優しい気持ちとも無縁であることを、クロエは承知していた。とはいえ、心地よい経験で――ずいぶん控えめな表現だが――夫と親密になれたような気がした。ところが、夜中に口論したせいで、親密さはいっきに消えてしまった。

旅のあいだほとんど、彼は妻と距離を置き、礼儀正しい態度を崩しはしないものの、よそよそしかった。その目にはなんの感情も浮かんでいなかった。要するに、クロエが初めて出会ったころの彼に戻っていた。結婚し、新婚の床に必要な親密な関係を持ったにもかかわらず、ときたま言葉を交わし、ときたまキスをして、夜の半分をセックス（ふたたび彼の言葉）に溺れたにもかかわらず、何ひとつ変わらなかった。でも、どうしてわたしに文句が言えて？　この結婚は、二人が合意したとおりの形で進んでいる。

こうしてロンドンへ向かっている現在、クロエが彼に腹を立てつづけることはもはやできなくなっていた。結婚後は田舎で静かに暮らそうと確かに言ってくれたが、二人をとりまく環境がこれほど早く変わってしまうことを彼が予想できたはずもない。それに、義務についての彼の意見は正しい――彼の義務についても、彼女の義務についても。義務が二人をロンドンに呼んでいて、ラルフは宮廷と議会に顔を出し、クロエと共に社交界の貴族たちとつきあっていかなくてはならない。

そのため、こうして豪華な馬車の旅を続け、きわめて身分の高い人物であるかのように、下へも置かぬもてなしを受けているのだった。いまの自分は確かに身分が高いのだろう、とクロエは思う。こういうすべてのことに慣れるときが果たして来るのだろうか？　ふたたび社交界の人々と向きあわなくてはならないという恐怖に怯えていなければ、いまの状況を少しは滑稽に思ったかもしれない。

しかし、向きあわなくてはならない。だったら、覚悟を決めて向きあおう。

やがて、馬車の片方の窓の外にようやく、はるかな水のきらめきが見えてきた。水面が大きく広がっている。テムズ川だ。

「ロンドンが近くなってきたわ」クロエはメイヴィスに言った。メイヴィスは窓に顔を押しつけ、生まれて初めて目にする塔か教会の尖塔らしきものに見とれている。

六年前に初めてロンドンに近づいたときの自分自身の興奮を、クロエは思いだした。当時の自分なら、街の通りに黄金が敷きつめられていても意外だとは思わなかっただろう。

自分の人生がこの二週間で予想をはるかに超えて大きく変わってしまったことを、ラルフはほどなく悟りはじめた――結婚し、爵位を継ぎ、義務と責任を負うようになっただけではない。変わってしまったのは……。

いや、それだけでも大変な変わりようだ。

マンヴィル館からロンドンへ出かけるのはもはや、馬か二輪馬車に乗って思いどおりのペースで公道を走るという単純なことではなくなっていた。いまでは公爵夫人を一緒に連れていかなくてはならず、公爵夫人というのはなぜか、ただのクロエだったときより大きな存在になっている。豪奢《ごうしゃ》でこわれやすい貴重品なので、ひとつの場所から次の場所へ運ぶときは、華やかに、贅沢に、安全に運ばなくてはならない。というか、召使いたちがそう決めていて、召使いというのは――これもラルフが気づいたことだが――公爵家に雇われた者として義務を果たすことに関しては、専制君主のようになりうるものだ。彼らのプライドを賭けた問題だから。

人目にさらされて田園地帯を旅することをクロエがどう感じているかについて、ラルフは何も尋ねなかった。雨が降りだして馬車のなかに逃げこもうかという気になりかけたとき、尋ねてみたくなった。雨に濡れるのは不快だったが、周囲の反応が愉快でたまらず、彼が愉快な気分になるのは絶えて久しくなかったことなので、その気持ちを誰かに伝えたいと衝動的に思ったのだった。最低のスピードで最大の注目を浴びながら田園地帯を進む自分たちが派手な見世物になっていることを話題にして、馬車のなかで大笑いする二人の姿を想像した。

しかし、結局、馬車には乗らなかった。乗ろうとした寸前に、これまでの二週間のあいだ、最初に合意した条件以上に二人の距離が近づくと、そのたびに自分が不可解なパニックに陥り、あわててあとずさってしまったことを思いだしたのだ。愉快な気持ちを彼女に伝えるのはやめておこう。それに、馬車には雇ったばかりのメイドも乗っている。

いずれにしろ、雨はほどなくやんだので、爽やかな戸外を進みつづけたことをラルフは喜んだ。

彼が馬でポートマン広場に入り、公爵家の馬車と、騎乗従者四人と、荷物を積んだ馬車がガラガラと音を立てて彼に続いたとき、人生が想像もつかないほど変わってしまったという事実はさらに明白になった。このショーを見物しようとして、広場に面した屋敷の窓々に野次馬が急いで集まっていることに、ラルフは大金を賭けてもいいと思った。自分の想像があたっていることは目で確認するまでもなかった。

ストックウッド邸は何年も前から基本的に彼のものだった。好きなように出入りして、召使いたちも忠実に仕えてくれているが、これほど仰々しい出迎えを受けたのは初めてだった。今日は両開きの玄関扉が左右に大きくあけはなたれ、戸口に執事が立っていた。新調したと思われるお仕着せに身を包み、威厳たっぷりの格調高い姿だ。執事の背後には、ラルフの見間違いでなければ、召使い全員が堅苦しく並んでいた。婚礼の日の再現だ、とラルフは思い、心のなかですくみあがった。

ふだんのラルフは召使いたちにとくに注意を払うほうではないが、今日は一人残らず真新しいお仕着せをまとい、全員が並んでいる廊下が艶出し剤で光り輝いていることに、目が不自由でないかぎり気づかないはずはなかった。広々とした玄関ホールにゴミがひとつでも落ちていたら、ラルフは驚いたことだろう。

それから数分間、〝公爵閣下〟という呼びかけを何度も耳にしたため、頭のなかがジンジンしてきた。クロエの手をとって自分の腕にかけさせ、外階段をのぼって玄関に入ったとき、彼女がどう感じているのかをラルフは想像するしかなかった。彼女がボンネットもとらずにこのままマンヴィル館へ逃げ帰るようなことにならなければ、それだけでも感謝すべきだと思った。

ところが、クロエは意外な行動に出た。左右に並んだ召使いに優雅に会釈をしながら歩を進め、比較的プライバシーが保てる客間まで行くことも、自分の部屋へ直行することもせずに、足を止めて笑みを浮かべ、優に三〇分を超える時間をかけて列のあいだを進んだのだった。左右の列に交互に近づいて一人一人に丁寧に言葉をかけ、家政婦がクロエの耳にささやいた名前をくりかえし、ときには彼女のほうから召使いに質問して、足を止めて相手の返事に耳を傾けた。

「ありがとう、パーキンズ夫人」列の最後まで来たところで、クロエは言った。「お手数ですけど、すぐに客間のほうへお茶を運んでくださる？　それから、明日の朝、あらためてお近づきになりましょう。下の台所へも行って、ミッチェル夫人ともう少しお話ししたいわ。みなさん、とても輝いて見えるわね。それに、どこもかしこも輝いてるし」

ミッチェル夫人が料理番であることを、ラルフはなんとなく思いだした。

「ぼくが何も努力しなくても、この屋敷はいつも完璧に整えられてきた」数分後、客間で二人きりになり、クロエがボンネットをはずしてカールした短い髪を両手でふわっとさせているあいだに、ラルフは言った。「屋敷のために尽力しなくては、などときみが感じる必要はない」

クロエが彼に笑顔を見せた。その表情にはなぜかいたずらっぽいものがあった。

「おじいさまとおばあさまはもう何年もこちらにいらしていなかった。そうよね？　それから、お母さまはロンドンにご自分の家を持ってらっしゃる。だから、ここを使うのはあなたしかいなかった。ストックウッド邸は独身男性の住まいになってたわけね。召使いたちはきっと、あなたの世話を焼くのを楽しんでたんだわ。一人では何もできない子供の世話を焼くような感じで。でも、あなたの妻に対する視線はもっときびしくなると思うの。妻が自分の面倒も、そして――さらに重要なこととして――夫の面倒もみられない人間だとわかったら」

なんたることを――〝一人では何もできない子供の世話を焼くような感じで〟？　こんな言葉には真実のかけらもない。ラルフは背中で両手を組み、渋い顔になった。

クロエは旅行着のしわを両手で伸ばしていた。

「これがわたしの望んだことなのよ、ラルフ。いえ、こんな大々的なことは予想していなかったし、もちろん、ロンドンで暮らすつもりもなかったけど。でも、それはどちらかといえば些細なことね。わたしは自分の家と夫を持ちたかった。家事をとりしきり、夫の世話をするのが望みだったの。この屋敷にいるかぎり、不幸な思いはせずにすみそうだわ」

「不幸な思いをするのは、屋敷の外へ出たときだけ？」ラルフは彼女に尋ねた。

彼女の微笑が悲しげなものに変わった。

「教会でグレアムの説教を聴く機会はこれまでに一度しかなかったわ。でも、その説教のことは一生忘れないと思う。弟はこう言ったの――自分にとって最大の恐怖と向きあったとき、すくみあがったり、しっぽを巻いてできるだけ遠くへ逃げたりするかわりに、恐怖に向かって突き進み、通り抜けることさえできれば、それ以後、何ひとつ恐れることはなくなる、って。極端に単純化された考え方であることは確かよ。牛が突進してきたら、安全な場所へ逃げるのが本当だけど、もし立ち向かったらどうなるかしら？　確かに、何かを恐れる機会はもう二度とないわね。でも、弟はさらに説教を続けて、その意味するところを説明してくれたし、わたしは説明抜きでもちゃんと理解できたわ。弟の言葉にいつもいい刺激を受け、その言葉どおりに行動できたらきっとすばらしいだろうと思ってたのよ」

「きみにとって最大の恐怖は、社交界の連中とふたたび顔を合わせることなんだね、たぶん」

「ええ」クロエはうなずいた。「そうなの。くだらないと思われるかもしれないけど。グレアムの基準からすれば、わたしはすでに二回も敗残者になっていたわけね」

「ほとんどの者がそうだ。少なくとも二回は敗残者になっている」

クロエは首を軽くかしげ、無言で彼を見つめた。

「きみにとって、今後は状況が一変する。ぼくがそばについているし、すごすごとひきさがらないだけの勇気をきみは見つけるはずだ」

「そして、あなたのそばにはわたしがいる」クロエのこの言葉で、ラルフの背筋に説明のつかない震えが走った。「あなたも勇気を見つけるはずだわ」

ちょうどここで従僕がお茶のトレイを運んできて、ケーキを持ったメイドがうしろに続いた。これまでなら、従僕がラルフのためにお茶を注ぎ、メイドがケーキを切り分けて彼の皿にひと切れのせたことだろう。しかし、今日はクロエが微笑と感謝の言葉で二人を下がらせ、自分でお茶とケーキの用意をした。

人生が変わったために、ぼくは否定しようがないほど動揺している、とラルフは思った。自由な暮らしもプライバシーもすっかり失ってしまった。召使いを無視することはできる。もっとも、冷たく無視したことはないつもりだが。妻を無視することはできない。そして、これが彼女の望んだこと、取引の条件として出したことだ。家庭と夫。夫とは、言い換えれば、このぼくのことだ。彼女はぼくの世話をするつもりでいる。

また、自宅にいるときを別にすれば、自分の行きたい場所へ、行きたいときに、誰も連れずに一人で行くことはもはやできなくなった。ひとつには、いまのぼくはもう、比較的無意味な儀礼上の爵位しか持たないただのベリック伯爵ではないからだ。それよりはるかに身分の高い公爵となり、周囲から多くを期待される身となった。もうひとつには、結婚した以上、妻の気持ちや幸福を考えなくてはならないからだ。しかも、この妻は当人の意に反してロンドンに連れてこられ、屋敷の外へ出るのを恐れている。彼女を放っておくわけにはいかない。

公爵という無機質な役割に伴う責任を受け入れるのと、ほかの人間に責任を感じるのとは、まったく別だ。ほかの人間というのは、すなわち彼の妻のことで、今後のことを考えて神経を尖らせ、落ちこんでいる。こんなふうに考えていると、感情的な絆が生まれそうな危うさを感じてしまう。絆などぜったいほしくないのに。しかし、ほしくないと思っても、自然に消えるわけではない。

「ミルクを少しと角砂糖が一個だったわね」クロエが言って、受け皿にのせたカップを彼の肘のそばに置いた。

まさしく正解。ラルフは苛立ちに近いものを覚えた。妻がお茶を注いで飲むのを何回も見てきたのに、どんなお茶が彼女の好みなのか、彼はまったく知らない。

クロエが夫のために快適な環境を整えようと心を砕いていることに、ラルフは不愉快なものを感じた。

「ぼくたちがロンドンに来たことが知れ渡るのに、そう長くはかからないと思う」椅子にすわってカップと受け皿を手にした妻に、彼は言った。「招待状が大量に舞いこんでくるだろう。公爵になったばかりのぼくと、公爵夫人になったきみを、そして、夫婦になったぼくたちを見たくて、誰もがうずうずしているはずだ。どの招待を受けるかを二人で決めなくてはならない」

彼は妻がなんらかの抵抗を示すか、少なくとも、時間がほしいと頼みこむものと思っていた。

「そうね」彼女が言った。

「それから、ここで盛大な披露宴か舞踏会を開くこともそろそろ考えたほうがいい。誰もが期待しているだろうから」

「そうね」彼女はふたたび言った。

「ロイドが手伝ってくれるだろう。それから、ぼくの母も」

彼女はカップを受け皿にのせた。「手伝ってもらえれば助かるわ、ええ」と言った。「でも、大事な部分は二人でやりましょう、ラルフ」

最大の恐怖と向きあったときは、そこへ向かって突き進み、通り抜ける——グレアムが説教でこう述べていたのを、クロエは思いだした。かつて恐怖から二回も逃げだしたことを、さっきラルフに話したばかりだ。彼女が二度と逃げない覚悟をしたのを、ラルフは感じとった。

「よし、二人でやろう」

ゆっくりと、容赦なく、自分が人生にひきもどされつつあることを、ラルフは悟った。その点は彼女も同じだ。

クロエがストックウッド邸で満ち足りた家庭生活のなかに閉じこもって暮らそうと願っていたとしたら、すぐに幻滅する運命にあった。といっても、もちろん、本気で期待していたわけではない。家政婦と料理番を相手に、家庭の切り盛りと食事の献立について相談し、忙しいながらも充実した午前中を過ごした。また、朝のうちに義理の姉のサラから手紙が届いた。サラは夫を説き伏せて、故郷に戻る前にロンドンで二、三週間過ごすことにしたのだが、手紙には、祖母と大おばを訪問するので、出かける途中、午後四時にストックウッド邸に寄ってクロエを誘いたい、と書いてあった。クロエは承諾の返事を送った。午前の半ばにラルフが出かけてしまい、何時ごろ戻るかも言っていかなかったからだ。しかし、四時になる前からすでに、玄関ドアのノッカーの音と客の訪れで午後の静けさが何度も破られた。

先代ベリック伯爵未亡人、つまり、ラルフの母親がノラ（レディ・ケイリー）を連れて現れ、翌日の午後、ぜひ親しくなっておく必要がある何人かの貴婦人を自分たちと一緒に訪問するよう、クロエに言った。おそらく、その全員が社交界の頂点に君臨するレディたちだろう。

この二人が辞去したすぐあとに、クロエの父親がルーシーと一緒にやってきた。ルーシーが、明後日の午前中、子供たちとその乳母を連れてハイドパークへ散歩に出かけようと提案した。もちろん、天候が許せばの話だが。

「あの公園も朝のうちだと、上流の人たちがやってくる午後ほどの混雑はないのよ。でも、午前中でも上流の人はけっこう来てて、貴婦人にしろ、紳士にしろ、何人かは馬車を止めて愛想よく声をかけてくれるわ。お姉さまが一緒なら、挨拶してくる人が増えそうね。だって、お姉さまの噂で持ちきりですもの。お姉さま、鼻高々よね」

クロエがぜったいに聞きたくない言葉だったが、避けられないことは覚悟していた。それに、自宅ですくみあがっていてもなんにもならない。ロンドンに出てきたのは、身をすくめるのはもうやめようと決心したからだ。

「喜んでつきあうわ、ルーシー」と答え、妹の明るい楽しげな笑顔を見て、ほのぼのとした気分になった。

父とルーシーがいるあいだに、レディ・トレンサムが義理の妹のミス・イームズを連れて訪ねてきた。そのうち午後にでも、親戚の貴婦人たちと友人たちにクロエを紹介させてもらえないかと尋ねるために来たのだった。

「みなさん、あなたに好奇心を持ち、とても会いたがっているのよ」そう説明してから、レディ・トレンサムは笑いだした。「あらあら、そんな怖そうな顔をしないでね、クロエ。みなさん、あなたと親しくしたがってるの。きっと仲良くなれると思うわ。たとえ、あなたがわたしのお友達で、ヒューゴのお友達の一人と結婚したことを、その人たちが知らなくても。去年、意地の悪い噂が立ったけど、みんながみんな、それを信じたわけじゃないのよ」

「ありがとう」クロエは言った。

「なんとご親切な方でしょう、レディ・トレンサム」クロエの父が言い添えた。

「今年は逃げだす必要なんてないですよね、公爵夫人」ミス・イームズが言った。「ワージンガム公爵夫人なんですもの。それに、グウェンとヒューゴのお友達だし」

「ええ、逃げはしないわ」クロエは彼女に約束した。

やがて、もうじき四時になるころ、クロエがボンネットと手袋を着けてサラの到着を待っていると、ジュリアおばがやってきた。明日の朝、クロエを買物に連れていくというのだった。

「だって、あなたには新しいおしゃれな衣装が必要ですもの、クロエ。黒でなくてもいいと思うわ。ワージンガムはなんて言ってるの？　ご本人はしばらくのあいだ喪章をつけていたいでしょうけど、あなたにも喪服でいるよう求めることは、たぶんないわよね」

「お義母さまは色彩のあるものを着てもいいっておっしゃってるわ。華やかな色でなければ」クロエは言った。「それに、ええ、衣装が必要なの、ジュリアおばさま。たくさん買わなくては」

「たとえ仮装舞踏会のためであっても、あなたを説得して華やかな色を押しつけるようなことは誰もしないと思うわ。ロンドンに来てくれてとても喜んでるのよ、クロエ。去年だってあんなに急いで逃げだすことはなかったのに。ゴシップなんて、新たな材料が出てこなければ、かならず消えてしまうものよ。ひそひそささやかれていたくだらない噂には知らん顔をして、最初の計画どおりに社交生活を楽しんでいれば、誰もがじきに興味をなくしたはずだわ。さて、いまのあなたは公爵夫人だし、夫のワージンガムがあなたの評判を守ってくれる。彼に刃向かおうという人をわたしは羨ましいとは思わないわ。公爵はかなり手ごわい紳士のようね。あの目に何かが感じられる。それとも、顔の傷跡のせいかしら」

「二度と逃げたりしません」クロエはきっぱりと言った。「ラルフが守ってくれるからというだけじゃないのよ、ジュリアおばさま。わたしは貴婦人で、ここがわたしのいるべき場所なの」

おばは笑い声を上げ、クロエを抱きしめた。

メアリ大おばとラルフの祖母とのお茶にクロエを誘うため、サラが約束の時刻きっかりに到着した。ラルフの祖母に再会したクロエは、祖母を抱きしめて、この老婦人がある意味では自分の祖母でもあるのだと思うと、とても幸せな気分になれた。また、メアリ大おばの話に耳を傾けるのも楽しいことだった。老齢の貴婦人はどちらも、ラルフとクロエがロンドンに来たのを喜んでいる。サラとクロエが黒のドレスではないのを見て、二人とも嬉しそうだった。

「親戚が亡くなるたびに、全員が長いあいだ黒を着なきゃいけないのなら」メアリ大おばが言った。「そのうち、色彩のある服を着る者が誰もいなくなってしまうわ」

「ストックウッド邸の舞踏会のドレスはエメラルドグリーンになさいね」ラルフの祖母が言った。「舞踏会を開く予定はあるのでしょう、クロエ?」

「はい」クロエは答えた。「そして、エメラルドグリーンを着ることにします、おばあさま」

クロエが屋敷に戻ったのはラルフが帰宅するわずか数分前だった。二人は晩餐の着替えをするために一緒に階段をのぼり、クロエは夫に、彼の祖母がいまも少し悲しげではあるが比較的元気にしていたと報告することができた。すると彼のほうはクロエに、今夜さっそく、二人が夫と妻として社交界の人々の前に初登場することになったと告げた。スタンブルック公爵から劇場の桟敷席に招待され、ほかにも何人か同席するというのだ。

クロエは充実した一日を過ごすことができ、晩餐を楽しみにしていた。しかし、何人かに勇敢なことを言ってきたにもかかわらず、急に食欲が失せてしまった。

ラルフが説明を始めた。「この方法をとれば、社交界の面々と深いつきあいをしなくても、顔を出すという義理を果たしたことになる。きみだって、そういう経験がまったくないわけではないだろう？」

「せめて晩餐がすむまで、わたしに話すのを待ってくれてもよかったのに」

ラルフはクロエの化粧室の前で足を止め、彼女の手を唇にあててから、彼女のためにドアを開き、そのまま彼の部屋へ向かおうとした。

「忘れないでくれ、クロエ。きみがワージンガム公爵夫人であることを」

「それでわたしの食欲が戻るとお思いなの？」

ラルフが向きを変えたとき、唇にかすかな微笑らしきものが浮かんでいた。

16

「ほかにどんな方がスタンブルック公爵からお招きを受けてるの？」しばらくしてから、ラルフと並んですわった馬車のなかでクロエは尋ね、神経質になるなんて馬鹿げたことだと自分に言い聞かせていた。これじゃまるで、社交界に初めて顔を出すみたい。もちろん、初めてではないという事実がいちばんの問題なのだが。

「レディ・トレンサムとヒューゴ」ラルフが名前を挙げていった。「キルボーン伯爵夫妻。この伯爵はレディ・トレンサムの兄にあたる。それから、リンゲイト子爵未亡人。ジョージが親しくしていた子爵の未亡人だ。ぼくはまだ会ったことがないが、ジョージの話だと、生まれも育ちもギリシャで、父親が駐英大使となった関係でイングランドに来て子爵と結婚したそうだ。キルボーンとその夫人にはぼくも一度か二度会っているが、いつ会っても感じのいい人たちだ。二人はイベリア半島で結婚し、翌日、フランス軍の奇襲攻撃にあった。キルボーンは重傷を負って祖国に運ばれ、妻は死んだものと思われていた。長い年月が過ぎて、キルボーンが別の女性と結婚しようとしたとき、突然、消息不明だった妻が現れて結婚式は中止となった。そう、結婚式だ。キルボーンとその女性は教会にいて、貴族社会の半数が式に参列していた」

「まあ、そんなことがあったの？　ぎりぎりの到着だったのね。でも、なんてすてきなロマンスかしら」

「キルボーンが妻のことを忘れておらず、もう一人の令嬢に熱烈な恋をしていたのでなければね」

「えっ、忘れてしまってたの？　そして、別の人に恋をしていたの？」クロエは夫のほうを向いたが、馬車のなかが暗いため、彼の顔をはっきり見ることはできなかった。

「いや、そうではなかったようだ。どちらの点についても」

「じゃ、やっぱりロマンティックだわ。でも、もう一人の令嬢はキルボーン伯爵に夢中だったんじゃない？　失恋の痛みを抱えて残されることになったの？」

ラルフは舌打ちをした。「どうしようもなくロマンティックなきみの感受性を満足させる返事は、ぼくにはできない」

「でも、失恋したわけでしょ？」クロエは重ねて訊いた。

「ぼくからその令嬢に尋ねたことは一度もない。ほとんど面識のない相手にそんな質問をしたら、図々しいやつだと思われてしまう。きみからキルボーンか夫人に訊いてみたらどうだい？　だが、相手の令嬢もいまはレイヴンズバーグ子爵夫人になっていて、以前とは別人のように萎《しお》れてしまったわけではなさそうだ。もっとも、ぼくが以前の彼女を知らないのは事実だが」

クロエは黒く浮かびあがった彼の横顔の輪郭を見つめ、彼が妻の緊張をほぐそうとしてふだんより饒舌《じょうぜつ》になり、軽い口調で話していることを知った。そして、その目論見は成功していた。

「ラルフ、自分で恋愛小説を書こうなんて思ってはだめよ。女性読者が不満と怒りで泣きわめくでしょうから。すてきな恋物語にはハッピーエンドが必要だわ。〝誰もがほどほどに幸せになりました〟という終わり方ではだめなのよ」

「文学の世界できみの義理の弟と張りあおうというぼくの野心は、これで潰《つい》えてしまった」

クロエは無言で彼の横顔を見つめた。この人、本当にラルフなの？　彼の表情は見えないが、いまの声に笑いが含まれていることは確かだった。

「挑戦しても、きっと失望する運命ね。ルーシーの大事なフレディを打ち負かすことは誰にもできないわ」

馬車が速度を落とし、クロエは劇場に到着したことを知った。何本もの松明《たいまつ》の光が馬車や徒歩の人々で混みあう一角を照らしていた。劇場へ出かけるのがクロエは昔から好きだった。今夜も楽しもうと固く決心していた。この街から三回も逃げだした者など、これまで一人もいなかったに違いない。

スタンブルック公爵は心遣いの行き届いたホスト役で、そのマナーは非の打ちどころがなかった。劇場の外に出て、ラルフたちの到着を待っていた。御者が馬車から降りるのを待つかわりに、自分で馬車の扉をあけ、ステップを用意した。クロエに手を貸して馬車から降ろすと、彼女とラルフの両方を、きりっとした美貌の持ち主である年配の貴婦人、リンゲイト子爵未亡人に紹介した。クロエに腕を差しだし、絶えず話しかけながら階段をのぼって彼の桟敷席へ案内し、ラルフがレディ・リンゲイトと一緒にそのあとに続いた。ロビーも階段も人々で混雑していて、公爵はその何人かに優雅に会釈をしながら立ち止まることなく進んでいった。

わたしを緊張させまいとして、すべてが手際よく慎重に計画されたことなのね、とクロエは思った。もっとも、正直なところ、さほど緊張してはいなかった。今年は貴族社会の人々に怯えて逃げだす必要はない。それに、ワージンガム公爵夫人を軽んじることは誰にもできないのよ――自分に絶えずそう言い聞かせた。

あとの四人の客はすでにスタンブルック公爵の桟敷席に入っていて、ラルフたちが桟敷の入口に姿を見せたとたん、トレンサム卿が片手を差し伸べて進みでた。桟敷席の向こうの観客席とそこを埋めた人々の姿は、彼の大柄な身体の陰にほぼ完全に隠れてしまった。おかげで、クロエは予想していたほど人目を気にせずにすんだ。ふたたび、これは彼女の試練を軽くしようとするトレンサム卿の意図的な動きなのだと気がついた。ラルフの仲間はみな、過保護すぎるきらいがあるが、とにかく思いやりに満ちている。去年、ロンドンから逃げだしたせいで、わたしは傷つきやすい弱虫だとみんなに思われてるみたい。

トレンサム卿がクロエと勢いよく握手をしてラルフの背中をぴしゃっと叩いたあとで、グウェンが彼女を優しく抱いて挨拶してくれた。

「今日の午後、お宅をお訪ねしたときは、まさか今夜またお目にかかれるとは思ってもいなかったのよ。おかげで、義理の姉をご紹介する機会ができたわ」

グウェンからもうひと組の夫妻を紹介されて、クロエは興味と好奇心を抱いて二人を見た。キルボーン伯爵は金髪のハンサムな男性だが、偶然ながら、やはり顔に傷跡があった。おそらく、戦場で負った古い傷だろう。伯爵夫人は小柄で可憐な女性で、その顔にはつねに笑みが浮かんでいるかに見える。クロエは二人に紹介された瞬間、幸せそうな夫婦だと思った。もっとも、これが初対面なので、根拠となるものはないのだが。クロエのロマンティックな心が、幸せな夫婦だと思いたがっているだけかもしれない。ただ、気の毒なレイヴンズバーグ子爵夫人のことが気になった。キルボーン伯爵は祭壇の前で彼女を見捨てるしかなかったのだ。誰もがハッピーエンドを迎えているよう、クロエは願った。

ラルフと目が合い、彼に心を読まれているに違いないという印象を受けた。彼の目と唇の両端に間違いなく微笑が浮かんでいた。嘲りの笑いに過ぎないかもしれないが。

スタンブルック公爵から桟敷席の手すりの横にあるビロード張りの椅子を勧められて、クロエはそこにすわった——不意に、金魚鉢に入れられ、多くの見物客にじろじろ見られているように感じた。いまのところ、周囲に目をやる勇気はなかったが、視野の端に、豪華なドレープに飾られた桟敷席や観客席の列、色とりどりのサテンや絹のドレス、揺れる扇子やシャンデリアの光を受けてきらめく宝石などが映った。また、じかに見るまでもなく、下の観客席が主に男性で埋まっていて、その大半が若いおしゃれな紳士たちで、仲間どうしで噂話に興じたり、上の桟敷席の人々を片眼鏡で吟味したりしている様子が想像できた。貴婦人たちをじろじろ見ているのだ。クロエも六年前に経験したので、よく覚えている。紳士たちに見られて喜びと怒りの両方を感じたことも覚えている。

ラルフがとなりにすわっていた。距離が近いので、彼の身体の温もりが心強く感じられる。クロエは彼のほうを向いて微笑した。桟敷席の周囲に目を向ける勇気を早く見つけなくては。それができないなら、どうやって芝居を見ることができるというの？

「わたし、初めてロンドンに来たときは、お芝居に行くのが何よりの楽しみだったわ」クロエは彼に言った。

「舞踏会ではなくて？」彼が訊いた。「夜会やヴェネツィアふうの朝食会でもなくて？あるいは、ピクニックやヴォクソール・ガーデンズの夕べでもなくて？あるいは、仮装舞踏会や――」

クロエは笑いだし、扇子を開いた。「あら、ひとつ残らず経験したわ。どれも楽しかった。社交界にデビューするときを二一年も待ったんですもの。最後の二、三年はもう待ちきれない思いだった。すべてが期待をはるかに超えていて、言葉にできないぐらいすばらしかったわ」

「だが、特別にすばらしかったのは劇場だったんだね」

クロエはふたたび笑った。「すべてが特別にすばらしかったのよ。無邪気な日々だったわ。

無邪気さを嘲る人が一人もいなければいいのにね」

一度も使わないまま扇子を閉じて膝に置いた。

「ねえ」キルボーン伯爵夫人が向きを変えて、クロエとラルフに、そして、その向こうのグウェンとトレンサム卿に話しかけた。「劇場に来るといつも、観劇料の二倍分楽しめると思わない？　お芝居と観客の両方を見ることができるんですもの。ときどき思うんだけど、お芝居より観客を見てるほうが娯楽になるんじゃないかしら」

「確かに、翌日あちこちの客間で話題になるのは観客のことですもの」グウェンも同意した。「お芝居そのものに関する議論はあまり聞かないけど、お芝居を見に来た人々の話になるとけっこう盛りあがるわね」

「だが、芝居がなかったら、グウェン」キルボーン伯爵が言った。「おたがいを観察したり、ゴシップと憶測の新たな材料を集めたりする楽しみのためだけに集まる方法を、貴族社会が新たに考えなくてはならなくなる」

「あら、でも、ハイドパークの日々の散策もありましてよ」レディ・リンゲイトが言った。「貴族たちがあそこへ出かけるのは、乗馬をするためや、歩いて新鮮な空気を吸うためだなんて、とうてい言えませんもの」

「わたしはどうやら、冷笑家の一団をわが桟敷に招待してしまったようだ」スタンブルック公爵が言った。

「ほかのみんなは違うとしても、わたしは芝居を見に来たんだぞ、ジョージ」トレンサム卿が公爵を安心させた。「人々が――主として教師たちが――大騒ぎするほどの価値がシェイクスピアにあろうとは思ったこともなかったが、二、三年前に、シェイクスピアの芝居を見て考えが変わった。もっとも、悲劇はどうも好きになれない。世の中には辛いことが多すぎるから、俳優たちが熱のこもった苦悩のセリフを口にしてから木製の短剣を心臓に突き立てるところなど、わざわざ見る必要はないと思う」

「冷笑家の一団と俗物一人」ため息混じりに公爵が言った。

「六年前、わたしが社交界デビューしたシーズンに初めてお芝居を見たとき」クロエは言った。「ここは天国かしらと思ったものでした。ただし、あのころのわたしはずいぶん気どっていたので、口には出さなかったのですが。たぶん、退屈しきった物憂げな表情を浮かべていたのでしょう。そのときのお芝居は喜劇でしたのよ、トレンサム卿。悲劇は好きになれないというご意見には、わたしも賛成です」

「すばらしいことではないでしょうか？」キルボーン伯爵が言った。「年を重ねるにつれて、気どりが消えていくというのは。自分はなんでも知っているといううぬぼれが消えていくのと同じように」

　クロエは笑い、扇子で頬に風を送り――そしてようやく、首をまわして劇場内を見渡す勇気をかき集めた。いつものように、目に入った光景に息をのんだ。どこを見ても空席はないようだ――だが、そう思った瞬間、この桟敷と向かいあったややうしろ寄りに無人の桟敷席がひとつあることに気づいた。最初のうち、クロエは観客が一人残らずこちらの桟敷に目を向けているように、そして、とくに自分が見られているように感じた。だが、もちろん、そんなことはない。じっと見ているうちに、誰もがほかの誰かを観察しているのだとわかってきた。貴族社会の人々はそれが大の得意であることが思いだされた。何人かは確かにこちらの桟敷を見ている。しかし、見ていない者のほうが多い。

それがわかって安心できたおかげで、クロエは緊張が和らぐのを感じた。下のほうを見まわした瞬間、なんとも間の悪いことに、歓迎したくない見慣れた顔が目に入った。あいかわらずハンサムで優美なコーネル卿が片眼鏡を目元へ持っていき、唇をすぼめて、下段の桟敷席にすわった若い令嬢を眺めている。大きく開いた襟元からいまにも乳房がこぼれそうだ。そして、令嬢のほうも彼を見つめている。

クロエは心の傷と屈辱の痛みが襲ってくるのを覚悟した。コーネル卿がけっして自分の愛情に値する男でなかったことは、ずっと以前からわかっていたが、彼のことを考えるたびに痛みを感じたものだった。ところが、いまは……何も感じない。

視線を上げて、向こう側の桟敷席を一段ごとに見ていき、知った顔がどれぐらいあるかを確かめた。何人かいた。二人か三人は彼女の視線に応えて、軽く会釈をしたり、手を上げたりしてくれた。きびしい視線や不機嫌な表情をよこす者は誰もいなかった。クロエがやがてラルフのほうへ向きを変えて、そろそろお芝居が始まる時間ね、と言おうとしたとき、向かいの桟敷席に――これまで無人だったその席に――動きが見えた。二組のカップルが入ってきた。年配の二人と若い二人。少し遅れて三組目のカップルが続いた。

観客からざわめきが上がったが、クロエは気づきもしなかった。三人目の女性に注意を奪われていた。まばゆいばかりの純白の装いで、クロエ自身が見ても、自分を若くしたような姿だった。高く結いあげた鮮やかな赤い髪に至るまでそっくりだ。

クロエはあわててラルフのほうに顔を向けた。明るく微笑して、そろそろ芝居が始まる時間ではないかと尋ねた。

「もう過ぎてるようだな」ラルフはそっけなく答えた。顔が青ざめ、緊張と不機嫌がにじんでいる。誰もいないステージに視線を据えている。

そのとき、一部の観客から〝シーッ〟という声が上がって、ざわざわした話し声は静まった。ようやく、芝居が――シェイクスピアの喜劇のひとつ〈お気に召すまま〉が始まろうとしていた。

向かいの桟敷席にいる年配の紳士がヒッチング侯爵なの？　しかし、そちらへもう一度目を向ける勇気がクロエにはなかった。いずれにしても、どの人が侯爵かを見分けるのは無理だろう。しかし、赤毛の令嬢がレディ・アンジェラ・アランデールであることに疑いの余地はない。

明日、上流階級の屋敷の客間で何が話題の中心になるかを予測するのは、むずかしいことではなかった。

すでに芝居が始まっていて、クロエは俳優たちの演技に注意を集中して舞台を楽しむという困難な仕事にとりかかった。だが、数分が過ぎたころ、舞台に集中できないのが自分だけではないことに気づいた。しばらくは舞台のほうへ顔を向けたままでいたが、となりにすわったラルフの沈黙が肌で感じられるように思った。まあ、もちろん、沈黙するに決まっている。観客全員が沈黙している。しかし、ラルフは……静かすぎる。

クロエはついに彼のほうを見た。彼は舞台に視線を据えていて、芝居に没頭しているかに見える。しかし、クロエの視線を感じたのか、彼女のほうに目を向けた。周囲は暗闇に近いのに、虚ろな目をしているのがクロエにも感じとれた。彼はにこりともしない。クロエは片手の指先を彼の袖に軽くかけて、わずかに身を寄せた。

「レディ・アンジェラが来てることは忘れてね」とささやいた。「わたしは平気だから」

ラルフは眉をひそめて彼女を見た。「ここに？」

クロエは彼を見つめかえした。この人、気づいてなかったの？　レディ・アンジェラに気づかなかったのは、この劇場のなかできっと彼だけだわ。

「じゃ、どうしたというの？」クロエは尋ねた。

「なんでもない。芝居を見よう。そのために来たんだから」

トレンサム卿が心配そうな顔で二人を見ていた。クロエは詫びるように彼に微笑してから、舞台に注意を戻した。いや、むしろ、目だけを戻したと言うべきか。心はついていかなかった。ラルフの袖にかけた手はそのままにしておいた。彼女の手の下で彼の筋肉がこわばっていた。

でも、この人はレディ・アンジェラ・アランデールの到着に気づいていなかったのだ。

幕間《まくあい》の休憩時間になり、何人かが桟敷席にやってきて、彼の祖父の死を悼み、爵位の継承と結婚に祝いの言葉を述べると、ラルフは礼儀正しく応じ、魅力をふりまきさえした。クロエと初対面の相手には彼女を紹介した。ウェストのくびれに添えられた彼の手には温もりと頼もしさの両方が感じられた。このとき紹介されたなかには、グウェンのいとこにあたるアッティングズバラ侯爵とその夫人、レディ・リンゲイトの甥《おい》のエインズリー伯爵とその夫人などがいた。

レディ・アンジェラの名前を出した者は誰もいなかったし、クロエが向こうの桟敷席へ視線を向けることは二度となかった。レディ・アンジェラがクロエを見たかどうかを知ることはできないが、どうして見ないままでいられただろう？　今年、レディ・アンジェラがふたたびロンドンにやってきたのは、なんと不運なことだったのか。社交シーズンが終わるまで、どちらも相手と顔を合わせないように努めるだろうが、同じ催しに両方が招待されるのは避けようがない。

さらにはヒッチング侯爵も招待されるはずだ。

約一時間後に芝居が終わり、お礼の言葉とおやすみの挨拶を交わしたあとでラルフと一緒に馬車で帰途につくころには、クロエは疲れはてていた。

「楽しい夜だったわ」

「そうだね」ラルフも同意した。

劇場に着く前は、クロエの緊張をほぐそうとして軽い口調で冗談半分のやりとりをしてくれた彼なのに、それがすっかり影を潜めていた。彼のそっけない返事は馬車のなかの冷たさをさらに増しただけだった。クロエは車輪のガラガラいう音と、馬の蹄《ひづめ》のリズミカルな響きに耳を傾けた。外の通りで燃える松明がときおり馬車の内部を照らすのを見つめた。

「いったいどうしたの?」何分かたってから、彼女は尋ねた。「何があったの?」

レディ・アンジェラ・アランデールが劇場に来ていたせいではなさそうだ。

「どうしてしつこく訊くんだ?」彼の声は冷たく、苛立ちを含んでいた。「なんでもないって、さっき言ったじゃないか。ぼくがいつも馬鹿みたいに微笑して、意味もなく笑って、くだらないおしゃべりを続けていないと、何かあったに違いないと思われてしまうのかい? ぼくはそういうタイプじゃないんだ、クロエ。そんなことは期待しないでほしい」

あんまりな言い方だわ。わたしがいつ、微笑と笑いとおしゃべりを期待してるなんて言ったの? この人がこんなにいらいらするなんて、わたしが何をしたというの?

「あら、そんなことは何も期待してないわ」できるだけ無頓着な口調を心がけて、クロエは言った。「あなたも最初からはっきりおっしゃってるでしょ——わたしたちのあいだには、感情的な絆も、友情も、温かさも、信頼も、本当の結びつきも存在しないって。劇場であなたがいやに静かだったというだけで、何か動揺することがあったのかと心配したわたしが馬鹿だったわ」

「芝居の上演中におしゃべりをしてほかの観客に迷惑をかけるようなことは、誰もしないものだ」それぐらいのこともわからないのかという口調で、ラルフは彼女に言った。「それはマナー違反とみなされる」

「あなたがおっしゃってるのは、たぶん、わたしがひそひそ声であなたに話しかけ、トレンサム卿が心配そうな顔になったことね」

「思いあたるふしがあるなら、今後は気をつけてもらいたい」

「じゃ、マナー違反だというの？　夫の狼狽を感じとったときに、夫のことを案じてあれこれ質問しても、それは無駄なおしゃべりに過ぎないというわけ？」

「ぼくが本当に狼狽したら、ワッと泣きだすはずだから、きみの繊細な感受性を総動員して慰める方法を考えてくれ。だが、単に芝居を楽しもうとしているときは、想像力過剰な女性から〝どうしたの？〟と尋ねられて集中を乱されたりしないほうがありがたい」

クロエは口をあけたまま、彼の横顔の黒い輪郭をしばらく見つめた。きっと冗談ね。暗くて見えにくかっただけで、目にきらめきを浮かべてこちらを向いたはずだわ。

だが、冗談ではなかった。

〝……想像力過剰な女性……〟

想像力過剰な〝妻〟という言い方すらしてくれなかった。

クロエは歯がカチッと鳴るほどの勢いで口を閉じ、自分がすわっている側の窓の外に広がる闇に注意を向けた。

「悪かったわ。あなたを案じる気持ちを口に出してしまって。わたしが馬鹿でした。二度とそんなことをしないよう気をつけます」

彼が沈黙を破ってさっきの不作法な言葉を詫びてくれるのではないか、あるいは、レディ・アンジェラも劇場に来たことを知って妻が困惑と狼狽に襲われたに違いないと思い、気遣いを示してくれるのではないか、とクロエは薄々期待していた。しかし、馬車が屋敷に着くまで、二人は気まずい沈黙に包まれたままだった。彼のほうから沈黙を破ることはなく、クロエもそのつもりはなかった。二度と自分から沈黙を破るつもりはない――とにかく、彼が先に話しかけてこないかぎり。

屋敷に着くと、彼がクロエに手を貸して馬車から降ろし、邸内へエスコートするために腕を差しだした。クロエは黙ってその腕に手をかけた。拒むのは子供っぽいと思ったからだ。それに、執事に気づかれて、公爵夫妻が喧嘩《けんか》中だという噂が、朝が来る前に召使い全員に広まってしまう。

玄関ホールで自分から口を開くことにした。話しかけてきたのが執事だったからだ。いいえ――クロエは執事に言った――軽食はけっこうよ。疲れているから、もう何もせずに早く休みたいの。

一五分か二〇分後、喉が渇いていて少々空腹だったが、それを無視してメイドのメイヴィスを下がらせ、ベッドに入ると、毛布にもぐりこみ、頭まですっぽり毛布をかぶった。あの人は冷たくて、思いやりがなくて、理不尽で、気むずかしくて、ほかにも欠点がたくさんある。あの人は……前に自分で宣言したとおりの夫になっている。結婚生活に対して、温もりや親密さや心の交流を約束してくれたことはなかった。それどころか、そうしたものは求めないと約束した。わたしもその場で承知した。じつをいうと、感情のない冷ややかな取引を最初に提案したのはわたしのほうだった。今夜、彼が何に動揺したのか知らないけど、その理由を打ち明けてくれないからといって、もしくは、顔を合わせるのを恐れていた相手の女性と同じ場に居合わせて狼狽しているのに、彼がなんの気遣いも見せてくれないからといって、腹を立てたところで始まらない。

彼に——そして自分自身に——対する罰として、二度と彼と口をきかないことにしても、なんの意味もない。

ラルフが今夜来てくれなかったらどうしよう？　そう思っただけでクロエは軽い吐き気に襲われ、夜ごとの交わりと、彼が朝まで同じベッドにいることに、自分がいかに依存するようになっていたかに気づいて、吐き気はさらにひどくなった。もちろん、それは肉体的なことに過ぎない。彼自身が口にした、情緒に欠ける身も蓋もない言葉を使うなら、単なる〝セックス〟に過ぎない。わたしがそこに少しばかり感情を寄せるようになったのは、けっして彼の責任ではない。

でも、彼があんなに冷たく、よそよそしく、そして……空虚な表情になるなんて、劇場でいったい何があったの？　筋肉が緊張し、こわばってしまうなんて。間違いなく何かがあったはず。でも、二度と尋ねないと彼に約束した。

そうね、尋ねるのはやめよう。わたしはわたしの人生を歩み、彼は彼の人生を歩めばいい。二人で決めたとおりに。

地獄でもどこでも勝手に行けばいいのよ——自分でも呆れるぐらい冷たく考えた。

レディ・アンジェラ・アランデールが桟敷席に姿を見せたとき、わたしは衝撃を受けた。劇場の観客全員が反応した。それなのに、彼は気づいていなかったし、わたしがその話をしてもまったく興味を示さなかった。わたしが死ぬほど苦しもうと、彼にはどうでもいいことなんだわ。

クロエは何度か唾をのみこみ、自己憐憫の涙に溺れそうになるのを意志の力で抑えこんだ。

17

ラルフは片腕で目を覆い、片方の膝を曲げ、足をマットレスに平らにつけた格好で、妻のベッドに横たわっていた。身じろぎひとつせず、深い呼吸をしながら、眠りに戻ろうとしたが、それが無理なのはわかっていた。

ここに来たのは謝ろうと思ったからだった。妻に二回もひどい仕打ちをしてしまったことを。レディ・アンジェラ・アランデールが劇場にいたことに、ラルフは気づいてもいなかった。彼女やヒッチング侯爵のほうへは目を向けもしなかった。昼間のうちにそれとなく探ってみたのだが、今年ロンドンでこの父と娘を見かけた者は誰もいなかった。きっと、一日か二日前にロンドンに到着したのだろう。自分たちもそうだったのだから。今夜、レディ・アンジェラが劇場にやってきたとき、ぼくは何も気づかなかったし、クロエが狼狽したことも知らなかった。クロエとレディ・アンジェラの両方が劇場にいるのを見て、観客席がざわめいたに決まっているのに。ぼくはそれに気づかず――さらに悪いことに――妻がその話をしたとき、心配そうな顔もしなかった。自分の悩みで頭がいっぱいだった。

いっぽう、クロエはぼくの苦悩に気づいていた。劇場でも、帰りの馬車のなかでも、どうかしたのかと尋ね、心配そうな顔をした。ところが、ぼくは礼を言うかわりに、つっけんどんな返事をしてしまった。彼女をむっとさせ、傷つけた。彼女を心のなかから締めだした。ちくしょう、ぼくが望んでいるのは、いや、ぼくに必要なのは、そっとしておいてもらうことだ。結婚とはなんと忌まわしき制度なのか。

彼女に二回分の詫びを言わなくてはと思い、そのためにここに来た。

ところが、寝室に入ると彼女はすでにベッドのなかで、毛布から頭のてっぺんがのぞいているだけだった。起きているのか眠っているのかもわからない。もし眠っているのなら、起こすのはためらわれる。そこで、なんとも論理に欠けた行動に出て、ろうそくを消してから足音を忍ばせてベッドの向こうへまわり、妻の傍らに横になり、彼女を抱いた。そのあとで眠りこんだ。

彼はいま、すっかり目をさまして、自分はどん底まで落ちてしまった、これ以上落ちようがない、という忌まわしい感覚と向きあっていた。こういう痛烈な感覚はすでに乗り越えたものと思っていたのに。感情を安定させよう、過激な思いは避けようとして、何年も戦ってきた。自分だけが生き残ったのを知った瞬間に感じた、針で刺されるような後悔の念を――いまのいままで――ほとんど忘れていた。もし突撃隊の先頭にいたら、自分も戦死していただろう。友人たちと一緒に粉々に吹き飛ばされて。ところが、珍しくも二列目にいたため、友人たちが彼の目の前で真っ赤な血しぶきを上げて倒れるのを見てしまった。ヴォクソール・ガーデンズで派手に打ち上げられる花火のようだった。

ラルフは唾をのみこみ、目を閉じたままでいたが、やがて、生々しい記憶を消そうとして目をさらにきつく閉じた。もし、あのとき自分も一緒に死んでいれば……。もし、祖国に送りかえされてほどなく、まさにこの屋敷で薬をのむことができたなら……。もし……。

こうした感情をラルフはほとんど忘れていた。こうした思いに襲われたときに、どうすれば呼吸を安定させられるのか、どうすれば死の甘い誘いを拒み、生きつづけるという忌まわしき努力のほうへ思いを向けることができるのかを、ほとんど忘れていた。どうすればどん底から抜けだし、這いあがっていけるのかも、ほとんど忘れていた。

いくら生きていく気がなくても、人生を贈物とみなさなくてはならなかった。そう、贈物だったのだ。理由はどうあれ、あの日、彼の人生は破滅を免れ、その後何カ月も何年もたってから彼のもとに戻ってきた。それには理由があるに違いない。もし——とても大きな〝もし〟だが——神の御心《みこころ》のようなものを信じるとすれば。

ゆうべの出来事を、渋々ながら思いかえした。

劇場へ出かけようというのはジョージの提案だった。そのときは名案だと思ったのだが。クロエはロンドンに来るのをいやがった。六年前と去年の経験から、貴族階級の前に出るのを尻込みしていた。もちろん、彼女なりに覚悟は決めていた。ここ数日間、あっぱれな勇気を見せていた。しかし、ジョージの提案のおかげで、彼女をゆっくりと社交界にひきもどし、貴族階級といわば距離を置いて見つめあえるようにする機会ができたわけだ。それに、ジョージが招待するつもりでいた客は、こういう機会にうってつけの顔ぶれに思われた。クロエはヒューゴ・トレンサム夫妻とはすでに顔見知りで、好感を持っているし、キルボーン伯爵はレディ・トレンサムの実の兄だ。その夫人はいつも優しい感じのレディであり、レディ・リンゲイトについては、控えめだが魅力的な人だとジョージが言っていた。

楽しい一夜になるはずだった。劇場へ向かう馬車のなかで、ラルフはクロエの緊張をほぐそうと懸命に努力をし、気がついたら彼自身の緊張もほぐれていた。結婚生活は予想していたより心地よいものだと思いはじめていた。

芝居が始まる前に劇場内を見渡すと、知った顔がいくつかあったので会釈をした。向かい側のややうしろ寄りにある桟敷席を除いて、空席はひとつもなかった。シェイクスピアの喜劇はいつも人気が高い。クロエも周囲に目をやっていることに、ラルフは気づいた。最初のうちは自分たちの桟敷席にいる人々にしか目を向けようとせず、ほかの観客全員から見られていると思いこみ、怯えている様子だった——まあ、しばらくのあいだ人々に見られていたのは事実だろうが。

ラルフは舞台に視線を移そうとした。いまにも芝居が始まるに違いない。そのとき、向かい側にある一段上の桟敷席が、そして、そこにすわっている二組のカップルが目に入った。

彼の心臓がひっくりかえった。いや、停止した。

あわてて別のほうを向いたが、彼が目をそらした瞬間、向こうの貴婦人から視線を向けられたのを感じた。その夜、彼は二度とそちらを見ようとせず、幕間の休憩時間に桟敷席から出ようと提案するのも控えることにした。ラルフと握手をし、公爵夫人に紹介してもらおうとして、多くの人が桟敷席に押しかけてきたおかげで、その決心を楽に実行に移すことができた。

向こうの桟敷の貴婦人に姿を見られたのかどうか、ラルフにはわからなかった。見られずにすんだかもしれない。なにしろ、劇場は満席だし、こちらはクロエの陰に半分ほど身を隠していたのだから。それに、たとえ見られたとしても、向こうが気づかなかったかもしれない。八年のあいだに自分はずいぶん変わった。

だが、それでも……。

あの人たちはいつまでロンドンに滞在する予定だろう？　短いあいだなのか、それとも、社交シーズンをずっとこちらで過ごすつもりなのか？　シーズンが終わるまであの人たちを避けていられるだろうか？

もう眠れそうになかった。ついに自分の側の毛布をめくると、静かな息遣いからクロエが眠っているのがわかったので、眠りを妨げないようなるべく静かに身を起こし、自分のガウンに視線を落とした。自分の部屋に戻って着替えをし、書斎へ行ったほうがいい。グラスに酒を注ごう。読書で自分を忘れられるかどうか、やってみよう。あるいは、酒で自分を忘れられるかどうか。もっとも、すべてを忘れるために酔っぱらったことはこれまで一度もなかった。ただ、意外なことに、一人になることを考えただけで耐えられない気がした。クロエの息遣いには弱い薬のような効果があり、彼をのみこもうとする深い闇の縁からかろうじてひきもどしてくれる。

ガウンは置いていくことにして、裸で窓辺に立ち、カーテンをわずかにあけた。外の広場は闇のなかに沈んでいる。夜警はどこかよそを巡回しているに違いない。時間が早すぎるため、商売人の姿はまったくない。彼の背後の部屋も闇のなかだ。たとえ誰かがこの窓を見上げたとしても、そこに立つ彼の姿は見えないだろう。ラルフは窓敷居に両手を突き、うなだれ、目を閉じた。

自分の右側にかすかな温もりを感じたのは一〇分後だったかもしれないし、もしくは三〇分後だったかもしれない。彼女は何も言おうとしなかった。また、彼に手を触れることもなかった。毛布かショールを肩にかけられて、彼はそのとたん、室内が冷えきっていることに気づいた。彼女の額が彼の肩の端に押しつけられた。

神さま！　ああ、神さま！　ラルフは目をさらにきつく閉じ、さらにうなだれた。

「悪かった、クロエ。本当にすまない。できることなら、ぼくを許してほしい」

「つまらない口論をしただけよ」クロエは額を上げずに言った。「許さなきゃいけないことなんて何もないわ」

「いや、ある。きみがぼくを必要としていたに違いないのに、ぼくは身勝手なことに、きみの苦悩に気づいていなかった。しかも、ひどいことを言ってしまった」

「じゃ、許します」

深淵《しんえん》が口をあけた。

「それはきみの力を超えたことだ。ぼくを許すなんてきみにはできない、クロエ。誰にもできないんだ」

たとえ神であろうと。戦場で命という不要な贈物をよこしたのが神であるなら、そして、自分が生きる意志を見つけたときに、それを許していいかどうかを決めるのが神であるなら、という仮定のもとで、ラルフは神の許しを求めてきた。ただ、自分が神を信じているという確信はなかった。もっとも、信じていないという確信もなかったが。いずれにしろ、とりかえしのつかない危害を人々に加えてしまったこの自分を許すことが、ただの概念か霊か生命力といったものに過ぎないとされている神に果たしてできるのだろうか？　それでは納得できない。安易すぎる。その人々に申しわけが立たない。神に許されたところで、自分に安らぎは訪れない。

「ラルフ」彼女が言い、彼はその声に生々しい痛みを聞きとった。「いったい何があったの？」

ラルフは長いあいだ何も言おうとせず、クロエは彼の肩を包んだ毛布越しに筋肉のこわばりを感じることができた。ベッドを出たため、寒さも感じとれた。薄すぎる寝間着では身体を温める役には立たない。身を震わせた。

彼が返事をしそうにないため、新たな苛立ちを招くのを覚悟のうえで、もう一度同じ質問をした。ベッドで寝返りを打って眠りのなかへ戻ればよかった。わたしはなぜそうしなかったの？

ラルフが彼女の身震いに気づいたに違いない。毛布の端を広げて彼女を抱き寄せた。毛布に包まれたクロエは彼に身を寄せて、その肩に頭を預け、二の腕に手をかけ、自分の身体を温めた。こうして立っていると、ベッドで横になっているとき以上に彼の裸身が意識された。みごとに均整がとれ、たくましい筋肉に覆われ、男らしさにあふれた彼の身体を、クロエは愛している。傷跡ですら愛《いと》しくてたまらない。なぜなら、それも彼の一部だから。高い代償を払った結果だから。左手を伸ばして、彼の右肩を一周する硬く盛りあがった傷跡に触れた。

彼はふたたび長いあいだ黙りこんだが、筋肉のこわばりはいくらか消えていた。そのとき、クロエはあることを悟った——できれば知りたくなかったことを。ただ、なぜ彼に毛布を持っていくために温かなベッドを出て、返事をしようとしない彼に質問をくりかえしたのかが、それで納得できた。彼を愛しているのだ。もちろん、彼のことはほとんど知らない。彼には、妻に知られまいとして用心深く隠している部分がずいぶんある。でも、わたしが知っていることもいくつかある。学校でグレアムと一緒だったころの彼は、情熱と活力と理想とカリスマ性にあふれた少年だった。瀕死の状態で半島からイングランドに送りかえされてきたときは、重傷を負い、夢を打ち砕かれて、生きることより死ぬことを願う青年になっていた。そして現在は、心を閉ざし、自制心が強く、ときに暗く沈みこみ、ひきこもりがちで、虚ろな目をした男性になっている。ただ、わたしから見れば、虚ろではない。その目に浮かんだ虚ろな表情は、魂を覆うカーテンのようなもので、詮索好きな者たちから心の痛みを隠すためのものだ。

クロエが彼に感じている愛はロマンティックなものではなかった。そんな幻想は抱いていないからだ。月光と音楽とバラの花は期待していない。自分の思いに彼が応えてくれることも期待していない。恋に酔ったことはないし、今後もけっしてないだろう。わたしは恋をしているのではない。この目に星が輝いているわけではない。

彼という人間をありのままに受け入れているだけだ。彼の深い内面をわたしは知らないし、今後も知ることはなさそうだけど、それも含めて受け入れている。彼の複雑な面、痛み、義務感、生来の品位、さらには、不機嫌なところまでも愛している。彼の身体、容貌、感触、温もり、匂いを愛している。ベッドで身体を重ねたときの彼の重み、愛を交わすときの強烈な律動、不意に熱く迸る彼の情熱の証《あかし》を愛している。

彼を愛している。でも、できることなら、愛したくなかった。こちらが提案し、向こうが受け入れてくれた取引を、一方的に破棄するような結果にはしたくないから。自分のなかに感情的な絆が生まれてしまったため、取引の条件に従いつづけるのがむずかしくなってきた。

だが、そのいっぽうで、自分の子供たちの父親になるのは、愛してもいない男性より愛している男性のほうが望ましいと思っている。あと二日ほどすると月のものが始まる予定だ。ときには予定より早くなることもある。でも、今回はまだだ。もしかしたら——ああ、どうか、どうか——予定どおりではなく、遅れてくれますように。一〇カ月後になりますように。

とにかく、わたしは子供がほしくてたまらない。彼を喜ばせ、自分も喜び、二人がこれまでより強い絆で結ばれるには、それしか方法がない。

といっても、その絆で彼を縛ろうなどとは思ったこともないけど。

ようやく、ラルフが口を開いた。

「学校が休みに入ると、ぼくたちが別々に過ごすことはめったになかった。誰かの家で一緒に過ごしたものだった。ぼくはみんなの親を自分の親のように思い、いや、少なくとも大好きなおじさんとおばさんのように思い、みんなもぼくの親を自分たちの親のように思っていた」

ラルフは三人の友達の話をしているのだった。クロエが尋ねる必要はなかった。

「自分の少年時代がどんなに牧歌的なものか、当時はよくわかっていなかった。ただ、特権階級に生まれたことだけはわかっていて、特権には義務がつきものだと思っていた。考える義務、責任ある意見を持つ義務、信念に従って行動する義務。たとえ、そのために自分を愛してくれる人々を失望させたり、悪くすれば傷つけたりすることになろうとも。多くの少年の場合と同じように、ぼくの理想には現実の裏づけがなく、妥協の余地もなかった。若い時代は人生のなかでも危険なときだ」

クロエは何も言わなかった。彼は同意や慰めを求めているのではない。

「ぼくはリーダーだった。理由はいまもよくわからないが、とにかくそうだった。周囲の少年たちはぼくの言葉に耳を傾け、命令に従った。そして、ぼくはまだ少年で、自分が間違っている場合もあるなんて思ったこともなかったから、みんなの好きにさせていたし、こっちからそう仕向けることさえあった。そして、恥ずかしい話だが、ぼくに逆らう少数の相手には苛立ちを覚え、軽蔑したこともあった」

グレアムのときのように？

「だから、ぼくと一緒に戦争に行ったんだ、あの三人は。そして、死んでしまった。ああ、きみはこう言うかもしれない――三人は自分の自由な意志で戦争に行き、自分が信じる大義のために死んだんだ、と。さらには、あの戦争で数えきれないほどの死者が出た、そこには無力な民間人も含まれていて、たまたま戦渦に巻きこまれた女子供まで犠牲になった、と言うかもしれない。だけど、ぼくはそういう気の毒な人々の死までも自分の良心の重荷にすることはできない。また、苦しみを味わったのがあの三人だけだったら、ここまで責任を感じることはなかっただろう。なぜなら、そう、一人一人が自分の考えを持ち、ぼくと一緒に行くことを自分で決めたのだから。だけど、一人一人に家族がいたんだ。息子を愛し、失い、その後も生きてきた家族が。その人たちにとっては、ぼくが終わりなき苦しみの元凶だった。ぼくを自分たちの家庭に迎え入れ、可愛がってくれた人たち。ぼくが愛していたはずの人たち」

「きっと、すでにあなたを許してくださってるわ――たとえ最初はあなたを恨んでいたとしても」クロエは言った。彼が自分を責める気持ちは理解できる。戦場で経験したすべてが彼にとっては耐えがたい苦しみだったのだ。しかし、三人の友達の家族がラルフを責めるなどということはありえない。グレアムが言っていたように、三人それぞれがリーダーだったのだ。ラルフが進めていた、無謀な、もしくは無慈悲なゲームに、無力な駒として参加させられたわけではない。「そのあと、ご遺族の誰かと会ったり、話をしたりしたことはあったの?」

「ペンダリス館を出たあとで、マックス・コートニーの妹と何回か会った」下の広場で夜警の松明が上下に揺れながら視界に入ってきたので、ラルフはクロエの肩越しに手を伸ばしてカーテンを閉めた。「やがて、妹から手紙が届いた。ぼくは彼女にとって、いまは亡き最愛の兄につながる最後の輪だったのだろう。その気持ちをぼくへの恋だと思いこんでいた。ぼくは露骨に冷淡な態度をとらないようにしつつ、できるだけ彼女を避けていた。ある舞踏会で会ったとき、レモネードをとってくると言っておきながら、そのまま屋敷をあとにし、翌朝ロンドンを離れたことさえあった。だが、遺族のなかでぼくが会ったのは彼女だけだ。マックスが戦死した二年ほどあとに彼の母親が亡くなったため、彼女が社交界にデビューするときの世話は、おばさんにあたる人がしてくれた。今年の春の初め、ぼくがヴィンスの屋敷に滞在していたとき、ミス・コートニーから手紙が届き、牧師と結婚することを知らせてきた。ぼくは彼女を落胆させたんだ。ぼくのせいで苦しんでいた相手を慰める機会ができたのに、何もしなかったんだ」

ミス・コートニーがお兄さまの死についてこの人を責めたことはなかったのね。この人はそれに気がついていたの? しかし、クロエの心には別のことが浮かんだ。

「今夜、その妹さんが劇場に来ていたわけ?」

「ミス・コートニーが? いや。だが、ハーディング子爵夫妻が来ていた。トムの両親だ。

トムは一人息子、それもたった一人の子供だった。夫妻はトムを溺愛していた」

ラルフの筋肉がふたたびこわばった。クロエは彼の肩を両手で抱き、頭を少しひいて彼を見上げた。目が暗がりに慣れていたので、こちらを見かえした彼の表情にきびしく荒涼とした空虚なものを見てとることができた。

「夫妻はトムに行かないでくれと懇願した。母親である子爵夫人はぼくに手紙までよこし、ぼくの力で説得してほしいと頼んできた。だが、ぼくは逆の説得をしてしまった」

クロエは首を軽く傾けた。「で、そのあとは？」と尋ねた。

彼が視線を返した。「あとはなかった」

「向こうから連絡はなかったの？　あなたから手紙を書くこともなかったの？」

「なかった」

「今夜、ご夫妻はあなたに気づいたの？」

「視線が合ったわけではない。だけど、そうだな、向こうもたぶんぼくの顔を見たと思う」

クロエは自分が何をする気かを考える暇もなく、彼の顔を両手ではさんだ。

「これからどうするの？」

「どうするって？」ラルフは眉をひそめた。「何もしない。ぼくに何ができる？　向こうがこちらの顔に気づいていたなら、ぼくが一夜をぶちこわしたことになる。あの夫妻の人生をぶちこわしたのは事実だし。夫妻の前から姿を消すのがぼくの義務だ。夫妻のほうにロンドンを離れる予定がないなら、ぼくが去るしかない——いや、ぼくたちが。きみもそのほうが嬉しいだろう？」

ラルフは彼女の手に指をかけ、その手を彼の顔からひきはなした。二人の身体のあいだで手を握りしめ、毛布が彼の肩から床にすべり落ちた。

「逃げる気なの？」クロエは訊いた。「あなたがお友達のご両親を見かけ、わたしがレディ・アンジェラ・アランデールを見かけたというだけで？」

「逃げる……」ラルフは低く笑ったが、愉快そうな響きはまったくなかった。「知らなかったのかい、クロエ？　それは無理だということを。知ってるはずなのに。きみは何度か逃げようとしただろう？　逃げても解決にはならない。自分自身から逃げることはできないんだ」

「だったら、ご夫妻と向きあわなくては。あなたのほうから訪問するのよ。たぶん、ご夫妻もミス・コートニーと同じように、あなたのことを息子さんにつながる輪だと思い、会えば喜んでくださるはずよ」

ラルフはクロエの手を放すと、彼女の顔にかかった髪をかきあげ、さっき彼女がしたのと同じようにその頬を両手ではさんで自分のほうへひきよせた。

「無理だ」低く言った。

「じゃ、残りの生涯を地獄で送っても満足なの？」

こんな言い方をするつもりはなかった。言葉が頭のなかでこだましていて、まるでほかの誰かがそう言ったかのようだった。彼の目が暗い大きな水たまりのように見えた。

「満足？」ラルフはふたたび笑った。「まさにぴったりの言葉だ。妻というのは厄介なものだな、クロエ」

「お節介なお荷物という意味？」

「つい最近も言った覚えがあるが、思いあたるふしがあるなら……」しかし、いまの彼の口調に苛立ちは含まれていなかった。

「少しだけ心配せずにはいられないの」クロエは彼に言った。「あなたが鬱々としていると心配で」

「きみも鬱々としてるのかい？」ラルフは顔をもう少し近づけた。「レディ・アンジェラ・アランデールが劇場にいたことに、ぼくはなぜ気づかなかったんだろう？　彼女に間違いないのか？」

「ええ。それに、自分では確信が持てなかったとしても、観客の反応から、わたしの勘違いじゃないことがわかったでしょうね」

「それなのに、ぼくは何ひとつ気づかなかった。自分勝手なやつだね、ぼくも。すまない、クロエ」

「たいしたことじゃないわ。レディ・アンジェラとわたしがたまたま似てるだけ。みんな、その噂にはすぐに飽きてしまうわ」

「うん。そうとも」ラルフは二人のあいだの距離を詰めて彼女にキスをした。

それは官能的なキスではなかった。いや、官能的ではあるが、それ以上の何かがあった。

温かさと、そして、ほかの何かがあった。キスせずにはいられないという思いかもしれない。焦がれる思いかもしれない。いや、感情より深い何かで、それゆえ、言葉にはできないものかもしれない。

クロエが彼に腕をまわすと、彼も両腕で彼女を包み、キスが激しさを増し、彼の舌がクロエの口のなかを探るうちに、クロエは彼の興奮のこわばりを下腹部に感じた。

ラルフが彼女を連れてベッドに戻り、寝間着を脱がせてからシーツに横たえてそのまま覆いかぶさり、彼女のなかに入ってきたときでさえ――彼が彼女のなかで動き、彼女が彼の脚に自分の脚をからめて一緒に動きはじめたときでさえ――厳密にいうと、それは官能的な行為ではなかった。というか、官能だけではなかった。官能が中心ではなかった。また、単に子供を作るためのものでもなかった。

それは……。

ああ、うまく言えない。ぴったりの言葉がない。

しかし、ラルフは彼女を必要としていた。〝ほしい〟という単純な気持ちではない。必要なのだ。彼女がラルフを必要としているのと同じく。今夜レディ・アンジェラと出会ったことで、彼女自身も当人が意識する以上に動揺している。

そのため、これまで一度も――情熱に身を任せたあの一夜にも――なかったほどの奔放さで、クロエは彼の腕のなかで自分を解き放った。自分のすべてを解き放ち、差しだした。言葉は抜きで自分のハートと愛を差しだした。そして、彼女自身も受けとった。彼がついに動きを止めて、彼女のなかに情熱をあふれさせたとき、その温かさと驚異が広がって彼女の全身を満たした。

というか、そのように感じられた。二人とも無言だった。

しかし、ラルフは身体を離したあとも彼女の腕のなかにいて、その胸に頭を預け、脚と脚をからめあったままでいた。そして、クロエは彼の吐息を耳にし、彼の身体から力が抜けて眠りに落ちていくのを感じとった。

彼の頭のてっぺんに頬をつけて目を閉じると、うっとりする不思議な幸福感に包まれた。

18

「ジュリアおばさまが一〇時に馬車で迎えに来てくれるの」朝食の席でラルフから今日の予定を尋ねられたので、クロエは答えた。「買物に出かけるのよ。新しい服が必要だから。構わない？」

「もちろん。好きなだけ買うといい」

「あら」クロエは彼に笑みを向けた。「後悔するわよ」

「大丈夫さ」笑顔ではなかったが、彼の目には温かなものが浮かんでいた。けさは早い時間に二人とも目をさました。彼はまだクロエの腕のなかにいて、その肩に頭をのせていた。満ち足りた感じの吐息をついて、乳房にキスをし、ゆっくり時間をかけながら、優しいと言ってもよさそうな行為に移った。

確かに優しい雰囲気だった。本物の愛の行為に思われた。

「もしかしたら」クロエは言った。「高価なものばかり買うかもしれないわよ。そして、賭博台から離れられなくなるかもしれない。キラキラ光るものが大好きかもしれない。ダイヤモンドが使われていればとくに」

ラルフは片手にコーヒーカップを持ったまま椅子にもたれ、なんと、今度は本当に微笑した。

「いまの言葉で、マンヴィル館に厳重にしまってある先祖伝来の宝石類のことを思いだした。きわめて古く、値がつけられないほど貴重なものだが、この時代の女性がそれを身に着けようとすることはまずないだろう。結婚指輪以外、ぼくはきみに何も買ってあげていなかったね。その指輪だって、もう少し小さなサイズにすべきだった。結婚披露宴と舞踏会のときに着ける宝石を買ってあげよう」

「あら、そんな必要はないわ」

「とんでもない」ラルフは眉を上げた。「大ありだ。それに、プレゼントを買うのはぼくの楽しみだし。きみもそれを身に着けたら、きっと楽しいと思うよ」

クロエは自分の頰が真っ赤になっているに違いないと思った。「そうでしょうね。でも、ほんとに必要ないのよ」

「ここに来る途中で書斎をのぞいてみた」ラルフは言った。「ロイドはまだ来ていなかったが、彼の机で郵便物が山をなしていた。ほとんどが招待状だろう、たぶん。ロイドもそろそろ出てくるころだ。見に行ってみないか？　そうそう、舞踏会の準備のためのリストが必要だから、昨日、得意のリスト作りにとりかかるようロイドに頼んでおいた。リストがすでにぼくの腕ぐらいの長さになっていなかったら、そのほうが不思議だな。見に行くかい？」

彼の腕に手をかけながら、クロエは思った――すてきね、一緒に何かをしたり、計画を立てたり、おたがいの人生の一部になったりするのって。こんな幸せが待ってるなんて予想もしなかった。

確かに招待状がどっさり届いていた。秘書のロイド氏がすでに目を通し、三つのきれいな山に分けていた。ひとつは出席すべきもの、もうひとつは出席してもいいもの、三つ目は出席の必要がないもの。クロエもラルフに倣って一通ずつ目を通してみたが、ロイド氏の判断はほぼ完璧だった。最初の山については一通を除いてすべて出席、ふたつ目は一通だけ出席、三つ目はすべて欠席ということに決まった。

「舞踏会のほうはどうなっている、ロイド?」ラルフが訊いた。

ロイド氏が二種類のリストを差しだした。最初のリストは彼に思いつけるかぎりの準備作業を羅列したもの。クロエはそれに目を通してから、新たな項目をいくつか加えた。二番目のリストはかなり長くて、招待予定の客の名前が並んでいた。これもさっきと同じく、三つのグループに分かれている。招待すべき客、招待してもいい客、招待の必要がない客。

必要ないグループに入っているひと組の名前がクロエの注意を惹いた。

「ヒッチング侯爵夫妻とお子さま方?」クロエは問いかけるようにロイド氏を見た。

彼はかなり狼狽した様子で目を伏せた。「そのほうがいいかと思いまして、奥方さま――。やはり――」

ラルフが秘書に助け船を出した。「ぼくがリスト作りをしたとしても、侯爵一家はそのグループに入れていただろう。どこかへ入れる必要があるとすれば」

「侯爵ご一家にかならず招待状を送ってください、ロイドさん」クロエは言った。

「本当にいいのか？」ラルフが眉をひそめて彼女を見ていた。

「ええ」クロエは答えた。もっとも、足元がひどく不安定な感じだったが。「去年の少々意地悪なゴシップのせいで、わたしが――あるいは、あなたが――なんの罪もない一家を軽んじて、招待客リストからはずすようなことは、ぜったいにしてはいけないと思うの」

「わかった。いいな、ロイド」ラルフは言った。別の名前を指で軽く叩いた。招待すべき客のところに出ている名前だ。「しかし、この人物については、きみが除外したがるかもしれない」

クロエは身を乗りだしてその名前を見た。「コーネル卿？」じゃ、ラルフは知ってたの？

「この男をぼくの屋敷に迎えることはないだろう」ラルフは言った。「あるいは、ぼくの妻の周囲一キロ以内に近づけることも」

まあ、ほんとに知ってたのね。

二人はさらに数分かけて両方のリストを検討した。しかし、クロエはこれ以上ぐずぐずしていられなかった。もうじき、ジュリアおばが迎えに来る。

クロエはその日の残りを軽い足どりで過ごした。夢のような暮らしとまでは言えないにしても。結婚生活は、こちらが提案したときの予想をはるかに超えて順調にいっている。そして、午後には義理の母親とノラに連れられて何軒かの屋敷を訪問する。買物は昔から好きだった。午前中はおばと一緒に買物に出かける予定だ。気に入らない嫁かもしれないが、二人とも彼女がワージンガム公爵夫人として社交界に楽に登場できるよう、手を貸す気でいる。わたしは頭をしゃんと上げていることにしよう。恥じることは何ひとつないのだから。


貴族院議長からの呼び出し状を受けとらないことには、ラルフは貴族院の席にすわることができない。呼び出し状はまだ届いていなかった。来週、宮廷で正式に国王に拝謁することになっている。スタンブルック公爵であるジョージがすべてを手配し、付き添ってくれるという。それまでのあいだ、ラルフは祖父が亡くなる以前と同じように日々を送ることができ、今日も、ボンド通りの買物につきあったり、母親が午後に予定している訪問に同行したりせずにすんで、胸をなでおろしていた。

〈ホワイツ〉の読書室で朝刊に目を通していたとき、クロエの父親のサー・ケヴィン・ミュアヘッドが部屋に入ってきた。彼はあたりを見まわしていたが、やがてラルフに目を留め、決然たる足どりで近づいてきた。ラルフは椅子から立ち、サー・ケヴィンと握手をした。

「お宅の執事がきみはここだろうと言っていたのでね」サー・ケヴィンは新聞や本を読んでいる人々の邪魔にならないよう、声をひそめて言った。「執事の勘があたっていてよかった。どうしてもきみと話したいことがある」

「一緒に午餐などいかがでしょう？」ラルフはダイニングルームのほうを手で示した。

「グレアムは教区の仕事に追われている」食事の席についたところで、サー・ケヴィンは説明を始めた。「それから、ルーシーは女友達とおたがいの子供と乳母と一緒に公園を散歩している。ネルソンは戯曲の執筆に没頭している。いや、むしろ、セリフを文字にする前に片手を大きくふって高らかに口にしている、と言うべきか。大傑作をものにして不朽の名声を得る夢をいまだに持ちつづけている。ジュリアはクロエと買物に出かけたし、イースタリーは議会に出て、当人としては重要なつもりの討論に加わっている。話し相手になってもらえそうなのはきみしか残っていないのだ、ワージンガム」

「光栄です」ラルフがそう答えたとき、給仕が注文をとりに来た。

「ヒッチングがロンドンに来ている」ふたたび二人だけになったところで、いきなりサー・ケヴィンが言った。「家族全員を連れて。一日か二日前に来たようだ」

「ええ。ゆうべ、レディ・アンジェラ・アランデールが劇場に来ていました」

「それで、きみは……？」サー・ケヴィンはギクッとした表情になった。

「ぼくたちも同じ劇場にいました。気まずいことは何も起きていません。クロエは毅然たる態度を崩しませんでした。向こうの令嬢もたぶんそうだったでしょう。二人がじかに顔を合わせることはありませんでした」

サー・ケヴィンはしばし目を閉じて、大きく息を吐きだした。

「前に一度、ヒッチングに言ってやった。イングランド北部の領地にひっこんで、生涯そこでおとなしくしていてほしい、ロンドンにふたたび顔を出すようなことがあったら、わたしがその顔の造作を並べ直してやる、と。まあ、そんなような意味のことを言ったわけだ。当時のわたしはまだ若くて、ヒッチングが警告を真に受けて、わたしの怒りを恐れて震えながら生涯を送るものと信じていた」

給仕が二人の前に料理を置くあいだ、サー・ケヴィンは黙りこんだ。

「二八年前のことだ」サー・ケヴィンは自分がこんなに量の多い料理を頼んだとは信じられないと言いたげに、眉をひそめて皿を見下ろしながら、話の続きに入った。「たとえヒッチングがかつてわたしを恐れていたとしても、もはや恐れていないのは明らかだ。いや、たぶん恐れたことなどなかったのだろう。目下、妻と娘と息子の一人を連れてこちらに来ている」

「すべては遠い昔のことです。いまさら蒸しかえす必要もないのではないでしょうか。ところで、近いうちにストックウッド邸で舞踏会を開こうと思っています。けさ、ぼくの秘書が招待予定の客のリストを見せてくれたところ、クロエはヒッチングと家族全員をリストに含めるべきだと強く言いました。去年のゴシップは根も葉もないものであることを人々に証明しようと、固く決心している様子です」

ラルフの義理の父はローストビーフをひと口食べただけだった。カチャンと音を立てて、ナイフとフォークを皿に斜めに置いた。目を閉じ、眉間から額に向かって二本の指でさすった。ラルフは黙って見守り、二人のあいだの沈黙はずいぶん長く続いた。周囲のテーブルから会話のざわめきが聞こえてきた。

サー・ケヴィンが手を下ろし、テーブル越しにラルフを見てようやく言った。「クロエに真実を知らせるべきかもしれない。どう思う?」

「その質問にはマンヴィル館でお答えしました」ラルフはサー・ケヴィンに思いださせた。

「娘は知っているのだろうか？　ヒッチングの娘という意味だが。父親から聞いているだろうか？　あるいは、母親から。いまのいままで気づかなかったが、あの一家も去年のゴシップで影響を受けたに違いない。だが、今年もまたロンドンにやってきた」

サー・ケヴィンは依然として何も食べていなかった。頭痛が始まったかのように、親指と中指でこめかみのあたりをさすっている。

「あのう……」ラルフは言った。「今夜、食事にいらっしゃいませんか？　グレアムも一緒に。クロエがきっと喜ぶと思います」

サー・ケヴィンは手を下ろし、じっとラルフを見た。

「ありがとう。名案だと思う」

「ぼくもそう思います」ラルフはうなずき、この言葉が真実であるよう願った。

眠れる犬はそっとしておくほうがいい場合もある。そうでない場合もある。ある状況のもとでどちらを選ぶべきかを、どうやって判断すればいいのだろう？　ふと気づくと、ゆうべのクロエの言葉がよみがえっていた。

〝だったら、ご夫妻と向きあわなくては。あなたのほうから訪問するのよ〟クロエは言った。ハーディング子爵と夫人のことだ。彼が無理だと答えると、こう言った。〝じゃ、残りの生涯を地獄で送っても満足なの？〟

午後遅く帰宅したときには、クロエはけっこう疲れていた。買物は無事に終わった。ジュリアおばには色彩とデザインを見る目があり、流行に敏感で、何が姪に似合うかを心得ていた。クロエにも彼女なりの好みがあるが、大部分がおばの好みと一致していた。あらゆる機会に備えて注文した何着もの服は、ほとんどが彼女の好きな緑色と茶色とクリーム色系の控えめな色合いだった。ただし、ストックウッド邸の舞踏会で着るために注文したドレスはエメラルドグリーンだった。きっと、おばあさまが喜んでくださる。

午前中より午後のほうが気の重いひとときだったが、不愉快な思いはせずにすんだ。ラルフの母である先代ベリック伯爵未亡人が午後の訪問にクロエを同行させるため、ノラを連れて時間どおりに迎えに来て、それから、貴婦人が住む屋敷を三軒訪問して、それぞれの屋敷できっかり三〇分ずつ過ごした。ほかにも客が来ていて、全員が女性で、その一部はクロエが以前ロンドンに滞在したときに顔見知りになった人々だった。葬儀の日にマンヴィル館で会った人もわずかにいた。初対面の人もいた。何人かは親しみやすい感じだったが、誰もが丁重な態度だった。バーリントン〟ヘイズ夫人が媚《こ》びへつらうように恭しくクロエたちを自宅に迎え入れ、ほかの客たちに自慢そうに紹介するのを見て、クロエは、この人は六年前のことを覚えていないのだろうかと首をかしげた。あのときは、この屋敷の執事がクロエの母と彼女に向かって〝奥さまはお留守です〟と言ったのだった。

クロエが帰宅すると、ラルフのほうが先に帰っていた。手袋をはずしていたとき、彼が書斎から出てきた。

「あなたのお母さまとノラに連れられて、午後の訪問で三軒のお宅をまわり、こうして無事に帰ってきたわ」

「そのようだね」クロエの一張羅である緑色の服にラルフが視線を走らせた。婚礼のときに着ていた服だ。「きみが疲労困憊していないよう願いたい。晩餐に客が来る予定なんだ」

「えっ？」クロエの気分が沈んだ。

「きみの父上と弟さんだ。〈ホワイツ〉で父上とばったり会ったものだから」

クロエは安堵の笑みを浮かべた。「楽しい食事になりそうね」

「そう願っている」ラルフは彼女に軽く頭を下げ、書斎に戻っていった。

あの人の顔には、あるいは目の奥には、微笑のかけらもなかった——階段をのぼって自分の部屋へ向かいながら、クロエは思った。でも、考えてみれば、わたしの父とグレアムが晩餐に来ても、彼は嬉しくもなんともないはず。わたしのために二人を招待してくれたんだわ。そう思うと心が温まった。


晩餐の席での会話が弾むようラルフが心を砕く必要はたいしてなかった。グレアムに何か質問すれば、ロンドンのスラム街で体験したことをいくつか喜んで語ってくれた。スラム街が彼の活動の中心なのだ。どの話も彼の偉大さを強調したり、貧困に苦しむ人々を劣った存在のように思わせたりするものではなく、ラルフはそれに気づいて興味深く思った。ラルフだったら街ですれ違っても一瞥《いちべつ》すらしないような人々のことをグレアムが語るとき、その声には本物の愛情があふれていた。ラルフは自分の慢心を思い知らされたような気がして、賛美と苛立ちの混じったあの昔ながらの感情がよみがえるのを感じた。

サー・ケヴィンは水を向けられれば、娘たちと息子が幼かったころの話をし、そこにクロエとグレアムが自分たちの記憶を加えた。記憶のなかにはときに矛盾するものもあった。しかしながら、ラルフが会話のなかで仲間はずれにならないよう、三人とも気を配っていた。わかりにくい事柄があれば説明し、彼の知らない人々が話に出てくれば、どういう人なのかを説明した。幸せな家族だったに違いないとラルフは思った。

クロエは父親から午後の訪問について尋ねられると、詳しく語り、顔を合わせたさまざまな貴婦人についての鋭い観察でみんなを笑わせた。ラルフは彼女の輝く瞳と淡く紅潮した頬に気づいて、このひとときを大いに楽しんでいるようだと思った。何が原因で数カ月前に彼女が実家を出たのかは知らないが、そうしたわだかまりも消えたようで、三人ともこのひとときを楽しんでいる様子だった。

サー・ケヴィンはすべてをそっとしておくほうを選ぶかもしれない。

「でも、話題がわたしたちのことばかりだったわね」最後にクロエが言って、テーブル越しに申しわけなさそうな顔でラルフを見た。「なんて不作法だったのかしら。あとで父とグレアムを連れて客間に来てくれたときには、あなた以外のことは話題にしないことにするわ、ラルフ。約束します。わたしは失礼しますから、三人でポートワインを楽しんでね」

彼女が席を立とうとすると、サー・ケヴィンが声をかけた。

「クロエ」サー・ケヴィンはラルフにちらっと視線を向けて、ナプキンをテーブルに置いた。「わたしも一緒に行ってもいいかな?」

「ええ、もちろん」クロエは驚いて眉を上げたが、見るからに嬉しそうな笑顔になった。

「ポートワインはお飲みにならないの、お父さま?」

「今夜はやめておこう」サー・ケヴィンはそう言って彼女の肘に手を添えた。「わたしの娘と話をするほうがいい」

その声も態度も重々しいものだったので、クロエの微笑は父親と一緒に部屋を出る前に消えていた。

グレアムが二人を追う様子も見せないことに気づいて、ラルフは興味深く思った。グレアムはかわりにラルフを見つめていた。ラルフは軽いうなずきで、部屋に残っていた従僕を下がらせた。

「知っているのか?」二人だけになったところで、ラルフは尋ねた。

「数時間前に父が話してくれた」グレアムは言った。「もちろん、ぼくも疑ってはいた。いや、知っていたと言うべきか。だが、ときとして、意に染まない真実を認めるより幻想にすがるほうが好ましいこともある。ぼくは母が大好きだった。いまでも好きだ。だが、われわれは生涯をかけて、愛する人々の姿を曇りのない目で何度も見つめ直さなくてはならないような気がする。自分の親をそんなふうに見るのは楽なことではない。子供は親のことを完璧だと信じて大きくなるのだから」

ラルフはそれぞれのグラスにポートワインを注いだ。「で、真実を知ったために、クロエに対するきみの気持ちが変わるようなことはないのか？」

「ぼくが平和を好む人間でなかったら」グレアムは言った。「そんな質問をするきみの顔にパンチを見舞わずにはいられないだろう、ストックウッド。クロエはぼくの姉だ。誕生にまつわる真実を知ったことで、きみはクロエを軽んずる気になるかい？」

「とんでもない。だが、結婚する前から、それが真実であることはわかっていた」

「姉は本当のことを知っているのか？」グレアムは訊いた。

「きみが知っていたのと――そして、知らずにいたのと――同じような感じだな。疑いの余地なき事実を突きつけられれば、クロエは大きな衝撃を受けるだろう。しかし、最終的には、事実を知るほうがいいに決まっている」

ラルフは自分のこの意見が正しければいいのだがと思った。

グレアムはグラスをもてあそび、ステムを持ってまわしていた。

「なぜ姉と結婚したんだ？」

「妻が必要だったから」かすかに躊躇したのちに、ラルフは答えた。「より具体的に言うなら、息子が、跡継ぎが必要だったから――いや、必要だから。クロエは夫と子供を望んでいたが、チャンスはすべて通り過ぎてしまったと思っていた。やがて、ぼくが結婚を渋っていることを知った――祖母との話を漏れ聞いたんだ。誰と結婚するにしろ、物質的なもの以外は何も差しだせない、とぼくが祖母に言うのを聞いていた。そこで彼女のほうから結婚を提案してきた。双方が望みのものを手にできる、ただし、幻想も、感傷も、心が通じあうふりも、いっさい抜きにしようという条件つきで」

「で、きみは同意したのか？　感傷抜き？　心が通じあうこともなし？　何も差しだせない？　きみが？」

「クロエの面倒はぼくがみる」ラルフは約束した。「その点は心配しなくていい」

グレアムはポートワインに口もつけないまま、グラスを押しやった。

「きみはなぜいつまでもひきずっているんだ、あの三人のことを？　きみは三人の誰よりも優れた能力を持つ男だった。きみには思想が、理想が、情熱があった。ぼくはたまに――いや、しばしば――きみと言い争ったが、いつもきみを尊敬していた。臆病者と呼ばれたときだけは、たぶん別にして。しかし、そのときでさえ、それはきみの強い信念から出た言葉だった。あとの三人は冒険を、戦闘を、栄光を望んでいただけだ。ぼくは三人が好きだったし、その死を悲しんだ。しかし、きみは彼らの死からいまだに立ち直ることができない。そうだろう？」

ラルフはグラスの酒を飲んだ。

「ぼくがいなければ、そして、ぼくの危険な理想がなければ、三人がイベリア半島へ行くことはなかったはずだ」ラルフは言った。

「そうとは言いきれないぞ」グレアムはむずかしい顔になった。「われわれはどこまで兄弟の番人となるべきなのか？　ぼくはあの三人と同じように、きみの主張を何度も強く聞かされたが、きみに従う気はなかった。きみの意見には賛成できず、自分の将来について別の計画を立てていた。あの三人はきみに賛成した。それは彼らの権利であり、それに基づいて行動したのだ」

「だが、あいつらはいつもぼくに賛成していた」ラルフは言った。

「だからといって、きみが責任を感じることはない。自分がほかの連中に影響を与え、その結果、連中が苦労を背負いこみ、死んでしまうかもしれないという恐怖から、自分の意見を、自分の情熱を、心のなかに秘めておくなどということは誰にもできない。強要しようという気がないかぎりはね。きみが何かを強要したことは一度もなかった」

「きみのことを臆病者と罵倒した」ラルフはグレアムに思いださせた。

「しかし、ぼくがきみに認められたい一心で自分の信念に背を向け、きみと一緒に戦争に行くようなことをしたかい？　つまらないことを言うのはよせ、ラルフ。少年というのは、しじゅう罵りあっているものだ。やめておけばいいのに――傷つくだけだから。しかし、完璧な人間はどこにもいない。とくに成長途中の少年に完璧を期待するのは無理というものだ。きみだって、いまはもう人を罵ったりしないだろう？」

ラルフの微笑は少しゆがんでいた。「きみが決闘を承知していながら、拳銃を手にするのを拒んだのはなぜだったんだ？　愚か者め」

「断わるわけにいかなかったからな」グレアムは言った。「名誉の問題だったし、ぼくは紳士だ。だが、暴力はぼくにとって忌むべきものだ。ほかの者が暴力に走るのを止めることはできないが、自分自身を止めることはできる。ところで、きみ、いまもまだ人を罵ってるのかい？」

二人は顔を見合わせ、ゆっくりと微笑した——やがて、笑いだした。

「そして、きみは牧師になり、大部分の者が怖くて足を踏み入れることもできないロンドンの一角で働いている。きみのことだからきっと、身を守る棍棒《こんぼう》すら持たずに通りを歩きまわってるんだろうな。きみが臆病者？　とんでもない。愚か者？　たぶん」

「そして、きみはぼくの姉と結婚した。誰が想像しただろう？」

「彼女の面倒はぼくがみる、グレアム」

「わかった」グレアムはゆっくりとうなずいた。「その言葉を信じよう。そして、姉もきっときみの面倒をみてくれるだろう」

19

「お父さまがまたロンドンに来てくださって、すごく嬉しいわ」父の腕に手をかけたまま、二人で客間に入っていきながら、クロエは言った。「ロンドンにいらしたのは――ええと、ルーシーが結婚したとき以来じゃなくて？　ロンドンもそう悪くないわね。わたし、できることならずっと田舎にこもっていたかったけど、ラルフの説得でこちらに出てきて貴族社会の人たちと向きあったことを、後悔してはいないのよ。今後何週間かの招待状が山のように届いてるし、わたしたちも舞踏会の計画にとりかかったところなの。今年の社交シーズンでもっとも混雑した催しになるはずだって、誰もが信じてるみたい。お父さまもそれまでぜったいにロンドンにいて、舞踏会に出てくださらなきゃだめよ」

クリスマスのあとで実家を離れ、とりあえずしばらくは父とのあいだに距離を置こうと思ったのは、いったいどんな複雑な感情に駆られたせいだったのか、いまとなってはもう思いだせない。しかし、この数週間で最高の幸せを感じた瞬間のひとつが、マンヴィル館でグレアムの馬車から降りてきた思いも寄らぬ父の姿を目にして、何があってもこの人がわたしのお父さまだわ、と実感したときだった。

父はクロエの手を軽く叩いてから、その手を自分の腕からはずし、暖炉のほうへ行った。父が炎に両手をかざすあいだに、クロエは椅子にすわった。

「ヒッチング侯爵が今年も家族連れでロンドンに来ているようだな」父は娘に言った。

「あら。お父さまがわたしと一緒にダイニングルームを出たのはそのせいだったの？　わたしに警告しておこうと思って？　でも、わたし、知ってたのよ。ゆうべ、レディ・アンジェラ・アランデールも劇場に来ていたの。誰に教えられたわけでもないけど、レディ・アンジェラだってわかったわ。確かに、わたしに少し似てるんですもの。自分でもそう思ったわ。しかも、わたしたちの桟敷席と向かいあった席に彼女が入ってきた瞬間、客席がざわついたの。でも、わたしはたいして気にならなかった。それどころか、近いうちにレディ・アンジェラと顔を合わせて、礼儀正しく挨拶し、あんな噂はでたらめだってことを貴族社会の人々に知らせることができれば、ほっとすると思うの。侯爵ご一家にも舞踏会の招待状を送ることにしたわ。送らない理由はないんですもの。招待しなかったら、あれこれ言われて、ゴシップが再燃しかねないでしょ。わたしのことを心配するのはやめてね、お父さま。ほんとよ、心配しないで。わたしは別に――」

「クロエ」

父は暖炉の前でふりむいたわけでも、彼女の名前を大声で呼んだわけでもなかったが、父の声が尖っていたため、クロエは思わず沈黙した。

次に何が待っているのか、すでに察していた。その言葉がすでに口にされたかのように。

父を止めようとしてクロエは片手を上げたが、父は彼女のほうを見ていなかった。

「わたしがおまえに注いだほどの愛情をわが子に向けた父親は、これまで一人もいなかっただろう。おまえが生まれた五分後に、わたしはお母さんのところへ行っていた。まだお会いいただける状態ではありません、と産婆に文句を言われたけれどね。おまえたち二人のように美しい姿を目にしたのは生まれて初めてだった。おまえの名前はわたしがつけたのだよ。知っていたかね？　丸まった優しい姿には高貴な人間性が感じられ、わたしはすぐさま、優しく高貴な名前を思いついた。父親としてできるかぎりのことをした、クロエ。ただ、おまえの生気の源である輝きを与えることだけはできなかった。それを与えたのは……ヒッチングだ」

クロエは思った――何かが真実であることを心の奥で承知しているのと、疑問の余地も否定の余地もなく知るのとでは、決定的に違っている。天と地ほどの違いがある。

空気が鼻孔に鋭く、冷たく感じられた。両手が針で刺されたように疼いていた。耳のなかにかすかな唸りが響いた。クロエは不意に、衝動に駆られた――いますぐ立ちあがって逃げだしたい。逃げて、逃げて、逃げつづけたい。

〝逃げても解決にはならない。自分自身から逃げることはできない〟ゆうべ、ラルフに言われた。クロエは前に一度――いえ、二度も――逃げだした。でも、なんの解決にもならなかった。

お父さまは実の父親じゃなかったのね。これからはもう、その幻想にすがることもできなくなる。

ヒッチング侯爵がわたしの父親だった。レディ・アンジェラ・アランデールは……半分だけ血のつながった妹。あの一家には息子たちもいるという話じゃなかった？　わたしにとっては、半分だけ血のつながった弟たち。

それと同じく、グレアムは半分だけ血のつながった弟。ルーシーは半分だけ血のつながった妹。

彼女の父はいまも暖炉の炎を見つめていた。

「お父さま、お母さまと結婚したあとで本当のことを知ったの？」

「いや、結婚する前だ」父はそこでクロエのほうを向いた。青い顔をしていた。「お母さんはわたしにすべて正直に話してくれた。わたしはその年の社交シーズンが始まったときから、お母さんをひと目見たときから、恋をしていた。そして、お母さんもわたしに好意を持ってくれた。だが、あの男には……まばゆい輝きがあった。端整な容貌と魅力と地位と莫大な財産の持ち主だった――まあ、外からはそのように見えていた。わたしは失恋したと思いこんだ。ところが、ある夜の音楽会でお母さんがとなりの席にすわり、彼が破産寸前で資産家の娘と結婚するしかなくなったという事情を話してくれた。また、妊娠していることも打ち明けてくれた。わたしはすぐに結婚しようと提案し、同時に、いま聞いた秘密はけっして口外しないと約束した。すると、お母さんのほうは、生涯変わらずわたしを愛していくと約束してくれた。二人とも約束を守りつづけた。結婚生活は、わたしにはもったいないほど幸せなものだった。夫婦として愛し愛され、三人の子供を夫婦で溺愛した。おまえには永遠に真実を知らずにいてほしいというのが、つねにわたしの心からの願いだった。あの男には、二度とロンドンに出てくるなと警告しておいた。だが、やつは去年、そして今年もまた、家族を連れてやってきた。おまえは貴族と結婚した以上、必然的にあの男と同じ社交の場に顔を出すことになる。だから、こうして真実を話すしかなくなったのだ。去年のクリスマスのときは、おまえに悪いことをしてしまった。質問されて、嘘の返事をしたからな。おまえを失うのが怖かったんだ。だが、いずれにしろ、失ったも同然になってしまった」

〝……三人の子供を夫婦で溺愛した〟

クロエは自分の両手をじっと見下ろした。てのひらを下にして膝に広げたその手を。お母さまはほんとにわたしを溺愛してくれたの？　それとも、わたしを見るたびに、恥辱の過去と、資産家の娘と結婚するために自分を捨てた男のことと、破滅から逃れるために結婚せざるをえなかったことを思いだすがゆえに、疎ましく思っていたの？

お母さまはわたしを愛してくれたの？　お父さまを愛してたの？

でも、ここで問題にすべきは母親のことではなかった。母はもう亡くなった。父は――お父さまは――生きている。クロエは立ちあがり、父とのあいだの距離を詰めた。父の正面に立ち、両腕を父の腰にまわしてクラヴァットに顔を埋《うず》め、嗅ぎ煙草の香りが混ざったなつかしい父の匂いを吸いこんだ。

「ごめんなさい。家を飛びだして、お父さまを傷つけてしまった」

父の腕に抱きしめられて、クロエは幼い少女に戻っていた。あらゆる危険から守られていた。どこからともなく記憶がよみがえった――たぶん、晩餐の席での思い出話によって記憶が解き放たれたのだろう――石がごろごろしているどこかの急な坂をのぼっていたら、怖くて動けなくなった。父はルーシーを連れて先に行っていたが、ひきかえしてきて手をつないでくれたので、クロエはふたたびのぼりはじめることができた。恐怖は消え、父の助けに頼ることはほとんどなかったものの、父と手をつないでいるかぎり、一〇〇万年たってもこの身に危険が及ぶことはないと信じることができた。

一分か二分ほどすると、客間のドアが開き、父はクロエを放した。ラルフとグレアムが入ってきた。二人とも心配そうな表情だった。

「ええ」クロエは言った。「お父さまが話してくれたわ」

グレアムが大股で二人に近づいてきた。

「前から知ってたの？」クロエは弟に訊いた。

グレアムは首を横にふった。「今日まで確信はなかった。そして、一昨年まではまったく知らなかった。だけど、別になんの違いもないはずだ、クロエ。家族であることには変わりがない。些細な事実が変化したというだけで、愛が薄れるわけじゃない。それに、本当は何も変化してないんだ。前からずっとそうだったんだ。ただ、今日までぼくたちが知らなかっただけで」

〝……些細な事実〟

「あなたと結婚してはいけなかったんだわ」弟の向こうにいるラルフを見て、クロエは言った。

ラルフの眉が上がった。「少しはきみの慰めになるのなら言っておこう、クロエ」グレアムの横をまわって出てくると、クロエの手をとり、彼女の椅子のところまで連れて戻った。「ぼくはきみと結婚する前から、きっとそうだと確信していた。それでも、きみと結婚した。それがぼくの望みだったからだ。そして、きみがぼくとの結婚を望んでいると信じたからだ。ぼくの勘違いでなければいいのだが」

クロエは首を横にふった。

「なぜなら、もし勘違いだったとしても、申しわけないが、きみを放すことはぜったいにできないからだ。きみはもうぼくから逃げられない」

この人ったら、立場を逆転させたのね。わたしはもうこの人から逃げられない。その逆じゃなくて。ラルフがじっとわたしを見下ろしている。顔に微笑は浮かんでいないけど、あら、目が笑ってる。わたしの気分を軽くしようとしてくれたのね。ええ、成功よ。なんて優しい人なの。

ラルフが？　優しい？

毎日、彼のことで新しい発見がある。結婚してほんとによかった。

「あなたと結婚したかったの。結婚したことを後悔してはいないわ」

ほんの一瞬、彼の目に何かほかのものが浮かんだ。何か……激しいものが。だが、クロエがはっきりとらえる前に、それは消えてしまった。そして、このところ頻繁にあることだが、それを言葉で表現するのはクロエの能力を超えていた。

父が言った。「ヒッチング一家が出席しそうな社交行事には顔を出さないほうが賢明かもしれないな、ワージンガム。不要な困惑からクロエを守ってやらなくてはならない」

ラルフはいまもクロエの椅子の前に立ち、彼女を見下ろしていた。

「それに関しては、ぼくの妻にも意見があるかもしれません。ぼくは妻の意見に従うことにします。さあ、クロエ？」

「誰かを避けるつもりも、何かを避けるつもりもないわ」つんと顎を上げて、クロエは言った。「それから、守ってもらう必要はありません。わたしはサー・ケヴィン・ミュアヘッドの正式な娘で、ワージンガム公爵の妻ですもの」

「その意気だ」グレアムが言った。

ラルフはゆっくりうなずいただけだった。

「グレアム」クロエは言った。「呼び鈴の紐をひいてくれない？　そろそろお茶を運んでもらいましょう。おすわりになって、お父さま。椅子を勧めることも忘れてたなんて、わたしったらどうしようもない女主人ね。お母さまにちゃんと躾《しつ》けられたはずなのに」

グレアムは命じられたとおりにし、それから椅子に腰を下ろした。「今度はきみの番だぞ、ラルフ。きみの子供時代の思い出話でぼくたちを楽しませてくれ。晩餐の席では、ぼくたちがわが家の思い出話できみを大いに楽しませたのだから」

「だが、ぼくはきみと立場が違っていて」ラルフはそう言いながら、ようやくクロエから視線をはずし、グレアムのそばの椅子に腰を下ろした。「うるさくつきまとう姉妹が三人もいた。そこで、エルムウッドの森の奥深くに砦を造った。しかも、高い枝のあいだに造ったんだ。女どもが押し寄せてきても立派に持ちこたえる準備はちゃんとできていたが、そこまで来る者は一人もいなかった。姿を見せるのは、空想の世界の海賊と追いはぎとドラゴンだけ。もちろん、木のぼりができるドラゴンだ。わが家に男の子はぼく一人だったが、生き生きした想像のおかげで、孤独を感じたことはなかった。寄宿学校に入ってからは、同い年の男の子たちと仲良くなれて、とても嬉しかった」

夫と弟が学校時代の身の毛もよだつ出来事の数々を思いだしてユーモアたっぷりに語るあいだ、クロエは二人を交互に見ていた。二人が彼女や父を会話から締めだすようなことはなかったが、おたがいのことと、学校時代は実を結ぶに至らなかった友情の芽吹きのことで、頭がいっぱいの様子だった。それぞれが送ってきた人生は天と地ほども隔たっているようだが、たぶん、これから友情が花開くことだろう。

クロエは父のほうをちらっと見て、目が合ったので笑みを浮かべた。わたしの父！

でも、実の父親はヒッチング侯爵だ。

胃がむかついて吐きそうになったが、必死に我慢した。

客たちが遅くまで腰を据えることはなかった。ラルフが推測するに、グレアムは仕事の関係で早起きしなくてはならないのだろう。また、サー・ケヴィンは笑顔のときも表情がこわばっていたし、食後の会話のあいだもうわの空だった。気の毒に、墓場まで持っていくつもりだった秘密をついに明かすしかなくなり、その結果、娘を失うことも覚悟した。

客間にラルフとクロエが二人きりで残されると、室内がやけに静かに感じられた。ふたたび暖炉の両側に分かれてすわっていることに気がついた。クロエは裁縫道具入れと刺繡布のほうへ手を伸ばしたが、気が変わったらしく、すわり直して膝の上で両手を重ねた。

「ぼくはさっき、きみの意見に従うと言ったが、あれは本気だったんだぞ。家に帰りたいかい？」

クロエは目を上げて彼を見た。「マンヴィル館に？」と訊いた。「わたし一人で？」

「ぼくも一緒だ。そして、きみと向こうで暮らすことにする」新たなワージンガム公爵として、このロンドンで何を期待されているにせよ、そんなものはくそくらえだ。

「優しいのね」クロエは言った。「ほんとに優しい人。でも、帰るわけにはいかないわ。何も変わってないんですもの。そうでしょ？　あなたは真実を知っていた。わたしも知ってたけど、信じないようにしていたの。いまは信じるしかないわね。でも、もう逃げるつもりはないわ」

ラルフは椅子の肘掛けに片方の肘を突き、丸めたこぶしに顎をのせた。「舞踏会の招待状はまだ一通も発送していない。もしきみが望むなら、ロイドに言って――」

「いいえ。リストに含めたままにしておいて」

ラルフは考えこんだ――クロエのことが好きだと初めて気づいたのは、いつだっただろう？　だが、好きなのは当然だ。自分の妻なのだから。命あるかぎり妻を守り、不自由な思いはさせないつもりだ。毎晩のようにベッドで妻を抱いている。やがて子供が生まれるだろう。妻のことが好きなのは当然だ。

だが、なぜその気持ちを自分にも隠そうとするのだ？　妻が去年以来、これよりはるかに大きな問題を隠してきたのと同じように。確かに妻のことが好きだ。ただ、それが厳密にどういう意味かを分析したいとは思わない。

妻を幸福にしたいという思いはある。

父親が結局のところ実の父親ではなかったことを、いきなり知らされたら、どんな気がするだろう？　考えただけで、胃に不快なものがこみあげてきた。母親はよその男の子供を身ごもっていたのだと、知ってしまったら？　父親だったはずの人が、自分が生まれてからずっと嘘をついていたのだと、知ってしまったら？

「こんなことになって、向こうもわたしに劣らず当惑なさってるはずだわ」

彼女が指を開いててのひらを見つめ、ふたたび膝の上で両手を重ねるのを、ラルフは見守った。彼女が言っているのはたぶん、ヒッチング侯爵一家のことだろう。

「去年、わたしがロンドンから逃げだしたあと、あちらの一家はきっと、わたしがこちらに来ることは二度とないと思ってらしたでしょうね。でも、こうしてやってきた。ワージンガム公爵夫人として。出かけた先々であの方たちと鉢合わせすることになるかもしれない。あちらはご存じかしら。どう思う？」

「侯爵夫人が？　おそらく疑ってはいるだろうな」

「ううん、レディ・アンジェラが。でも、そうね、侯爵夫人もだわ。わたしは去年からレディ・アンジェラを恨んでた。あの人に罪はない。向こうもたぶんわたしを恨んでるでしょう。でも、姉妹として半分だけ血がつながってるのよ」二人がクロエの父とグレアムを見送るため一階に下りていたあいだに、召使いが暖炉の火を強くしていたが、それでもクロエは身を震わせた。「ルーシーと同じく、レディ・アンジェラもわたしの妹なの。そして、弟たちもいる。そうでしょ？　わたしと半分だけ血のつながった弟たちが」

彼女の指がてのひらに食いこんでいた。クロエはうなだれた。目を閉じた。気を失うのか、それとも嘔吐《おうと》するのか、とラルフははらはらした。

「きみにできるのは、自宅にいるヒッチングを訪ねることだ。明日は土曜日。議会には出ていないだろう」

「なんですって？」クロエが顔を上げ、信じられないと言いたげな驚愕の目を彼に向けた。さらに青ざめていた。もし、そんなことが可能だとするなら。

「少なくとも、侯爵の自宅だったら、貴族社会の連中の視線がきみに集中することはない。どうしても避けられない顔合わせなら、時間と場所はきみ自身が選ぶことにするんだ。ある程度はきみのペースで進められるだろう」

「そんなこと、できるわけないでしょ」クロエの目が大きく開き、彼にひたと据えられた。

「あちらのお宅の玄関まで行けというの？　侯爵の名前を出して、会わせてほしいと頼むの？　じかに顔を合わせるの？　話をするの？　本当のことを率直に話すの？　できるわけないわ」

「ぼくも一緒に行こう」

クロエは首を左右にふっていた。

「だめ。あの一家と顔を合わせるのは人前だけにしたい。礼儀正しくふるまうつもりよ。向こうもきっとそうよ。それ以上の親しいつきあいはしたくないって、わたしに劣らず強く思ってるはずだわ。それなのに、こちらからわざわざ訪問しろというの？　無理よ、ラルフ。そんなこと言わないで」

「言ってないよ。提案しただけさ。きみ、前にグレアムの説教の話をしなかったかい？　自分にとって最大の恐怖と向きあい、そこに向かって突き進み、通り抜けることができれば、恐怖は克服できる、と。もしくは、そのような意味のことを」

「あら、ご自分はやろうとしないのに」

ラルフは凍りついた。

「あなたはハーディング子爵夫妻を訪ねるつもりがないでしょ」

「それは状況がまったく違う」

「あら、そう？」クロエは椅子の肘掛けの端をきつく握りしめていた。「どんなふうに？」

「さっきのぼくの提案は忘れてくれ」言わなければよかったとラルフはひどく後悔した。

「確かに、できるわけないよな。それに、グレアムときみの言うとおりで、何も変わってはいない。きみとヒッチング侯爵一家が同じときに同じ場所に顔を出したとしても、きみが一方の端に、侯爵一家が反対端に離れて立てば、礼儀正しく平和共存できない理由はどこにもない。貴族社会の面々は憶測を続けるのに飽きてしまうだろう。さっきのぼくの言葉はなかったことにしてくれ」

クロエの指が椅子の肘掛けの端をピアノフォルテの鍵盤のごとく軽く叩いていた。顔はいまも青ざめたままだ。二人のあいだの絨毯《じゅうたん》に視線を据えている。沈黙が一分か二分ほど続き、そのあいだ、ラルフは彼女の気分をほぐして緊張を解くために言うべきことを考えようとしていたが、やがて彼女が顔を上げてラルフを見た。

「一緒に来てくれる?」

〝一緒に来るつもり?〟ではなく、〝一緒に来てくれる?〟

「いいよ」ラルフはうなずいた。

ああ、クロエ。

彼女はしばらくのあいだ黙りこみ、床の絨毯に視線を戻した。やがて不意に立ちあがると、小走りで彼に近づいた。彼もあわてて椅子から立ち、向こうが抱きついてくる寸前に両腕を広げて、彼女の腕を自分のウェストにひきよせ、彼女の顔を自分の首と肩のあいだのくぼみに埋めさせた。両腕を彼女にまわして強く抱きしめた。

「息子さんは何人いるの?」しばらくしてから、クロエが尋ねた。彼の肩に顔を埋めているため、くぐもった声になっていた。

クロエの言葉の意味をラルフが理解するのにしばらくかかった。ヒッチングの息子のことだ。クロエと半分だけ血のつながった弟たち。

「二人か三人だ。正確なことは知らない。長男はギリー、子爵だ。年は確か、ぼくと同じぐらい。いや、もう少し下かな」

「お嬢さんは一人だけなのね？」

「だと思う」

あの一家のことをラルフはあまり知らない。ラルフのロンドン滞在中に一家がこの街に出てきたことは、一昨年まで一度もなかったし、去年はラルフのほうが一家を避けていた。というか、少なくともレディ・アンジェラ・アランデールを避けていた。誰かに彼女との縁談を押しつけられたりしては困るからだ。

クロエがさらに強く身体をすり寄せた。

「しっかり抱いててあげよう」ラルフは彼女に言った。

「ほんと？」彼女がゆっくり息を吸いこみ、ため息と共に吐きだすのを、ラルフは耳にした。

「去年も、クリスマスの時期も、誰かにぎゅっと抱きしめてもらうことにわたしがどんなに憧れてたか、あなたにはわからないでしょうね。すがりついても大目に見てくれる？　自分では勇敢な人間のつもりだったのに」

「こう言ってはなんだが」ラルフは片手を上げて彼女の後頭部を支え、自分の顔の向きを変えて彼女の耳にささやいた。「きみはいまでも勇敢だと思うよ。ヒッチング侯爵の屋敷を訪ねる気はある？　それとも、ないかな？」

「あるわ」クロエは柔らかな笑い声を上げた。もっとも、彼の印象では、心から楽しんでいる様子ではなかったが。

〝誰かにぎゅっと抱きしめてもらうことにわたしがどんなに憧れてたか、あなたにはわからないでしょうね〟

長い沈黙のなかで彼女を抱きしめているうちに、いつもの切ない思いが波となってラルフの心に押し寄せてきた。

彼女が頭をひき、彼の顔をのぞきこんだ。

「心配しないでね。あなたにもたれかかるのを習慣にしたりはしないから。いまだけそうさせて。なんだか馬鹿みたい。最初からわかってたんだわ。ヒッチング侯爵も一人の男に過ぎないって。侯爵と同じ場に居合わせることが避けられないのなら、明日からはどこで会ってもにこやかにふるまって、侯爵に丁寧な会釈を送ることにするわ。あなたの重荷にはなりません、ラルフ。前にそう約束したんだし、約束は守るつもりよ」

クロエは彼に笑顔を見せた。

本当なら、ラルフはほっとしてもいいはずだった。感情的な関わりを持つことはいっさい望まなかったのだから。ただ……いまとなってはもう遅すぎる。

「ぼくの沈黙を誤解したんだね。ぼくは夫だぞ。きみが寂しかったり、怖かったり、憂鬱になったりしたら、ぼくのところに来ればいい。ぼくの腕はきみのためにあり、ぼくの力もきみのために使うつもりだ。きみがぼくの重荷になることはけっしてない」

彼女は下唇を噛んでいた。やがて、その目が微笑で和み、心から楽しそうな表情に変わった。

「今度二人で喧嘩になったら、いまの言葉を思いださせてあげる」

「二人で喧嘩するのかい？　きみ、喧嘩するつもり？」

「返事はどちらもイエスよ」

ラルフは彼女の顔を両手ではさみ、自分のハートのまわりにあった壁はいつ崩れてしまったのだろうと不思議に思った。そう、すでに崩れていた。

彼女にキスをした。

20

できっこないわ――ゆうべ、ラルフから提案があったときにクロエはそう思ったし、メイヴィスが彼女の髪をきれいに仕上げたあとで、作ったばかりのカールを崩さないよう気をつけて新品のボンネットをかぶせているいまも、そう思った。

それどころか、けさのほうがさらにその思いが強くなっていた。胃のむかつきがひどく、朝食があまりとれなくても残念だとは思わなかった。

ルーシーから公園の散歩に誘われていたが、明日に延ばしてほしいという手紙を使いの者に届けさせるしかなかった。できればそんなことはしたくなかったが。クリスマス以来、ルーシーのところの甥にも姪にも会っていない。

ヒッチング侯爵はわたしの存在を去年よりもっと前から知っていたの？　この疑問が、そして、それと関わりのあるさまざまな疑問が、夜通しクロエを苦しめていた。もちろん、去年は侯爵も噂を耳にしたに違いない。それを信じただろうか？　まだ信じていないとしても、わたしが訪ねていけば信じるだろうか？　でも、二八年前に〝ロンドンから出ていけ。二度と戻ってくるな〟と、わたしのお父さまに言われて、その可能性は察していたに違いない。

侯爵夫人は知っているの？　レディ・アンジェラは？　弟たちは？　でも、どうして知らずにいられただろう？

「けさは公爵さまとどこかへお出かけになるんですね、奥さま」メイヴィスが訊いた。「すてきなところですか？」

「お友達を訪問するのよ」クロエは鏡のなかの自分に向かって微笑し、メイヴィスと立場を交換できればどんなにいいだろうと思った。メイドの暮らしはきっと穏やかで、なんの面倒もないに違いない。もちろん、そんなふうに考えるなんて愚かなことだ。平穏無事で気楽な人生など、どこにもあるはずがない。

いったいどうすれば、ヒッチング侯爵の屋敷の玄関にノッカーを打ちつけて、侯爵さまにお目にかかりたくて伺いました、なんて言えるの？　手遅れにならないうちに、わたしには無理だってことをラルフに伝えなくては。

しかし、三〇分後、その無理なはずのことを彼女はやっていた。いや、彼女のかわりにラルフがやっていたと言うべきか。オーク材の重厚な玄関扉が開いたとき、クロエ自身は一歩下がって斜めにあとずさり、彼の陰に半分隠れてしまいたいのを我慢するだけで精いっぱいだった。すぐうしろに止まっている馬車に戻りたくてたまらなかった。

「ヒッチング侯爵にお伝え願いたい。ご在宅ならお目にかかってお話がしたいと」玄関をあけた召使いにラルフは言った。

召使いは二人を交互に見てから、二人の背後に止まっている公爵家の紋章つきの馬車にちらっと目を向け、ラルフが渡したカードに視線を走らせると、脇にどき、恭しくお辞儀をして二人を招き入れた。玄関ホールの先にあるサロンへ案内してから、旦那さまがご在宅かどうか見てまいります、と言った。

「もしお留守だったら？」ドアが静かに閉まり、ラルフと二人だけになったところで、クロエは期待をこめて尋ねた。「もし――」

「在宅に決まってるじゃないか。留守だったら、いまの従僕が主人の在宅を確認しに行くわけがない」

なるほど、それが上流社会の論理なのね。

自分たちが案内されたのは来客用のサロンなのだと、室内を見まわしてクロエは気づいた。豪華な部屋で、高い折上げ天井には神話からとった場面が描かれ、壁の上部には金箔《きんぱく》仕上げの帯状装飾《フリーズ》がめぐらされ、ワインレッドの錦織りの布張りの壁には、重厚かつ華美な額に入った暗い色調の風景画が何点かかかっている。床にはワインレッドの絨毯、そして、たったひとつの窓はそれより明るめの色調の分厚いカーテンで半分ほど閉ざされている。

客に身の程を思い知らせ、萎縮させることを目的にして、しつらえられた部屋だった。クロエには確かに効果があったようで、ドアを入って何歩も進まないうちに足を止め、手提げの紐の部分を両手できつく握りしめた。ラルフは悠然たる足どりで窓辺へ行き、そこに立って外を眺めた。

二人ともそれきり何も言わなかった。

クロエの耳のなかでワーンと不快な音がした。手袋をはめているのに、両手が汗ばむのを感じた。

侯爵は留守のようだと勝手に解釈して、このまますぐに辞去したほうがいいかもしれない。クロエはそう提案しようと思って口を開いたが、時すでに遅しだった。サロンのドアが開いて男性が入ってきた。その背後で、姿の見えない誰かが静かにドアを閉めた。

中ぐらいの背丈にがっしりした体格の、年配の男性だった。落ち着いた趣味のいい服装をしている。ずば抜けてハンサムではないものの、感じのいい顔立ちで、薄くなりかけた髪は銀色に変わりつつある。だが、若いころは赤かったに違いない。クロエが想像していたのが、嘲笑を浮かべた怪物のような大男か、もしくは、唇の薄いハンサムで酷薄そうな貴族だったとしたら、どちらの想像もはずれていた。もっとも、侯爵の外見を思い描こうとしたことは一度もなかった。会ったこともなく、昨日までその存在をはっきりとは知らされていなかった父親の外見を、どうやって思い描けというのか？

窓辺でふりむいたきり、そこから離れようとしないラルフのほうへ、男性は目も向けなかった。立ったまま――おそらくこの人が侯爵だろう――クロエをじっと見ていた。唇をすぼめ、眉間にかすかなしわを刻み、背中で手を組んでいる。知らぬ存ぜぬで押し通すつもりだったのなら、早くもスタートで失敗している。

クロエには、自分のほうから沈黙を破ろうという気はなかった。

「きみのことを噂に聞いてはいた」ようやく、男性が言った。「だが、お母さんにも多少は似ているものと思っていた。だが、似たところはないようだな。とにかく、ざっと見たかぎりでは」

「似ていればよかったのにと思います。それなら、真実を知ることなく人生を歩んでいけたでしょう」

「知らなかったのか？」侯爵は驚いた様子だった。「誰も話してくれなかったのか？」

「ゆうべまでは誰も」

「ゆうべ？」侯爵の眉が高く跳ねあがった。

「わたしの父が話してくれました」〝父〟という言葉を強調して、クロエは言った。

「だが、去年のゴシップのせいで、きみはそそくさと故郷に逃げ帰ったではないか」

「あのゴシップで薄々感づいてはいましたが、信じるつもりはありませんでした。父も否定しました」

侯爵はゆっくりとうなずいた。

「去年、きみのお母さんが亡くなったことを聞き、申しわけなく思っていた――クロエ。それがきみの名前だね？」

「母が亡くなったのは三年以上も前です」

「わたしは長年、イングランドの北部にこもったままだった」侯爵は詫びるように肩をすくめた。「だから、何も聞いていなかった。すまない。苦しまずに逝ったのならいいが」

クロエは不意にめまいに襲われた。この人が、この礼儀正しい見知らぬ他人が、本当にわたしの父親だというの？　なんの感情も湧いてこなかった。

クロエが黙ったままなので、侯爵は話を続けた。「きみのお父さんはお母さんと結婚するときに、わたしにはっきり言った――子育てに手を貸そうとか、養育費を出そうなどと思ったら、あるいは、きみやお母さんに会おうとすることがあったら、自分への個人的な侮辱とみなす、と。わたしはきみのお父さんの意向を尊重してきた」

じゃ、この人は前から知ってたのね。でも、一度もわたしに会おうとしなかった。お父さまの意向を尊重したから。いえ、もしかしたら、会う気がなかったのかも。お母さまが亡くなったことを、この人は去年まで知らなかった。おそらく、母が三年前まで生きていたことも知らなかったのだろう。生まれたのが男の子でなくて女の子だったことは知っていたのかしら？

「最近になって、すばらしい結婚をしたわけだね」ここで初めてラルフにちらっと目を向けて、侯爵は言った。「わたしもきみのために喜んでいる」

クロエはつんと顎を上げた。いったいなんの権利があって、わたしのために喜んでるなんて言えるの？

「お祝いの言葉がほしくて伺ったのではありません。あるいは、結婚を認めていただきたいからでもありません」

「そうだね」侯爵はかすかに笑みを浮かべた。「それはわたしにもわかる」

クロエはふたたび、めまいに襲われた。この人がいなかったら、わたしはこの世に生を享《う》けることもなかった。この人がわたしの実の父親。

「こうして伺ったのは」クロエは言った。「おたがいに同じ社交界の人間であり、社交的な催しの場で何度もお会いすることはほぼ確実だからです。二日前の夜も、あなたの……お嬢さまが劇場に来てらして、わたしたちもその劇場におりました。じかに顔を合わせることはなかったですけど。わたしがお嬢さまに気づいたように、お嬢さまのほうもたぶん、わたしの存在を意識なさったでしょう。社交シーズンのあいだじゅう、おたがいを避けることに神経を使い、避けきれなくなれば、なんの関わりもないというふりをするのでは、あまりにも馬鹿げています。関わりはあります。あなたの娘ですもの」

親子関係を言葉にした瞬間、クロエは頬が火照るのを感じた。侯爵がかすかにたじろぐ様子を見せたのも、自分の気のせいだとは思えなかった。

「そう」侯爵は言った。「そのとおりだ。きみがこうしてやってきたのは個人的に対決するためだったのだね。そうすれば、今後は人前で顔を合わせても、気軽に、そして、世間周知の事実など気にもしていないという態度で、挨拶を交わせるようになる。きっと、賢明なやり方であったことが証明されるだろう。きみはわたしよりはるかに勇気のある子だね。きみを誇りに思う。そんな感情を持つ権利がわたしにあるとすれば」

クロエはふたたびつんと顎を上げた。

侯爵はさらに話を続けようとしたが、その前に躊躇を見せた。

「ひとことだけ言わせてほしい。きみのお母さんはけっしてふしだらな女性ではなかった。

わたしは永遠の愛と、結婚の固い意志を、きみのお母さんに誓った。結婚の障害となる要素のすべてに立ち向かう覚悟だった。たぶん、その覚悟を貫いたことだろう。もし知っていたなら……彼女が……そのう、きみを身ごもっていたことを。いや、やはり無理だったかもしれない。人には望みどおりに生きる自由があると思いたいが、現実にそれができる者はどこにもいない。ただ、どうか信じてほしい――お母さんとわたしのあいだに起きたことはすべてわたしの責任だ。きみが真実を知ったためにお母さんの思い出に傷がつくことになったら、わたしは耐えられない」

侯爵を見つめるクロエは歯をきつく食いしばっていた。母の思い出に対して、よくもまあ、指図がましいことが言えるものね。向きを変えてラルフに目をやった。

「申しあげたいことはすべて申しました。そろそろ失礼します。きっとまたお目にかかることでしょう……侯爵さま。それから、数週間のうちにわが家で舞踏会を開く予定をしておりまして、こちらのお宅にも招待状が届くかと思います」

ラルフが真剣な表情で彼女に視線を返した。その目がもはや虚ろではないことに、彼女は薄々気がついていた。彼のほうからは何も言おうとせず、いまも沈黙を続けていたが、彼がいてくれるだけでクロエは心強かった。

〝きみが寂しかったり、怖かったり、憂鬱になったりしたら、ぼくのところに来ればいい。ぼくの腕はきみのためにあり、ぼくの力もきみのために使うつもりだ。きみがぼくの重荷になることはけっしてない〟

「妻と娘が二階のモーニングルームにいる」ヒッチング侯爵は言った。「わたしもそこにいたのだが、ワージンガム公爵の名刺が届けられ、公爵が夫人と一緒に訪ねてこられたとの報告を従僕から受けた。正直に白状すると、わたしは去年からこれまで、あまりいい夫ではなく、いい父親でもなかった。妻も、娘も、去年あわててロンドンを去ったきみがこの街に戻ってくるはずはない、と確信していなければ、今年もまたロンドンに出てくることはなかっただろう。きみの結婚の噂を耳にしたのは、われわれがこちらに到着し、スタンブルック公爵の桟敷席にいるきみを娘が目にしたあとだった。娘はひどく動揺していた。だが、確かにきみの言うとおりだ、クロエ。おたがいにこの街にとどまることにし、誰かが逃げだして新たなゴシップの嵐を招くような事態は避けたいと思うなら、多少なりとも……礼儀正しく顔を合わせられるようにしておいたほうがいいだろう。ワージンガムと二人で、わたしと一緒にモーニングルームに来てもらえないだろうか？」

クロエは困惑のなかで侯爵を見つめた。そんなこと、できるわけが……。しかし、侯爵一人に――父親一人に――こうして会って話をするだけでは、自分に課した義務の半分しか果たしていないことになる。あと半分の義務は、たぶん侯爵がひきうけて、家族に説明してくれるだろうと期待していたのだ。

クロエはふたたびラルフを見たが、彼は眉をひそめてはいたものの、話に割って入ろうとはしなかった。彼の沈黙がこう言っているように思われた――ぼくがここに来たのはきみを支えるためで、きみのかわりに行動するためではない。そのとき、思いも寄らず、彼が微笑した。

〝きみならできる〟

でも、この微笑が何を意味しているのか、どうしてわたしにわかるというの？

「わかりました」クロエは侯爵に視線を返した。

侯爵が腕を差しだしたが、クロエはその腕をとろうとも、彼に近づこうともしなかった。かわりにラルフのほうを向くと、彼がしっかりした足どりで近づいてきて、彼女の手を自分の腕にかけさせた。反対の手で彼女の手を包み、二回ほど軽く叩いた。

侯爵が先に立って幅の広い階段をのぼっていった。


ラルフはひと晩じゅう、心のなかで自分を責めていた。つい衝動的に提案してしまった。もしかしたら、悲劇的な結果になるかもしれない。家族と暮らしている屋敷の玄関に婚外子が現れたときにヒッチングがどう反応するか、ラルフには想像もつかなかった。その試練にクロエがどう立ち向かうかもわからなかった。朝になったら彼女が心変わりしていることを半分予想し、半分願っていた。しかし、クロエの決心は変わっていなかった。

彼女のふるまいはみごとだった。ラルフはヒッチングがサロンに入ってきた瞬間から、何かあれば手助けしようと身構えていたが、その必要はなかった。称賛と誇らしさを胸に、ラルフは彼女を見守った――自分が彼女の立場に置かれたらこれほど勇気ある態度はとれないだろう、という心穏やかではいられない思いもあった。彼女が現実から逃げた過去を持つのは事実だ。いちばん目立ったのは去年で、サー・ケヴィンが実の父親でないかもしれないと気づいたとたん、逃げだしたのだ。今年も、できればロンドンにはもう出たくないという様子だった。しかし、とにかくロンドンに来た。そして、いま、この屋敷にやってきた。

しかしながら、ラルフはヒッチングと顔を合わせたあとのことまでは考えていなかった。妻と娘と息子たちには侯爵自身の口から話すだろうと思っていた。ところが、こうして一家の女性たちに会いに行くことになってしまった。

階段をのぼりきったところで、ヒッチングがドアをあけた。

三人の人物が――二人ではない――ドアのほうに目を向け、侯爵に連れがいることに気づいた瞬間、驚きの表情になった。一人はふくよかな体形の年配の女性で、角ばった顔をしていて、血色がよく、濃い色の髪がほぼ白髪に変わっている。女性の椅子のうしろに青年が立っていた。髪は女性と同じ濃い色だが、顔立ちと体格はヒッチングによく似ている。ラブシートにすわった若い令嬢は朽ち葉色のしゃれたドレスをまとい、その色が髪の鮮やかな赤と目の緑色をひきたてていた。

よく見ると、クロエと瓜ふたつというわけではない、とラルフは思った。令嬢の顔のほうがほっそりしていて、口は小さく、眉は直線的だ。ジョージの話では、去年の社交界で注目の的だったそうだが、そこまでの美女とは思えない。もちろん、偏った意見ではあるが。また、妻よりずっと若い。とはいえ、これだけ似ていれば、去年あいうゴシップに火がついたのも納得できる。

「ちょっといいかね」ヒッチングが脇へどいて、まず年配の女性に声をかけた。「それから、アンジェラ、ギリー、みんなにワージンガム公爵ご夫妻を紹介させてほしい」次に客のほうを向いてつけくわえた。「妻と、娘と、長男です」

ギリー子爵の指が片眼鏡の柄を握りしめた。ただ、目に持っていこうとはしなかった。彼の母親はじっとすわったままだった。レディ・アンジェラ・アランデールは頭をひき、高慢な表情を浮かべて、冷たい視線をクロエに据えた。

「お初にお目にかかります、奥方さま」ラルフが部屋のなかへ歩を進め、クロエの肘を片手でしっかり支えたまま、侯爵夫人にお辞儀をした。「レディ・アンジェラ？　ギリー？　おくつろぎのところをお邪魔したのでなければいいのですが。ただ、妻もわたしも、個人的にこちらをお訪ねすべきであり、それもできるだけ早いほうがいいと思ったものですから。なにしろ、公の場でいずれ顔を合わせることになるのは、ほぼ避けられないことなので」

「初めまして、奥さま」クロエは言った。「こちらさまにご迷惑をおかけしたり、恥をかかせたりすることは、ぜったいにないとお約束します。それどころか、逆ですわ。わたしには家族がいて、その家族全員を愛しておりますから、別の家族がほしいなどとは思ってもおりません。わたしの願いはただひとつ、公の場で顔を合わせてもゴシップ好きな人たちを刺激しないようふるまうことに同意していただきたいのです。それをわたしたち全員の願いにしなくてはなりません」

ラルフは彼女の肘から手を離さなかった。二人に椅子を勧める者はおらず、彼にはそれがかえってありがたかった。

「この方と公の場で顔を合わせることは、わたしにはできません、お母さま」クロエから目をそらそうともせず、レディ・アンジェラが言った。「この屋敷に入りこむなんて、ずいぶん図々しい方だこと。どうして召使いが屋敷に通したの？　お父さまもよくまあ、ここに案内する気になったものね」

レディ・ヒッチングは娘の言葉を聞き流した。

「ようこそ、公爵夫人、公爵さま」恭しい口調で言った。「自宅以外の場所で社交界の方々にお目にかかれば、わたしはどんなときでも、育ちのいい貴婦人にふさわしいマナーでお相手をするよう心がけております。自宅で夫から社交界の方々に紹介されたときも同じですわ。娘にもそのようにふるまうことを教えてまいりました。どうかお許しくださいましね。家族がくつろぐための部屋に突然お越しになったため、娘がいつになく感情的な物言いになってしまいましたの。息子たちのほうは、ギリーはもちろんのこと、下の二人も、どんな状況にあろうと紳士としてふるまうよう、父親から躾けられております」

侮りがたい女性だ――ラルフはそう思い、少なからぬ称賛の念を抱いた。この人にとっては忌まわしき瞬間に違いないが、みごとな威厳を発揮して堂々と対処している。

ギリー子爵は母親の言葉どおりにふるまうしかなかったため、こわばった表情で頭を下げて、手首にリボンで結びつけてある片眼鏡を放した。

「ところで」侯爵が妻に声をかけた。「お茶を運ばせてはどうだろう？　この方々もたぶん

「――」

「まあ。とんでもない。どうぞお気遣いなく」クロエはあわてて言った。

「お目にかかれて嬉しゅうございました」侯爵夫人が言った。「公爵さま、公爵夫人」

侯爵が先に立って一階に下りた。先ほど二人を邸内に通した従僕にうなずいてみせると、従僕は玄関扉をあけた。侯爵は二人と一緒に石段を下りて、待っていた馬車のところまで行き、そこで初めてクロエに触れた。彼女の右手を握って唇に持っていった。

「可愛がってくれたかね？」彼女に尋ねた。「ミュアヘッドは。きみのお父さんは」

クロエが呆然と侯爵を見ていると、彼はやがて手を放し、悲しげに微笑した。

「いや、もちろん、そうに決まっている。何年も前の記憶からしても、ミュアヘッドは人格者だった。わたしの髪の色が遺伝してしまって残念だ、クロエ。本当のことを知らずにすめば、そのほうがきみも幸せだったろうに。たぶん、わたしにとってもそのほうがよかっただろう。こうして会った以上、できればきみのことをもっと知りたい。だが、それは無理なこと。幸せでいてほしい。わたしは今後もずっと、きみの幸せを願っていくだろう」

クロエは短くうなずき、ラルフのほうを向いた。彼はクロエに手を貸して馬車に乗せ、衝動的にふりむいてヒッチングと握手をしてから、彼女に続いて馬車に乗りこんだ。御者が馬車の扉を閉めてから御者台に戻ると、彼はクロエの手を握った。

「あの人のことを心から憎むことができればいいのにと思ってた」動きはじめた馬車のなかでクロエは言った。ヒッチングが片手を上げて別れの挨拶をしていたが、彼女は窓のほうを向こうともしなかった。

「だが、できなかったんだね？」

クロエはうなずいた。「たぶん、喜ぶべきだと思うの。わたしが生まれたのが……軽薄な出会いの結果ではなかったことを」

「そうだね」ラルフもうなずいた。

彼女がそれ以上何も言わなかったので、ラルフはほっとした。握りあった手はそのままにしていたが、少し身を離して、座席の隅に寄りかかった。彼女は信じられないぐらい勇敢で立派だった。憎悪と軽蔑をよこすに違いない侯爵の妻子に会うために二階へ行くのは、ひどく気の重いことだったに違いないが、毅然とした態度を崩さなかった。しかも、彼女の説得によって、今後はみんなが社交の場で顔を合わせても、不快な思いをしたり、ひどく困惑したりせずにすむことになった。

心の一部では、彼女を腕に包んで抱きしめたいと思っていた。だが、こうして馬車で一緒に帰る必要がなければいいのに、早く帰宅して一人になれればいいのに、という思いもあった。クロエによって自分の存在が根底まで揺すぶられた。揺すぶられるのはいやだとずっと思ってきた。いまもそうだ。彼が望んでいるのは、この七年のあいだ送ってきたような人生だった。

安全な人生。

ほぼ安全な人生。

揺すぶられることのない人生。

いまは一人になりたくてたまらなかった。

ゆうべ彼女に言われたことが、今日一日、彼の頭から離れなかった。〝あら、ご自分はやろうとしないのに。あなたはハーディング子爵夫妻を訪ねるつもりがないでしょ〟そして、状況がまったく違うと彼が反論すると、こう言われた。〝あら、そう？　どんなふうに？〟

どこが違うかというと、彼女はヒッチングの人生を破滅させるようなことなどしていない。どこが違うかというと、彼女はヒッチングの子供たちを死なせたことがない。たった一人の息子の命を奪ったこともない。どこが違うかというと、彼女は罪の意識に打ちひしがれたことがない。罪の意識に苦しむ者は、神話に出てくるアトラスのことすら羨ましく思うものだ。なにしろ、アトラスは肩で天空を支えているだけでいいのだから。どこが違うかというと……。

どこが違うかというと、彼女には、とうてい無理だと思いこんでいたことをなしとげる勇気があり、すべてを一人でやってのけた。ぼくは精神的な支えになり、必要とあれば物理的な支えにもなるつもりで、一緒に出かけたが、ぼくの出る幕はなかった。どうやって彼女が一人で乗り切ったのか、ぼくにはわからない。

クロエを見ていて、彼は自分が恥ずかしくなった。そのせいで、彼女に厭わしさを感じそうになった。憤りを感じているのは確かだった。状況が違うからだ。それに、たとえ違いがなくても、彼女にとやかく言われる筋合いはない。

〝じゃ、残りの生涯を地獄で送っても満足なの？〟

彼女はそうも言った。ぼくがどんな生き方を選ぼうと、彼女になんの関係がある？　いずれにしろ、天国はぼくの手の届かないところにある。

切ない思いが波のように押し寄せてきて、ラルフは無意識のうちに、彼女の手を握った手に力をこめ、ふたたび座席のクッションにもたれて目を閉じた。

「ラルフ」彼女が言った。「一緒に来てくれてありがとう。あなたがいなかったら、あなたの励ましがなかったら、とうてい乗り切れなかったわ。でも、いまのは正しいことだったわよね？　あの人に会えてよかったし、向こうもわたしと会ったことを喜んでくれたと思うの。ご家族はわたしが押しかけたことに眉をひそめてて、わたしがそれを非難することはできないけど、会ってよかったと思うし、ご家族だって、わたしと顔を合わせたショックから立ち直れば、そう思うようになるはずだわ。ほんとにありがとう」

ラルフは目をあけた。クロエがこちらに顔を向け、幸せに輝く表情でまっすぐに彼を見ていた。いや、単なる安堵の表情かもしれない。しかし――わずか数週間前には無給で祖母に仕える目立たない召使いにしか見えなかった女性と、本当に同じ人物なのだろうか？　いまの彼女はまばゆいほど生き生きとした美しさにあふれている。

「謙遜しすぎだぞ。ぼくの助けはいっさいなしに、きみ一人で全部やったじゃないか」

「でも、あなたはそばにいてくれた。それに、わたし、ゆうべあなたに言われたことを何度も思いだしてたの」

ラルフはぽかんとして彼女を見た。

「ぼくの腕はきみのためにあるって言ってくれたでしょ」

考えてみれば、そういう馬鹿なことを何度も口走ってきたものだ。言わなければよかったと後悔した。

「本気だったの？」

「当然だろ。ぼくはきみの夫だ」

クロエの目が探るように彼を見て、それから向きを変えたので、ボンネットのつばの陰に顔が隠れてしまった。ラルフは屋敷に着くまで無言でボンネットを見つめていた。

午餐は〈ホワイツ〉でとることにしよう。逃げだすのが待ちきれない思いだった。

21

その後の二週間は、クロエにとってさまざまな点で幸せな日々だった。もちろん、忙しい日々でもあった。ラルフと二人で、音楽会、晩餐会、夜会、芝居、オペラといった催しに顔を出さずに夜を過ごすことはめったになかった。ラルフの祖父が亡くなったすぐあとなので、舞踏会はたぶん派手すぎると思って避けていた。もっとも、近々ストックウッド邸で自ら舞踏会を主催する予定だが。

クロエを露骨に無視する者はどこにもいなかった。もちろん、無視するわけがない——いまの彼女はワージンガム公爵夫人なのだ。しかし、集まった人々に避けられることも、シーズン中の華やかな催しから排斥されることもないとわかったのは、クロエにとって、やはり大きな安堵だった。じっさい、出席より欠席の返事を書かなくてはならない招待状のほうがはるかに多いほどだった。

ヒッチング侯爵一家と初めて顔を合わせたのは、チャンドラー夫人が主催する混雑した夜会のときだった。客間にも、となりの音楽室にも、その向こうの軽食が用意されたサロンにも、客がひしめいていた。クロエがグウェンとキルボーン伯爵夫人と連れだってサロンから音楽室へ移動すると、ちょうど、侯爵夫人が客間から音楽室に入ってきたところだった。侯爵夫人のほうがクロエに近づいてくると、周囲の会話のざわめきが大幅に低くなった。

「まあ、レディ・キルボーン、レディ・トレンサム、公爵夫人」ヒッチング侯爵夫人はわざと声をひそめずに言った。というか、クロエにはそんなふうに思われた。「お目にかかれてよかったわ。すてきな会じゃありませんこと？　エルシー・チャンドラーが開く夜会にはいつも最高の方々がおいでになりますものね」

「レディ・ヒッチング」キルボーン伯爵夫人が挨拶し、グウェンは微笑した。「ご機嫌いかが？　ええ、仰せのとおりですわね。そうそう、あとでピアノフォルテの独奏会があるそうで、楽しみにしていますのよ」

「こんばんは」クロエは言った。「なんて嬉しいことでしょう。数日前にお目にかかったときに、すぐまたお会いできるよう願っておりました」

「おお、公爵夫人」レディ・ヒッチングの向こうから声が聞こえた。ヒッチング侯爵が夫人を追って入ってきたのだ。クロエに近づくと、手をとり、唇に持っていった。「ブルーがよくお似合いだ。お二人もご一緒でしたか」侯爵はクロエの手を放してほかの二人に頭を下げ、それから妻に腕を差しだした。「レモネードをとりに行こうか？」

それでおしまいだった。あとは、ピアノフォルテの独奏会のときに、ギリー子爵が部屋の向こうから冷たい視線をよこし、レディ・アンジェラが軽く頭を下げただけだった。

それでおしまいだった。しかし、クロエはヒッチング侯爵夫人に言葉にできないほど感謝した。夫人にこころよく思われていないのは間違いないが、夫人は明らかに、夫が結婚の少し前によそで作った娘に対してこのうえなく礼儀正しくふるまうことで、ゴシップを叩きつぶそうと決心したようだ。また、長男と娘にもその決意を押しつけたらしく、二人はきわめて丁重とまではいかないものの、少なくとも礼を失することはなかった。

周囲で見ていた者たちはこのやりとりに興味をそそられたに違いないが、たぶん、不満もあっただろう。新たなるワージンガム公爵夫人がヒッチング侯爵の実の娘か否かという、誰もが興味津々の疑問はこれで解決したのか？　それとも、していないのか？

こうした夜の催しに出ていても、クロエがラルフと多くの時間を過ごすことはできなかった。言うまでもなく、社交の場で人々がひしめきあっているときに夫と妻がぴったり寄り添ったままなのは、マナー違反とされている。しかし、クロエは夫がほとんどそばにいないせいで、ときたま落ちこんでいた。そうならないよう努めた。そもそも、二人の結婚は親密さが約束されたものではなかった。親しさのかけらもない日々を送っていたなら、たぶん、そのほうがよかっただろう。しかし、少しずつ親しみが湧いていた――というか、そんな気のすることがあった。でも、たぶん、わたしの勘違いに過ぎなかったのね。このうえなく優しい彼の言葉にしても、言われた瞬間にわたしが感じたのとは別の解釈をすることもできる。

〝ぼくは夫だぞ。きみが寂しかったり、怖かったり、憂鬱になったりしたら、ぼくのところに来ればいい。ぼくの腕はきみのためにあり、ぼくの力もきみのために使うつもりだ。きみがぼくの重荷になることはけっしてない〟

この言葉を思いだしたときも、クロエの心は重く沈んでいた。とても優しい響きを持った言葉だ。まるで愛の告白か、少なくとも、深い気遣いの表れのように聞こえる。でも、この言葉にこめられているのは、たぶん義務だけなのだろう。彼はわたしの夫。夫の義務として、わたしが何不自由なく暮らせるよう気を配ってくれるだろう。わたしを重荷に思うことはないはず。式のときに誓いの言葉を述べたのだから。

彼が気遣いを示してくれなくても、気にしてはいけない。物質面だけでなく、感情面でもわたしを支えてくれた。ヒッチング侯爵邸に一緒に来てくれて、どっしりした岩のように頼もしかった。でも、帰りの馬車のなかでは、わたしを勇気づける必要がなくなったため、よそよそしくなった。わたしはそれを感じとった。あの人は姿勢を変え、わたしからできるだけ離れて座席の隅にもたれていたけど、よそよそしい感じはそのせいだけではなかった。

でも、落ちこんではいけない。

二人は日々の暮らしをたいてい別々に送っていて、日中に顔を合わせるのは、ロイド氏も交えて書斎に集まり、朝の郵便で届いた招待状に目を通したり、この屋敷で開く舞踏会の計画を立てたりするときだけだった。ある日の午前中は、二人とも屋敷で招待状を書くのに追われた。また、ある日の午後はラルフの祖母とメアリ大おばを二人で訪問して、二時間も長居をした。しかし、こうしたことは例外と言ってよかった。

クロエが暇を持て余すことはなく、独りぼっちで過ごすこともなかった。サラと買物に出かけたり、ノラと義理の母親に連れられてリッチモンドのガーデンパーティに顔を出したりした。父親とは、図書館やグレアムが関わっている教会のバザーに一緒に出かけた。スタンブルック公爵に誘われて馬車でハイドパークを走ることもあれば、グウェンとその義理の妹と一緒に散歩することもあった。ある日の午後は、ルーシーと幼い子供たちを誘って〈ガンターの店〉へ氷菓を食べに行った。ついでに、みんなで公園を散歩した。

ことのほか晴天に恵まれたある朝も、クロエはこんなふうに散歩をしていた。日差しに誘われて上流社会の人々の半数が公園に出かけ、サーペンタイン池の近くを散策したり、乗馬を楽しんだりしていた。水辺で子供が何人かはしゃぎまわり、ルーシーの二人の子供もそのなかに入っていた。息子のジャスパー・ネルソンは父親がこしらえてくれた木の舟を水に浮かべ、紐でひっぱりながら、池の岸に沿って舟を進めていた。本人はネルソン提督になったつもりで、妹のスーキーが人形を舟に乗せようとすると猛烈な勢いで拒んだ。「〈ヴィクトリー号〉に女は乗ってなかったんだぞ」と意地悪を言った。「なんにも知らないんだな。だめだめ、ネルソン卿夫人だって乗れないんだ」

「レディ・ネルソンよ」スーキーは馬鹿にしたように叫んだ。「なんとか卿夫人なんて呼び方はないもん。そうよね、ママ」

子供たちがうるさいので、ルーシーは口喧嘩をやめさせるために進みでて、舟を転覆させようとするスーキーと、人形を溺れさせようとするジャスパーを止めた。クロエは笑みを浮かべて散歩道に残った。親にならないほうが楽な場合もある。子供の乳母が風邪をひいてしまい、自宅のベッドでおとなしくしているしかない場合はとくに。クロエは日傘の柄を片方の肩に預けて、頭上で傘をまわした。

いまのところ、親にはまだなれそうにない。とにかく、一〇カ月以内に親になることはできない。それがわかったときはひどく落胆した。でも……ええ、来月はたぶん……。

「ほう」クロエの背後で馬の蹄の音が止まった。声の主は男性で、退屈そうな響きを帯びていた。「麗しき公爵夫人《ディレクタブル・ダッチェス》。そして、醜聞にまみれた《スキャンダラス・》妹《シスター》」

「ほほう、コーネル」クロエが目を丸くしてふりむいた瞬間、別の男性の声がした。「古い記憶の箱にしまいこんでいたわけか。イートン校。英語の授業。退屈の極み。頭韻。そう、それだ。頭韻。何年ぶりかでこの言葉が浮かんだぞ。でかした、わが友。詩人になる野望でも持ってるのかい？」

エレガントな乗馬服に身を包んだハンサムなコーネル卿が馬の背からクロエを見下ろしていた。もう一人の紳士は彼の馬に驚くほどよく似ていて、コーネル卿と馬を並べていた。

「見てみるがいい、セドリック」コーネル卿が言った。「美貌と強い意志を備えた二人のレディは、頂点までのしあがるためなら、人の夫を盗み、スキャンダルなど気にせず、平気で品位をかなぐり捨てる。もっとも、獲物としては公爵より皇太子のほうが上等だな。だったら、〝頂点の近くまで〟と言い換えよう。だが、母親のことを考えれば、二人にそれ以外の何が期待できる？　麗しき公爵夫人は、おそらく、母親が侯爵を射止めようとしたときと同じ方法で公爵をものにし、醜聞にまみれた妹も、ええと――あの劇作家をものにしたのだろう」

クロエは信じられない思いでコーネル卿を見上げた。池で子供たちと遊んでいたルーシーがこちらを向いたことにクロエが気づいたのは、その声を聞いたときだった。

「そのうち一人は」ルーシーは言った。「幸運なことに、ごろつきの魔手を逃れることができたわ。でも、そいつが紳士じゃないことを考えれば、そんな男に何が期待できて？」

馬に似た紳士が大笑いをした。

「自縄自縛《じじょうじばく》というやつだな、コーネル。それも英語の授業で習ったのを思いだした。ぼくの記憶違いでなければ、シェイクスピア作品の一節だ。ぼくがそこまでまじめに授業を受けていたとは、自分でも知らなかった」

コーネル卿は鑑賞するかのようにルーシーに笑みを向け、乗馬鞭を帽子のつばに軽くあてると、クロエを頭から爪先まで眺めてから、小道を馬で走り去った。

「あなたの言ったとおりよ、ルーシー」クロエは言った。声が震えているのが自分でもわかった。そして、膝がガクガクしていた。「あの男はごろつきだわ。ぜったい紳士じゃない」

「フレディなんか、わたしと駆け落ちする前からそう言ってたわ。でも、そんなこと、わたしからお姉さまには言えなかった。誰から聞いたのかって、お姉さまが知りたがっただろうから。それに、わたしの言葉なんて、たぶん信じてもらえなかったわ。お姉さまはあの男に夢中だったもの」

ルーシーはふたたび池のほうを向き、子供たちを見守った。

「クロエ」しばらくしてから、ルーシーは言った。「あの男、お母さまがどうのって言ってたけど、どういう意味？　あんな噂を信じてる人たちがまだいるの？」

クロエはしばらく目を閉じて、千々に乱れた心を落ち着かせた。かつての恋人の理不尽な悪意ごときで動揺する必要はない、と理性的に考えるのはまことにけっこう。だが、感情を納得させるのはまた別のことだ。おまけに、新たな危機が襲いかかってきた。ルーシーに真実を知らせなくてもすむよう願っていたのに。お父さまとグレアムもきっと同じ思いだろう。でも、ルーシーには知る権利がある。

「噂は本当なのよ、ルース」父親から真実を打ち明けられたことと、ヒッチング侯爵邸を訪ねたことを、妹に話した。

クロエの話が終わるころには、ルーシーは愕然とし、目を丸くしていた。

「あなたは半分だけ血がつながった妹なの」クロエは言った。「レディ・アンジェラ・アランデールと同じように。そして、グレアムは半分だけ血がつながった弟。ギリー子爵と二人の弟さんと同じように。下の二人には会わなかったけど。たぶん、ロンドンにはいないんでしょうね」

ルーシーがクロエの腕に飛びこんできて、周囲の人々から興味津々の視線を浴びた。

「そんなのいや」と叫んだ。「何もかもすっかり変わってしまう。その人はお姉さまの父親かもしれないし、子供たちは半分だけ血のつながった妹と弟かもしれない。でも、お父さまがほんとの父親で、グレアムとわたしがほんとの弟と妹なのよ。それから、お母さまのことを嫌いになれなんて言わないでね。わたしにはできない。だって、わたしもお母さまと同じように、結婚前に身ごもったんだもの。ただ、もっとひどかった。だって、フレディにはまだ奥さんがいたから、奥さんがたまたま死んでくれなかったら、ジャスパーは私生――い、いいえ、父親のいない子になってたはずよ。〝死んでくれなかったら〟なんてずいぶん無神経な言い方ね。ごめんなさい。でも、あの奥さんに同情する気にはなれない。奥さんはフレディを見下してたのよ。彼を理解することも、あの偉大な才能を称賛することもなかった。それに、愛してもいなかった」

子供たちがまた喧嘩を始めていた。人形は芝生にころがったまま忘れられ、スーキーが舟を貸そうとしないジャスパーに大声で文句を言いながら、彼が握りしめている舟の紐を奪おうとしている。喧嘩を止めようとして、ルーシーがあわててそちらへ走った。

散歩道での騒ぎをルーシーがふたたび話題にしたのはもっとあとのことで、子供たちを先に行かせて家路をたどっていたときだった。

「許せないわ、あの男」ルーシーは言った。「お姉さまをあそこまで侮辱しておいて、さっさと逃げだすなんて。公爵さまに言いつけたら？」

「あらあら。だめよ、あんなくだらないことは忘れてしまうのがいちばんよ、ルーシー。ええ、何も言うつもりはないわ」

彼女とラルフはおたがいにあまり話をしない。いや、厳密にいうと、そんなことはない。毎日、晩餐の席でも、朝食の席でも、一緒に食事をとりながら言葉を交わす。さまざまな夜の催しに二人で顔を出すときは、行きも帰りも雑談に花が咲く。二人のあいだに沈黙が広がることはめったにない。

しかし、真剣に話をすることがなくなっている。とにかく、クロエがヒッチング侯爵邸を訪ねて以来、そんな状態が続いている。また、ラルフの目も完全に虚ろな状態に戻ることはないものの、不可解な表情を見せるようになっている。クロエは初対面のときの印象を思いだした。よくわからない人、他人の理解の及ばない人だと思った。あのときの彼に戻っている。しかし、クロエのほうから文句を言うことはできない。そういう男であることを承知のうえで結婚したのだから。

それに、彼から冷淡にされたわけでも、意地悪をされたわけでも、無視されたわけでもない。

クロエは自分に与えられたものだけで満足しようとした。わたしがあの人を愛してしまったのはあの人の責任ではない。

ラルフは自宅の玄関扉から一〇メートル以上離れたら、背後の様子を窺《うかが》いたい衝動を抑えきれなくなるような気がしていた。劇場でのあの夜のあと、ハーディング夫妻のロンドン滞在が一時的なものであるよう願ったが、その希望はすぐに打ち砕かれた。クロエと二人で祖母の屋敷へ午後の訪問に出かけた日、馬車の窓から夫妻を見かけたのだ。夫妻は腕を組んでオックスフォード通りを歩いていた。彼には気づかなかったようだ。

ラルフはこの夫妻のことが大好きだった。マックスの両親のことも、ローランドの両親のことも、同じぐらい好きだったが、ハーディング夫妻にはとくになついていた。夫妻にとても可愛がってもらった。レディ・ハーディングは彼が幼稚なくだらない冗談を言うたびに、心からおもしろそうに笑ってくれたし、彼が三人の姉妹に悩まされ、味方になってくれる兄弟が一人もいないことをぼやくと、いつも同情してくれた。ハーディング子爵のほうは、ありとあらゆることに関するラルフの熱っぽい意見に忍耐強く耳を傾けて、きみはいつか世界の偉大な指導者になるだろうと言ってくれた。もちろん、夫妻はマックスとローランドのことも可愛がっていた。ラルフだけが特別にお気に入りだったわけではない。そして、トムは目に入れても痛くないほど可愛い息子で、夫妻の希望の光だった。

夫妻を見かけたことを、ラルフはクロエに言わなかった。それどころか、ヒッチング子爵邸を訪ねたあとの数週間、大事な話はいっさいしなかった。会話はあった。二人のあいだに気まずい沈黙やこわばった沈黙はけっして存在しなかった。しかし、二人の口調は礼儀正しい他人どうしのようだった。

子供ができなかったことをクロエが彼に告げた夜、慰めようとして彼が妻をしばらく抱きしめたのは事実だ。むっとする気持ちなどもちろんない、と妻に断言した。

「だってそうだろ？」抱いていた彼女をわずかに遠ざけ、眉をひそめて見下ろしながら、ラルフは言った。「ぼくがむっとするなんてありえない。子供は二人で作るものだ。きみも当然知ってると思っていた」

冗談にしようとする彼のぎこちない努力に、クロエは軽く苦笑した。

「子供ができるのを心待ちにしてたの」

「おたがい、あまり落胆しないことにしよう。おかげで、毎晩きみのベッドを訪れる口実ができたわけだし」

それも冗談のつもりだった。しかし、この言葉を口にした瞬間、まさにそのとおりだとラルフは気がついた。妻が妊娠していたら、しばらく彼女から遠ざかるしかないと思っただろう。だが、彼女とのあいだに距離を置きたくなかった。セックスだけが理由ではなかった。もちろん、それが大きな部分を占めているのは事実だが。クロエとの行為が彼は好きだった。だが、同じベッドで朝まで過ごし、たとえ肌の触れあいがなくともそばにいて、彼女の温もりを感じ、息遣いを聞き、石鹼と女性そのものの香りを感じることも、彼にとっては癒しだった。概して、結婚後は心地よく眠れるようになっていた。

ただ、月のものが続いた五夜のあいだは、彼女のベッドにも部屋にも近づいてはならないという思いがあった。いやでたまらなかった。自分のベッドが小さな国ほどのサイズに感じられた。春から夏へ移っていく季節なのに、そのベッドではどうしても温まることができない。目がさめるたびに片腕を伸ばすくりかえしだった――いや、片腕を伸ばすたびに目がさめてしまうと言うべきか。どちらがどちらを誘発するのか、ラルフにはよくわからない。わかっているのは、そのあいだはよく眠れず、五日間が終わったとたん、自分でも照れくさくなるほどいそいそと妻のベッドに戻っていったことだけだった。

しかし、その五日間はふだんよりやや内省的になった。その前に妻を抱いた夜、これからしばらくは一緒に寝られなくて寂しい、きみはぼくにとって予想もしなかったほど大切な人になっている、ぼくが安心して幸せに暮らすためにきみは欠かせない人だ、と言いたくなったが、その思いをこらえて、照れくさいまねはせずにすませたため、あとになって胸をなでおろした。

ぼくはクロエにふさわしい人間ではない。彼女のほうがずっと立派だ。予想もしなかったことだ。初めて会ったときは、平凡で影の薄い内気な女性だとしか思わなかった。一刻も早く花嫁を見つける必要があるという話を祖母としたあの夜、客間に彼女がいることにぼくは気づきもしなかったのだから。

ぼくは彼女にふさわしい人間ではない——いや、誰にもふさわしくない。

ときには彼女を嫌悪しそうになることもあった。ふたたび自己嫌悪に陥っていた。そんな自分を捨てようとしてペンダリス館で必死に努力したというのに。捨て去ったのは感情を持つことだけだったのかもしれない。結婚して以来、ふたたび感情の誘惑を感じるようになった。一度か二度、その誘惑に負けそうになった。しかし、感情に身を任せるのは、耐えがたい苦痛を人生に呼び戻すことでもあり、そのあとには破滅が待っているだけだ。

ときどき、ロンドンの舞踏室で令嬢の一人を選んで妻にすればよかった、と思うことがある。そしてときには、クロエが自分の人生から消えることを思っただけで涙ぐみそうになり、次に心を凍りつかせて、よそへ思いを向けてしまう。

ラルフはつねに忙しくしていた。毎晩、社交界でも最高の催しにクロエをエスコートした。

ロンドンに出てきた主な理由のひとつが、クロエを公爵夫人として貴族たちに紹介することなのだから。昼間はふだんどおりの日課をこなしたり、舞踏会の計画を立てる妻とロイドを手伝ったりした。舞踏会はすでに社交界の話題となり、今シーズン最高の混雑を予想されている。〈サバイバーズ・クラブ〉の唯一の女性メンバーであり、コーンウォールに住んでいるレディ・バークリー（イモジェン）から、彼の結婚と公爵位継承を祝い、祖父の逝去を悼む手紙が届いたので、ラルフは彼女に宛てて長い返事を書いた。また、ウェールズからイモジェンと同じ趣旨の手紙をくれたベン――サー・ベネディクト・ハーパー――にも手紙を出した。それから、母方の祖母に宛てて、習慣となっている二週間に一度の手紙を書いた。母親を二、三回訪問した。

ジョージに付き添われて宮廷へ拝謁に伺候し、国王陛下から悔やみと祝いの言葉を賜った。

「聞くところによると、ワージンガム」国王が言った。「来週か再来週あたり、ストックウッド邸で祝賀舞踏会が開かれるそうだな」

「仰せのとおりです、陛下」ラルフは答えた。やれやれ、まだ招待状も出していないのに、世界じゅうに知れ渡っているのか？

「舞踏会に敬意を表して、余も顔を出そうかと思っておるのだが。そちと公爵夫人が夜の空気は健康によいなどという、現代的な考えの持ち主でなければな」国王の眉が上がった。返事を待っておられるようだ。

国王自身が主催する社交行事は、貴婦人たちが卒倒し、どの部屋も窒息しそうに暑苦しいことで有名だ。

「窓はすべてぴったり閉ざされることでしょう、陛下」目の前にいる小山のような相手に向かって、ラルフは約束した。

「やれやれ」しばらくしてから、馬車のなかでラルフはジョージに言った。「摂政殿下がわずか五分ほど舞踏会に顔を出そうと思いついた場合に備えて、われわれ全員、その夜はゆでだこになるわけだ」

「もはや摂政ではないぞ」ジョージが指摘した。「国王だ――ジョージ四世陛下。そして、そのとおり、全員がゆでだこになる。だが、陛下がお越しになれば、わずか五分のことであっても、きみの舞踏会は今シーズン最高の催しという評判をとることだろう。奥方もきっと大喜びだな」

ラルフは笑った。「ぼくが伝えたら、恐怖のあまり死んでしまいますよ。いや、違う。そんなことはない。たとえ膝がガクガク震えていようと、妻は冷静な威厳を崩すことなく切り抜けるでしょう」

ジョージが彼のほうを向いて微笑した。

「いい伴侶を選んだものだな、ラルフ。きみがそれをちゃんと理解しているかどうか、わたしにはわからないが、とにかくいい選択だった」

二人は遅めの午餐をとるため、ヒューゴの屋敷へ向かっているところだった。顔ぶれは男性のみ。レディ・トレンサムは家族とどこかへ出かけていて、ヒューゴの妹も一緒に連れていった。

「ほほう、二人のその立派な姿を見たら、レディたちの心臓が止まってしまうぞ」屋敷に到着したジョージとラルフの正装を見て、ヒューゴが言った。「さあ、なかに入って、この卑しき平民に詳しく話してくれ」

ヒューゴは確かに平民だ。いや、かつてはそうだった。父親は堅実な中流階級出身の大金持ちの実業家だった。ヒューゴが持つ称号は、スペインで敵陣へ決死の攻撃をかけて成功したのちに与えられたものだ。

食事がすむと、ジョージは早々に暇を告げた。宮廷へ出かけるために馬車でラルフを迎えに行ったとき、午後から公園へドライブにつきあってもらえないかとクロエに頼んでおいたのだ。

「わたしがあなたの夫君のことを理解しているなら、公爵夫人」そのとき、ジョージは彼女に言ったのだった。「そして、多少は理解しているつもりですが、謁見の儀に関してあなたがどんな質問をしても、ラルフはただひとことで答えるだけでしょう。だが、わたしだったら、詳しく話して差しあげます」

「そのような動機がなくても、公園で公爵さまと一緒にいる姿を周囲に見せられれば、わたしは有頂天ですわ」クロエは笑いながら言った。「すべてを？」

「夫君の恥になることもひとつ残らず」ジョージは彼女にウィンクしてみせた。ウィンクする彼の姿など、ラルフはこれまで一度も見たことがなかった。

ジョージが去ったあと、ヒューゴとラルフはコーヒーポットをあいだに置いて、テーブルの席に腰を落ち着けた。強い飲みものはラルフが断わったのだ。

「さてと、坊や」ヒューゴが言った。

ラルフは二人のカップにコーヒーを注いで、自分のカップにはクリームを加えた。いまの言葉は意味のないものではなかった。ヒューゴはどんなときでも、真剣に会話する用意があることを相手に伝える方法を心得ている。巨漢だし、ちょっと見は粗暴な感じだが、いつも人の話に誠実に耳を傾ける。もっとも、ときには彼のほうが話をしたがる場合もある。こういう人間関係が〈サバイバーズ・クラブ〉の仲間のあいだに強い絆を生んだのだ。全員がその絆から力をもらう。そして全員がそれと同じ力を返す。

ヒューゴにはすばらしい点がもうひとつある。それは沈黙を怖がらないことだ。相手に時間が必要だと察したら、急いで沈黙を埋めようとすることはけっしてない。

「レディ・トレンサムがきみより優れていると感じることはないか、ヒューゴ？」ようやくラルフは尋ねた。

ヒューゴは唇をすぼめて考えこんだ。

「わたしの祖父はHの発音を抜かすことがよくあった。それから、食事のときはテーブルに肘を突いてナイフで料理を口に運んでいた。ヨークシャー訛《なま》りがひどくて周囲を呆れさせていた。父の訛りも似たようなものだった。二人は必死に働いて金を儲《もう》けた。卑しい金と言ってもいいだろう。いっぽう、グウェンには生粋の貴族の血が流れている。名前に称号がつかない者はグウェンの一族には誰もいない。しかも、大部分のグウェンの称号は何世代も前から受け継がれてきたものだ。さて、グウェンはわたしより優れているだろうか？　いや、そんなことはない。わたしが彼女より優れているわけでもない。グウェンが星のティアラをつけて玉座にすわり、わたしが崇拝と称賛をこめてひれ伏しているのではない。また、わたしが偉大なる軍の英雄として玉座にすわり、彼女が下から憧れの目でまつげをパチパチさせているのでもない。どちらもありえないことだ、ラルフ。グウェンとわたしは対等だ。二人で共に生きていく。一心同体だ。気障《きざ》な意見だと思われそうだな。だが、きみが質問したんだぞ」

ラルフは片手に持ったカップのなかをじっと見た。

「きみ、奥さんのほうが優れた人間だと思っているのか？」ヒューーゴが尋ねた。

ラルフは顔を上げてジョージを見つめ、カップを置いた。

「ジョージに招かれて劇場へ出かけたあの夜、ハーディングも来ていたんだ」

「ハーディング？」ラルフがなんの話をしているのか、ヒューーゴにはわからない様子だった。

「ぼくはイベリア半島であの家の息子と一緒だった」ラルフは説明した。「トムと」

「なるほど」ヒューーゴは理解した。トムとマックスとローランドのことは彼も知っている。

「向こうはきみに気づいたのか？」

「目が合う前に、ぼくは顔を背けた。だけど、そうだな、気づいたと思う」

「そうだったのか……」ヒューーゴはため息をついた。「もっと前に夫妻に会いに行くべきだったとか、少なくとも手紙ぐらいは書くべきだった、ときみに言うつもりはない。夫妻の息子が亡くなったのは自分の責任だときみは思っているようだが、それは違う、などと言うつもりもない。向こうのご両親に恨まれているときみは思いこんでいるが、そんなことはないかもしれない、と言うつもりもない。わたしからは何も言わないことにする。きみの状況と多少の違いがあるとはいえ、わたしも似たような場所に身を置いていたからな。いまもときどき、その場所に戻っている自分に気づくことがある。深くて暗い場所だ。そこから抜けだそうとしても、意志の力だけでは無理なことが、わたしにはわかっている。ほとんどの者にはそれが理解できない。だが、わたしなら理解できる。ハーディング夫妻の件と、奥さんのほうがきみより優れていることに、どういう関係があるんだ？」

ラルフはコーヒーに口もつけないまま、カップと受け皿を押しやった。

「妻はヒッチングに会いに行った。実家の父親から彼女の誕生にまつわる真実を聞かされた翌朝に。それは妻が何よりも避けて通りたいことだった。しかし、今年の春も、今後何年かのあいだも、ヒッチング一家と数えきれないほど顔を合わせる可能性が高いとなれば、そうするしかないじゃないか。ぼくも一緒に行くことにした。妻がひどく怯えていたからだ。だが、妻はヒッチングに言われてその妻と娘と息子にまで会ってきた。温かく迎えてはもらえなかった。あの家の連中がクロエをどう思ったか、ぼくには想像するしかない。なにしろ、クロエはヒッチングの実の娘だからな。だが、妻は立派にやってのけた。多少はぼくの支えが必要かもしれないと思ったが、そんなことはなかった。自分一人の力でやりとげた。ぼくは妻のドレスの裾にキスする資格もない。芝居じみたセリフに聞こえるかもしれない。でも、ほんとにそうなんだ」

「ハーディング夫妻を訪ねる勇気が出せないから？」

「訪ねても、たぶん、益より害のほうが大きいだろう」

「誰にとってだ、坊や？」ヒューゴが静かに尋ねた。

ラルフは目を閉じ、テーブルの上で片方の手を握りしめた。

22

「午後の予定は入ってるかい？」ラルフが訊いた。二人一緒に屋敷で午餐をとっているところだった。珍しいことだ。彼はたいてい、午前の半ばに出かけて午後遅くまで帰ってこない。

「サラからお茶に招かれてるの」クロエは彼に答えた。「おばあさまとメアリ大おばさまもいらっしゃるのよ。それから、ルーシーも。そうそう、グウェンがいとこのレイヴンズバーグ子爵夫人を連れてくるんですって。ご主人とロンドンにいらしたばかりなの。例の捨てられた花嫁よ、ラルフ。ほら、キルボーン伯爵がその人と式を挙げようとしたときに、現在の伯爵夫人が教会にたどり着いて、式が中止になったんだっていう。会うのが待ちきれないわ。伯爵夫人もいらっしゃるそうよ」

「ほう」

クロエはナイフとフォークを皿の上で止めたまま、しげしげとラルフを見た。もっと反応があるものと思っていた。

「どうかしたの？」

「いや、別に」ラルフは両方の眉を上げ――虚ろな目で――彼女に視線を返した。「なんでもない。楽しんでくるといい」

「午後からわたしに何か用事を頼むつもりだったの？」

「いや、なんでもない」ラルフは渋い顔になった。

「あなたは何をするつもりなの？」

彼はナイフとフォークをカタンと皿に置いた。

「きみはときどき、ひどく口うるさい女になるんだな」

クロエは愕然としたが、彼を見つめるのをやめはしなかった。

「悪かった」彼の頰が鈍い赤に染まっていた。「ほんとに悪かった、クロエ。言いすぎた。ぼくも午後から人を訪問するつもりだったんだ」

クロエは何も尋ねなかった。そのまま待った。

「ハーディング子爵夫妻がカーゾン通りに家を借りている」クロエが沈黙を破ろうとしないので、ラルフのほうから説明した。「夫妻を訪ねようと思っている。午後はたいてい在宅のようだ。もちろん、今日は例外かもしれないが」

さりげない口調にしようと、ずいぶん無理をしている。子爵夫妻がどういう人たちなのか、クロエは忘れていなかった。

「わたしにも来てほしかったの？」

「いや、必要ない。きみはほかに予定があることだし。レイヴンズバーグ子爵夫人への好奇心が満たされたかどうか、今夜話してくれ」ラルフは食事に戻ろうとするかのようにナイフとフォークを手にしたが、そのあとは料理を見て眉をひそめただけだった。

「一緒に行くわ」クロエは言った。「サラのほうへは、今日はお邪魔できないってメモを届けておく」

「いや、必要ない」ラルフはふたたび言った。

「いいえ、あるわ」クロエは譲らなかった。「わたしも行きます。この前はあなたがついてきてくれたでしょ」

「前に言わなかったかい？」彼が顔を上げてクロエと視線を合わせたときは、表情の読めない目になっていた。「きみはときどき、ひどく口うるさい女になる、って」

「ええ、一度か二度。でも、とにかく一緒に行きます」

そう言ってから、クロエは下唇をきつく噛んだ。ラルフが乱暴に顔を背けていきなり立ちあがる寸前に、彼の目が光った。涙に違いないとクロエは思った。


ヒッチングが借りている家の玄関前に立ち、扉があくのを待っていたとき、クロエもこんな気持ちだったのだろうかとラルフはちらっと考えた。これまでいちばん身勝手な行動ではないか、とも考えた。ぼくが世界でもっとも深い海底に埋められ、地獄の端へ追いやられることを望んでいるはずの人たちの心を踏みにじってでも、自分が少しでも楽になろうとしているのではないだろうか？

果たして楽になれるだろうか？

あるいは、一〇倍も落ちこむことになるのか？

これ以上落ちこむ余地があるだろうか？　それとも、感情は枯れてしまったのだろうか？　生き延びるための手段として、四年以上も前に自分の感情を消し去った。何も感じなくなれば、自殺願望にとりつかれることもない。やがて、六人の仲間を好きになり、家族を愛するようになったのは事実だが、そのためには、すべての相手から感情面でほどほどに距離を置く必要があった。また、ここ一カ月ほどのあいだに妻のことも好きになっていた。好きにならずにはいられなかった。ただ、生き延びるために、妻を自分の心から遠ざけようと努めてきた。

努めてきたが……。

玄関扉が開き、サイズの合わない従僕のお仕着せに身を包んだ細身の若者が二人に目を向けた。

「ワージンガム公爵夫妻がハーディング子爵ご夫妻にお目にかかりたくて伺った。ご夫妻がご在宅であれば」

「ああ、ご在宅ですとも、閣下《ユア・ロードシップ》。い、いえ、ユア・ワーシップ」玄関口をふさいだまま、若者は言った。「しかし、ちょっと行って訊いてこないと。つまり、在宅かどうかわからないんですけど、いまから見てきます」

「従僕になってから日が浅いのかね？」ラルフは尋ねた。

「台所の手伝いをしてたのが、昨日、昇進したばかりなんです」若者は真っ赤になった。

「ジェリーってのが従僕だったんですが、手癖が悪くて、靴下に銀のスプーンを押しこんだとこを見つかってクビになったもんですから、旦那さまたちがほかに誰か探す前におまえにチャンスをやろうって、ブルームさんが言ってくれたんです、ユア・ワーシップ、いえ、ユア――」

「〝ユア・グレース〟というのが正しい呼び方だ」ラルフは言った。「ぼくは公爵だからね。それから、きみのご主人夫妻がご在宅かどうか、会ってくださるかどうかを確認しにいく前に、ぼくたちを玄関ホールに招き入れ、できれば公爵夫人に椅子を勧めるのが礼儀だと思う」

「合点です、旦那」若者はそう言って、一歩脇へどいた。「外はちょっと冷えますもんね。さ、入ってください」

「ありがとう」クロエのために玄関扉のそばまで椅子をひきずってきた若者に、彼女は微笑した。「それから、昇進おめでとう。新しい仕事をどんどん覚えているところなのね」

「そうなんです、殿下。ありがとうございます、奥さん」若者はそう言うと、ラルフに渡された名刺を顔の前で扇子のように揺らしながら、階段を駆けのぼっていった。

ラルフはクロエと顔を見合わせ、背中で両手を組んだ。

「なんとまあ、いい気晴らしになった」と言った。不思議なことに、そのとおりだった。しかし、いまはまた吐きそうになっていた。

長く待たされることはなかった。ただ、階段を下りてきたのは細身の従僕ではなく、ハーディング子爵自身で、すぐうしろに夫人がいた。

「ワージンガム」ハーディングは右手を差しだしながら言った。「ラルフ。申しわけない、こちらが先に訪問すべきだったのに、きみのほうから訪ねてきてくれたとは。では、劇場でわれわれの姿を目にしていたのだね。幕間にきみの桟敷席へ出向くべきだった。あるいは、次の朝にストックウッド邸を訪問すべきだった。ところが、きみに足を運ばせることになってしまった」

ハーディング子爵はラルフの右手の骨を一本残らず折ってしまいそうな勢いで握手をした。それから脇へどき、今度は子爵夫人がラルフの両手を包みこんで自分の胸に強く押しあてた。

「ラルフ」夫人の目に涙があふれた。「ラルフ・ストックウッド。ああ、愛しい子。あなたがイングランドに送られてきたとき、わたしたちは恥知らずなことにお見舞いにも行かなかったから、以来、申しわけなくて顔向けができず、手紙を出すことすらできなかったのよ。どうしてそんなことになってしまったのかしら。でも、あなたのほうからこうして訪ねてくれた。しかも、新婚の奥さまがご一緒なのね?」

「はい」ラルフはひどく困惑しつつ一歩下がった。「ワージンガム公爵夫人のクロエです。ハーディング子爵ご夫妻だよ、クロエ」

「クロエ」子爵夫人はにこやかに微笑した。「なんて愛らしい名前なの。それに、とっても愛らしい方。そして、あなたはとてもハンサムな大人になったのね。そうなることはもちろんわかってたわ。でも、ああ、その痛ましい、痛ましい顔。傷を負ったのは戦いのとき

「――？」

「はい」ラルフは答えた。

「来てもらえてほんとに嬉しいわ」子爵夫人は言った。「でも、恥ずかしい。日ごとに罪悪感が募り、ぜひあなたを訪ねなくてはと言いつづけてたのに、長い年月がたったせいで、なかなか決心がつかなかったの。あなたはわたしたちに失望したに違いない、もしかしたら怒ってるかもしれないって思ったの。たぶん、冷たい人たちだと思ってたでしょうね。でも、こうして来てくれた。ねえ、二階の客間へ行きましょう。こんなところに立たせたままでいるなんて、わたしたちも何を考えてるのかしら。公爵夫人、どうぞ二階へ。それとも、クロエとお呼びしてもよろしくて？　わたしたちにとって、ラルフは息子も同然ですもの」

そう言うと、子爵夫人はクロエの腕に自分の腕を通して階段のほうへ案内した。

そのあとに続くよう、ハーディング子爵が片方の腕でラルフに勧めた。

「どうしているのだね、ラルフ、わが息子よ」子爵は尋ねた。「長いあいだ生死の境をさまよい、次にコーンウォールのどこかへ行き、何年かそちらで過ごしたと聞いているが。障害が永久的に残るのではないかと心配していた。しかし、コートニーの妹さんがロンドンできみを見かけて、無惨な傷跡を別にすれば元気そうだったと知らせてくれた。いまはどんな具合だね？」

ラルフは返事をする暇がなかった。客間に入ると、レディ・ハーディングが二人に椅子を勧めてくれた。ラルフはすわろうとしなかった。彼が立ったままなので、全員が彼に視線を据えた。一瞬、沈黙が広がった。

「ぼくを……恨んでないんですか？」夫妻のにこやかな顔を交互に見ながら、ついにラルフは尋ねた。

「恨むですって？」レディ・ハーディングが戸惑いの表情になった。

「きみが生き残り、トマスが死んだからかね？」ハーディングの微笑はすでに消えていた。「そして、マックスとローランドも死んでしまったから？　だが、きみが殺したのではない。フランス軍がやったことだ」

「うちの息子が死んだのにあなたが生き残ったから、わたしたちがそれを恨んでると思っていたの？」レディ・ハーディングの目にふたたび涙があふれた。「ああ、ラルフ、愛しい子、わたしたちがお見舞いにも行かなかったせいで、何年ものあいだそう思いこんでいたの？　どうして行かなかったかというと、最初はわたしたちも悲しみに打ちひしがれてたし、あなたは面会謝絶だったから。そのあと、あなたはコーンウォールへ移ってしまい、わたしたちには正確な場所がわからなかったの。調べればわかったでしょうね。調べるべきだったわ。せめて、あなたに手紙を出すべきだった。でも、何を書けばいいの？　それに、手紙を書こうと思い立ったときは、ずいぶん時間がたっていたので、きまりが悪く、申しわけなさでいっぱいだったの。もっと早く書けばよかったのにね。あなたはトマスの大親友の一人だったんですもの。よく泊まりに来てくれて、わたしたちもあなたが可愛くてたまらなかった。ずっと知らん顔だったのが恥ずかしいわ。手紙を書こう書こうと思いながら、結局書かなかった。そして、二週間ほど前にあなたの姿を目にしたのに、それでも声をかけることができなかった。きっと、ひどい人たちだと思ったでしょうね」

「でも、ぼくがいなかったら、トムがイベリア半島へ行くことはなかったはずです。ぼくが三人を誘いこんだのです。お二人はトムを行かせたくなかった。マックスとローランドのご両親も息子たちを行かせたくなかった。彼らが戦争へ行ったのは、ぼくに説得されたからです」

「すわってくれ、ラルフ」ハーディング子爵が言い、夫人が勧める椅子に彼が腰を下ろすまで待った。子爵自身は立ったままだった。「われわれは息子を自分の考えを持つ人間にすべく育てあげた。学校で友人関係に恵まれたことを、親として喜んでいた。いい子ばかりだった。きみ、マックス、ローランド。ほかにも何人かいたな。もちろん、きみがリーダーだった。誰が見ても明らかだった。だが、われわれはそれでいいと思っていた。きみには優しい心と明晰な頭脳があったし、どの子も奴隷のようにきみに従ったわけではなかった。きみに同意できないときは、そう言った。きみもみんなに同意できなければ、そう言った。学校を出たら軍職を購入してほしいとトマスにせがまれたとき、われわれは狼狽した。しばらく口論が続き、わたしはぜったいに認めないつもりだった。だが、息子はもう少年ではなく、一人の若者だ。とうとう、一人の男と男として話をしようと思い、丸一日、一緒に釣りに出かけて、徹底的に話しあった。自分の義務だと信じる道へ進んで戦いに出かけないかぎり、自分は幸せになれないと主張する息子に、わたしもついに折れた。きみがその考えを息子の頭に植えつけたことはわかっていた。だが、息子の意見を認めて戦争へ行くことを許したときには、あの子がきみの信念ではなく、自分自身の強い信念に従っていることが、わたしにも理解できるようになっていた。たとえきみが心変わりをしたとしても、息子は戦争へ行っていただろう」

「わたし、あなたに手紙を書いて、あの子を思いとどまらせてほしいと頼んだわね、ラルフ」レディ・ハーディングが言った。「そんなことをしちゃいけなかったんだわ。息子のしたことに、もしくは、しなかったことに対して、あなたにはなんの責任もなかったのよ。わたしたちがトマスを行かせたんですもの――わたしたち二人が。喜んで送りだし、悲惨な結果になってしまった。でも、息子を誇りに思ったわ。いまもそうよ。そして、あなたのことを嘆き、いまもまだ嘆いているの。あなたが生き残ったことを嘆いてるんじゃないのよ。一人だけでも生き残ってくれて、夫もわたしもほんとに嬉しかった。でも、あんなに若いときに親友三人を目の前で失ってどれだけ辛い思いをしただろうと思うと、嘆かずにはいられなかったの。だから、どうしても手紙が書けなかったんでしょうね。辛かったことをわざわざ思いださせる必要はないと思ったの。でも、愚かだった。いずれにしろ、あなたが忘れられるわけはないもの。そうでしょ？　でも、わたしたちに恨まれてると思いこんでたの？　ああ、かわいそうな愛しい子」

ラルフは子爵夫人を見つめ、次にハーディングを見つめた。

「わたしが思うに」ハーディングは悲しげな口調で言った。「きみも、わたしも、非難すべき相手を非難したほうがいいだろう。わたしはトマスに軍職を購入してやった自分を非難し、きみは戦争へ行くという考えをトマスの頭に植えつけたきみ自身を非難してきた。だが、息子を殺したのは戦争だ。フランス軍すら非難してはならない。連中はわれわれを殺そうとしたが、われわれも同じく連中を殺そうとしたのだ。フランス軍の連中だって、きみやトマスやマックスやローランドと同じ平凡な若者に過ぎなかったのだ。非難すべき相手は戦争だ。というか、紛争を解決するには死ぬまで戦うしかないと思いこんでしまう人間の心理だ」

「もったいないほど親切なお言葉です」ラルフは言った。「でも、サー・マーヴィン・コートニーとジェーンズ卿ご夫妻は考えが違うかもしれません。たぶん――」

「いいえ、そんなことはないわ」レディ・ハーディングが言った。「息子を亡くした悲しみのなかで、わたしたちは前より親しくなったのよ。あなたのことは、誰もが同じように感じていたわ。あなたが帰国したあとで、ジェーンズ卿がお宅へお見舞いにいらしたんだけど、玄関先で帰るしかなかったそうよ。面会謝絶だったから。ご両親もたぶん、あなたの容態のせいでとり乱してらして、人に会うどころではなかったのでしょうね。ジェーンズ卿は二度といらっしゃらなかったわ。それから、レディ・コートニーはあなたのお母さま宛にお見舞いの手紙をお出しになったけど、お返事はなかったんですって。お母さまはきっと、あなたを見守るだけで精いっぱいで、届いた手紙を読む暇も、お返事を書く暇もなかったのね」

レディ・ハーディングがハンカチを出そうとすると、ハーディング子爵が自分のハンカチを渡した。

「レディ・コートニーは数年後に亡くなられたわ」涙を拭いてから、夫人は話を続けた。「生きる気力をなくしてしまったのかもしれない。お嬢さまが残ってらしたのに。しかも、優しいお嬢さまだった。でもね、レディ・コートニーの口からあなたを恨んでいるような言葉を聞いたことは一度もなかったわ。あるいは、ほかの子たちを恨むような言葉も。その正反対よ。みんながあなたに深く同情していたの。親友三人を一度に亡くし、おそらく、三人が……死ぬところを見たのでしょうから。そうだったの？」

「はい。快活で勇敢な友でした。みんな――」

「そうとも」ハーディング子爵が言った。「われわれの息子だからな」

「クロエ」レディ・ハーディングが椅子から立ち、呼び鈴の紐をひっぱりながら言った。「ずっと黙ってらしたのね。言葉をはさむ機会もなかったわね。悲しい過去の話であなたを暗い気分にさせてしまったことでしょう。ラルフと結婚なさる前の旧姓はミュアヘッドだったと、噂に聞いています。学校時代、トマスにはその名字のまじめなお友達がいたのよ。あなたのご親戚かしら」

「グレアムでしたら」クロエは言った。「わたしの弟です」

「まあ。感じのいい少年だったわ。息子はお友達に本当に恵まれていました。学校生活を楽しんでいたわ。それを思うと慰められます。卒業後、弟さんはどうなさったの？」

そして、信じられないことだが、それから三〇分のあいだ、全員がお茶を飲み、ケーキを食べ、さまざまなことを話題にして語りあった。ハーディング子爵は自分の双子の弟の話をした。小さいころから強い絆で結ばれていたという。弟は結婚が遅かったが、男の子三人と女の子二人に恵まれて、いまでは大家族だ。ハーディング夫妻が甥と姪を溺愛し、頻繁に会いに行っているであろうことは、ラルフにも想像がついた。いちばん上の男の子はもちろん、彼の父親に次いで子爵家の跡取りとなる。甥も、姪も、当然ながらハーディング自身の息子のかわりにはなれないが、子爵夫妻の慰めになっているのは明らかだ。

レディ・ハーディングは、ラルフの友達だったマックスの妹のミス・コートニーがイングランド北部に住む牧師と結婚したばかりであることを、クロエに話した。

「わたしたちも参列したのよ。とてもすてきなお式だったわ。花嫁さんは幸せに輝いてたわ。それも当然で、夫となる人はひきしまった体格の若い紳士で、牧師にしておくのはもったいないほどハンサムでしたもの。間違いなく恋愛結婚ね。それも熱烈な恋愛。あなたも同意してくださるでしょ、クロエ？」

「しますとも」クロエはそう言って微笑した。

「今後は疎遠にならないでほしい」それからほどなく、ラルフが椅子から立つと、ハーディング子爵が言った。「こうして再会し、長かった沈黙のぎこちなさを乗り越えたのだから、連絡をとりあわなくては」

「ストックウッド邸で開く舞踏会の招待状を送らせていただきます」クロエは言った。「ぜひお越しください。グレアムもまいります。ご夫妻にお会いできれば、きっと大喜びでしょう」

五分後、クロエがラルフの腕に手をかけ、二人は歩いて自宅に向かっていた。新鮮な空気を楽しむほうがいいとクロエが言ったので、ラルフが馬車を先に帰らせたのだ。二人は何分か黙って歩きつづけた。

「わたし、あのご夫妻が好き」ようやく、クロエが言った。

「えっ？」交差点の掃除をしている少年が二人の前方に落ちていた馬の糞《ふん》をどけてくれたので、ラルフは少年に硬貨を投げてやった。「ああ。そうだね。とてもいい人たちだ。昔からそうだった」

「舞踏会に来てくださるといいわね」

「うん……」

屋敷に着くまで、二人はもう何も言わなかった。ラルフは脳内の緊張をほぐせないような気がした。

「クロエ」屋敷に入り、彼女が階段をのぼろうとしたときに、彼が呼んだ。

クロエはふりむいて彼を見た。

「感謝している。予定を変更して一緒に来てくれたことに」

クロエは微笑した。「どういたしまして」

「きみがいなかったら、とうてい訪問できなかっただろう」

彼女はふたたび微笑し、そのまま階段をのぼっていった。

ラルフは書斎に入り、背後のドアを閉めた。少し考えたいことがあった。もっとも、何を考えるのか、いまのところ具体的には浮かんでこなかったが。しかし、それがなんであろうと、一人になって考える必要があった。

ラルフはとうとう姿を見せなかった。執事の報告によると、〝奥方さまとご帰宅後すぐに書斎に閉じこもってしまわれ、それきり出ておいでにならず、呼び鈴を鳴らして何かお命じになることもありません〟とのことだった。晩餐の着替えのために自分の部屋へ行くこともなかったという。従者のバローズからは、髭剃り用の湯と夜会服を用意して待っていたが無駄に終わった、という報告があった。

ラルフは晩餐の時刻になってもダイニングルームに現れなかったが、クロエは召使いに彼を呼びに行かせるのはやめようと決めた。一人で食事をすませてから、今夜個人の屋敷で予定されている音楽会でノラとケイリー卿に会う約束をしていたが、行けなくなったことを詫びる短い手紙をノラに送った。夜の残りの時間は客間に移って一人で過ごした。本を読もうとしたが、三〇分のあいだにたぶん三ページほどめくったはずなのに、何が書いてあるのかさっぱり頭に入ってこないことに気づいて、読書はあきらめた。鬱々としたまま、頑固に刺繡に精を出した。

午後の訪問がラルフに何か変化をもたらしただろうか、と一〇回以上も考えこんだ。罪悪感があまりにも根強いため、払いのけることができないのかしら。もともと許しを請う必要はなかったようだけど、それでも、ハーディング夫妻の許しをすなおに受け入れる気になってくれた？　ふたたび生きる意欲が湧いてきた？　そうだとしたら、わたしはどうすればいいの？　ラルフの人生のどこにわたしの居場所があるの？　わたしと結婚したことを彼が一生後悔するんじゃない？　また、許しを受け入れる気がないとしたら、いえ、より正確に言うなら、自分自身を許す気がないとしたら、これからどうなるの？　わたしはこのままやっていける？　でも、選択肢はほとんどない。そうでしょ？

とうとう刺繡の道具を片づけて、ベッドに入るには早い時間だったが、立ちあがった。寝る以外に何ができるだろう？　気分がひどく滅入っていた。落ちこむ理由などないはずなのに。午後の訪問はすばらしく順調に運んだ。ラルフが罪の意識から解放されるには、本当に長い年月が必要だった。

寝室へ行くために階段をのぼろうとして足を止め、一階へ続く階段に目を向けた。いまもあそこにいるのかしら。それとも、夜になってから、わたしが気づかないうちに出かけてしまったの？　しばらくためらったのちに階段を下りていった。玄関ホールで番をしていた従僕がクロエよりも先に書斎に駆け寄り、ドアを開いた。彼女が部屋に入ると、背後で従僕がドアを閉めた。

燭台でろうそくが燃えていた。暖炉には火が入っていないが、そう寒い夜ではない。ラルフは暖炉のそばの椅子にぐったりすわりこんでいた。クラヴァットをはずし、シャツの襟を広げている。しかし、上着とチョッキとズボンとヘシアンブーツは今日の午後のままだ。髪は指で何度か梳いたかのように乱れている。中身が半分に減ったグラスが横のテーブルに置いてあるが、酔っている様子はない。クロエはサイドボードにちらっと目をやり、一本を除いてすべてのデカンターに酒がたっぷり入っているのを確認した。その一本にしても、グラスにせいぜい一杯か二杯分が減っているだけだった。

ラルフが部屋の向こうからクロエを見た。

「記憶というのはどこに住みついているんだろう？　考えたことはあるかい、クロエ？　何年も前の出来事を不意に思いだすことがあるだろ。頭からずっと消えていた出来事を。それなのに、起きたときと同じぐらい鮮明によみがえってくる。それまでどこに隠れてたんだろう？　記憶をすべてしまっておくだけでも、大陸ぐらいのサイズの頭が必要だと思わないか？」

酔っぱらいの口調ではなかった。

「何を思いだしてたの？」クロエは彼に尋ねた。

「主に学校時代のことを。大人は少年たちに言うものだ。たぶん、少女たちにも——学校時代こそ人生最高の時期だと。ところが、少年のぼくたちはそんな大人を嘲笑し、一足飛びに大人になろうとする。陳腐な表現を使うのはいやだが、学校時代は確かに人生最高の時期だった」

クロエは彼のそばまで行った。彼の椅子の横にスツールは置かれていなかった。暖炉の反対側にある椅子では遠すぎる。彼の斜め前に膝を突き、片手を彼の膝に置いて軽くなでてから、そこに頬をつけて彼とは逆方向へ顔を向けた。彼はクロエの頭に手を置き、カールした髪のあいだにそっと指をすべらせた。

「いま何時かな?」

「一〇時よ」

「一〇時?」驚きの声になった。「晩餐をとりそこねてしまったのか? 今夜はノラとケイリーと一緒にどこかへ出かけるはずじゃなかったかい?」

「お詫びの手紙を送っておいたわ」

「悪かった。きみが特別に楽しみにしていた催しだったのでは? しかも、午後の訪問を犠牲にしてぼくにつきあってくれた」

「たいした犠牲じゃなかったわ」

「あの三人との喧嘩やいたずらをひとつ残らず思いだしてたんだ。それから、議論や口喧嘩を。みんなで笑ったことを。一緒に過ごした休暇を。そして、イベリア半島で送った最初の日々のことを。その日々は長くは続かなかった。あっというまに断ち切られてしまった。理想主義と気概と勢いだけで自分たちを奮い立たせていた学校を出たばかりの四人の少年にとって、戦争の現実は衝撃的だった。しかし、楽しいときもあった。よく笑ったものだ。あの朝も、これから何が始まるかを知りながら、朝食の席で何か冗談を言ってみんなで笑っていた。その笑いには多少怯えが混じっていたような気がする。どんな冗談だったのか思いだせればいいんだが……。たぶん、些細なことだったんだろう。そして、わずか一時間半後ぐらいに、ぼくは三人が死ぬのを目にすることになった」

彼の手がクロエの髪を軽くなで、やがて静止した。クロエは火のついていない石炭を見つめた。そのとき、かすかな声が聞こえた。忍び笑い？　新たな思い出？　しかし、次に聞こえた声は笑いとは思えない響きだった。彼が唾をのみこむのが聞こえた。

クロエが顔を起こして立ちあがると、彼が両手で自分の顔を覆った。

「くそっ！　出ていけ、クロエ。ここから出ていけ」

クロエは向きを変え、かわりに彼の膝に腰かけた。彼に頭をすり寄せ、両腕をできるだけ強く彼の腰にまわした。すすり泣きに身を震わせる彼を抱きしめているうちに、彼は嗚咽《おえつ》をこらえきれなくなり、亡くなった三人の友と、終わってしまった青春時代を思って号泣しつづけた。

彼がようやく泣きやんで、ハンカチを見つけ、洟をかみ、たぶん涙を拭いたあとも、クロエは長いあいだ彼を抱きしめていた。

「三人のために泣いたことは一度もなかった」ようやく、彼が言った。「ぼくにそんな資格はないと思っていた」

「いまのいままではね」クロエは言った。

「信じていいのだろうか？　夫妻はぼくを恨んでいない、恨んだことは一度もないという言葉を」

「あのご夫妻は、息子は自分の信念に従って行動した、戦争へ行くと言いはったのはそれが息子の希望だったからだ、と信じようとしてらっしゃる。あと二人のご両親も息子さんに関して同じことを信じてらっしゃるはずよ」

「では、ぼくがあの三人に大きな影響力を持っていたと思いこむのは、妙な虚栄心だったということか？」

クロエは返事をためらった。

「そうね」やがて答えた。「記憶をたどっていけば、提案したのはあなただけど、決断は四人の仲間がそれぞれ下したものだったことを、きっと思いだすはずよ」

二人は黙りこんだ。彼の片手がふたたびクロエの後頭部に触れ、クロエは彼が頭を低くしてそこにキスするのを感じた。

「きみが従順な妻になることはなさそうだな」

「男だから泣いちゃいけないなんてことはないのよ」

「いや、泣くなんてみっともない」ラルフはクロエを自分の胸から優しく遠ざけて顔をのぞきこんだ。彼の頬は涙で少し汚れていた。傷跡がふだんより鮮明に浮かびあがっている。

「わたしがここにいても気にしないでね。泣いてるときって、誰かにそばにいてほしくなることもあるのよ。人の死を悼むときはとくに」

「七年以上も前に死んだ者たちだ」

「いいえ。あなたにとっては、たったいま亡くなったようなものでしょ」

「ぼくはきみにふさわしいことを何かしただろうか？」

「そうね。まだ何も」クロエは急に身体を起こして立ちあがった。少々心配そうな顔で彼を見下ろした。ふだんの彼に比べると身なりを構わない感じで、はっきり言って、だらしない格好だった。そして、たまらなく魅力的だった。

「結婚してよかったと思ってる？」彼が尋ねた。

「もちろんよ。生涯独身で暮らすのはいやだったから」

「それだけ？」ラルフは軽く微笑していた。「そのために結婚したのかい？」

どう答えればいいのか、クロエにはわからなかった。

「あなたはどう思ってるの？」

ラルフは立ちあがり、彼女の右手をとって自分の腕に通した。

「ベッドに入って愛を交わしたほうがいいと思う。跡継ぎの息子を作らなくては。覚えてるね？　いや、最初は女の子のほうがいいかな。ぼくは女の子がほしい。きみの髪が遺伝するだろうか？　さあ、子供を作ろう。ついでに少しは楽しもう。快楽が味わえる。そうだろう？」

クロエが返事をしないので、彼は首をまわして眉を上げた。

「ええ」クロエは言った。「そうね」

彼の手がドアのノブにかかった。ノブをまわす前に頭を低くし、短いキスをした。むさぼるようなキスだった。

23

ストックウッド邸の舞踏室がこんなふうに使われるのを目にした記憶は、ラルフには一度しかなかった。確か、八歳から一〇歳ぐらいのときだった。祖父母のために開かれた舞踏会だったが、その夜の主人役を務めたのは彼の両親だった。ラルフと姉妹は乳母の監督のもとで、上の回廊から三〇分ほど歓楽の様子を見守ったが、姉妹たちが何を見ても誰を見てもうっとりして、大きくなって自分もこういう舞踏会に出るときが待ちきれない思いだったのに対して、ラルフは男たちが片足をひいて貴婦人にお辞儀をし、馬鹿みたいに気どってダンスフロアを動きまわるのを見守りながら、自分もいずれこういう愚かな行動をとらなくてはならないのかと思ってぞっとしたものだった。

いま、舞踏室を見まわしながら、それを思いだして微笑した。床は磨かれたばかりで光り輝いている。三台のシャンデリアはまだ床に置いたままだが、もうじきろうそくに火が入って、天井から吊りさげられるだろう。華麗な折上げ天井は金箔仕上げで、そこに絵が描かれている。薄紅色のふんわりした雲の合間から青空がのぞき、天使とケルビムとハープとラッパが浮かんでいる絵だが、ラルフが知っている古典的な神話や聖書の物語からとったものではない。壁にかかったいくつもの鏡は、塵ひとつ、指紋ひとつ残らないぐらい磨きあげられている。舞踏室の端から端まで並んだ柱には蔓《つる》植物が巻きつけてある。花々と緑の葉がそれをとりかこみ、さまざまに混ざりあった香りであたりを満たしている。オーケストラ席には楽器がいくつか運びこまれていた。

ラルフが舞踏室の奥にある大きな両開きドアの向こうを見ると、白い麻のクロスをかけた長テーブルがいくつも置かれていた。もうじき、夜食の前に客が軽くつまめるよう、果物を盛った大皿や、菓子や、飲みものが並べられるだろう。

彼の母親がすでにやってきて世話を焼いていた。ノラも同様だ。メアリ大おばも早めに来て、ローネットをしきりに使い、アドバイスに余念がない。祖母は心配そうに次々と質問していた。ラルフは全員に向かって、自分とクロエに助けは必要ない、二人で舞踏会を準備してきたのだし、大失敗するとは思えない、ついでに言っておくと小さな失敗もないはずだ、と明言した。

もちろん、すべてを自分たちの手柄にするのはフェアではない。アーサー・ロイドが計画に大きく関わったのだし、準備作業の大半は家政婦と料理番と召使い全員が担当したのだから。

先日、母親が屋敷に顔を出して何か手伝おうと申し出たとき、クロエはたまたま留守にしていたし、ラルフもちょうど出かけるところだった。訪ねてきた母親に彼が礼を言いつつも手伝いを断わると、母親は客間の椅子に腰を下ろし、長いあいだ息子を見つめた。

「ラルフ」やがて母親は言った。「戻ってきたの？　本当に戻ってきたの？」

何を言われているのか、ラルフが理解できなかったとしても、仕方がなかっただろう。しかし、彼はちゃんと理解した。

「うん。戻ってきたよ、母さん」

母親は目を閉じ、ゆっくりと息を吐いた。「クロエのおかげ？」と尋ねた。「じゃ、幸せな結婚をしたのね？」

「すばらしく幸せだ」ラルフは母親を安心させた。「ハーディング子爵夫妻のところへ行ってきた。クロエも一緒に来てくれた。それから、サー・マーヴィン・コートニーとジェーンズ卿夫妻には手紙を書いた」

「それぞれの息子さんに起きたことは、あなたの責任じゃなかったのよ、ラルフ。お父さまとわたしが何度もあなたに言って聞かせたでしょ」

「三人のご両親も母さんと同じ意見のようだ。ほんとにすまなかった、母さん。きっと、これまで何年ものあいだ、母さんに辛い思いをさせてきたんだね。父さんにも。できることなら、埋め合わせがしたい。できることなら――」

しかし、母親はさっと立ちあがった。

「ラルフ」きびしい声で言った。子供のころ、何かいたずらをするたびに母のきびしい声が飛んできたことを、ラルフは思いだした。「そんなふうに考えてはだめ。ええ、あなたのお父さまは確かに悲しんでらしたわ。あなたが辛い思いをしてるのに、何をすれば、何を言えばあなたを元気づけられるのか、わからなかったから。でも、お父さまがしばらく体調を崩したのも、亡くなったのも、けっしてあなたのせいじゃないのよ。お父さまはいつもあなたを愛し、いつも理解していた。どうすればいいのかと途方に暮れていたときでもそうだった。あなたがお父さまやわたしに罪の意識を感じるなんて、わたしが許しません。もうじき、あなたにも自分の子供ができるでしょう。そうすれば、親がいかに子供の幸せを願い、自分たちが原因で子供が悲しむ姿などけっして見たくないと思っていることが、あなたにも理解できるようになるわ」

母親の言葉とそこにこめられた熱い思いに、ラルフは驚かされた。両親のことをぼくはほとんど理解していなかった。そう気づいて、少し悲しくなった。父親にもっと甘えたくても、もう何もできないことが悲しかった。だが、母親については、まだ遅すぎはしない。少年の独りよがりな目ではなく、一人前の男の成熟した目で母親を見るときが来た。そうすれば、あれこれと不完全なところがある一人の人間として、母親を受け入れることができる。そして、自分自身のことも。

母親が客間を出ていく前に、ラルフは母親を優しく抱きしめた。最後にこうして抱きしめたのがいつのことだったか、どうしても思いだせなかった。

彼はいま、舞踏室全体を見まわし、バルコニーへ出るフレンチドアが細めにあいているのを見て笑みを浮かべた。戸外の空気がいかに爽やかであろうと、もうじき閉めなくてはならない。国王陛下のお出ましがあるかもしれないからだ。彼からそれを聞かされたクロエはヒステリーの発作を起こしかけたが、ほどなく立ち直り、肩に力を入れて顎をつんと上げた。

「ええ、わかりました」目に好戦的な光を浮かべて言った。

それだけだった。それ以上言うつもりはないようだ。クロエのことだから、つねに恐怖と向きあい、そのなかへまっすぐ突き進んでいくだろう。彼女がこんなふうに変わったことに、ぼくも多少影響を与えたのかどうかはわからないが、去年ゴシップが流れたとたんにロンドンから逃げだしたときの彼女は、けっしてこんな感じではなかったはずだ。たぶん、ぼくがクロエから影響を受けたのと同じように、ぼくもクロエにいい影響を及ぼしたのだろう。妻がいなかったら、ハーディングを訪ねることができたかどうか疑わしい。

ぼくの妻！

そろそろ上の階へ行き、彼女の舞踏会の身支度ができたかどうかを確かめなくては。あと三〇分ほどで最初の客が到着しはじめる。かなりの人数になるだろう。こちらから出した招待状のうち、欠席の返事は四通だけで、しかもそのすべてに〝残念です〟というメモが添えてあった。ほぼ全員が出席するうえに、招かれてもいないのにこっそり入りこむ連中が何人かいるに決まっている。今シーズンでもっとも混雑した盛大な催しになるだろう。ほんの二、三カ月前なら、想像しただけでぼくは震えあがっていたはずだ。

確かに母の言うとおりだ――階段をのぼりながら、ラルフは思った。ぼくは戻ってきた。重い荷物を捨てて身軽になった気がする。何歳も若返った気分だ。いや、年齢相応の気分だ――まだ二六だから。

不思議なのは、この二、三週間のあいだに罪悪感は薄れていったというのに、イベリア半島で戦死した友人や同じ連隊の兵士すべてと、父親と、祖父の死に対する悲しみが、苦しいぐらいに鋭くなったことだった。だが、考えてみれば、すべての感覚が研ぎ澄まされていたのだ。

彼はクロエを愛していた。

ただ、その特別な状態を表現できる言葉がなかった。〝愛している〟としか言いようがない。彼女を愛している。この数週間に、それを示してきた、というか、少なくともちらっと見せてきたつもりだ。隠そうとしなかったことだけは確かだ。しかし、いずれ近いうちに何か言わなくてはならないだろう。〝愛している〟というだけの陳腐なセリフであっても。女性は言葉を――とくに感情を表現するための言葉を――重視する。そうでなければいいのにとラルフは思うが、それが現実なのだ。

いずれ近いうちに、クロエに言うことにしよう。

ロンドンの社交シーズン中に貴族を招いて舞踏会を主催する重圧がのしかかり、国王のご臨席という稀有《けう》な事態が予想されているにもかかわらず、また、何人かの客と幾組かの客のことを考えると頭がくらくらしてくるにもかかわらず、また、今宵はまだ半分も終わっていなくて、舞踏会が無事に終わる前にいつ惨事が起きるかわからないにもかかわらず――そうしたすべてのことにもかかわらず、クロエは幸せに浸っていた。

しみじみ幸せだと思った。
二、三週間前に最大の恐怖に立ち向かった。じっさいにやってみると、それほどの恐怖ではなかった。ヒッチング侯爵に会いに行ったことを父に話すと、父は心配そうな顔になり、さらには涙ぐんだ。しかし、クロエが父を固く抱きしめて、〝お父さまは永遠にわたしの大好きなお父さまよ〟と言ったときには、父はさらに涙ぐみ、父のほうからも彼女を抱きかかえして、〝立派だったね。おまえは正しいことをした〟と言ってくれた。そして、ヒッチング侯爵を招待して出席の返事をもらっていることをクロエが父に告げたにもかかわらず、グレアム、ルーシー、ネルソン氏と一緒に今夜の舞踏会に来てくれた。
ヒッチング侯爵は家族を連れてかなり早めに到着した。出迎えの列の前を通るときにクロエの手をしっかり握り、笑みを向けた。侯爵夫人は頭を軽く下げて髪の羽根飾りを揺らし、粋で優雅な言葉を低くささやいた。レディ・アンジェラは軽蔑の表情をわずかに見せつつも、礼儀正しくクロエに挨拶した。ギリー子爵はクロエの手をとって唇に持っていき、彼女のことを姉と呼んだ。

数分後、クロエは父が侯爵と握手をしてグレアムを紹介する光景を目にした。

ラルフの祖母は重厚な感じの喪服をまとって、メアリ大おばと一緒に来ていた。大おばのほうは紫色のドレスできらびやかに装い、頭には大きなターバン、そして、宝石で飾ったローネットを手にしている。二人は舞踏室のそばの小ぢんまりしたサロンに腰を据え、多くの年配客に囲まれていた。

スタンブルック公爵がやってきた。トレンサム卿夫妻も。また、クロエが午後のお茶会で紹介されたことのあるグウェンの身内や女友達も夫と一緒に来ていた。キルボーン伯爵夫妻、アッティングズバラ侯爵夫妻、レイヴンズバーグ子爵夫妻、エイダン・ベドウィン卿夫妻、ビューカッスル公爵夫妻。あのお茶会で一度会っただけなのに、クロエにはどの貴婦人も個人的な友達のように感じられた。

わたしはこの世界の人間になれたのだ。

彼女が着ているのはエメラルドグリーンのイブニングドレスで、ラルフの祖母に喜んでもらいたくて特別に新調したものだった。ふたたび髪をカットしてもらい、メイヴィスがカールごてですばらしい仕上げをしてくれた。アクセサリーはラルフが今日の早い時間にプレゼントしてくれたエメラルドのペンダントとイヤリング。いまの自分は最高に美しいという自信が生まれ、片隅にひっこむ必要も、鮮やかな髪の色を隠す必要も、もはや感じなくなっていた。ヒッチング侯爵が彼女の実の父親だと貴族社会が信じているのかどうか、クロエは知らないし、知りたいとも思わない。

幸せだった。結婚できればそれだけで満足だと思っていたし、ラルフと合意した取引が最初の条件どおりに厳格に進められていれば、それだけで満足しただろう。しかし、予想もしなかった展開がいろいろとあった。ああ、自分に与えられた以上のものを期待してはいけなかったのに、予想外のさまざまなことが幸せを運んできてくれた。

ラルフが見違えるように変わった。その目はもはや虚ろではなく、閉ざされてもいない。

許しを得たのだ――いや、少なくとも、罪など犯していないのだから許しは必要ないと言ってもらえた。さらに重要なこととして――じっさい、ほかとは比べものにならないぐらい重要なこととして――彼自身が自分を許したのだ。親友三人がイベリア半島へ出かけたのも、砲火の犠牲になったのも、自分の責任だとずっと思いこんできたが、そこまで自分を責める必要はなかったことに、たぶん気がついたのだろう。

ラルフはようやく心の平安を得ることができた。だからといって、三人の死を悼むのをやめたわけではないし、今後もずっとやめないだろう。また、一八歳で戦争に行き、敵兵を殺して自分も重傷を負い、口にするのもおぞましい残虐行為を目にした後遺症に、今後はもう苦しまずにすむわけでもない。しかし、少なくとも、生きている者たちの世界に戻ることができた。

彼が好意を寄せてくれていることはクロエにもわかっていた。昼間はほぼ別々に行動し――春の何カ月間かはこれが貴族社会の一般的な形となっている――夜は二人そろって社交界の催しに出かけた。いまも夜ごと愛を交わしていた。ああ、しかし、愛の行為も変化していた。短時間で終わることもあれば、時間をかけることもあった。穏やかなこともあれば、熱く乱れることもあった。ときには言葉を交わし、ときには無言のままで。ときには――いや、ほとんどの場合――行為に移る前か、もしくは始めてからすぐに、彼がクロエの寝間着を脱がせていた。眠るときはたいてい、クロエのうなじに片手を差しこんだり、ウェストを片腕で抱いたり、片方の脚を彼女の脚にからめたりしていた。彼女に触れていなくてはいられない様子だった。夫婦の営みはもはや、子供を作るためだけのものではなくなっていた。でも、それは愛じゃない。愛だと思いこむような早合点をしてはならない。あとで悲嘆に暮れるだけだ。でも……何かがある。愛情のような何かがある。それは間違いない。二人のあいだに感情的な絆が芽生えたのは確かだもの。それだけで充分。わたしがそれを大きく育てていけばいい。

そう、クロエは幸せだった。

ラルフと二人で率先してカドリールを踊った。次は活発なカントリーダンスを父親と踊った。遅れて到着したカップルを出迎えたすぐあとで、グレアムとスタンブルック公爵のそばに立って三曲目が始まるのを待ちながら、二人のどちらかがダンスを申しこんでくれるものと思っていた。ところが、二人が申しこむ暇もないうちに、ヒッチング侯爵が彼女の前でお辞儀をし、踊ってもらえないかと頼んできた。

カントリーダンスが始まり、移り変わるパターンによって侯爵との距離が縮まり、ほんのしばらく二人で話ができるようになったときに、クロエは言った。「わたしたち、みなさんの好奇心の的になってるみたい」

「動揺してるのかね？」

「いいえ」クロエは首を横にふった。「少しも。おいでいただけて喜んでいます」

ダンスのパターンによって、二人はまた離れ離れになった。

「去年あんなことがあったのに、きみがまたロンドンに来てくれたことを、わたしは嬉しく思っている」ふたたび話すチャンスがめぐってきたときに、ヒッチング侯爵は言った。「そして、きみの結婚も喜んでいる。わたしの思い違いでなければ、幸せな結婚のようだね。お母さんがきっと誇らしく思うだろう、クロエ。今夜はとりわけ誇らしいはずだ」

クロエは微笑したが、自分が母の誇りというより困惑の種だったことは、侯爵に黙っておくことにした。

エイダン・ベドウィン卿と踊り、次に義理の弟となったケイリー卿と踊っていたとき、ドアの近くで軽い騒ぎが起きた。国王の到着に先立って、階下の玄関ホールに大人数の随員が姿を見せたことを示すものだった。音楽がぴたっと止まり、誰もが部屋の両脇に退いて期待のなかで熱っぽくざわめくあいだに、クロエは舞踏室のドアのほうへ急いだ。

気の毒な国王は、父王が崩御する以前の摂政皇太子《プリンス・リージェント》に過ぎなかったころから、だいたいにおいて国民に人気がなく、プリンスを略して〝プリニー〟などという無礼な呼び方をされていた。いまではさらに人気が下がっている。とはいえ、やはりイングランドの国王からご臨席を賜れば、催しの当事者にとってこのうえない名誉となる。

ラルフの腕に手をかけて階段を下りながら、クロエは自分の意思とは無関係に膝がふらつくのを感じた。

国王は肥満体だった。過度の飲食と、うぬぼれと、虚栄心で、こんなに大きく膨らんだのだ。クロエは膝を折って深々とお辞儀をすると、片方の手を国王の両手に包まれて優しく叩かれ、容姿と自宅と夫を褒められたあとで思った——少年っぽい魅力がおありなのね。だから、周囲は陛下のことをなんとなく憎めないと思っているんだわ。

国王はゆっくりした足どりで一歩ごとにぜいぜいいいながら、クロエを二階までエスコートし、彼女の手を腕にかけさせたまま舞踏室に入ったところで足を止めた。紳士たちが頭を下げ、貴婦人たちが膝を折ってお辞儀をするあいだに、四方八方へ軽く会釈をして臣民の敬意に応え、舞踏室はことのほか愛らしい庭園のように見えると述べ、ラルフが差しだしたグラスのワインを断わり、演奏を再開するよう楽団に合図を送り、それから暇を告げた。お付きの者たちも全員、国王と共にまわれ右をした。

わずか一〇分ほどのことだった。帰途につく国王一行をお辞儀で見送ってから、クロエとラルフが舞踏室に戻ったときには、ふたたびダンスが始まっていて、誰かがフレンチドアをひとつ残らずあけはなしていた。

「やれやれ」笑いながらクロエの目を見つめて、ラルフが言った。「いずれ、ぼくたちの孫が遊びに来るようになったら、そのたびにいまの出来事を詳しく聞かせてやって、畏敬と賛美の念を吹きこむことができるだろう」

クロエも彼に笑みを返すと、言葉にはならないものの、ほのぼのとしたすばらしい何かが二人のあいだを行きかった。これこそ生涯で最高に幸せな夜に違いないわ――彼の肩の向こうを見る寸前に、クロエは思った。

彼の肩の向こうに見えたのは、大幅に遅刻した一団だった。全員が男性で、そのなかに一人だけ、招待されていない客が交じっていた。

招かれざる客はコーネル卿だった。

ラルフがコーネルの姿に気づいたのは、クロエがニキビだらけの痩せた青年を小太りで内気な令嬢に紹介しようとして、その場を去ったあとだった。令嬢の母親は年配の貴婦人たちと噂話に興じるのに大忙しの様子だ。ラルフは、青年が赤くなり、令嬢が見るからにほっとした様子で笑みを浮かべた瞬間に愛らしい印象に変わるのを見守りながら、きっと一カ月もしないうちにこの二人の結婚予告が教会に掲げられるだろうと予想し、愉快になった。すべて自分の手柄だとクロエが自慢してもいいはずだ。

そのときコーネルの姿が目に入ったので、ラルフは片眼鏡を目に持っていった。コーネルは酔っている様子だった。もっとも、派手な騒ぎは起こしていない。男性ばかりのグループのなかでやや大きすぎる笑い声を上げているだけだ。出ていくよう頼んでもいいのだが。ロイドが作成した招待客リストからラルフ自身がコーネルの名前を消しておいたのだから。とはいえ、できることなら、人前で騒ぎを起こすのは避けたかった。得るものより失うもののほうが大きい。だが、コーネルを監視して、彼がクロエに近づいて動転させることのないよう気をつけるつもりだった。まったく図々しい男だ！

しかしながら、見守る必要があるとは思いもしなかった相手が一人いた。ルーシー・ネルソンだった。

夜食の時間になると、今夜の舞踏会は結婚披露宴も兼ねているので、誰もが豪華な料理を楽しみ、スピーチや乾杯をくりかえした。やがて、ほとんどの者が舞踏室に戻っていき、楽団のメンバーが音合わせを始めたが、ラルフはそのとき、フレンチドアのほうでくぐもった悲鳴が上がったことに気づいた。

彼がバルコニーに駆けつけたときには、すでに何人かがそこに集まり、ヒューゴとビューカッスル公爵が下の庭園へ向かって石段を下りていくところだった。庭園に誰かがいて――女性のようだ――怒り狂っていた。ルーシーだ。二人のあとから石段を下りながら、ラルフはほどなく気がついた。

男性の声がした。「このレディは暗闇が苦手のようだ」

庭園は真っ暗ではない。舞踏室の熱気からしばらく逃れたい人のために、ランプがいくつか灯《とも》してある。

「わたし、スピーチが始まったころ、ここに下りてきたの」駆けつけた者たちに、ルーシーが涙声で訴えた。「こんなにすてきな、こんなに刺激的な夜は生まれて初めてだったから、ここでしばらく休憩しようと思って。ところが、この男があとをつけてきて、わたしにすごく淫らなことをさせようとしたの」

「レディの誤解だ」コーネルの声だった。おもしろがっている様子だ。「わたしも庭を散策していた。暗いせいで、レディにはわたしの姿が見えなかったに違いない。こんばんはと声をかけたら、悲鳴を上げられてしまった」

「この人、いつだったか、クロエとわたしが公園へ出かけたときにひどいことを言ったのよ」ルーシーはラルフのほうを見て言った。「クロエのことを〝麗しき公爵夫人〟、わたしのことを〝醜聞にまみれた妹〟って呼んだの。それから、お、お母さまがヒッチング、こ、侯爵を射止めようとしたときと同じ方法で、クロエがあなたを狙って結婚に持ちこんだと言って非難したのよ。この人……失礼だわ」

「からかい半分の冗談を、レディはまともにとりすぎる」コーネルは言った。

ヒューゴが唸った。彼の喉の奥から出た音を描写するなら、〝唸る〟という以外の言葉はなかった。

「ヒューゴ」コーネルに視線を据えたまま、ラルフは言った。庭園の照明が仄暗《ほのぐら》いにもかかわらず、彼にはコーネルの姿が鮮明に見えていた。「手数をかけさせてすまないが、ぼくの義理の妹を舞踏室までエスコートしてくれ」

しかし、すでにビューカッスル公爵がルーシーに話しかけていた。退屈そうな声と言ってもよさそうだが、上のバルコニーに集まった舞踏会の客たちにはっきり聞こえるよう、少しだけ声量を上げていた。

「特別に大きなクモでしたな、ミセス、ええと、ネルソンでしたね？　いや、恥ずかしがる必要はありません。わたしだって、あんなものに出会ったらぞっとするでしょう。あなたを邸内へエスコートするのをお許しいただけますかな？　よろしければ、次の曲の相手をお願いできないでしょうか？」

「まあ」ルーシーは息もつけないような声で言った。「あなたはビューカッスル公爵さま。

まあ！　ええ。ありがとうございます。わたし、確かにクモは苦手です。大きくて脚の長いのはとくに」

ビューカッスルはルーシーを連れて立ち去った。

「長居しすぎたようだな、コーネル」ラルフは言った。「ぼくの家とぼくの人生に。そして、もちろん、ぼくの妻と義理の妹の人生にも」

「すべて誤解だ、ワージンガム」コーネルは言った。

「ああ、きみは何度もそう言ってきた。ぼくには六年前の妻の名誉に関して文句を言うつもりはない、コーネル。去年の件に関しても。きみが今年も今後もずっと距離を置くつもりなら、過去に妻を侮辱したことは不問に付すつもりだった。だが、距離を置いてくれなかったようだな。妻とも、ネルソン夫人とも」

コーネルは笑った。「決闘しようというのか、ワージンガム。きみの介添人はきみが指名するかい？」

「わたしがいつでもひきうけるぞ、ラルフ」背後からヒューゴが言った。

「いや、ぼくが決闘する相手は紳士だけだ、ヒューゴ。だが、害虫は踏みつぶすことにしている」

「いや、だめだ」別の声がして、ラルフは思わず目を閉じそうになった。グレアム・ミュアヘッド！　にらみあう二人のあいだに身を投げだし、キスして仲直りするように言おうとして飛んできたに違いない。

「ひっこんでろ、グレアム」ラルフは言った。

「うるさい」グレアムは大股で彼の横を通り過ぎた。「そのレディたちはぼくの姉妹だ。ぼくの身内はぼくが守る」

フレディ・ネルソンの下手な戯曲に出てきそうなセリフを口にするなり、グレアムはコーネルの顎にパンチを見舞ってノックアウトした。オークの木ですら倒れかねない強烈なパンチだった。

「みごとだ、坊や」ヒューゴの声は称賛に満ちていた。

ラルフは驚愕の表情で妻の弟を見つめた。暗いため、グレアムの顔ははっきりとは見えなかったが、次に聞こえてきた彼の声はいささかおどおどしていた。

「とりあえず、これで気分がすっきりした。そいつ、死んでしまったのかい？」

ラルフはコーネルを見下ろした。

「死んだ者はうめき声を上げないと思う。だが、パンチの威力が足りなかったせいではない、グレアム。きみに文句を言いたいところだ。ぼくが自分でこいつをやっつけて満足したかったのに」

「客のところへ戻って、たちの悪い推測が広がりつつあるのを止めてこい、ラルフ」ヒューゴが言った。「もっとも、クモについてのビューカッスルの説明に反論しようなどという者はいないと思うが。ビューカッスルの目に気づいたかね？　純粋な銀色で、荒野の狼《おおかみ》みたいな目だ。あの男にはきっと誰も反論できないだろう。きみも屋敷に戻りたまえ、ミュアヘッド。人を殺して良心の呵責《かしやく》に苦しみたくはないだろう？　牧師なんだから。さて、そろそろ起きあがったらどうだ？　そこに倒れて夜通しうめいてるわけにはいかないぞ。少しは気骨を見せたまえ。わたしの手をつかんだら、助けおこしてやろう。きみを外へ案内するとしよう。庭園のどこかにドアがあって、通りへ直接出られるはずだ。きみも恥ずかしい思いをせずにすむ」

「ひとこと助言しておこう」ヒューゴの勧めに従う前に、ラルフは言った。「きみの寿命があるかぎり、ワージンガム公爵夫人にもネルソン夫人にも近づかないことだ。この助言に従わなかったら、ぼくの力でミュアヘッド牧師をおとなしくさせておけるかどうかわからないぞ」

彼がしばらくあとで知ったように、フレディ・ネルソンは夜食の部屋にいまも腰を据え、つかまえた連中を相手に、派手に腕をふりまわしながら熱っぽくしゃべりつづけていた。話を聞かされるほうは、舞踏室にいるほうがずっといいと言いたげな表情だ。

ルーシーはビューカッスルと踊りながら、得意げであると同時に怖そうな表情を浮かべていた。クロエはジョージと踊っていて、明るい笑みを浮かべていたが、部屋に入ってきたラルフに心配そうな目を向けた。

ラルフは片目をつぶってにっこり笑った――彼女の微笑が不意に輝きを増したのを見て、ノックアウトされそうな気がした。

「グレアムがそんなことを？」クロエは信じられないと言いたげにラルフを見つめた。「グレアムが？」

この一時間、何があったのかをラルフに尋ねる機会がなかった。何かが起きたことは明らかだった。コーネル卿が庭園でルーシーを侮辱したのだと舞踏室でささやかれていた。しかし、ささやきが本格的なゴシップに変わることはなく、これから先もなさそうだった。ルーシーを舞踏室に連れ帰り、そのあとで彼女と踊ったビューカッスル公爵が、バルコニーに集まっていた人々に宝石で飾られた片眼鏡を向けて、目のほうへ軽く持ちあげたのだ。この貴族が手にした片眼鏡は、どうやら、上流社会で最強の凶器とみなされているらしい。グレアムがそのような噂をクロエの耳にささやき、クロエは信じてもいい気がした。快活な夫人がどうやって公爵と暮らしていけるのか、クロエにはわからない。あの銀色の目でじっと見られたら、枝に実ったブドウも凍ってしまうに決まっている。だが、公爵はわざわざルーシーを助けに駆けつけ、クモの話をでっちあげた。いまは夫人の手の片方を自分の両手で握りしめ、笑顔で話しかける夫人に顔を寄せている。

「あれほど強烈でみごとなパンチを見たのは初めてだ」クロエの質問に答えて、ラルフは言った。「あんなすごいものを目にするのは、めったにない幸運だが、正直にいうと、できればぼくがこの手で殴ってやりたかった。ヒューゴがコーネルを庭から外へ送りだした。コーネルがきみや妹さんを困らせることは、今後二度とないだろう」

「ありがとう」クロエは言った。「でも、グレアムが？」

ラルフは彼女にニヤッと笑ってみせた。「いまのきみがどんなにきれいか、ぼくの口からもう言ったかな？」

「わたしが？　でも……派手すぎない？　まだ黒を着るべきだって思う人たちがいるかもしれない」

「ぼくの母は着てないよ。姉と妹も。それにきみが特別に鮮やかな色合いの緑を着ているのは、祖母のたっての願いによるものだ。ついでだが、祖母の趣味のよさを称賛しなくては。完璧だ。そして、その髪だが……きみはその色と一生つきあう運命のようだし、ぼくはきみが年をとって白髪になるまで、その髪を目にする運命のようだ」

「お気の毒ね」

「きみと一緒に年をとるのを楽しみにしている、クロエ。時が満ちていくのを、という意味だ。まず、きみと若い時代を過ごし、それから中年になるのが楽しみだ。きみと生涯を共にするのが楽しみだ。ぼくより先に死んだりしないと約束してくれるね？」

笑うべきか、泣くべきか、クロエにはわからなかった。

「わたしより先に死んだりしないって、あなたが約束してくれるなら」

ラルフはクスッと笑った。「では、すべてのことを二人で一緒にしよう。いいね？」そう言って顔を上げ、舞踏室を見渡した。

とても遅い時刻だった――いや、きわめて早朝の時刻と言うべきか。個人の視点によって違ってくるが。祖母とメアリ大おばは夜食がすむと自宅に戻ることにしたし、ほかにも多くの年配客がいっせいに帰っていった。だが、大部分の者があとに残った。もう一曲残っている――ワルツが。今宵、ワルツはすでに二回登場した。クロエは最初のワルツをおじのイースタリー卿と踊り、二度目はギリー子爵と踊った。今夜の子爵はとても人当たりがよくて、自分たちの関係についてよけいな意見を述べるようなことはなかった。そして、クロエはラルフが最初のワルツをアッティングズバラ侯爵夫人と、二度目のワルツをルーシーと踊るのを見守った。

ダンスはあと一曲を残すのみとなった。

ワルツだ。

それがすんだら、客を一人残らず送りだし、召使いたちには、急いで片づけをすませるよりもまずベッドに入るようにと命じ、コーネル卿との不愉快なひと幕があったものの舞踏会は大成功だったと喜びあい、自分たちもベッドに入ることにする。そして、明日になれば、ふだんどおりの日常生活が戻ってくる。ラルフのもとに貴族院議長から呼び出し状が届いているので、来週から彼も議会に出席することになる。社交シーズンが終わったら、二人でマンヴィル館に戻り、そして……。

しかし、クロエは疲れがひどすぎて、そこから先は考えられなかった。しかも、思いも寄らず、説明のつかない落胆を感じていた。疲労のせいだろうと思った。

紳士が一人――クロエの記憶から名前が抜け落ちてしまっているが――二人の前で足を止めて、ワルツの相手をお願いできないかとクロエに尋ねた。何組ものカップルがすでにダンスフロアに出ている。

「遅すぎたな、フォザリンガム」ラルフが言った。「すでにぼくが公爵夫人に申しこんでいて、なんと言われようとその権利を手放す気はない」

クロエは彼のほうを向いて微笑した。疲れも、落胆も――そして、フォザリンガム卿のことも――忘れ去った。

「最後のワルツね」

「待ち遠しかった」ラルフはまぶたを軽く伏せた目で彼女を見つめかえした。「舞踏会を主催するのは厄介なものだな、クロエ。踊ってほしいレディは一人しかいないのに、そのレディがたまたま自分の妻だという場合は。ぼくは、わが公爵夫人以外の女性にはなんの興味も持てない退屈な男になる運命だろうか？　そんな男がいたら、誰だってぞっとするに決まっている」

「あなたはそうなの？」クロエは唇をなめた。軽口を叩く彼を見るのはめったにないことだった。

「どうもそうらしい」彼はクロエにゆっくりと笑いかけた。「こんなおしゃべりはやめないと、ワルツが終わってしまう。さあ、行こう」

そして彼女の手をとり、その手を彼の絹のカフスと手の甲に半分ずつかけさせて、フロアへ出ていき、ほかの人々に加わった。ルーシーが目を輝かせ、何かしゃべりながら、かすかに微笑を浮かべた物憂げな目のフレディ・ネルソンを見上げ、ネルソンのほうもルーシーだけを見つめている。グウェンはトレンサム卿の肩に片手を置き、反対の手を握られて、彼が何か言うのを聞いて笑っている。クロエが今夜ずっと気づいていたように、脚が悪いにもかかわらず優雅に踊れる人だ。夫の手ですでにウェストを支えられたレイヴンズバーグ子爵夫人が、妻を抱いたキルボーン伯爵に何か話しかけていた――最初の妻と、捨てられた花嫁と、それぞれの夫がダンスフロアにそろっている。顔を合わせても、気まずさはまったくないようだ。レディ・アンジェラ・アランデールは、夜通し周囲に群がっていた多数の崇拝者のうち、いちばんハンサムな相手とフロアに出ている。

やがて、楽団が和音を奏で、音楽が流れだした。

舞踏会が始まったばかりのころ、クロエは大きな幸せを感じていた。ふたたびその幸せがよみがえるなかで、ラルフが彼女をターンさせ、クロエは二人でワルツを踊るために生まれてきたかのように、そのリードに従った。ただ、いまの彼女が感じているのはただの幸せではなかった。これは……ああ、人生で最高に幸せな瞬間だった。これ以上完璧な一瞬はありえないし、今後もないだろう。

完璧よりもさらに完璧なものはありえない。

クロエはそう思って笑みを浮かべながら、音楽の調べや、床を軽く叩く足音と衣擦《きぬず》れの音に耳を傾け、旋回しながら過ぎていくドレスの色彩や、宝石のきらめきや、ろうそくの光を見守った。花々と緑の葉があたりに濃厚な香りを放っていた。踊りながらフレンチドアのそばを通り過ぎると、ひんやりした夜気が心地よかった。

いや、通り過ぎはしなかった。

踊りながら彼のリードでドアをくぐり、ほっとする涼しさに包まれて無人のバルコニーのなかほどまで進んだ。そこで彼が足を止め、背中を支えた手を離すことなく、上向きになった彼女の顔を見下ろした。

「学校のころ、ぼくはよく議論をした。誰にも負けなかった。説得力があった。つねに適切な言葉を見つけることができた」

クロエはやや曖昧な笑みを浮かべて彼を見上げた。どうしたの……？

「どんなときでも、ほかの少年たちみたいに原稿を読むのではなく、心からの意見を述べた。それがプラスに働いた。ぼくの意見には情熱があふれていた」

クロエは眉を上げた。何が言いたいの……？

「でも、いまは言うべき言葉が浮かんでこない」

そこでクロエは理解した。そう、大きく盛りあがる喜びの波のなかで。理解したのだ。

「浮かんでくるのは〝愛している〟という言葉だけだ。愚かで無意味な言葉。陳腐。不充分。厄介。ただ、困ったことに――」

クロエは片手を上げると、彼の唇に指先をあてた。

「でも、英語という言語のなかでもっとも美しい言葉よ。よく聴いて。愛してる。愛してるわ、ラルフ」

ラルフは眉をひそめた。「ぼくが無理に言わせたのなら――」

クロエは指をはずした。

「そんなことないわ。あなたはたぶん、わたしがいまも二人の取引にこだわってると思っているのね――感情的な絆とか、そういうたぐいのものは不要だ、と。馬鹿だったわ。あなたもよ。わたし、あなたを愛してるの。ねえ、あなたも言わなきゃだめよ。でないと、わたし、恥ずかしさのあまり闇のなかへ逃げこんで、二度と姿を見せられなくなってしまう。あら、そこに立ったまま、わたしの首から頭が余分に生えてきたみたいに見つめるのはやめて。恥ずかしくてたまら……あ……」

彼の唇がクロエを黙らせた。

そして、暗闇に近いなかで、ふたたび彼女をじっと見下ろした。

「きみとの出会いはぼくの人生で最高にすばらしいことだった」

クロエは彼の傷跡を指で軽くなでて微笑した。

「そろそろお客さまのところへ戻ったほうがよさそうね。せっかくの機会を無駄にしたくないわ。それに、あなたとワルツを踊りたいって、今夜ずっと思ってたの」

満面の笑みを浮かべた彼は若々しくて、ハンサムで、うっとりするほどすてきだった。この笑顔に飽きることはけっしてない――クロエがそう思っていると、彼がもう一度すばやくキスをして、彼女をターンさせながらバルコニーを進み、さっきとは別のフレンチドアを通って身内と友人と知人のもとに戻った。

わたしがこの人に飽きることはけっしてない。この笑顔に飽きることもない。この結婚にも、この人生にも、まるで奇跡のように二人が抱いているこの愛にも。

ラルフはいまも彼女に笑みを向けていて、舞踏室には彼女以外に誰もいないかのようだった。

「一生、きみとワルツを踊りつづけよう、クロエ。約束する」

「愚かな告白だわ」クロエは笑った。「かならず守ってもらいますからね」

訳者あとがき

〈サバイバーズ・クラブ〉のシリーズもいよいよ後半に入った。七人のメンバーのうち、残るはあと三人。顔に醜い傷跡がありながらもすばらしくハンサムなベリック伯爵、冷たい美しさを湛えるレディ・バークリー、そして、〈サバイバーズ・クラブ〉誕生のきっかけとなったスタンブルック公爵。

今回はベリック伯爵ラルフ・ストックウッドの登場である。

三作目『雨上がりに二人の舞踏会を』の主人公、サー・ベネディクト・ハーパーほど寡黙ではなく、四作目『あなたの疵が癒えるまで』の主人公、ポンソンビー子爵ほど饒舌でもなく、脇役としてほどよい存在感を示してきたラルフ。〝お世辞を言うときも軽薄にならず、優しい印象を与える人〟――一作目『浜辺に舞い降りた貴婦人と』のヒロイン、グウェンドレンは社交界に不慣れな少女を気遣うラルフを見てそう思ったものだった。

しかし、それはラルフの表向きの顔に過ぎない。〈サバイバーズ・クラブ〉の仲間と同じく、ナポレオン戦争で心身に傷を負って帰国し、いまも苦悩のなかで生きている。一八歳のときに独裁者のナポレオンから世界を救わなくてはと思いこみ、親友三人を誘って戦場に赴いたものの、三人は戦死。以来、親友を死なせて自分だけが生き残ったことへの罪悪感に苛まれ、人生を楽しむことも、人を愛することもできずに、空虚な心を抱えて生きてきた。

ロンドンが華やかな社交シーズンを迎えたばかりのある日、ラルフはサセックス州の屋敷に住む祖父母に会いにやってきた。公爵家の唯一の跡継ぎとして、周囲から一日も早い結婚を求められているため、それについて祖母と話しあおうと思ったのだ。屋敷に着くと、見たこともない女性がいた。クロエ・ミュアヘッドといって、控えめで地味なタイプ、そう若くもなさそうだ。その夜、食後の客間で祖母と彼が交わす会話に、部屋の片隅にすわったクロエがひっそりと耳を傾けていた。

翌朝、早朝の散歩に出たラルフは庭でばったり彼女に出会った。そして、彼女のほうからいきなり結婚を提案されて驚愕する。「あなたは結婚したくないけど、する義務がある。わたしは夫がほしいけれど、見つけるチャンスがほとんどない。あなたは愛を求めてはいない。わたしもそうです」と、彼女は言った。どちらにとっても都合のいい取引だというのだ。

クロエがこんな唐突な提案をしたのには理由があった。過去のさまざまな事情から実家に居辛くなり、祖母の親友だった公爵夫人を頼ってこちらの屋敷にやってきたが、愛する人を見つけて結婚できる望みもなく、このまま年をとったらどんなにわびしい人生を送ることになるだろう、と思い悩んでいたところだったのだ。

さて、いったんはロンドンに戻ったラルフだったが、冷静になって考えてみると、合理的な提案のように思えてきた。自分は公爵家の血筋を絶やさないために、どうしても結婚しなくてはならない。だったら、世間知らずの無垢な令嬢より、愛を求めようとしない女のほうが楽だ。とにかく結婚すれば、祖父母が安心してくれる。そう考えなおして、ラルフはふたたび田舎の公爵邸へ向かう。ミス・ミュアヘッドを見つけだして結婚を申しこみ、あわただしいなかで婚約が成立。祖父母の希望もあって、翌日、公爵家のチャペルで式を挙げることになる。

男女が出会い、じっくりと愛を育み、やがて結ばれる――それがメアリ・バログ作品の通常のパターンだが、本書はまったく違う形でスタートする。大急ぎのこの結婚がどんな展開を見せるのか。ラルフの心の傷が結婚にどんな影を落とすのか。クロエは彼女自身の過去とどう折り合いをつけていくのか。こうした点を心に留めながら、ラルフとクロエの物語を楽しんでいただければと願っている。

本シリーズも残すところあと二作。次は〈サバイバーズ・クラブ〉唯一の女性メンバー、レディ・バークリーが主人公だ。大理石のように冷たく美しい女性。陸軍士官だった夫をフランス軍に殺され、その悲劇からいまも立ち直れずにいる彼女の前に、いったいどんな男性が現れるのだろう？

二〇一九年八月

ライムブックス

愛《あい》する心《こころ》を取《と》り戻《もど》すなら

著　者　メアリ・バログ
訳　者　山本《やまもと》やよい

2019年9月20日　初版第一刷発行

発行人　成瀬雅人
発行所　株式会社原書房
〒160-0022東京都新宿区新宿1-25-13
電話・代表03-3354-0685　http://www.harashobo.co.jp
振替・00150-6-151594
カバーデザイン　松山はるみ
印刷所　図書印刷株式会社

落丁・乱丁本はお取替えいたします。
定価は、カバーに表示してあります。
 ISBN978-4-562-06527-1 Printed in Japan